故事会

2010·38

(总第 458-461 期)

合订本

STORIES

上海故事会文化传媒有限公司 出品

(00337)

图书在版编目(CIP)数据
2010《故事会》合订本.38/《故事会》编辑部编.
上海：上海锦绣文章出版社，2010.5
ISBN 978-7-5452-0574-9

Ⅰ.①2… Ⅱ.①故… Ⅲ.①故事-作品集-中国-当代 Ⅳ.Ⅰ①1247.8

中国版本图书馆CIP数据核字（2010）第052976号

责任编辑：刘迎曦
封面设计：李宝强
责任督印：张 凯

故事会2010年合订本38
（总第458-461期）

《故事会》编辑部 编
上海锦绣文章出版社·上海故事会文化传媒有限公司出版
地址：上海绍兴路74号
电子信箱：gushihui@263.net
网址：www.slcm.com
中国图书进出口上海公司发行
地址：上海市广中路88号
电话:36357888

ISBN 978-7-5452-0574-9/I·182

458
2010
SEMIMONTHLY
上半月刊
3月
STORIES

欢迎登录本刊主办的"故事中国网"(www.storychina.cn)

故事会

—STORIES—

2010年3月

上半月·红版

社　长、主　编:何承伟

常务副主编:吴　伦

副主编:姚自豪(上半月·红版)

副主编:夏一鸣(下半月·绿版)

本期责任编辑:姚自豪　李天然(见习)

电子邮箱:chin_poet@163.com

红版发稿编辑:

郑继文　吕　佳　叶小萌

美术编辑:李宝强

电脑制作:郭瑾玮

通　　联:归依玲

本社办公室电话:021-64375030

上半月刊编辑部电话:021-64332325

下半月刊编辑部电话:021-64336469

(上海市绍兴路74号　邮编:200020)

主管、主办:上海文艺出版(集团)有限公司

出版单位:《故事会》杂志社

制作、发行总监:张　凯

电话:021-64313938

广告业务:上海故事会文化传媒有限公司

广告总监:张　淮

广告业务:021-34010383

广告投诉:021-64333738

广告经营许可证

沪工商广字3100320050022号

发行:中国图书进出口上海公司

·笑话·

奔驰车不见了

一个中年汉子要办一张银行卡，工作人员提醒他要设置一个密码，汉子回头看了一下门外，然后设置了密码。

汉子办完卡，起身又看了看门外，突然惊叫一声：“糟了，奔驰车怎么不见了？”有人关心地说：“你奔驰车不见了？赶紧报警吧！”说着，那人热情地掏出手机准备帮他拨打110。

汉子连忙阻止：“别报警，那车不是我的。”“那你着什么急呀？”

汉子涨红了脸，说：“刚才我办卡时留的密码就是那奔驰车的车牌号，现在车开走了，我却没把车号记下来。”（紫云英）

（本栏插图：李　加）

反义词

妈妈去幼儿园接女儿回家，回家的路上，她和女儿玩反义词的游戏。

妈妈说“高”，女儿说“矮”；妈妈说“胖”，女儿说“瘦”；妈妈说“大”，女儿说“小”；妈妈说“天”，女儿说“地”……

回到家，妈妈倒了一杯水，说：“女儿，喝水。”女儿脱口而出：“妈妈，尿尿。”（山里人）

不用找了

一个女孩和男朋友在出租车后排坐着。

车快到女孩家的时候，女孩问司机多少钱，司机说18元，男友一听就开始翻包掏钱，准备为女友付车费，女孩兜里正好有钱，就一边掏出一张20元给了司机，一边对男友说：“不用找了。”

男友还没反应过来，却见司机满脸笑容地说：“那就谢谢你啊！”（张金平）

汽车时代

一个人开车行驶着，他看见路边有两个人架着一个人走路，于是摇下车窗，问“怎么了，哥们儿?”

两人回答道“开你的吧，我们能搞定。”

“别呀，如果需要的话，我可以帮你们的……你们架着的那个人，他是不是得病了？”

“没什么大不了的，哥们儿。这家伙的车坏了，我们正教他走路呢!”

（山里人）

化　验

两个小男孩坐在医院化验室门口等待化验，突然，其中一个大声哭了起来，另一个不解地问:“怎么了，你为什么哭啊？”

那小孩边哭边说:“我来这儿是做血液检查的。”

“就为这个，你害怕了？”

“是啊，”那小孩解释道，“为了化验，医生会用针扎我的手指，很疼的。”

另一个闻听此言，也大声哭了起来，哭得比先前那个还厉害。

“你为什么也哭啊？”先前那个男孩奇怪地问道。

另一个大哭着说:“我是来化验小便的……”　　（下　下）

恼人的一等奖

小琴刚出差回来，一到公司，就听见同事们在议论昨晚化装舞会的事，好热闹哦!

办公室的同事告诉小琴:“昨晚的化装舞会我们大家好开心啊，但财务科的小胡回来后却很恼火。”

小琴不解地问道:“为啥啊?”

“因为她扮演的恐龙获得了一等奖。”

小琴说“那我就更不明白了，得了奖应该高兴才是啊!”

同事看了看左右，附在小琴耳边悄悄地说:“但是，她没有化装啊!”

（覃春香）

牙 医

在一家公司里，有一位职员向经理请假，说他要去看牙医，经理准许他早退了。

当天下午，经理在看电视转播的球赛时，居然在镜头中看见那个职员和女朋友坐在观众席上。

第二天上班时，经理问那职员：“你昨天说要看牙医，怎么和女朋友去看球赛了呢?”

职员不慌不忙地回答说：“啊，经理，原来你也在看球赛？但是，坐在我旁边的，就是我的牙医啊!”

（霏霏细雨）

网络游戏

最近几个月，一到中午休息，老李就坐到电脑前玩网络游戏。

同事小高忍不住问道：“李哥，这都是小孩子玩的游戏，你儿子都上高中了，你怎么还这么痴迷啊？”

“你不知道吧？”老李停下手，指着自己在游戏中奖励的虚拟金币说，“你看这都多少钱了，几百万啊！这种赚了钱不用上交老婆的感觉，真舒坦啊……”　（东　冉）

省下的钱

小陈捧着一大沓子资料乐呵呵地进了办公室，他坐下后嚷道：“同志们，我要买车了，自动挡，涡轮发动机，带天窗，自动导航，大家觉得这配置怎么样？”

同事甲听了笑道：“买车是好事，但一定要切合实际，比如你这自动挡应该换成手动挡，省下的钱可以还给我。”

同事乙笑道：“涡轮发动机换成普通发动机，省下的钱可以还给我。”

同事丙笑道：“对于天窗，那完全是可有可无，而自动导航你也用不着，换本地图册就够用了，省……”同事丁抢着喊道：“省下的钱还我。”

（旭日升）

暖瓶空了

小闫患有脚气，每晚睡前必须烫脚。

一次旅游，小闫和一个同事同住一室。有天晚上一起出去，他怕回来晚了没有热水，于是提前打了一暖瓶。

没想到回来后一看，暖瓶空了，小闫气得一个个房间挨着问：“你们谁喝我的烫脚水了?”（曹龙彬）

造　句

语文课上，老师让大家用“的、地、得”造句。

小明：“老师，我会。”

老师：“好，你回答。”

小明：“我家的地得种了。”

（张金平）

问话

一位男士在超级市场里寻找卖调料的货架，没有找到。这时，一个挂着手机的女售货员从这位男顾客身边旁若无人地走过，男顾客在她身后叫道：“我想知道您的电话号码！”

售货员一怔，问：“为什么？”

“这样我就可以问您——胡椒粉和盐在什么位置了。”

（乐　生）

不怕脏

女儿刚满五个月，正是喜欢伸着舌头到处舔的时候，所以，妈妈总是很小心地看着她，生怕她把不干净的东西吃进肚里。

这天，有客来访，客人看到小女孩朝他笑啊笑，她可高兴了，连忙抱过去要逗着玩玩。

才一会儿，妈妈看到女儿趴在客人肩膀上正舔得欢呢，她的衣服多脏啊，于是赶紧对客人说：“她正舔你衣服呢，快把我女儿抱过来！”

客人摸了摸小女孩的后脑勺，笑道：“没事没事，反正这衣服穿了好几天，要洗了，不怕脏。”

（苌　蔼）

发钱也烦恼

席先生在春节回老家的火车上，遇上了一群回家过年的民工，他们聚在一起聊天，说着单位里的事儿，其中有一个发奖金的故事，还挺有意思的。春节过后，席先生就把这故事讲给董事长听，董事长听后笑了，他说："我过年前听到这故事的话，就可以多睡几个安稳觉了……"

这故事是这样的——

有个孙老板，开了一家公司，按理说这么多年来他经历的风雨坎坷也不少了，扬子江上的麻雀，胆儿也不小了，可每年一到年底，他的亮脑门就会皱成山核桃，满脸堆的都是愁疙瘩，他怕呀，怕什么？怕过年。

中国人哪有不盼着过年的？俗话说"新年到，闺女要画，小子要炮，老头要一顶新毡帽"，一年到头，孙老板手下那几十口子都眼巴巴地盼着发年终奖，发少了，员工闹情绪；发多了，孙老板自己吃不消，他急得挠头，头顶挠秃了，就挠两边的……

这天刚上班，公司里管财务和人事的毛经理小心翼翼地敲开了孙老板的办公室，问道："孙总，您看看咱们今年的年终奖该怎么发？"

孙老板漫不经心地说："在去年的基础上，每人减少20%。"

毛经理一听，眼珠子差点掉到地上，他本以为今年的年终奖怎么也不会比去年少，可哪里想到要减少20%啊！他疑惑地看了看孙老板，孙老板早点着一支烟，一副稳坐钓鱼台的样子。

很快，员工们都知道了年终奖的发放方案，他们开始埋怨、谩骂，有的甚至在上班的时候公然点开招聘的网页，瞧那架势，是想炒老板的鱿鱼，毛经理赶紧把员工的动态告诉了孙老板，出乎意料的是孙老板并不紧张，他不紧不慢地说："哦，这没什么，我早预料到了。"毛经理大为不解，他猜想不出孙老板为什么能这样气定神闲。

转眼间圣诞节过了，这一天，孙老板召集全公司的人开了个会，会开得不温不火，台下的不少员工在交头接耳、窃窃私语，孙老板一脸怒色，最后，他实在没忍住，狠狠拍了一下桌子，会场这才安静了下来。

孙老板铁青着脸说："过去这一年，大家看到了，我们效益不大好，可我一没降薪二没裁员，而且尽最大努力准备给大家发年终奖，而且，我想大伙都不容易，家里上有老下有小，今天早晨，我刚刚从银行贷到了一笔钱，准备通知财务给各位父母发一份年终孝顺奖，给你们的孩子发一份年终教育金。从今年开始，这会形成一项制度，以后每年都发，我们公司要树立这样一个企业理念——有我们一碗饭吃，就要有父母、兄弟、姐妹的一碗饭吃……"

台下鸦雀无声，全体员工被深深感动了，散会后，孙老板坐在主席台上，望着空落落的会场发呆：幸亏自己想出了这个办法，一份奖金分三份发，把感情拉进年终奖，再少的钱也会感动人啊，可明年怎么办啊，总不能还用这一招吧？

第二年，公司效益还是没多大好转，离年末还有三个月，毛经理又来提醒孙老板，是否该考虑年终奖的事了，孙老板狠狠地瞪了毛经理一眼，说过几天再说，把这事支吾了过去。

一天，孙老板突然叫毛经理赶紧去招聘一个博士来，毛经理无论如何也猜不出孙老板葫芦里卖的是什么药，没想到招聘启事一贴出去，几十个博士前来应聘，孙老板亲自面试，最后招聘了一个双硕士学位、工商管理学博士学位的博士生，可让毛经理大跌眼镜的是，孙老板给这个博士开的工资是一个月四千块，更让他没想

到的是，这个博士不仅没有拒绝，反而感恩戴德，做起事来起劲得不得了。

博士来到公司不到二十天，年终奖的发放方案也确定了下来，外甥打灯笼——照旧，跟去年一样，这下，员工的不满情绪又开始波动起来。年终大会上，大家本来以为孙老板会说上几句，什么“企业不容易，能发这点钱就不错了”，等等，可没想到孙老板只简单说了两句，就把话筒让给了新招的那个博士。

博士戴着厚厚的眼镜片，摸索着

从台下走到台上，拿着话筒，嘴还没张开，泪珠子就差点要掉下来了，这演的是哪一出啊，大伙正在纳闷，这时，博士哽咽着说：“我衷心感谢我们公司，现在工作多难找，我的很多同学，零工资起薪都没人要，我来到咱们公司，不仅每月四千块拿着，而且居然还有年终奖，我同学都羡慕我找到了一份好工作……”

听到这里，大家都明白过来，原来这话是说给他们听的，听说现在大学本科生连扫大街的工作都争，人嘛，一对比就知足多了，顿时，会场安静下来，还争啥啊？再闹个不停，怕是连饭碗也保不住了，瞧这形势，谁还敢跳槽去找工作？就这样，孙老板花一笔小钱招了个博士不说，还让这一年的年终关波澜不惊地渡过去了。

眼睛一眨，到了第三年的年底，毛经理又来到孙老板的办公室，说了年终奖的事，孙老板说，今年年终奖只能跟去年持平，可三年都是这个数，员工会闹事，所以想让毛经理做点牺牲。

毛经理一听，连忙说：“没问题，我的年终奖不发都没有意见。”

孙老板说：“瞧你说的，那是你一年的辛苦钱，一分也不能减，我的意思是，让你干点别的，我想让你到一线部门去任个小主管，工资嘛，不仅不比现在少，而且再给你加一万……当然，你也可以不同意。”

话都说到这个份上了，毛经理哪敢说不同意，毕竟钱比原来还多了，现在找一份普通的工作都难极了，上哪去找一份年薪这么高的工作？无奈之下，毛经理咬了咬牙，低声说：“既然您已经决定了，我服从！”

这一年的年终大会上，孙老板宣布了三件事：“一是毛经理因经营不善，企业盈利不能增加，调到一线去工作；二是去年来的那个管理学博士，因为工作业绩出色，连升三级，接任毛经理的位子；三是企业今年虽然很困难，但年终奖一分不少，维持去年水平。”

台下顿时鸦雀无声，这明显是杀鸡给猴看啊，连毛经理都说罢免就罢免了，普通员工还有什么好说的？得了，老老实实拿这份钱回家过年吧，可也有一些人不服气，他们是公司里的骨干，胆气壮，敢说话，便在下面嘀咕起来……

就在这时，那博士又开口了：“我给大家说件事，今年下半年，公司快撑不下去了，我几次劝孙总把公司盘出去，可他却说，无论如何也要撑过这个年，给大家发完年终奖再说；前几天，公司本来有个机会接个大单子，可是需要近百万的成本费，我就劝孙总，先缓缓年终奖的事，救救这边的急，可他死活不同意，这么一来，单子就没法接了，公司也许很快就要倒闭了，我想问问，有几个老板在公司都要倒闭的时候还给员工发年终奖啊？”

听到这里，台下的员工一片哗然，好多人都感动得几乎要热泪盈眶了，连毛经理都坐不住了，他站起来说：“孙总，你免了我的职，我原先还耿耿于怀，现在想想，唉，我……我实在对不住您啊……”接着，他转过头对大伙说：“现如今都是老板给员工发年终奖，今年，我们就创个新，咱们员工给老板发一次年终奖！孙总给我们的年终奖，我们暂时还给他，让他拿着这笔钱去救急，接下那个大单子，明年挣了钱再还给我们，大家说好不好？”

“好——”台下一致赞同，会议很快结束了，等员工陆续走出会场后，孙老板拍了拍那博士的肩膀，说：“你这半真半假的即席发言，帮我渡过了这个难关，有了这笔救命钱，公司明年一定会好起来的，到时候，我再也用不着为发年终奖费尽心机了，我会给大伙每人发一个大红包……”

博士笑笑说：“孙总，我本科毕业时，以为管理就是学会管人；研究生毕业时，以为管理就是能挣钱；到了博士，我才明白，管理的最高境界就是找到别人想不到的办法，找到一个把企业年终奖发好的办法……”

孙老板听了，连连点头……

（**本期作者**：马　超）

（**题图、插图**：安玉民　梁　丽）

·海外故事·

给富翁带封信

□邓 笛 编译

孟菲斯是一个小镇，小镇上的人天性都比较懒散，有抱负的人不多，所以一些年轻人闲着没事做，总喜欢拿埃德华开玩笑，开埃德华的玩笑很容易，因为他是小镇上最穷的人，而且他又是一个轻信别人的人。

一天，埃德华说他有事要到纽约去，于是，一伙人便决定跟他开一个玩笑。他们知道纽约有一个大名鼎鼎的富人，当然，这伙人中没有人认识这个富翁，但他们想，如果让埃德华带一封信给这个富翁，那将会是一个很不错的玩笑，当埃德华从纽约回来，问他送信的情况，肯定会让大伙儿乐上好一阵子。这个玩笑太有意思了，决不能错过，尽管他们明知埃德华回来之后会生气，但他们还是忍不住要这样做。

于是，他们中有人自告奋勇起草了这封信，写信人谎称自己叫“阿富里德·憨夫”，是这个富翁的儿时伙伴，信上说：“因为分别太久，你可能已经将我忘记，但是你肯定会记得我们一起偷摘老斯蒂芬家的苹果的事，那次我们不但逃过了他的追赶，而且成功地将苹果卖给了他家的厨师；你还会记得……”这封信就这样描写了许多儿时的趣事，但无一是真实的，全是他们几个人杜撰出来的。信中说，持信人——埃德华，是邻家的孩子，希望这个富翁善待他。

埃德华非常惊讶他们居然认识这么一位大富翁，但他还是相信了他们，带着这封信上了火车，等他一走，骗他的那帮小伙子便一齐哄笑起来，纷纷猜想埃德华和那富翁见面时会发生什么有趣的事情。

再说埃德华，他到了纽约之后，首先去见那个富翁。富翁的办公大楼接待室里坐满了等待接见的人，埃德华把那封信交给了一位女秘书，只一会儿，女秘书就叫他进富翁的办公室。

富翁手中捧着那封信，说“埃德华，请坐。看来，这封信是我的一位老朋友写的，阿富里德·憨夫，我怎么一点印象也没有？不过，没关系，我忘掉的名字实在太多了。他信中说……呃……哈哈，简直太有趣了，我一点也记不得了。真有意思，我感到自己仿佛又成了一个少年！好啦，好啦，还有人等着见我。今天晚上，我还要好好读读这封信。你见到憨夫，替我谢谢他，告诉他，这封信对于一个整天忙于工作、身心疲惫的人来说是多么的美妙啊！”富翁执意不让埃德华住旅馆，让他住到自己家里，说是要尽地主之谊，好好款待。

就这样，埃德华在富翁家一住就是七天，在这七天中他过得开心极了。他每天都说想走，但富翁总是热情挽留。

七天过后，富翁告诉埃德华可以回家了，他说：“我打算在孟菲斯建一个分公司，需要一个知根知底的人做我的代理人，这些天我一直在观察你，我觉得你就很合适，如果你愿意的话，我会给你很高的薪水。”

就这样，埃德华成了富翁的代理人，他一回到孟菲斯，恨不得马上就把这个好消息告诉所有他认识的人，尤其想感谢写那封信的人。这是夏天的一天，天非常热，他看到小河的岸边有一个人，正躺着睡觉，他去纽约时，那人还为他送行呢。埃德华走上前去，拍了拍那人的肩膀，那人懒懒地睁开眼睛，一见是埃德华，脸“刷”地就变白了，跃身从地上跳起来，慌慌张张地溜走了。

埃德华感到好生奇怪，这究竟怎么啦？

接着，埃德华又看见一个小伙子

编读聊天室：众手浇开故事花

山东读者马阳： 我是《故事会》的常年订户，今年的刊物，从封面到内容，都有一种耳目一新的感觉。记得年初在“故事中国”网上看到吕佳编辑的访谈，她说从今年开始，《故事会》将开辟一些新的栏目，能具体谈谈吗？

红版编辑部： 今年我们对栏目进行了适当的调整，使刊物的内容更加丰富，比如，从今年开始，每一期《故事会》都会有“阿P故事”，“快乐辞典”也扩充为两页；从本期开始，我们又开设了三个新栏目，它们是“手机版故事”、“新新聊斋”和“银手指·金点子”。“手机版故事”在去年的增刊上首次出现，受到了读者广泛的好评，它的篇幅比笑话长，比幽默故事短，字数在100至300字之间，内容以轻松随意的生活小故事为主。“新新聊斋”每期将刊登一个富有时代气息、“聊斋”体例的故事，它要有一个好的故事核，篇幅在3000字以内。“银手指·金点子”是一个推荐类的栏目，每期刊登一个中外经典故事，并对该故事进行写作技巧上的点评，它将告诉你怎样欣赏故事、创作故事，并能启发、引导中小学生将这些技巧运用到作文写作中，使这个栏目成为指导他们写作的良师益友。我们期待这些新栏目会在2010年给读者带来全新的阅读体验，并热诚欢迎广大读者、作者来稿。

走了过来，那人也是为埃德华送行的，可一瞧见埃德华，那小伙子连招呼都不打，慌慌张张地扭头便跑。

埃德华心中纳闷不已，他一路走着，来到海边，看见了一只渔船，驾船的人一见埃德华，立刻惊恐起来，“扑通”跳进海里，边游边喊：“求求你，别冲我来，那不是我干的！”

埃德华奇怪地问：“你干什么了？”

那人一边在水里游着，一边气喘吁吁地说：“你不会揍我吧？”

“哪能呢，”埃德华说，“你们为什么都不理我？”

那人上了海滩，说了事情的来龙去脉，埃德华一听，乐坏了。当天，大伙儿聚在一起，一边喝啤酒，一边听埃德华讲去纽约的经过。

“你真的把信交给那个大富翁了？”

“那当然，我怎能辜负你们的一番好意呢？说起来真得好好谢谢你们，我啊，现在已经是他的分公司的经理，就要成为有钱人了。我需要有人帮我，工资嘛，保证丰厚！”

（**题图、插图：** 安玉民　梁　丽）

知名度

莫里是一个普通的工人，一次，城里的一所幼儿园失火，莫里接连从火中救了八个孩子，被誉为“爱心天使”，很多国际性的杂志都刊登过他的照片，知名度极高。有一次，A国的总理来到莫里所在的钢铁厂参观，看到莫里后热情地拥抱；B国的总统来访时，也和莫里亲切谈话，这让钢铁厂的老板十分惊奇，感到很失面子，一天，老板假装镇定地对莫里说：“我敢打赌——教皇肯定不认识你。”

莫里耸耸肩：“那倒不一定。”

老板问：“愿意打赌吗？”

莫里愿意打赌，并爽快地下了赌注，于是，老板和莫里一起来到梵蒂冈。在祈祷仪式快结束时，眼睛一眨，莫里不见了，老板很纳闷：他到哪儿去了呢？正在这时，莫里突然出现了：他和穿着一身白衣的教皇并肩站在一起，两人都笑呵呵的，显得十分亲热。

老板正在惊诧，这时，两个日本游客拍了拍老板的肩膀，问：“和莫里一起站着的那个穿白衣的家伙是谁呀？”

（翻译：白　磊）

黑狗救人

一个两岁的孩子，和小伙伴玩耍时，不慎掉入村头那口深井里。孩子的父母接到报信时，吓得魂不附体，心想孩子十有八九淹死了，因为那口井很深，光水深就达三米，以前掉下去的两个大人，无一生还，还淹死过一条黑狗。

孩子的父母发疯一般赶到村头那口深井旁，绝望地向井底探视，就在这时，他们惊喜地发现孩子没有死，而是站在水面上正仰着头向上看着……

孩子被打捞上来，非但没有哭，还笑嘻嘻的。父母以为孩子被吓傻了，赶忙摸着他的头好言安慰，不料孩子说：“我才不怕呢！”

孩子说，他掉下井后，水底一只黑狗用它的头托着他，还告诉他别害怕，等会儿爸爸妈妈就会来的。

这时孩子的父母才发现孩子全身上下，仅湿了一双鞋。

村人很惊异，他们把井底的水抽干了，可哪有什么黑狗？

（**作者**：张志忠）

签 售

一所小学附近有一个卖烤红薯的，摊主是个和气的老头。有一次，一个学生的作业忘了让家长签字，进不了教室上课，正在这时，他看到了卖烤红薯的老头，灵机一动，便上前求老头帮忙签字，老头接过笔来，在作业本上留下了龙飞凤舞的“家长签名”。那学生喜不自禁，临走之前便买了一个烤红薯，以示感谢。

那学生回到班里对同学说了这事，从此，学生们都来找那老头签字，然后买一个烤红薯，终成惯例。

有一天，七八个学生排着队，等老头帮忙签字，恰好一个作家路过，看见此景，感叹道：“现在连卖烤红薯的都搞起签售了啊！”

（**作者**：乐 生；**推荐者**：余 卫）

中了大奖

有个农民，每次买彩票前都虔诚祷告：“我要是中了大奖，一分也不留，全给村里，建所小学，修一条路……”

终于有一天，那农民中了五百万大奖，他高兴得跳了起来，暗想：这回有钱了，一定要玩一玩，再盖所好房子，家里黄脸婆也该休了……他去彩票中心兑奖，工作人员很奇怪：“先生，十分钟前你刚兑过奖啊！”

农民说：“我什么时候兑过奖？”工作人员指了指彩票，农民一看，彩票上盖着个红戳：“奖金已兑付。”

农民大叫：“这一定是你们捣的鬼。”这时过来一个记者，说：“你真的领过奖了，这里有录像，不信放给你看。”

农民一看录像，领奖的真是自己，他还激动地说“这五百万我一分都不留，全给村里……”

（**作者**：郭振宇）

（**本栏插图**：包丰一）

·我的故事·

派出所里来了个协警，看似貌不惊人，而他的遭遇却让所有的警察瞠目结舌……

这个协警真走运

□向曙红

一个喷嚏成全他

我读警校时成绩很好，学校每一次举行模拟破案，几乎都是由我获胜。大家都说，我毕业后一定能进刑警队，毕业时，连我们的教授都拍着我的肩膀鼓励我："好好干，做个中国的福尔摩斯，我看好你！"

我雄心勃勃，仿佛看到了美好的未来，可没想到毕业分配时，我没能进市公安局的刑警队，而是分到一个小派出所里当了个片儿警，管的事可杂啦：东家的狗咬了西家的猫啦，张家的儿子偷看李家的媳妇洗澡啦，楼下的在楼梯口堆放杂物堵了过道啦……我烦了，懒得理，辖区里的人就去找所长告黑状，所长批评我，我只能替自己辩解："我这个片区的人特会来事，我一个人，管不过来。"

说这话之后大约三天吧，所长领个人到我面前来了："小向，你不是说你忙不过来吗？我给你派个协警，协助你。他姓黄，比你大几岁，你就叫他老黄吧。"

一看老黄那德性，我就知道是个走后门来的。公安局招协警在身材上是有条件的，身高1米75以上，健壮，他呢，顶多1米7，瘦不拉叽的。这身板也当协警？遇到歹徒，是他抓歹徒呢还是歹徒抓他？

我最见不得走后门的人，当下对他很冷淡，他呢，也不计较，上来就让我把片区的户籍资料给他看了，说是要熟悉熟悉情况，还说许多大案要

案就是从户籍资料里查出线索的，他说这话时我正在喝茶，结果一口茶喷了他一个大花脸，我又是呛又是笑："就凭你，一个协警？我这个片警都和真正的案子不沾边呢，你连正式警察都不是，说这话不怕闪了牙？"老黄正儿八经的："协警怎么了？片警又怎么了？有许多优秀的刑警，就是从片警一步一步干上去的，保不定你我今后都是最优秀的刑警呢，就像福尔摩斯一样。"

真是不知天高地厚啊！

老黄也有自知之明的时候，我带他巡查片区，他因为警服还没发下来，穿着一件蓝夹克，看起来像个水电工。他央求我："向警官，你也别穿警服吧，你看你，本来身材就高大，又穿着警服，威风凛凛的，我走在你身边，外人一看，还以为我是你抓的小偷呢，给群众留下的第一印象就不好，我以后协助你办案，也不好开展工作不是？"

我说："别一口一个办案的，咱不是办案！咱就是看看猫有没有打架，狗有没有乱撒尿，懂吗？"但我还是脱了警服，便装带他去熟悉环境。

那天我们将整个辖区都转了一趟，转完了，天也就黑了，老黄热情地请我吃晚饭，说："累了一天，我请你吃碗面条吧，也算巴结巴结你。"

我们去路边摊吃面，在我们前面有两个人，一胖一瘦，这两个人在一张桌子旁坐下，一坐下瘦子就喊："老板，先来两碗茶。"这铺子的老板是我们这个片区有名的直筒脾气，当下嗡声嗡气地说："我们是卖面条的，不卖茶。"这一句话将瘦子给说翻脸了，他瞪着眼睛嚷道："你说什么？老子是来照顾你生意的，茶都不孝敬一碗？老子砸了你这摊子！"

老黄慌忙跑上前，低三下四地说："和谐社区，和谐社区，别生气。老板忙，二位别见怪，要茶嘛，我来给您倒。"他屁颠屁颠地跑到案板边拿保温瓶，样子像小丑似的。保温瓶拿来了，他殷勤地给两人倒茶，正倒着呢，他仰起头来，鼻翼颤动，大张着嘴，一看就是要打喷嚏的样子，惹得那两个人都看着他，那瘦子还挪了挪身子，说："小子，要打喷嚏就朝边上去。"人家一句话刚说完呢，他就打了个响亮的喷嚏，结果怎么着，打喷嚏时他手一抖，保温瓶里的开水就冲一边的胖子身上倒过去，胖子被烫得像杀猪似的叫起来，跳起身来手忙脚乱地扒身上的衣服，他将自个儿的上衣一掀起来，我的眼睛就直了，这胖子腰上别着一把手枪，那可是真家伙！

我看到了，老黄也看到了，他一下子扑过去，一把抽出胖子腰上的枪，顺手就掐住了那人的脖子，旁边的瘦子反应过来，从腰上抽出一把匕首，照着老黄脸上就刺，老黄偏一偏头，匕首贴着他额头划过去，但还是将老黄额头划出了血，痛得老黄大叫大嚷：“向警官，你还愣在那里干吗？”我连忙扑过去，制伏了那个瘦子。

事后才知道，这一胖一瘦竟然是在逃杀人犯，在湖北犯的案，逃到我们这里来了。这两个逃犯身上已一分钱也没有，他们找面摊上的老板滋事，只是想找个借口讹两碗面吃。

这下不得了啦，一个小小协警抓住了两名被通缉的在逃杀人犯，那是要被记功的，连刑警队的大队长都跑来了，握着老黄的手直夸奖：“老黄，厉害啊，我们刑警队要是有你这样的高手就好了。”听那口气，还真将老黄当个人材了。

海鲜带来的好运

我从来没见所长这么兴奋这么大方过，当天傍晚，他请我和老黄到城外五里的海边度假村吃海鲜，还带了其他几个同事，说是要给老黄庆功。

吃着海鲜，喝着烧酒，所长请老黄说说抓逃犯的经过，好让几个跟来的小片警过过瘾。老黄额头上贴着胶布，他满面红光地讲开了：“我随向警官巡查社区时，看到了那两个人，我一眼就认出了，他俩就是被通缉的逃犯，所以，我跟上了他俩。当他俩去路边摊时，我便说要请向警官吃面条，也跟了过去。我知道他们有一把枪，但不知道枪在谁的身上，要抓他们首先就要卸掉他们的枪，否则自己危险群众也危险。当他们要茶时，我有了主意，我给他们倒茶，装着打喷嚏，将开水倒在一个人身上，这样，那人就会扒衣服，他身上如果有枪，枪就会露出来，制伏他就行了；如果他扒衣服时，身上没有枪，那枪必然在另一个人的身上，我就去制伏另一个人……”

我听得直起鸡皮疙瘩，我真没见过这么会吹的，好像一切都是他计划之中似的。只有我清楚，他这次立功纯属巧合，说白了，运气好，倒茶时打了个喷嚏。

这天晚上，大家都很兴奋，只有我不开心，大家对老黄太重视了，我

呢，只是受了上级的几句表扬，说我协助老黄抓住了逃犯，听听，协助，协助而已。当天晚上，大家都喝了好多酒，执法的人不能犯法，没有人能开车了，所长难得大方一回，手一挥：“开房去，我们就在这度假村住一宿，明天早晨再回所里。”

房是所长和老黄去开的，大堂经理亲自领我们上楼。所长和另两名同事住4楼的408，我、老黄，还有一个小片警三个人住5楼的512房。一进房间，那个小片警就奔卫生间洗澡去了，我和老黄坐在床上看电视，才看了没两分钟，老黄的肚子就咕咕响起来，接着，他坐不住了，在房间里转。我问他咋了，他脸都黄了，说海鲜吃多了，拉肚子了。

老黄去敲卫生间的门，里面的小片警还没完，看老黄那架式，他是一分钟都等不了啦，咬着牙，握着双拳，身子扭来扭去，走到门口东张西望，似乎想知道哪里还有卫生间，酒店嘛，卫生间都在房间里，哪里还有？于是老黄只得去所长他们的408房间，他走到门口东张西望的，似乎在考虑是乘电梯下去呢，还是走楼梯，他最终决定了走楼梯。

我忍不住跑到门口看老黄走路的样子，那样子确实很搞笑，想跑，又不敢跑，迈着大步，握着双拳，绷着一张脸，那样子，像要找人打架似的。

楼梯口有个漂亮女孩子，正靠在墙上打电话，她不时地扭头望老黄两眼，老黄就是奔她站的地方去的呢。她望着望着，脸上就露出惊恐的表情，收了手机，提防地盯着老黄。

我猜得到那女孩的心思，这时候走道里没人，很寂静，一个女孩子猛然见这么一个大男人奔自己来了，而且是握着双拳咬着牙，一副像要吃人的样子，哪有不害怕的？

就这工夫，看样子老黄是憋到顶点了，再也不能一步步地走了，他猛地就跑了起来。那个女孩一直用提防的眼神盯着老黄呢，猛地见他奔过来，女孩再也沉不住气了，“妈呀”一声尖叫，转身就往楼下跑。

我见到这情景，笑得差点岔了气，那女孩将老黄当成要攻击她的歹徒了。笑着笑着，我也跟着跑过去，我怕这误会闹大了，真将那女孩吓出个好歹来，我得过去解释解释。

我跑到楼梯口时，那女孩已经没影了，老黄也刚好跑到4楼，但他没奔408所长的房间去，而是顺着楼梯一直往下跑，追那女孩去了，一边追，一边还大声叫着：“站住！听到没有，你给我站住！”

我愣住了，这就是老黄的不是了，你将人家女孩子吓成这样，你还没完没了啦？人家怕你，跑还不行吗，你还要撵人家？

我跟着一直追到3楼的过道里，

看到老黄竟然将那个女孩扑倒了，压在她的身上。我上去怒气冲冲地叫了一声："老黄……"老黄慢慢地爬起身来，冲我挥了挥手，示意我不要说话，同时，他厉声问女孩："是不是你干的？说！"

什么是不是她干的？我摸不着头脑。那女孩惊恐不已，结结巴巴地说"是，是的。"

"为什么要这么干？"老黄的口气更严厉了，问的都是我摸不着头脑的问题。

那女孩终于忍不住，哭了："他老打我，他有家庭暴力，我实在受不了啦，我只能找人教训教训他。"

我糊涂了，这还似乎真有案子呢。这时，我从老黄身上嗅到了一股难闻的气味，我这才醒悟过来，催老黄赶紧去408，老黄叹了口气，精神颓然："已经用不着了，我还是回房间换衣服吧。向警官，你将她带到所长那儿去，好好审审她，她犯下案子了。"

那女孩其实就是这里的大堂经理，我将她带到408，其实用不着我们怎么审，她已经如竹筒倒豆子，自己全讲了。她说，老公经常打她，实在受不了，就跟相好的一个男孩子说了，那男孩子说要给她出气，她就同意了，安排那男孩子今晚去她家里教训她老公。刚才她在楼梯口就是和那男孩子通电话，男孩子告诉她，他进屋去教训她老公时，反而被她老公用花瓶砸了脑袋，他实在恼羞成怒，掏出刀子捅了她老公一刀。

所长打电话和市刑警队联系，刑警队回话说，仙苑小区发生了一起入室行凶案，一名男子被一潜入屋内的歹徒捅破了肚子，现在正在医院抢救。据受害人说，他不认识凶手，目前，他们正在侦破此案……

这个老黄是不是撞上了狗屎运？他被屎憋坏了，去找厕所的样子吓着人家女孩子了，女孩子吓得逃走，他却认定人家见着他就跑不是什么好人，逮住人家一诈，竟然诈出人家有案子在身。天下没有比这更巧的事儿，也没有谁会有老黄这样的好运气！

运气是练出来的

老黄再也没来我们派出所上班，我问所长，老黄去哪了，所长笑起来："你还指望老黄来给你当协警啊？人家当他的刑警队副大队长去了。"

我们全都惊呆了：连续破了两个案子，就进了刑警队，还提拔当副大队长了？

所长说："告诉你们吧，人家本来就是湖北一个公安局的刑警副大队长，他这次来我们所，就是为了追捕那两个杀人犯的，所谓当协警，只是个幌子，为了不走漏消息。"说到这里，所长意味深长地看了我一眼，说："告诉你吧，人家以前也是个小片警，是凭着自己的本事，一步一步干到现在刑警副大队长的位子的。"

我愣住了，开始仔细回想这连续破获两起案子的经过。第一个案子，老黄既然早就盯上了那两个杀人犯，那么在实施抓捕时，老黄故意泼滚水，烫得持枪歹徒脱衣服，那是他的一个小计谋，这倒也说得过去，但他抓酒店大堂经理的过程，我还是认为那纯属运气，是误打误撞。

这个谜底在稍后几天揭开了，老黄给我来了封信，信中说，当时我们穿的虽然都是便衣，但我们登记时，都出示了警官证，又是大堂经理亲自送我们去房间的，她应该知道老黄是警察。一个警察向她跑过去，她吓得逃走是不合理的，除非，她犯了事，以为警察要抓她……

我愣住了，这倒是我没能想到的。这么说，老黄的运气，不全是运气？

老黄还告诉我，所长之所以让他给我当协警，主要是想让他找机会劝劝我，踏踏实实把手头的工作干好。其实他就是片警出身，当初因为身高的问题没能进刑警队，他也自暴自弃了好一阵。老黄还说："也许你会说我的运气好，是的，抓住那个酒店大堂经理，是有运气的成分，但是，要不是长年累月的片警经历积累起来的经验、磨练出来的敏锐性，碰到这样的运气，我多半也会错过的。"

老黄的话像一记重锤，将我敲醒了。自此之后，我再不好高骛远了，不过，我没有老黄那样的好运而因此去当刑警副大队长，我仍是一个小小的片警，但我现在踏实了，当刑警和当片警，都是为了保一方平安啊，挺好的。

（题图、插图：谢　颖）

“1230”是啥意思

□韩春玲

最近，林之平和老婆洪倩之间剑拔弩张，关系很是紧张，事情的导火索，是洪倩坚持要去注射美容针，而林之平偏偏不让，他说，他也不是一概反对美容，主要是这行当良莠莫测，还是小心为好，两人为此较上劲儿，谁也不肯服软……闹到最后，任性的洪倩决定一意孤行，下午就去美容院把针打了。

林之平该说的都说了，他也知道，现在再劝老婆，哪怕是说一句，也是废话，索性啥也没说，憋着一肚子气上班去了。

来到班上，林之平心里憋得慌，就和哥们小梁说了这事儿，末了，他说:“我不是心疼那几万块钱，就是怕那东西是假冒伪劣，万一皱纹和斑没去掉，反倒弄了个满脸花，甚至把整个脸都毁了，到那时候，说啥都晚了。”

小梁听后，寻思了一会儿，说:“要去的是哪家美容院？”

“为美美容院。”

小梁说“我倒有个办法，可以阻止你老婆——”

什么办法呢？原来，小梁有个熟人叫江枫美，一年前曾去为美美容院打过这种美容针，结果皱纹非但没有去掉，反而更多了，仿佛一下子苍老了十多岁，而且，更为可怕的是，注射美容针三个月后，额头上出现了一个一元硬币大小的凹陷，仅仅是看上一眼，就让人恐怖得要命。现在，如果让江枫美和洪倩见个面，说说她的不幸遭遇，估计洪倩就不会再去注射什么美容针了。

这倒是个好办法，于是，林之平向小梁要了江枫美的手机号码，给她打电话。这江枫美的电话还真难打，一连打了好几个，每次都是“对方正在通话”，后来好不容易打通了，林之平赶紧向江枫美说了自己的情况。

江枫美听后很为难，说：“真是不巧，我最近很忙——”

“大姐——”林之平恐怕对方挂了电话，赶紧恳求道，“您听我说，耽误不了您几分钟的，您住在哪儿？我开车接您去。”

江枫美的口气略有缓和，说：“最近求我说服老婆别去打美容针的人还真不少，弄得我筋疲力尽，有一次，害得我上班都迟到了，被公司罚了一百元呢，而且，经理都给我下了最后通牒，如果再这样下去，炒鱿鱼就是必须的了。”

林之平听出了江枫美话里的意思，急切地说：“大姐，我不会让您白辛苦的，我会付给您辛苦费的，您看——二百怎么样？”

林之平等了好一会儿，对方没反应，他以为对方嫌钱少，把电话挂了，忙说：“大姐，听得见吗？”

江枫美冷冷地说了一句：“听得见。”

林之平赶紧加价，说：“大姐，刚才我说错了，您看——四百行了吧？”

江枫美不冷不热地说：“好吧，既然是朋友介绍的，我就不计较那么多了。这样吧，三天后你再等我电话，到时候你开车来接我。”

林之平一听就慌了：洪倩下午就要去美容院，三天后多少美容针都已打了，到那时候再劝说，哪还来得及？于是，他慌忙将这一情况告诉给了江枫美，江枫美听后说：“现在去也行，不过我可给你明说了，如果非要现在去，要再加1230元。我告诉你，你也不用讨价还价，这是规矩。”

林之平心想这江枫美可够黑的，这不是勒索吗？但反过来想想，这一两千元，和打美容针的几万元一比，和打美容针可能造成的严重后果一比，那算得了什么？于是他就痛快地答应了。不过林之平还是留了个心眼，多问了一句：“大姐，我还是有点担心，要是万一说服不了我爱人，怎么办呢？”

“说服不了？”看来江枫美对自己的口才很有信心，语气里透着一股子豪气，“你放心，说服不了，我只收你一百块钱的辛苦费。”

有了江枫美这句话，林之平就放心了，他请了个假，立马开车去接江枫美，路上，他还给老婆打了个电话，说有个非常要紧的事儿要告诉她，让她千万别出门，自己几分钟后就到家。十多分钟后，林之平就到了江枫美的住处，两人连口水都没喝，马不停蹄地赶了回来。

还好，洪倩还在家中，林之平撒谎说，上班后他总觉得不放心，于是就决定去“为美美容院”探个究竟，刚来到门口，就遇到了江枫美。

江枫美把洪倩拉到一边，告诉她说，千万别去这家美容院打什么美容针，自己就上过当，现在悔得肠子都青了。

说话的时候，洪倩注意了江枫美一下，只见江枫美的脸上皱纹密密麻麻的，灰斑加黑斑，连成一大片，更可怕的是，江枫美的额头上有个一元硬币大小的凹坑，莫非……看到这些，洪倩惊恐地说：“这位大姐去过美容院？打过美容针？”

这时，江枫美已经将随身携带的皮包打开，从里面掏出一个文件夹，拿在手里，对洪倩说：“大妹子，空口无凭，我确实去过美容院，而且就是那家‘为美美容院’，还打过美容针，你看——”

洪倩接过文件夹，打开，里面放着一些大大小小的纸片，码得很整齐，她一页一页仔细翻阅着，有江枫美先后两次在“为美美容院”打美容针的发票，还有打过美容针后脸部出现异常的一些照片，最后是两张对比照片，一张是江枫美没打美容针前的照片，脸部光洁照人，另一张是她打了美容针半年后的照片，丑得吓人。

林之平就站在老婆的身边，这些令人不寒而栗的资料，他看得清清楚楚，这江枫美简直就像在案发现场搜集犯罪证据的警察一样，材料工作做得太好了。他心里顿时吃了定心丸，这一回就是打死老婆，她也绝对不会再去“为美美容院”了。果然，洪倩看罢资料，紧紧地握住江枫美的手，激动地说：“大姐，谢谢你，要不是你，吃罢饭，我就要去为美美容院了。大姐，要不这样，我们请你吃饭，也算表示一下谢意。”

江枫美淡淡地一笑，说：“不用

了，既然你知道了真相，我也该回去了，最近我很忙，以后有时间再说吧。”

洪倩见留不住江枫美，就对林之平说：“老公，快开车送送大姐。”

林之平答应一声后就和江枫美一起下楼了，车开出一段路，林之平把车停在路边，从钱包里拿出1630元，递给江枫美，说：“大姐，谢谢您，这是1630元，其中400元是咱们一开始谈好的，另外的1230元，您说是‘加急费’，对吧？”

江枫美说了一句“那我就不客气了”，就把钱接了过去。

林之平启动轿车，然后说：“大姐，我还有一事不太明白，您说的加急费为啥还有整有零、偏偏是1230元呢？”

江枫美一直瞅着窗外，这时，她突然说：“停下吧，我就在这下车。”

林之平把车停在路边，疑惑地说：“还不到你家呀？”

江枫美看了林之平一眼，似笑非笑地说“曾经有好多人像你一样，付给我钱时，总会问我这个问题，那好，我现在就告诉你——请我说服老婆别去打美容针的男人不止你一个，有好多好多，而有的人，比如你，着急得不行，等不得。不得已，我就立了个规矩，每提前一个人，加收十元钱，而你打电话时，号已经排到了123号，所以要加收你1230元。”说着江枫美就下车了。

刚下车，就有一个男人迎过来，说“你是江枫美吧？快，快去劝劝我老婆吧，她死活闹着要去打什么美容针呢……”

（题图、插图：魏忠善）

·本刊信息传真·

点评、纠错、投稿 尽在故事中国网

读完本期的《故事会》，你对哪几篇作品印象深刻，或者有感于心，不吐不快？

欢迎登录故事中国网(www.storychina.cn)，发表评论，一经采用，即致稿酬50-100元。

征集方法：每期《故事会》出版后，欢迎对当期刊物中的单篇故事进行评论，也可以就同期的2、3篇作品或同一作者的数篇作品进行比较分析，要求言之有物，不泛泛而谈，有一得之见即可。我们会从每期应征的评论中选择1-2篇质量较高者发布在故事中国网首页的“连线故事会”栏目中，凡被采用发布的评论，将支付50-100元的稿酬。

故事中国网举办的“咬文嚼字”活动，请您指出当期《故事会》刊物中的错别字或病句，找得最多最准的读者有机会赢得故事会公司出版的图书。

此外，《故事会》每位编辑在故事中国网都设有投稿专区，网上投稿的优点是稿件处理快，结果一目了然。欢迎广大故事作者上故事中国网直接投稿。

·中国新传说·

有人想把一个钱包扔了，却怎么也扔不掉，你说怪不怪？

别和他过不去

□无字仓颉

邓家光先生是位美籍华人，父亲临终前留下遗嘱：一是要把骨灰带回家乡，埋在他出生的地方；二是要他回乡投资，为家乡建设出一份力。为秉承父亲遗志，邓先生带着父亲的骨灰踏上了回国的行程。

邓先生几经周折，终于来到了三岁就随父离开的家乡。他拿着父亲留下的地址，登上了最后一程：搭乘从县城到乡村的中巴车，没想到这旅途之上接连发生了两件事，大大地改变了邓先生的心情。

先是邓先生的黑色手包忘在候车室的椅子上，直到车子出站他才发现，赶紧让司机停车，赶到候车室一看，还好，那包还在！紧接着发生的事更窝囊：邓先生刚在长途车上坐定，突然发现脚边也有一只手包，邓先生忙问谁掉了包，这时，一个“小平头”走了过来，说包是他不慎遗忘的，接着，小平头打开包检查，突然，他大叫起来，说里面的五千块钱不见了，还说这钱是给他妈看病借的，于是，身边的几个人便一哄而起，要邓先生打开自己的包让他们检查，以避嫌疑。

其实，他们是一伙的，老百姓称他们是“丢包党”，那伙人闹得可凶了，车站、码头、路上，全有，眼看邓先生就要陷入圈套之中，好心的司机出手相助，他见路边停着一辆警车，就停下车来，让他们去找警察解决钱包的纠纷，那伙人看见警察心虚了，嘴里吆喝着：“对，找警察评评理……”下车后却一溜烟儿，没影了。

旅途上出了这样的事，邓先生感慨万千，原本以为自己的包丢在车站，没人贪财捡去，那是古风犹在，是“路不拾遗”，现在看来未必，说不定别人担心那是“丢包党”设计的圈套，没人敢去捡，如此而已。

家乡的投资环境到底如何？要不要投资？邓先生举棋难定。回到家乡后的第二天，邓先生先是在附近的镇

上转悠，了解当地的经济状况、政策民情等，接着，他选择了一个恰当的时机，把预先准备的一个手包偷偷地“丢”在路边。

“丢”完包，邓先生就去镇政府找人谈话。过了大概两个钟头，他不慌不忙地踱到来时的那条路上，走近丢包地点，一看，赫然发现那手包远远地躺在路边。等他走近，旁边忽然闪出两个七八岁的小孩，一男一女，冲他行了个队礼。小男孩把地上的手包捡起来，递到邓先生手上：“叔叔，这是您的包吧？看看东西少了没有？”

邓先生满腹狐疑地接过，拉开一看，包里东西原封未动。他正要问个究竟，谁知两个小鬼互相一眨眼，说了声“叔叔再见”，转身就跑得没影儿了，把邓先生弄得一头雾水。

接下来几天，邓先生分别在小饭店、澡堂、商店、路边等地方“丢”包，有意思的是总是被好心人拾到，守在一旁等他回去找。接二连三的“丢包”都完璧归赵，这里的民风也实在是太好了，好得使人无法相信，邓先生隐隐地觉察出这其中有些猫腻……

这一天，是预先定好的安放父亲骨灰的日子，按照当地的风俗，照例要摆几桌筵席，请一请本家亲戚及同乡四邻。

席上，邓先生看到有个小男孩正一直盯着自己看，他猛然想起这男孩正是前几天在路边捡包的那个，于

是，邓先生上前问男孩：“小朋友，你叫什么名字？你是这村的吗？”

小男孩老老实实地回答道：“我叫邓超，是后河村的。”从小男孩的说话中得知，这邓超居然认识邓先生，还知道他的名字，这使邓先生十分好奇：后河村离这里有五六里远，小邓超是怎么知道自己的呢？邓先生决心弄个明白，于是，他牵着邓超的手，来到一边，问：“小朋友，伯伯有事问你，你是怎么知道我的名字的？”

“老师在学校里告诉我们的。”

“哦，你是哪个学校的呢？”

“乡中心小学。”

“邓超，咱们都姓邓，是一家人，明天你在你们学校门口等我，带我去找你们的老师好不好？”邓先生和蔼地同小男孩商量，小家伙答应得挺利索：“好！”

第二天一早，邓先生来到乡中心小学门口，小邓超没有失约，早早地就等在门口。邓先生原想先到教室，从同学中了解老师告诉他们些什么，不料他一进校门，就引来了不少关注的目光，校长闻风而来，校长是一位精神矍铄的老人，他忙不迭地把邓先生请进办公室，邓先生请老校长坐下，将来意说明了，希望老校长解惑。

老校长低头沉思了一会儿，像是有些犹豫，又觉得不说不行，怕是过不了邓先生这关，他咬咬牙，冲邓先生一摆手：“您跟我来！”说完，老校长就朝门外走，邓先生跟在后面，不知道要去哪里。

老校长领着邓先生出了校园，走到背面后山墙的地方才停下，老校长指着后山墙上的一行字让邓先生看，邓先生一瞅，上面写的是：“谁跟投资人过不去，全乡人民就跟谁过不去！”后面还有署名——“乡政府宣”。

邓先生看完这幅极富“个性”的标语，不由哑然失笑。这时，一旁的老校长说：“你回乡办厂的事，几乎全乡都知道了，为这，乡里专门开会研究，把会议精神层层传达下去，我们学校也接到了通知，中心意思是——不要跟邓先生过不去。我们把上级精神都对学生们传达了，并详细描述了你的外貌特征，以便学生们留意。”

邓先生听得有些糊涂：“怎么？跟我过不去？”

老校长叹了口气，说：“近些年，地方经济是搞活了，可社会风气不尽如人意，你回家途中遇上‘丢包党’的事，乡里也听说了，所以你一回来，立即就成了我们的‘重点保护对象’，想想也真惭愧。”

“哦！”邓先生顿时恍然大悟，包“丢”了几次都没丢成，原来是有人在暗中保护啊！

望着眼前破旧的校舍，和老校长期待的眼神，邓先生已经知道自己最先应该投资的是什么了……

（题图、插图：魏忠善）

人活在世上，很多东西都可以忘掉，但有一样千万别忘：天理！

焦头烂额

□梅永远

孔德令这几年的生意做得顺风顺水，他已经是这个城市里数一数二的中央空调经销商了，眼下他正在主攻一个项目，是电力公司的运营大楼。这栋楼的冷暖通风设备，整体预算在四千多万，这样一条大鱼，孔德令是不会放过的，他在电力公司上上下下都进行了打点，而且在基建办的马主任那里下了重注，孔德令胜券在握。

投标的前一天晚上，孔德令又把马主任请了出来，孔德令的一个朋友新开了一家大酒店，听说聘请了一位名厨掌勺。马主任欣然赴宴，桌上的酒菜琳琅满目，马主任胃口大开，吃得满面红光。宴席渐近尾声时，酒店服务员端来了两碗拉面，说是厨师的绝活，免费赠送的。马主任笑呵呵地尝了一口，突然，他脸上的笑容立刻凝固了，一旁的孔德令吓坏了，凑过去紧张地问："马主任，怎么了？"见马主任不答话，孔德令转过头来厉声呵斥服务员："你们怎么搞的？"

服务员诚惶诚恐地说："没什么啊，这是我们大厨拉的面，他的拉面每一根里都有馅料，这是他的绝活，拉的时候不让人看，据说全中国也没几个人会呢！"

马主任的脸色已经变成了惨白，孔德令的脸也吓白了，他端起马主任的面碗，用筷子拨了拨，看了看拉面的断口，黑褐色的豆沙馅清晰可见，并没有什么异常啊！孔德令试着尝了一口面，味道非常特别，极好，他很

纳闷这样美味的拉面怎么会让马主任感到不适。

一会儿，马主任终于缓过劲来了，孔德令刚刚松了一口气，意外又发生了：服务员端来了一个五彩缤纷的大果盘，用四种水果拼成，分别是杏子、香蕉、柿子和橙子，寓意就是“心想事成”，起先也没什么，伶牙俐齿的服务员念了一遍“心想事成”，孔德令也忙不迭地附和着说：“祝愿马主任万事顺利、心想事成！”接着，马主任也喜笑颜开地念了一遍“心想事成”，三遍一念，马主任脸上的笑容又突然像是被冻住了一样，冷汗从他的额头渗了出来，然后，他铁青着脸，一言不发，拂袖离席。

孔德令不知道发生了什么事，跟在马主任后边小心地赔着不是，马主任出了门依旧一言不发，门口恰好停了一辆出租车，马主任出来习惯乘出租车，他上了车就要走，孔德令还想挽留马主任去夜总会“放松放松”，马主任推说今天不太舒服，让司机开车走了。

没办法，孔德令只得准备先开车回去，再想对策，不巧的是前面十字路口交警在查酒后驾车，他今晚喝了不少酒，现在风头紧，被逮住了就麻烦啦，路中间有隔离栅栏，没办法掉头，孔德令赶紧把车拐进了非机动车道，倒了一小段，将车停在一处宽阔的人行道上，然后打电话通知自己的助手来取车，助手那里有他的车钥匙。

因为前面警察设了卡，再加上这个路段原本不是很繁华，孔德令等了好长时间还是没等到出租车，他在空荡荡的非机动车道上漫不经心地走着，心里还想着刚才宴席上的事，唉，真是的，自己都不知道怎么就把马主任搞毛了，想到这里，孔德令不安起来，他掏出手机发了一条短信：“马主任，我把给你的佣金提高到8个点，你一定要帮忙啊！”过了一会儿，马主任回复了一条短信：“你放心好了，你的事包我身上

了。"收到这条短信，孔德令心里踏实了些，他大步向前，突然，一声惨叫，他掉进了一个刚被偷走井盖的窨井……

再说马主任，他心神不定地坐在出租车上，感觉今晚就像撞了鬼一样，七年前的事又在脑海里浮现:

那时候，马主任还是辛乡电力局的一名小领导，正巧上面要从基层提拔一名干部，马主任和另一个小伙子都是热门候选人。马主任很担心，因为对手是个很优秀的年轻人，于是他就开始想办法，他写了很多检举信污蔑对手，经过查证，发现检举的这些内容都是假的。眼看就要确定最终人选了，马主任很着急。

一天晚上，马主任约了那个小伙子喝酒，小伙子喝得醉醺醺的，在回去的路上被人偷袭打昏，然后被绑在一个小树林里。当然，这都是马主任干的，但这一切，恰巧被下班归来的一个厨师发现了，他要制止马主任，马主任在和厨师的推搡中，失手将他推下了树林后面的小山崖……

小伙子几天后才被人找到，饿得奄奄一息，调养了好久才恢复元气，但厨师始终没了踪迹，马主任认为他死了。在小伙子调养的那段时间里，马主任紧锣密鼓，乘虚而入，得到了提拔，从此平步青云。如果不是今晚，他快把这事给忘光了，因为那厨师有一手绝活，特别擅长做拉面，能够在每一根拉面里"拉"进馅料，今天晚上吃到这种拉面时，马主任自然被吓了一跳；更可怕的是，那个厨师名叫石城，而那个果盘叫"心想事成"，这

或许就是暗指“辛乡石城”？如果这是巧合的话，那也实在是太巧了！

想到这里，马主任的汗又下来了。这时，手机响了，孔德令的短信来了，马主任回复了短信后，抬起头来长长地吐出了一口气，忽然，马主任发现出租车并不是朝他家里去的，便紧张地喊道：“师傅，你走错了！”出租车司机冷冷地回答：“不，没错，我送你回老家呢！”说着，司机把脸扭了过来，这张脸马主任认识，正是石城！马主任吓得大汗淋漓，他带着哭腔喊着：“你是石城？你是人是鬼啊？”见马主任面如土色，石城脸上满是不屑：“是人是鬼都不重要，反正我回来报仇来了！”

马主任知道自己凶多吉少了，他忽然一咬牙，打开出租车的门，纵身一跃，翻滚着扑到了地上，马主任本来打算爬起来逃跑的，可是他平时缺乏锻炼，一堆肥肉，摔到地上，一下就昏了过去。

石城停下车，走下车来，看着圆咕隆咚一团的马主任，叹了一口气。

原来，石城当年摔下山崖后，随着崖下的河流漂到了下游，被人救了起来。以后，他还是当着厨师，因为他孤身一人，从此也没有回到辛乡。最近，石城又随着老板来到这家酒店，今天，他听老板说孔德令要请马主任吃饭，就特意问了问马主任的名字，果然就是当年那个家伙，于是，石城便有了这么个计划。其实，石城现在生活很好，他可不想杀马主任，只是想吓唬吓唬他而已。

石城上了车就要离去，想了想又停下车，打了个120急救电话。

第二天，尽管缺席了两个人，投标会还是如期举行了，马主任住院了，他的工作被人接替，而孔德令的公司已经乱成了一锅粥。

孔德令的手下找遍了各个地方，也找不到自己的老板，打了电话，先是没人接，后来关机了。无奈，孔德令的手下报了警，警察一调查，发现最后跟孔德令联系的人是马主任，找到马主任的手机，却看到孔德令发来的一条短信：“马主任，我把给你的佣金提高到8个点，你一定要帮忙啊！”于是，马主任受贿的案子立案了。

可是孔德令还是杳无踪影，是的，孔德令还躺在那个幽深的窨井里，他还处在昏迷中。人们什么时候才能找到呢？那只有天知道，手机没电了，关机了，警察也没法通过定位系统找到他了。

当年，就是因为孔德令收购了大量偷来的窨井盖，牟取暴利，生意才发展得如此迅速，当然，也害得不少路人失足受伤。

出来混的，只要做了昧良心的事，迟早都要还的。

（题图、插图：张恩卫）

·中国新传说·

都说"无利不起早",哪个司机不开快车?可偏有个司机,他把车开得很慢、很慢……

开慢车的司机

□时英友

这天夜半,宋大明喝罢酒,走出酒店准备打车回家,一看表,酒当即清醒了一大半。原来他家住市郊,很是偏僻,平时打车回家都困难:路程远,返回时很难载到乘客,跑空车,很多司机都不愿意去。眼下都凌晨两点钟了,还能打到车吗?这让宋大明犯难了。打电话让老婆开车过来接吧,他又不忍心,这三更半夜的,老婆正在熟睡呢!思前想后,宋大明决定碰碰运气:看看有没有好心人肯送他回家。

来到路边,宋大明开始招手拦车,很快就有一辆出租车在他身边停了下来,没等宋大明打开车门,司机探出头问他去哪里,宋大明含糊地说了地址,还没提钱的事呢,出租车"嗖"地一声开跑了,差点没把宋大明撞倒。

宋大明气得直跺脚,他不信邪,一口气先后拦下十来辆车,竟没有一个司机肯带他。宋大明心冷了,就在这个时候,开过来一辆面包车,宋大明下意识地一扬手,车子竟然停了下来。司机是一位相貌忠厚的中年人,他问宋大明去什么地方,等宋大明说出地址后,司机立马让他上车。

二十分钟后,车子在一个路口停下了,这里离宋大明家步行也就几分

钟的时间。宋大明下车后，掏出钱包付车费时，他才记起钱都用来买单了，没办法只能让司机等一会儿，他回家取钱，不料司机竟然不收钱，说是顺路才捎上宋大明的，说着话，车子已经启动了。

目送车子离开，宋大明突然瞪大双眼，猛地追了上去，嘴里大喊："师傅，等等我……""吱"地一声，面包车应声停下。宋大明跑上前，喘着粗气说："师傅，留个电话吧，看得出来你挺实在。我是个生意人，时常用车，我想和你合作。"

司机沉思了一下，才拿出一张名片，名片上写着司机的名字张立和他的电话号码。宋大明把名片紧紧地攥在手心里，生怕一不小心弄丢了。

第二天下午宋大明就打通了张立的电话，让张立去西门市场帮他拉一趟货。电话里张立犹豫不决，宋大明赶紧又说："师傅，一回生，二回熟，以后咱们就是朋友了。车费不少你的，给别人一百块，给师傅你一百五。"听宋大明如此一说，张立答应了。

半个钟头后，宋大明来到了约定地点，见张立早已等在那里了，两人坐上车就出发了。

走出没多远，宋大明突然接到一个电话，让他立即去轮船码头拿货，这批货相当紧俏，上一次，宋大明因为迟到五分钟就被别人拿光了，这一回他可不想再错过时机，电话没挂断就让张立掉头直奔轮船码头。

一路上，宋大明嘴巴不停地连声催促着："师傅，开快些，越快越好！"

张立却没反应，稳当当地开他的车，好像没听见宋大明在说话，宋大明急得满头大汗，他抹了一下额头，又催张立："师傅，开快点啊，我给你那么多钱，你不能不卖力呀！"

这回起作用了，车子开始加速，迅速超过六十码。宋大明不言语了，这时他的手机又响了，人家说如果十分钟赶不到那地方，让他别去了，宋大明对着手机直嚷："哎呀！我已经在车上了，放心吧，十分钟后肯定赶到！"

挂断电话后，宋大明发现车子又慢了下来，这样的速度十分钟肯定到不了，他猜测着张立的心思，慌忙说再加一百块钱，可是张立不肯再提速，宋大明发火了："师傅，你也太黑了，十分钟的路程，我付你一百块，你还嫌少呀！"

这么一说，车厢里的气氛陡然紧张起来，张立沉吟了一会儿，解释道："跟钱没关系，不能再快了！"

宋大明不听，大声责问："那刚才你是怎么快起来的？"

"那个路段有所学校，快放学了，有些小学生爱穿越马路，我是为了避开学生才开快的。"

张立这么一说，宋大明的声音低了下来："师傅，我是真急呀，如果再拿不到货，这个月我就要喝西北风了！"

"这已经是最快的速度了，前面就有电子眼，雷达在检测，超速就要罚款扣分，你就是给再多的钱，我也不敢再快！"

"罚款我来认，你只管开！"

"那也不行，开快车不安全，你难道没听说过杭州七十码飙车案吗？"

宋大明哭笑不得，人家开七十码跟你有什么关系？两人争执一通，张立就是不加速，时间却一分分地过去了，宋大明看了一下手机，离十分钟仅差两分钟了，这个时候再快也赶不上了，宋大明气急败坏，只能放弃，让张立掉头仍去西门市场，张立却坚持把车子开到了轮船码头，见货物真的被拿光了，才肯回头。

返回的路上，情绪平稳后，宋大明突然打破沉默，开口和张立聊了起来："师傅，车开多久了？挺辛苦啊！"

驾驶员大都能说，张立也不例外，开口就说个不停，他告诉宋大明这是辆二手车，刚买的，自己一家老小就靠这辆车养活呢。"辛苦无所谓啦，男人嘛，上有老下有小的，不辛苦怎么行……"

正说到兴头上，张立突然变了脸色，眼睛盯着前方，车速跟着慢了下来。宋大明一看，见前方五百米处交警临时设点，正在举牌查车，张立大惊失色："坏了，兄弟，我可能无法帮你拉货了，我的车是套牌的。"

宋大明盯着张立问："套牌？你为什么要套别人的牌照？"张立一脸苦笑："我也不想啊，车子买来时用的就这个车牌，我知道是假的，新的车牌我已经申请办了，要过几天才能拿出来，我又不想在家里干等着，就出来跑了，没想到撞到枪口上了。"

宋大明接着又问："那你刚才为啥不肯超车？"张立摇头说："做人不能太损，套了别人的牌照，还给别人栽赃，也忒不地道了。"

宋大明心有所动，正说着话，车子又向前滑行了二百多米，张立脸上汗都出来了，宋大明催促道："别再往前了，赶快掉头呀！"张立却摇着头说："来不及了，这时候掉头，只能是不打自招。开过去，兴许还能蒙过去。"

可是警察已经注意到他们这辆车了，远远地向他们举起了禁止通行的牌子，宋大明感觉到张立握方向盘的手在颤抖，套牌车一旦被查处是要重罚的，就在这紧要关头，宋大明突然猫腰起身，伸手握住方向盘，果断地命令张立："快！你坐过来，让我来开！"

没等张立缓过神来，宋大明又强行把他从驾驶座上拉起。张立还没坐稳，车子就被宋大明停下了，随后车门一开，宋大明下车走向交警。坐在车内，张立看到宋大明递给警察两本证件，又交谈了一会，警察往车子看了看，而后朝后一扬手，示意他们可以走了。

一切来得突然，这时候，张立才算明白过来，宋大明帮他躲过了这一劫呀！待宋大明把车开离检查点，张立便开口致谢，宋大明淡然一笑说："师傅，趁早去把牌照给换了，这样躲不是办法啊！"

张立点头称是，还要说话，宋大明却把车停在路边，一边下车一边说："兄弟，绕道把车开回去吧，我老婆来接我了。"

"这，这……"张立不解，不是说去拉货，突然咋又变卦了呢？正这么想着，却见宋大明向停在前面路边的一辆车走去，而那辆车竟和自己的面包车是相同的牌照，啊，敢情自己套的正是宋大明的车牌号，难怪刚才在交警眼皮下他能轻易过关……

前后一琢磨，张立什么都明白了：宋大明昨夜发现了他的车牌号，才要了他的手机号。今天让他来西门市场拉货是假，是要让交警抓他个"现行"啊，可是关键时刻却又把自己给放了……这时候宋大明已经坐进自己的车，张立快步跑向前，他想弄个明白。

没等张立到跟前，宋大明就把车子启动了，与张立擦肩时，宋大明"嘿嘿"一笑，绝尘而去。

张立却呆立在那里，好久都没有回过神来……

（题图、插图：谭海彦）

红版编辑部各编辑邮箱：

姚自豪：yaobianji@126.com；
郑继文：zjw002@vip.163.com；
吕　佳：lujia411@yahoo.com.cn；
叶小萌：xiaomeng.ye@gmail.com；
李天然：chin_poet@163.com。

能让你笑半天的一句话

◇ 过去，闹钟响的时候，我常常有把它拍了再继续睡的毛病，但是自从我在闹钟旁边放了三个老鼠夹之后，我的毛病就根除了；

◇ 我想我应该去减肥了，上次献血的时候，居然流出了一百毫升的猪油；

◇ 我和妻子已经18个月没说话了，我没机会打断她；

◇ 你的眼睛就像天上的明月，一只初一，一只十五；

◇ 生活真是没劲儿，上个月我的一个朋友向我借了40万日元，说要去做一个整形手术，结果现在我完全不知道他变成什么模样了；

◇ 抢劫者须知：本行职员只懂西班牙语，请您抢劫时一定要有耐心，最好携带翻译一名，谢谢！

（**推荐者**：杨　锋）

中学老师VS大学老师

【粉笔头】

拿粉笔头砸你的是高中老师，
想砸你也砸不到的是大学老师。

【侃】

上课和你大侃奋斗史的是高中老师，
上课和你大侃恋爱史的是大学老师。

【骂你】

高中老师骂你说明他关心你，
大学老师骂你说明他是真的想骂你。

【下课】

下课走得比谁都慢的是高中老师，
下课跑得比谁都快的是大学老师。

【威胁】

拿高考威胁你的是高中老师，
拿学分威胁你的是大学老师。

【讲课】

一节课讲不了一页的是高中老师，
一口气能讲二十页的是大学老师。

【消息】

一件事说三遍都不嫌烦的是高中老师，
三件事只说一件的是大学老师。

（**推荐者**：董　行）

搞笑日全食

◇ **IT版**

地球：怎么黑屏了？

太阳：系统维护中，请稍后再登陆。

月亮：我把太阳给黑了，嘿嘿。

◇ **媒体版**

太阳：有人想抹黑我。

地球：独家披露——是月亮让太阳背了黑锅。

月亮：你的“观点”有问题。

◇ **笑星版**

某喜剧影星：我是亚洲黑色特别行动小组副组长，我们把太阳给黑了。

某小品演员：哎呀妈也，太黑了。

◇ **广告版**

日全食品公司：吃日全食品，品日全食。

鞋油公司：黑过了才会更明亮，黑又亮。

（**推荐者：**山里人）

淘宝网上的精彩对话

◇ 买家：不好意思，有点事情，拖到现在才付款，耽误你下蛋了！
卖家：啊？下蛋？我没有那个功能耶！
买家：不好意思，打错了，是下单！

◇ 买家：你快点儿改嫁，我等不及了。
卖家MM：？
买家：快点儿，你改嫁（价）我就付款了。
卖家MM:先问问我老公！

◇ 买家：这款相机性能力怎么样？
卖家：这有关系吗？
买家：对不起，多了一个“力”字，我想问产品性能怎么样？

◇ 买家：你好，我想买你店里的鞋子。
卖家：喜欢哪一款就拍下来吧！
买家：用Q币买你的鞋子可以吗？
卖家：不行哦！
买家：那我按商品的价格直接给你的手机充费吧！

◇ 买家：店主，请问你家的鞋子还有其他款式吗？
卖家：有，给你相册地址，你可以去那里看，有很多没来得及上架呢。
买家：店主家的鞋子很漂亮哦，产品图片里怎么有个小宝宝啊？
卖家：哦，那是我儿子，不卖的！
买家：是啊，要卖也不能卖亲儿子呀！

（**推荐者：**杨　锋）

（**本栏插图：**安玉民　梁　丽）

·新新聊斋·

荒地里有家钉子户

□王兴菜

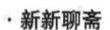

蒲松龄的《聊斋志异》是一部奇书，它奇就奇在书中一个个狐仙、花妖之类的形象，比现实世界中的人更鲜活、美好。今天，“新新聊斋”这个新栏目和广大读者朋友见面了，编辑部真切希望这个栏目能够传承《聊斋志异》的艺术特色和人文精神，让读者欣赏到一个个散发着人性光辉的现代奇幻故事。

您坐定喽，好故事这就开场……

按理说，钉子户通常只有在拆迁征地时才会遇到，可负责修路的王大敢，没料到自己居然也会碰到“钉子户”，而这“钉子户”却又非同寻常，它是荒地上的一座坟，不前不后，不偏不倚，恰恰位于王大敢手下工程队负责修的高速公路的路基正中。

按照工程征地规定，这坟需要迁走，不过可以获得一笔可观的补偿费用，整整三万块!

王大敢赶紧让人把迁坟告示贴出来，可左等右等，不见有人上门来认坟，王大敢又喜又怕，喜的是如果真的无人认领，那一笔可观的拆迁费就能装进自己的腰包；怕的是如果擅自把坟挪了，事主找上门来，那可要吃不了兜着走。

王大敢偷偷溜到附近的村庄去私下打听了一番，得知这个坟早就没了主儿，年年清明，连个烧纸添土的都没有。王大敢一听，心花怒放，哼着歌儿，回到了工地，袖子一挽，指着这个坟包说：“来啊，把这没主的野坟给我挪一边去。”

坟本来就不大，施工队里的几个壮劳力七手八脚把坟刨开，见里面的棺材板早朽了。王大敢亲自开着铲车，连棺材板加骨灰、老土全部铲了起来，开到几十米外，倒在地上，然后又胡乱铲些土盖在上面，草草掩埋，三万块钱迁坟费就这样顺理成章地装进了王大敢的口袋。

说来奇了，这坟迁走的第二天，老天开始下起了雨，还不小，雨一下，工就得停，王大敢起初没觉得有什么不对，可这雨一下起来就没完没了，接连两三天，雨还没有停的意思，王大敢心里发毛了，这鬼天气，雨再这么没完没了的，前段时间打的土基差不多都要垮了。

这一天上午，外面雨还没停，王大敢躲在简易工棚里和手下几个人打扑克牌，突然门开了，进来一个胖胖的中年人，穿着一身旧军装，洗得泛白。

没等王大敢开口问，这个胖子自己倒开口了，口中念念有词：“山山有虎，地地有龙，龙虎不敬，必遭报应！”说着，他走到王大敢面前，仔细盯着王大敢的脸看了看，摇着头说：“这位老板，最近印堂发黑啊，看来遇上了不吉之事啊！”

王大敢一听急了，心想，从哪里跑来个疯子，这下雨天的，也不说两句好话，他一挥手，刚想把那个人赶走，那人突然目光发直：“我问你，前两天你有没有私自迁了个坟？你小子为了私吞点钱，连大不敬的事都敢做？”

一句话说到了王大敢的痛处，他脸色一变，连推加搡，想把那胖子赶走，胖子嘴里嘟囔道：“你听着，要想平安无事，赶紧把坟迁到一个好地方，最好用砖头水泥修修……”

王大敢当然不会相信这鬼话，他嚷嚷着：“你要是再说疯话，小心我让人揍你一顿！”

胖子一听，长叹一声，说：“好话不听那就算了，我告诉你，你不该动这个坟，你看吧，这两天你们这些人吃东西都得肚子疼！”说完，胖子钻到雨中，越走越远。

王大敢没把胖子的话当回事，继续回到屋里打扑克，可就在这天中午，大家吃过饭后个个肚子疼，王大敢自己抱着肚子在床上直打滚，他突然想起了那个胖子说的话，不由头顶发麻：难道真是迁坟惹出了祸？

当天下午，雨停了，王大敢一见，开心了一些，毕竟雨停后就可以施工了，可片刻后麻烦又来了：所有的机器车辆全都不能正常运转了，甚至连火都打不着。王大敢急得满头大汗，带着一帮人突击抢修，可怎么修就是修不好。

这时，工地上又来了一个奇怪的人，这人穿着中山装，个头不高，摇头晃脑地走到王大敢面前说：“山山有虎，地地有龙，龙虎不敬，必遭报应！”天哪，这人说的跟上午那个胖子一模一样啊！

中山装直接走到王大敢面前，打量了他一番，说：“这位老板，最近印堂发黑啊，看来遇上了不吉之事啊，还是让我来为你算上一卦吧！”

王大敢一听，傻了，这番话和上午胖子说的一模一样，加上胖子说的话连连应验，王大敢的心里早就发毛了：“这荒山野岭的，你咋跑这里算命？”

中山装“哈哈”一笑，说：“算需要算的命，救可以救的人，需要救人的地方，就有算命的人。”

王大敢一听，再不敢怠慢，当即掏出一张“老人头”，塞到了中山装手里，可中山装一把推还给他，笑着说：“我可不是为了钱来的，我问你，前不久，你是不是挪了一个坟啊？”

王大敢一听，头像鸡啄米一样点着。

中山装沉吟一会儿，说：“这就对了，我说过了，山山有虎，地地有龙，那是龙穴，哪是可以随便迁的？头顶三尺有神灵，本来神灵是不怪罪凡人的，可经不住咱们老骚扰他啊，所以现在你是螃蟹拴了腿，动不了啦！”

王大敢半信半疑地问：“那你说说我该怎么办啊？”

中山装闭着眼，捏着手指，掐算了一会儿，然后睁开了眼，说：“我算了一下，你挪的这坟，已经是第三次挪了，神灵之气，三迁不能再聚，这气散了，你说坟里的人能谅解你吗？”

一番话，说得王大敢直冒冷汗，瞧这架势，中山装所说应该没错，看来自己确实为占小便宜，倒了大霉，当下，他赶紧低声下气地问道：“高人，那您给我指点指点，我该怎么办呢？”

中山装告诉王大敢，俗话说，搬三次家等于遭一次火，损失可就多了，坟呢，也是讲究这个理，所以得重新把这坟挪到一个好地方，认真地修修，讲究一点，起码也得楼上楼下，复式结构，反正是死人住的，不需要多大的地方，也花不了多少钱，不过骨灰盒得讲究些，不是金镶玉，也得是檀木类的好木料……

说到这里，中山装眯缝着眼，说：“你不是拿了三万吗？出点血也没啥。”

王大敢一听，眼珠子快掉到了地上，心想：到底是算命的，啥都清楚，不过这也太讲究了吧，没听说过盖坟还要复式结构呢！心里正这么想着，没料到中山装又开口了：“单这个还不够，还需要在主坟旁边左右各建一个小坟。”

王大敢连忙问：“这又是干吗啊？本来就一个坟，干吗还要再修两个，一个死人也埋不到三个坟里啊？”

中山装瞪了王大敢一眼，说：“你是笨是傻啊？现在城里的富人都时兴厨师保姆司机的，这两个小坟，是将来雇厨师和司机用的。”

王大敢一听直吐舌头，心想：“这真是太讲究了，可事情到这个份上，是信还是不信呢？是盖还是不盖呢？”

眼见王大敢有些顾虑，中山装伸手指着那些动弹不得的机器，说：“你现在就动手，找块上风上水的地方，按照我说的，复式结构，左右有厨师房、司机房，开始建坟，我包你明天一早，所有机器都能跑起来！”

王大敢一听这话，眼睛立刻放光，连忙说：“好，依你说的，我现在就动手建坟！”

工地上水泥、黄沙啥的一样不缺，众人在山坡上找了个好地方，七手八脚地建起了坟，半天的工夫就弄得差不多了，楼上楼下，复式结构，左右各一小坟，还挺气派，弄完之后，又派人花了一万块钱，买了个檀木的骨灰盒，重新入殓……

做完这一切，王大敢扳着指头算了算，这么一折腾，自己差不多花了三万块，老天爷，早知道这么回事，打死也不贪这三万块钱了，看来这个野地里的钉子户还真不好对付啊！而这个时候，王大敢回过身来想再去找那个中山装时，却发现早就没了人影……

第二天一大早，王大敢让人开动车辆机器，哎哟，还真是的，机器“轰轰隆隆”，全部启动，没一个有毛病的，事到如今，王大敢深信不疑，看来自己确实是动了一个不该动的“钉子户”了……

季节由秋入冬，一条宽阔、笔直的高速公路修好了、通车了，王大敢带人撤离了此地，临走前还赶紧让人去买了些香烛银锭，抱到坟前烧了。

这天晚上，主坟和左右两个小坟聊起了天……

原来，这主坟里埋的是一位将军，抗日时战死此地，埋在这里。

起初，来给将军上坟烧纸的人还很多，可渐渐的，知道将军坟的人就少了，近些年，别说上坟的没有了，甚至坟动不动就得迁走挪地，第一次挪是附近发现了煤矿，为了挖煤，需要把坟迁走，有几个老年人知道这是将军的坟，就动手把坟挪了个地；不久之后，新坟所在地又开始大兴土木，要建工业区，没办法，只能再迁；迁到这里没几年，遇到修高速公路，又得迁，而且越迁越不像样，迁到后来，连这个坟里埋着个将军都没人知道了。

想想将军当年流血牺牲，死后却连个安宁的地方都没有，他的两个老部下，一个厨子，一个司机不干了，无论如何也要给将军讨点说法，这厨子和司机就是到王大敢工地上去讨说法的那个胖子和中山装。

将军在主坟里叹息道：“你们啊，还是当年那个臭脾气，多少年都改不了，咱们死人总得给活人挪地方，这是没办法的事，我都能忍，你们倒忍不了啦，你们看看，现在让我住进了这么好的地方，我都不习惯了。”

右边的小坟里是厨子，他说“将军，不是我们改不了，您可说说，您好歹是个流过血的将军，哪能老这么给人迁来迁去的？所以我们哥俩才商量回来继续跟着您，一左一右的，也好有个照应啊，不能老让您这么受罪了。”

左边的小坟里是司机，他说：“是啊，眼看着将军您离世了还被挪来挪去，被人当球踢，我们看着不忍啊，被迫无奈，就拍着脑袋瓜子想出了这么个法儿，让那个工地的头头，给您弄个住处，顺便也给我们俩弄了个住的地……”

将军在坟里叹息不语，过了半天才说：“好啦，这些都过去了，说说正事吧，既然你们来了，我也不赶你们走了，有一点你们要清楚，现在是和平年代，早没仗打了，眼下这条大路从咱们身边铺过，我想着，车也不会少，我们仨就再努把力，保这条路平平安安，不让开车的人出什么事，当兵的就要有当兵的样，保一方平安那才是我们要干的正事，明白吗？”

厨子和司机一左一右，朗声答道：“是，将军，您放心吧。”“您说的我们一定会听，就这么办……”

（**题图、插图**：刘斌昆）

如今在网上干活挣钱的人太多了，可有一种活儿称得上时尚中的时尚……

好好干活

□杨　格

黑夜给了我黑色的眼睛

温小雅刚生了个女儿，转眼三个月的产假结束了，也正赶上公司和员工续签合同的时间。温小雅来公司报到，没想到等待她的却是人事部长的一句话：“小雅，现在你有了孩子，听说还是母乳喂养，无论你怎么努力，都会耽误工作，所以，合同我们就不续签了，这是老板的意思。”

温小雅二话没说，扭头就走。既然人家不待见了，还能说啥呢？

俗话说，祸不单行。温小雅失业没几天，女儿发起烧来，温小雅和妈妈带着孩子到医院看急诊，接诊的女医生问了问症状，说：“你们先在对面坐一下，我得把孩子的病历录到电脑里去。”接着，她就点起了鼠标。

温小雅抱着孩子等了半天，不禁起了疑心：不对啊，医生录病人的资料还要背着病人和家属？这里面有问题！她走到医生电脑前一看，嗨，这家伙正在上开心网呢！

“你这医生也太不像话了！”温小雅大叫道。那医生也意识到问题的严重，恳求着说：“对不起，求您别嚷嚷，我开心农场的菜熟了，不收，怕人偷……我这就给孩子打吊针。”

温小雅和妈妈只好忍气吞声，庆幸的是，吊针挂完后，孩子的烧退了。回来的路上，妈妈不停地说：“我要告这个医生，告到她领导那里。我还要找电视台，让他们曝光这医生！”

温小雅不说话，过了半天，她忽然“扑哧”笑了，说了一句让人摸不着头脑的话：“黑夜给了我黑色的眼睛，我却用它来寻找光明！”

大张旗鼓忙偷窃

温小雅这话的意思，说明她已经在人生低谷中找到了转机。她想：医生之所以置病人于不顾，甚至酿成医疗悲剧，不就是担心农场里的菜被偷吗？其实何止医生，各行各业都有大量这样的网民。自己何不自谋出路、帮人打理开心农场呢？

于是，温小雅便以“黑眼睛主妇”为名在网上发了一个帖子：“我，家庭主妇，开心农场顶级会员。白领的你，忙于工作，还要打理开心农场，起早贪黑，提心吊胆，太辛苦了！现在，不必再为它牵肠挂肚，我会为你打理一切，只要你支付一点点报酬……”

帖子发出后不久，有一个叫“兰亭”的网民通过QQ和她联系上了，兰亭说：“你看，我在开心网的资产和经验值已经很高端了，我现阶段的目标是组建一支由‘宾利’车组成的车队，并拥有一架直升飞机做导航，而我却没时间来挣到这笔钱和经验值。如果你愿意帮忙，我可以支付报酬。”

温小雅暗笑：看来算盘没打错，还真有人愿意花这个钱。很快，她们谈定了合作细则：温小雅为她每挣100万虚拟货币，兰亭愿意支付100块的报酬，车队组建成功后另加100块的奖金。

谈成了第一单生意，温小雅比拿了年终奖还高兴，不管怎么说，自己开创了一个新行业啊！

兰亭的开心农场里种满奇花异草，各种珍禽异兽散养其中，也正因如此，兰亭的农场成了偷菜者关注的焦点，失窃严重。为了避免劳动果实被偷走，温小雅养了一只看场子的藏獒。

温小雅仔细打理着，播种、锄草、收获、钓鱼、贴车，每一道工序都一丝不苟，可是兰亭的存款和经验值增长速度很慢，温小雅算了一下，照这个速度，一个月也挣不到500块钱。她得出一个结论，要想有大发展，只有偷窃，才是“王道”！

偷窃不可怕，就怕偷窃者有文化。温小雅在偷窃中采用的是统筹分配法，她将可偷的东西列表，然后按照偷窃时间排序，这样偷起来有条不紊，又绝无遗漏。就这样，“江湖大盗”温小雅靠偷菜成了超级大赢家，兰亭的存款和经验值也“嗖嗖”往上涨。

这天，兰亭向温小雅发来“贺电”，并表示，如果工期提前，她愿意再加200块奖金。这一阵，温小雅又接到好几单生意，有几个网友还提前把酬金打到温小雅的账户上，事业算是有了大发展的迹象啦！

盗亦有道

这天，温小雅又在网上看到一则新闻，说有个女白领吞安眠药自杀，原因是她农场里的东西不断被偷，她种的菜，有人偷；她养的鱼，有人偷；就连鸡蛋也未能幸免。她绝望了——为什么自己的劳动果实完全得不到保护？她觉得这个世界太黑暗了，决定离开这个世界！

这条新闻给了温小雅很大震动，开心网虽然是个虚拟世界，但人性却是现实的，自己在虚拟世界的偷窃，和现实中的偷窃又有什么两样呢？

温小雅决定放弃偷窃，凭自己的踏实劳动来致富。她把自己在偷窃中的智慧用在劳动中，实行科学化管理，她还设了闹钟，提醒自己什么时候该干什么。这样做自然不能一夜暴富，但温小雅心里踏实多了。

没过几天，温小雅打开电脑，见兰亭发来消息，责问温小雅，为什么存款和经验值上升速度降了下来，是不是偷懒了？温小雅把自己的想法和盘托出，兰亭说："你怎么当真了？网络里的偷窃能算偷窃吗？不要当真，你还要继续偷，加大力度偷！"

温小雅说："朋友，这事能不当真吗？如果你没有当真，为什么愿意付钱来让我替你干活？"

兰亭停了一会儿说："你是不是嫌我支付的报酬少了，要不我再加点？"温小雅很严肃地说："问题是，我不愿意再偷了。如果你不满意我的工作方式，我们可以解除合同，这段日子算我白干。"

兰亭又沉默了好一会儿，她说，她尊重温小雅的方式，暂时不解除合同。

一个多月后，温小雅终于完成了兰亭托付的任务，成功为她组建了一支宾利车队，购买了一架直升飞机。交货那天，两人在QQ上聊天，温小雅希望兰亭将报酬打到她的银行卡上。

兰亭却忽然说："黑眼睛主妇，我不想支付这笔报酬了。"温小雅大惊："你怎么能言而无信呢？"兰亭说："我希望用另外一种方式来报答你。"

“相约世博，欢聚上海”故事征文大赛启事

2010年，全世界的目光将聚焦中国上海，上海因世博而美好，世界因上海而精彩。届时，242个国家与国际组织将赴上海世博盛会，上海将以绚丽多姿的惊世风采欢迎四海友朋、八方来宾！为此，《故事会》杂志社决定举办“相约世博，欢聚上海”故事征文大赛。征文活动截止期为10月31日。其间我们将邀请50名获奖作者来上海，亲临世博园区，浏览迷人的世博景观，领略绮丽的浦江风情。所有费用均由杂志社承担。

征稿范围： 1. 具有现实感、新鲜感且可读性强的中短篇（包括超短篇）原创作品；2.故事性强、有口传性、能引起读者兴趣的推荐作品。

征稿字数： 超短篇（如“幽默故事”）的字数一般在1000字以内，短篇（如“中国新传说”）的字数一般在5000字以内，中篇故事的字数一般在15000字以内。

来稿方法： 1. 从邮局寄发，请在信封上注明“征文大赛”字样，本刊地址：上海市绍兴路74号《故事会》杂志社，邮编：200020。2. 从网上传递，可寄各责任编辑信箱，请在主题上注明“征文大赛”字样，本期责任编辑的信箱是：chin_poet@163.com。

温小雅急了：“什么样的方式？你不会说给我虚拟的货币和经验值吧？”

“别恼火，听我说下去。”兰亭说，“我开了一家公司，最近在筹划着上创业板，是一个很有希望的公司。我一直想找一个财务总监，这个人要细心，要有条理，有创意，更重要的是，有好的人品，我看到你先是偷菜后来又放弃了偷菜，觉得你符合所有的条件。如果你愿意，到我办公室来谈谈吧，我保证，你的月薪不低于一万。怎么样，你有这个意向吗？”

温小雅兴奋得不得了，但她还是实话实说：“兰亭女士，我刚生完孩子，孩子还在哺乳期，因为这个，好几家公司拒绝了我。”

“那又怎样？你的孩子不见得一辈子都需要喂奶，而你这样的人，是一辈子都可以合作的。”

温小雅很感动：“谢谢你的信任，我很愿意接受你的邀请，那么我怎么见你，怎么称呼你？”

“你到五洋大厦16楼，找宏达科技有限公司，我是董事长，你叫我韩梦婷好了。”

温小雅一下傻了：五洋大厦16楼宏达科技有限公司，就是她几个月前供职的公司，解聘她的，正是女老板韩梦婷！

好半天，温小雅才发出一句话：“韩总，我就是温小雅，刚刚被你们解聘的温小雅……”

（**题图、插图**：安玉民　梁　丽）

找妹妹

□童存云

这是发生在老上海时期的故事。赵前是个农村小伙，为了找寻失散多年的妹妹，来到了上海，俗话说："在家靠父母，出外靠朋友。"赵前很幸运，刚来上海的时候，他救了一位贵人，那贵人姓金，是警察局的局长。金局长见赵前忠厚可靠，又学过功夫，作为报恩，便让赵前留在局里当差。

这天，金局长设了家宴请来四方宾客，赵前如约而至，在客人们的窃窃私语中，赵前得知金局长有个才貌双全的女儿，这次请客是为了宣布女儿容容的婚事。

酒菜上桌后，金局长示意仆人去请小姐，然而仆人去了半天才回来，支支吾吾地说："小……小姐……不见了……"

金局长脸色一沉，匆匆带着赵前来到女儿的房里。容容不在房里，只见书桌上放着一幅未完成的刺绣，绣的是一片草地，草地上有一只老虎在捕捉一只小白兔，老虎凶相毕露，白兔茫然无助。

金局长对赵前说："容容向来是个乖巧的孩子，她喜爱刺绣，从不在外面闲逛，除了偶尔去街对面的粥铺喝粥……"说到这里，金局长忽然想起了什么，忙命仆人："去街对面的粥铺看看。"

一会儿，仆人回来了，说："煮粥的毛四不在了，粥铺子也关门了。我们在粥铺里翻了半天，只找到了一块带血的丝帕。"

金局长看到丝帕，情绪立刻激动起来："这是容容常用的丝帕！"

前来赴宴的客人见金家陡生变故，便纷纷告辞。

天色越来越晚，金局长坐立不安，天亮时，警察局里的巡警来报，说有人报案，今天早上有渔民在江边发现了一具年轻的女尸，金局长一听大惊失色，立刻驱车赶往江边。果然，江边有一具女尸，尸体面朝下趴着，穿着一身浅蓝色的短旗袍，金局长一见就泣不成声："我的女儿，你死得好惨啊！"

赵前上前翻过女尸，女尸的面容已毁，辨认不清，但从金局长悲切的神情看来，一定是金容容无疑了，只听金局长咬牙切齿地说："准是那个卖粥的毛四下的毒手！我抓住他，非把他碎尸万段不可！"说着，金局长又伤心起来："可怜的容容啊，我养了你十几年，虽然你不是我亲生的，但我一直待你如亲生女儿啊……"赵前听了心中一紧：原来金小姐不是金局长的亲生女儿。

金局长哭到伤心处，掏出手帕擦了擦泪，就在这时候，赵前看呆了，他看到金局长擦泪的手帕上竟然绣着这样的景物：村口，池塘，一棵老槐树……这景色，赵前太熟悉了，小时候，他常和妹妹在村口的老槐树下玩耍，有一次，他不小心弄伤了妹妹的手掌，那伤口后来发了炎，很久才愈合，从此还留下了一道月牙形的伤疤……

赵前想到了自己的妹妹，连忙抓起死者的手仔细检查，可是死者的手心没有任何疤痕。

金局长平静后，对赵前说："赵前，这次容容的后事就交给你了，你一定要替我抓住毛四！"

很快，赵前在一家废弃的工厂里找到了毛四的尸体，很显然是畏罪自杀的，在他口袋里还有一张容容的照片，照片上染了血。赵前轻而易举地破了案子，金局长对他的表现很满意，他说等容容的葬礼办完后，要安排他去香港旅游。

容容的葬礼上，金局长因过度伤心，多喝了几杯，倒在书房的沙发上不省人事，赵前亲自到厨房去给他煮醒酒汤，不料等他煮好汤端过来时，金局长却不见了，奇怪，他喝得烂醉能去哪儿呢？赵前四处找了找，没见金局长的影子，又回到书房，这时，金局长却又突然出现在书房里，他正弯着腰，在向书橱旁的痰盂里呕吐。金局长见到赵前，不高兴地问道："你怎么还没走？"

赵前上前扶住他，说："我不放心您，留下来给您煮了醒酒汤。"

金局长说"我没什么。"说完，他端起桌上的醒酒汤一饮而尽，然后说："赵前啊，我之前不是答应过让你去香港旅游吗？这样吧，你明天就启程，去好好地玩一趟吧！"

第二天，金局长亲自把赵前送上了去香港的船，他还拿出一瓶洋酒递给赵前："路上喝。"天气炎热，金局长习惯性地从口袋里掏出手帕擦了擦汗，赵前一见那手帕，心中不由一动，他发现金局长这块手帕是新的，上面绣的竟是容容出事前那幅未完成的恶虎扑兔图，只不过眼下这小白兔的身下多出了一本书，书名是用英文字母拼写的《烈女传》，赵前好像在哪儿看过这本书，他正这么想着，等回过神时，金局长已经走了。赵前沉吟片刻，大步跑上了岸，趁着混乱的人群，他离开了码头……

赵前直接去了金局长的家，他把金局长送的那瓶洋酒送给了一位仆人，仆人很高兴，接着，赵前又来到书房，发现书架上有本《烈女传》，它暗示着什么呢？他取下那本书，翻看了一会，然后又触摸着其他的书，不料无意之中一碰，触摸到了一个机关，突然，整个书柜快速向一边移动着，竟露出了一间密室，密室并不大，一个十七八岁的姑娘正坐在床边刺绣，一见赵前进来，一脸戒备地站了起来。

赵前又惊又奇，不由得向前一步，但姑娘机警地连连后退，并举起手中的剪刀，赵前一愣，忙停下脚步，问道："能告诉我你是谁吗？"

姑娘说"我就是金容容，你是不是发现了手帕上的暗示，来救我的？"

赵前点点头："你没有死？难道河边那具女尸，是金局长布的局？他为什么要这么做？"

容容说"近两年来，他常常对我言语轻薄，令我苦不堪言，几天前，我正在房间作画，他突然冲进来，把我带到这里囚禁起来，并告诉我，从此只能听他的摆布了。"

赵前听了心头一震，他若有所思地说："我有一个妹妹，和你一般大，不知道她现在怎么样了……"这话让容容大为震动，她猛地回过头来，盯

着赵前，说：“早听说一位赵先生在找妹妹，希望你们兄妹早日相见……”

就在这个当儿，门外忽然传来金局长的声音，金局长哼着小调，打开书柜，然后就向密室走来，容容的心口“扑扑”直跳，她悄声对赵前说：“你先躲躲，他有枪。”赵前四处看看，迅速躲在了床下。

这时，密室门开，金局长进来了，他心里十分得意：赵前这小子头脑活，办事快，绝不是个省油的灯，这案子疑点那么多，他却不动声色，看样子已经怀疑我了，可他万万没想到，我给他的酒里……想到这，金局长哈哈大笑：“容容，从今往后我就再也不用怕失去你了！”忽然，他皱起了眉：“不对劲，这里怎么多了一点烟草味？你是不是藏了男人在这里？”说完，他掏出手枪四下查看，因为地方小，他马上注意到了床下……

说时迟那时快，就在金局长掀起床单的那一瞬间，赵前早已一个驴子打滚翻身滚了出来，金局长一见是他，不由一愣，问道：“你不是去了香港吗？”赵前拍了拍身上的灰尘，说：“为什么要去香港？就算去也应该先把真相弄明白！”金局长脸色一变，只见他举起手枪，就要扣动扳机，只见赵前突然翻身而起，再凌空一脚，恰好踢中了金局长的手腕，金局长手中的枪顿时飞向了墙角，容容连忙扑过去，捡起手枪握在手中，金局长立刻呆立在原地。

容容恨恨地看着金局长，扣着扳机的手一直在颤抖，她对赵前说：“我们把他绑起来，嘴巴堵上，如果他能活下去，就是他的造化了。”

两人绑好金局长后，赵前握住容容的手掌，他顿时愣住了，那掌心里分明有一道月牙形的伤疤，赵前不由眼睛一热：你……你是我的妹妹呀！情况紧急，他来不及多说话，拉着容容就逃。

夜深人静时，两人悄悄地出了书房，却发现一路畅通无阻，一看，原来仆人们都聚在厨房里喝赵前送来的那瓶洋酒，赵前不敢惊动他们，领着妹妹离开了这是非之地。

再说金局长，在赵前和容容离开后，他拼命地用头撞墙，希望能惊动仆人来救他，但他却不知道，那些仆人们再也不会来救他了，他们很快都死在厨房里，因为他们喝下了有毒的洋酒，而那瓶毒酒正是他金局长为了谋害赵前而准备的……

（题图、插图：张恩卫）

·阿P系列幽默故事·

□千小霞

阿P收破烂

阿P最近又找了个新职业，那就是收破烂，他每天骑个三轮车，各家各院地跑，手里摇着拨浪鼓，嘴里喊着“收破烂喽，收破烂喽……”让人觉得阿P还真有点喜剧演员的架势。

这天下午，阿P来到一个家属院，刚运足气大喊一声：“收破烂喽……”就听有人回应一声：“上来！”阿P一抬头，看到二楼阳台上有个胖子朝自己招手，就赶紧屁颠屁颠地跑上去，还没敲到门呢，门“吱呀”开了，胖子站在门口说：“快，快进来。”

阿P搓了搓手，把鞋上的泥土在门外的地上蹭了蹭，问：“大哥，卖破烂？”胖子指着屋里的电脑、电视机、洗衣机什么的，说：“我马上要搬家了，这些东西都得处理，你看这些能给多少钱？”

阿P很懂行地打开电脑，拍了拍电视机，踢了踢洗衣机，看到这几样东西还都有九成新，知道遇上大款了，心里不由乐开了花。阿P忍住激动，不动声色地说：“这几样啊，我最多给你2000元。”

胖子蹦起来，气急败坏地骂道：“抢钱啊？你索性把这些东西抢走算了。你睁开眼睛看看，这可都是新的啊！要不，我卖给别人。”

阿P内心早就算好了，这笔生意做成了，起码能赚一万多块。他好声好气地说：“大哥，我是收破烂的，你的东西再好，也只能当破烂卖。我阿P最讲信誉了，你出去问问，还有哪家出得比我高的？”为了表示诚意，阿P又从口袋里掏出所有的钱，数了数，说：“我身上只有2200元，都给你，好不好？”

这温柔的一刀，斩得太凶，胖子好不甘心，他上来又搜了阿P的衣服口袋，见实在榨不出油水，这才不情愿地接过钱，说:“算我倒霉，我真有事，跟你耗不起时间，不然孙子王八蛋卖给你。”

东西搬到三轮车上，阿P又回到了楼上，跟胖子说:“大哥，我们乡下人收点破烂，老容易被你们城里人怀疑，请你给我写个证明，说这些东西是你自愿卖给我的，这样我出门也理直气壮呀！”

胖子被缠得无奈，掏出笔，唰唰唰，写了个证明:“2009年10月22日张敬业卖旧电视旧电脑旧洗衣机各一台，价钱2200元，特此证明。”

阿P看了看证明信，这才知道胖子叫“张敬业”，他让胖子再摁个指头印，胖子说没印盒，阿P看到门框上贴着对联，叫胖子拿拇指蘸点唾沫，在对联上蹭几下，对联上的红颜色就染到手指上了。胖子一听大怒，说:“你一个收破烂的，还有完没完啊？”阿P一个劲地鞠躬，说好话，总算把证明信搞好，阿P把它掖进贴身的口袋，高高兴兴地蹬着三轮车走了。

不一会儿，阿P遇到了一个上坡，由于拉的东西多，他蹬得很是吃力，快到半坡的时候，他觉得三轮车几乎要滑下去了。正在这个时候，一个警察跑过来，帮着阿P，很快把车推过了坡。阿P深深喘了口气，扭头对警察说谢谢。警察看了看三轮车上的东西，不由怀疑地问:“喂，你是收破烂的吗？”

阿P得意地点头:“那还用说，我就是靠这个为生的。”

警察就更怀疑了，他拍着电脑屏幕问:“这东西可都是九成新的啊？”

阿P听出这话里有话，不过他一点都不紧张，很神气地从贴身口袋掏出一张纸，塞到警察手里，说:“什么意思？我有证明呢。”

警察接过证明信，瞄了一眼，态度忽然严肃起来:“等等，你的东西到底是在哪里收的？”

阿P吓了一跳，话也有些发抖了，“前、前面那个小区，就，就前面……”

警察让阿P带路，去核实真伪。阿P嘴里咕哝着，把证明信拍得啪啪响:“走就走！谁怕，反正我有证明信！”

就这样，警察跟着阿P来到了那个家属院，此刻，二楼那家卖破烂的屋门大开，一个瘦女人坐在屋子中央

哭呢，阿P走过去，问：“那个叫张敬业的胖大哥呢？”

瘦女人指着空空落落的屋子，哭着说：“什么胖大哥？你看看，我家的东西都被小偷偷光了啊……”

阿P一听瘦女人的话，顿时脸都绿了，原来那胖子是个小偷啊！这下他慌了，唯恐被警察说成是一伙的，他见屋里乱成一团，街坊也聚了不少，就想乘机溜走。警察见阿P双脚慢慢朝外移，大喝一声：“你站住，跟我走一趟！”

再说那胖子小偷，三言两语，就从阿P手里骗得2200块钱，从那家出来，他叫了一部出租车，上车后，他见自己的右手大拇指是红色的，就下意识地把拇指往座椅靠垫上擦。靠垫是白色的，这一擦，红白分明，出租车司机见了，立刻停车，与胖子理论。

两人吵了半天，司机手机响了，他拿起来一听，顿时脸色大变。那胖子还不知趣，继续挑衅：“我就牛了，你能把我怎么样？”

只见司机把手机装进口袋，二话不说，扑到胖子跟前，照着胖子的鼻子就是一拳。就这样，两人打了起来。

很快，警车赶来了，警察把他们“请”到了派出所。司机刚走进来，一个瘦女人看到他，朝他跑过来，喊道：“老公，咱家的东西警察又给咱送回家了，你怎么知道我在派出所？”

司机说：“你不早说，我接了你的电话，生气了，就跟一个胖兄弟打了一架。”

阿P坐在一旁，耷拉个脑袋，他一抬头，看见胖子被警察从巡逻车上拉下来，阿P一蹦八丈高，赶紧从口袋里掏出那个证明信，兴奋地喊：“大哥，你可得给我证明啊，我和你不是一伙的……”胖子看了他一眼，又低下头，跟警察进里屋去了。阿P急了：“你别走啊……”警察拦住他：“你急什么，现在我们带胖子去做笔录，一会儿你也跑不了。还有，你那2200块钱是赃款，要统统上缴，还要交点罚款。”阿P沮丧得快要哭了：原以为是自己精明，没想到却被别人算计去了，这不，还要倒贴……可他转念一想，要不是他，警察怎么能抓到小偷，失主怎么能找回东西呢？虽说自己损失了点，可这又算什么呢？想到这里，阿P又不禁得意地哼哼起来……

（题图、插图：顾子易）

无法执行

□托如珍

几年前，张淑芳和丈夫先后下了岗，日子一度陷入贫穷，后来，他们借钱买了辆大货车，丈夫出去跑运输，可祸不单行，有一天，丈夫赶路急，出了车祸，救治了大半年，竟成了植物人。这场车祸，耗净了家里的积蓄。

居委会赵大妈知道了张淑芳家的情况，十分同情，帮助她办理了低保，又打听到附近有家杂货店要转让，店主因为转让得急，还留下不少货底子，于是赵大妈就帮张淑芳盘了下来。到现在，开门营业不到一个月，借赵大妈的钱还没有还上呢。

快过节了，昨天，市政府组织各部门检查商品质量，谁也没想到，联合执法组在张淑芳的杂货店里检查出一批假烟。张淑芳当时就傻了，其实这些烟不是她的，是前任店主连店一起转让给她的，她也不知道是假货。

执法人员态度很坚决，告诉张淑芳，她可以申诉，但这种情况，他们只能依法处理。

执法人员走后，张淑芳急忙去找赵大妈，赵大妈连夜给她熟悉的执法部门打电话，那边的人告诉赵大妈，这次是几个部门联合检查，检查情况已经报市政府，总的处理原则要开会研究，但烟这方面的事，具体还得找烟草局，主管这个案子的是李科长。

赵大妈和张淑芳准备第二天一起去找李科长，就在当天晚上，亲戚给张淑芳打来电话，说是电视里播放了执法人员节前检查市场的新闻，里面还有检查张淑芳那个店的镜头，张淑芳听了，急得直流泪："这回，丢人丢大了！"

第二天，赵大妈和张淑芳去烟草局，李科长听了她们的讲述，很同情，但又很认真地说："你有证据证明这些假货是从前任店主那里盘过来的吗？"

张淑芳急着说："没有。"这烟上又没记号能证明是前任店主的，口说无凭。

"这样看来，后果只能由你来承担了。"李科长也没了办法，"根据你的具体情况，可以从轻处罚，这个案子，按相关规定，最高要处罚三万元，最低也要处罚五千元，我们会尽量照顾你的。"

赵大妈心疼张淑芳，说"她这种情况，能不能不处罚了？"

李科长无奈地说："最低就是五千，再少，就无法可依了。"

几天以后，一纸处罚决定书送到了张淑芳手里：处罚五千元。张淑芳泪眼涟涟，小店刚开业，钱还没有赚到，因为开店欠别人的钱也没还上，哪里去弄罚款？真是雪上加霜。

"别着急，咱们再想想办法。"赵大妈一拍巴掌，说，"有了，应该找律师问问。"

赵大妈人缘好，很快，她就找到了一名姓王的律师，王律师是有名的公益律师，听了张淑芳的事，愿意义务为她提供服务。他详细了解了整个案子，没有发现任何有利于张淑芳的情况。李科长他们已经从轻处罚，按理说，这事谁也没有办法了，但王律师还是不愿意放弃，他听说电视台曾经播放过节前检查的新闻节目，于是马上联系在电视台工作的同学，很快找到了那盘带子。

值得庆幸的是，那天，因为是市政府组织的联合检查，电视台进行了全程录像，从执法人员进店到他们走出店门，所有过程，全部记录在内。

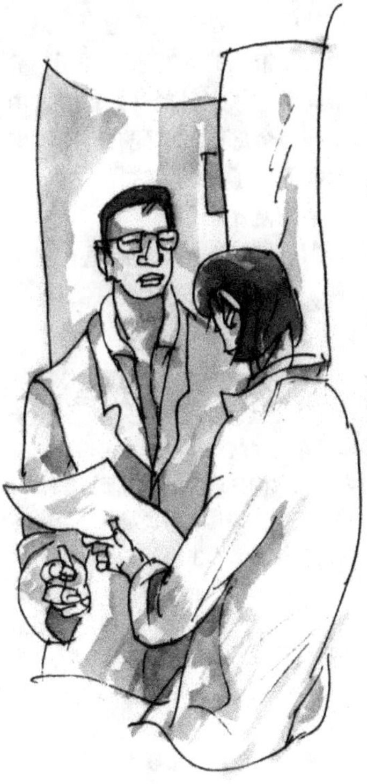

王律师把那天的录像仔细看了好几遍，又向张淑芳核实了一些情况，他胸有成竹地说："这个官司我帮你打了。"

官司没有费什么周折，过了一段时间，法院的判决下来了：张淑芳胜诉。

拿到判决书，张淑芳还是不敢相信自己的眼睛，王律师笑着向她解释："执法人员进你的店检查，应该先亮出自己的执法证，表明身份，才有执法权。我反复看了录像，那天先后有两个部门的执法人员来检查，第一队人刚到，带队的人有事离开了，等他回来，第二队人已经开始检查，由于不是同一个部门的，配合还不够默契，大家都忘了亮证，这样一来，让你捡了个大便宜。"

"可是他们确实在我店里查出了假货啊，有假货，处罚就没有错啊！"张淑芳不太明白。

王律师语重心长地说："是的，在处罚阶段，他们没有错，可是他们的执法程序出错了，这样一来就全错了，后面的处罚即使正确也没有法律效力。我们这次运气实在是太好了，可说是险胜啊，以后你可得多长个心眼，千万别再进假货了。"

律师点评：

《无法执行》这个故事关键要表明两个法律方面问题：一方面，作为行政执法机关在执行公务时，必须严格按照法律程序，否则，就会导致文书的无效等一系列法律后果；另一方面，作为接管烟草经营的张淑芳，主观上无论是故意还是过失，理当有谨慎小心的义务，遇到假烟盘进而被查收处罚，也不存在冤枉的问题。

（**题图、插图**：谭海彦）

· 本刊信息传真 ·

法律知识故事征文启事

本刊在与司法部连续举办三届法制故事征文的基础上，推出新栏目"法律知识故事"，通过发生在我们身边的、短小而具体的个案，生动、形象地宣传法律知识。这些知识注重现实性、实用性，真正起到解剖一个案例、明白一个道理的作用。

为鼓励作者深入生活，写出高质量的法律知识故事，我刊决定面向全国征文，优秀作品除在《故事会》发表并参加评奖外，还将结集出书。

本次征文也欢迎读者和法律界人士提供相关素材、案例，一经录用，即付稿酬。

来稿方法：1. 从邮局寄发，请在信封上注明"法律知识故事"字样，本刊地址：上海市绍兴路 74 号《故事会》杂志社，邮编：200020。2. 从网上传递，可寄以下信箱：wulun@vip.sohu.net，请在主题上注明"法律知识故事"字样。凡已和我刊编辑有联系的作者，稿件可继续投给联系的编辑。

大忽悠当县令

□林华玉

大明洪武年间，兖州府海曲县有一个破落户叫王十三，只是守着靠街的几间房子收房租度日。王十三脑袋奇大，身子却很细小，像一根筷子顶着个鸡蛋，这么一个其貌不扬、也没上过几天私塾的人，口才却极佳，说起话来口若悬河，能把死的说成活的，是个“大忽悠”。

这天，王十三正在大道旁和一帮贩夫走卒胡天海地地闲谈，忽然，一队手持棍棒的官兵走了过来，他们一路喊着：“御史大人出巡，闲人闪开了！”一边喊着，一边驱赶路人，接着，几十个身穿盛装的人敲锣打鼓的，簇拥着一台八人大轿走了过来。

王十三羡慕地看着远去的仪仗队伍，说：“怪不得人家都愿意当官，当官就他妈的威风！”身边的伙伴说：“王十三，你不是很会‘吹’吗，也‘吹’个官做做？”王十三大嘴一咧：“俺没有什么文化，大官是做不上的，不过，做个七品芝麻官还是有把握的！”这时，恰好王十三的一个邻居走过，那人是开当铺的，姓钱，钱掌柜听着这话，就对王十三说：“要是你小子能当上县官，我把钱字倒过来写。”

王十三被激起来了，说：“钱字倒不倒过来俺没兴趣，俺要实惠的，你说，俺要是当上了县官咋办？”钱掌柜说：“你要是能当上县令，我输给你一万两银子，否则，你就把你的几间门面房输给我。”旁人都知道钱掌柜想扩大生意，一直在打那几间房子的主意，今天这个赌其实是个“套”，他们就劝王十三还是算了，岂料王十三把脖子一梗，说：“如果你答应俺做了知县后输给俺两万两银子，俺就跟你打这个赌。”王十三将钱掌柜出的一万两赌银增加到两万，其实也是想吓退钱掌柜，毕竟凭空吹出个县令难度很大，风险不小，不料钱掌柜也是个死脑子，竟然答应了。

王十三在家中想了一个晚上，有了主意，第二天一大早，他就去了省城，找到巡抚衙门，刚到门口，就被看门的衙役给拦住了，那衙役瞪着牛眼嚷道：“要饭到别的地方去，这可是抚衙重地！”王十三早就知道会有这一关，他把胸膛一挺，骂道：“瞎了你的狗眼，连俺王十三都不认识？快去禀告你们大人，说俺到了，否则要你们掉脑袋。”

两个衙役被王十三骂得一愣一愣的，他们也不知道眼前这个貌不惊人的家伙是什么来头，两个人商量一下，就换了一副面孔，客客气气地对王十三说：“您先在这里稍候，我们这就去通报袁大人！”

巡抚袁望正在后宅和小妾调情，忽然衙役来报：“大人，外边有人求见！”袁望很气恼，嚷道：“我不是给你们说过，有人见我，就说我不在吗？怎么……”那个衙役上前一步，附耳说了一通，袁望一惊，他想了想，说：“还不快把他请进来！”

王十三被恭恭敬敬地请了进来，见了袁望，把手一拱，道：“袁大人，俺今天来的目的就是要告状！”袁望看了看这个其貌不扬的家伙，也猜不透他是哪路神仙，便道：“你要告状可以去所在县衙告呀，为何要越级到我巡抚衙门呢？”王十三看了看身边的人，说：“俺告的这个人可不是小人物，袁大人可否叫他们下去？我怕吓着他们。”袁望挥手遣散众人。

王十三这才说：“俺告的这个人正是当今皇上——朱重八！”袁望吓得差一点跌倒，他叫道：“大胆刁民，竟敢在这里直唤皇上名讳，你可知道，藐视皇上是株连九族的死罪！”王十三说：“这个俺早就知道，可是俺还是要告他，要不然，你就把俺押解上京，俺正愁着不认识上京城的路呢！”

一番话说得袁望如坠五里雾中，他实在理不清头绪，就小心翼翼地问：“你能说一下，这到底是怎么回事吗？”

王十三见时机到了，咳嗽了一声，讲了起来：“你难道不知道吗？朱重八在当皇上之前，在福临寺做过和尚，那时候，俺也在福临寺，还是他的师兄呢，俺们既是师兄弟，又是一张床睡觉、一个锅里摸勺子的朋友，

好着哩！有一次，俺们下山化缘，看见有一个无赖正在欺负一位姑娘，朱重八看不过，就上前制止，没想到四五个无赖聚拢上来，二话不讲，就把朱重八围了起来，俺一见事情不妙，上前拉出他就跑，那几个无赖就在后面追，最后，朱重八跑了，无赖们却追上了俺，把俺往死里打……”

王十三讲到这里，把头一低，扒拉出后脑上的一块伤疤，说：“这就是当时被他们打的。”其实，这是王十三小时候生疮落下的疤痢，可是袁望哪知内情，他被王十三的一通胡话忽悠晕了，已经半信半疑了。

王十三接着说：“俺当时就被他们打晕了，醒来之后，朱重八就守在俺床前，他眼泪汪汪地对俺说：‘师兄，你今天救了我一命，我没齿难忘，等哪一天我发达了，一定好好报答你。’”说到这，王十三换了一副愤怒的表情，说：“可是，现在他当了皇帝，却把往日的誓言给忘了，袁大人你说，俺是不是该告他？”袁望已经彻底相信了王十三，忙叫人准备宴席，请王十三吃饭。

酒足饭饱之后，王十三醉醺醺地对袁望说：“袁……袁大人，你说俺……俺也没有多大的野心呀，就想做个县官，他朱重八堂堂一个皇帝，对他提这点要求不过分吧？”袁望连连称是，王十三接着说：“还请袁大人将俺送到京城，俺去找皇帝老儿算账。”听到这话，袁望为难了：当今皇帝的无情是出了名的，他将那些帮着他打天下的功臣都杀的杀、流放的流放，何况只是一个患难过的师兄弟，即便这件事情是真的，自己将王十三送到京城，那洪武皇帝万一翻脸，王十三的脑袋不保，自己的脑袋也会搬家；万一这件事情是假的，那结果更

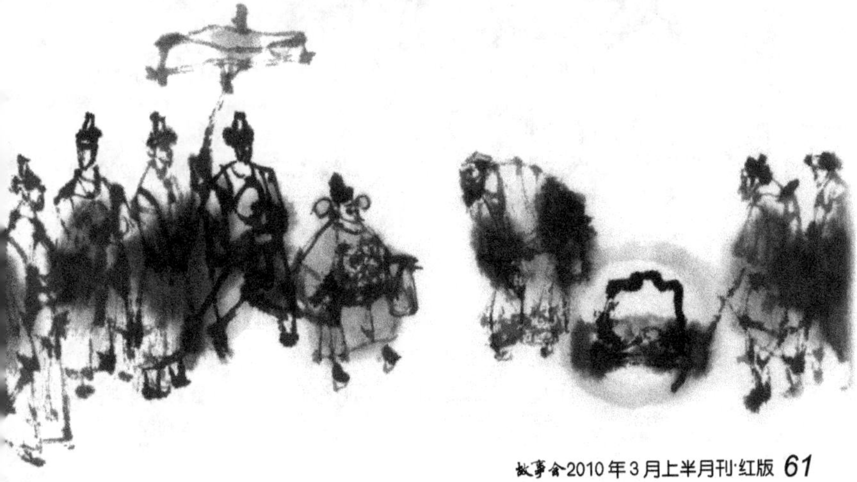

是一个“死”字，怎么办？

情急生智，袁望忽然想起朝廷刚刚颁布的新法规来，心里有主意了。原来，大明刚刚建立，百废待兴，可是因为长年内战，朝廷国库空虚，为了敛财，朱元璋听从宰相刘伯温的话，在全国推行捐官政策，就是说，只要你有钱，就可以做官，钱多做大官，钱少做小官。

袁巡抚就说“皇上日理万机，我们就不要麻烦他老人家了，现在国家有条新政，只要有银子，就能做官。”王十三斜着眼睛问：“那做个县官要多少钱？”袁知府说：“对外人要5万两银子，你只要筹够2万两银子，余下的我帮你出。”

王十三心里骂道：“真是一群贪官昏君。”他嘴上却说“不瞒你说，俺现在连一两银子都拿不出来，算了算了，你还是把俺送到京城去吧！你要是不送，俺就只好自己去了，到时候，俺就跟俺的皇帝师弟说，巡抚大人不是个东西，竟敢怠慢俺，看看他会治你个什么罪名！”说完王十三作势要走。

袁望忙拦住王十三，他咬了咬牙，说：“这钱，我全给你出了，你就回家等着做海曲县令吧！”

此后不长时间，王十三就当上了海曲县令，钱掌柜没话了，只好将两万两赌资给了王十三，王十三拿着这钱在海曲县开了一家“广济堂”，专门收容那些老弱病残、鳏寡孤独之人。王十三为官清廉，爱民如子，在海曲县深受百姓爱戴，一直到现在，海曲县还流传着“王十三忽悠当县令”的传说。

（题图、插图：黄全昌）

·本刊信息传真·

征稿：写一个故事吧

你喜欢《故事会》吗？你想成为《故事会》的作者吗？你想把自己知道的故事写下来让千千万万的读者分享、分担你的喜怒哀乐吗？

投稿的方式有以下几种——

1. 你可以邮寄，地址是：上海市绍兴路74号《故事会》杂志社（邮编：200020）；
2. 你可以发电子邮件，各编辑的电子邮箱见本刊；
3. 你可以登录“故事中国”网，那里有一个“在线投稿区”。

除了自己创作，你也可以把在各类报刊和网络上看到的笑话、3分钟典藏故事、快乐辞典、感动中学生的故事、外国文学故事鉴赏等作品推荐给我们，一经发表，你都将获得推荐费。

街谈巷议、市井邻里，饭桌酒席、旅途行程，生活的时时处处都蕴涵着“故事”的“影子”，写一个故事吧，你将在写故事中获得快乐，同时你的故事也将给别人带来快乐！

本刊编辑部

·中篇故事（精编版）·

一个小女孩，为了养一条蚕宝宝，竟然离家出走；热心的片警无意中发现，一条普普通通的蚕宝宝，在小女孩心里竟是无法割舍，无法替代……

小希的奖励

□方冠晴

1．救救小希吧

老李是一名片警，这天傍晚下班，他刚从社区警务室出来，一个七八岁的小女孩哭哭啼啼地迎着他跑过来，见了他就嚷：“警察叔叔，您快救救小希吧，小希快死了。”

老李一惊，连忙问：“怎么回事，小希怎么了？”女孩说：“我妈妈将小希从楼上扔下来，扔到草坪上，摔得、摔得……”

老李吓了一跳，这可是重大案子，他连忙拉起女孩就要走：“小希在哪？你快带我去！”可女孩没挪窝儿，却举起一个装“庆大霉素”针剂用的药盒子，抽泣着说：“在、在这呢。”

“在这？”老李正在发懵，小女孩已经打开了纸盒，纸盒里，一条浑身雪白的蚕软绵绵地躺在里面，小女孩轻轻用手指去触碰那条蚕，蚕只是微微地蠕动了一下身子，小女孩便又哭了：“您看，小希都不怎么动了，它快要死了。”

老李长长地吁了一口气，禁不住摸了一下自己的额头，额头都渗出了汗呢，他带着责备的语气问女孩："这就是你的小希？你就为这事哭哭啼啼地来找叔叔？"老李说着，打算离开了，可小女孩却一把拽住了他的裤腿："叔叔，别走，您救救小希吧，它快要死了！"

老李又好气又好笑，说："放心吧，它不会死的啦，它还会动呢。"

"它会死的。"小女孩拽住老李不放，眼巴巴地仰头望着他，"叔叔，您就救救它吧，我们老师说了，有困难，找警察，警察叔叔有办法，您就想想办法救救小希吧。"

老李苦笑起来，有困难找警察，可对一条要死了的蚕，警察叔叔能有什么办法？

他看着这女孩固执的眼神，自己要是不救这条蚕，还真打发不走她，他叹了一口气："得了，你将你的小希给我吧，我想想办法。"

老李将小女孩安顿在警务室里，然后，他拿上女孩的药盒子，骑摩托车回家了——这就是他的办法，因为他读小学的儿子也养蚕呢，而且养了三条，去儿子那里换一条健康的蚕来，不就将这小女孩给哄过去了？

回到家里，老李将情况跟儿子说了，儿子接过药盒子，拨弄了一下那条软绵绵的蚕，笑了："这蚕没摔坏呢，它是饿的。"他从抽屉里拿出两片桑叶，放进药盒里，可还别说，一会儿的工夫，蚕就蠕动起来，"沙沙"地啃起了桑叶。

这下好了，总算可以打发那个女孩了，老李回到了警务室，那小女孩还在这里等着他，她见自己的蚕又在吃桑叶了，笑了："我的小希没死，它真活了！叔叔，您真行！"

"好了，你现在可以回家了吧？"老李要送女孩回去，谁知女孩却赖上不走了："我不回去！我要是回去，爸妈会弄死小希的。"

老李愣住了，这孩子还真是个"缠人精"，缠上就甩不掉了，他只得问这小女孩叫什么名字，家住哪里，一问，才知道女孩叫苗苗，就住在离这里不远的别墅区里。老李立即拿出户籍本来查，查到了苗苗家的电话号码，打了过去。

一会儿，苗妈妈来了，要带女儿回去，苗苗却和妈妈讲起了价码："除非你们让我养小希。"苗妈妈一听来了火，一把夺下苗苗手里的药盒子，扔了出去，还好，半空中被老李接住了，苗妈妈嚷了起来："小希小希，整天就只知道小希！我告诉你，不准养它！"她拽着苗苗就出了门，苗苗则哭着向老李求救："叔叔，救救我，我不回去，我要和小希在一起。"老李摇着头，叹了一口气，这个苗苗，宁愿要一条蚕，也不愿回家，唉，真是有点不懂事了。

这天晚上回家，老李问了儿子一个问题：“你们为什么都喜欢养蚕呢？”儿子想都没想就说：“好玩呗，蚕白白胖胖的，多可爱，我们好多同学都将蚕当宠物养呢。”

就因为好玩，连家都不要了？老李决定，明天见到苗苗，是该好好说说她。

2.与承诺和希望有关

第二天上班，老李到警务室不久，苗苗就背着书包来了，一来就焦急地问老李：“警察叔叔，我的小希呢？”老李将装蚕的药盒给了她，她迫不及待地打开盒子，看到那条蚕，这才笑了，于是端着盒子出门，一边走一边对着那条蚕说悄悄话：“小希，别怕，我不会再让我爸和我妈扔你的，咱晚上不回家了，看他们还能不能将我们分开。”

老李吓了一跳，赶紧叫住了苗苗：“苗苗，你说什么呢，晚上不回家？”

苗苗嘟着张小嘴，坚定地点了点头，这一下老李急了：“为什么？就因为你爸妈不让你养宠物？你这孩子，为了个宠物，连爸妈都不要了，像话吗？”

苗苗的嘴撅着“我才没养宠物呢，小希不是宠物！”

老李有点来气了：“不是宠物又是什么？”

“它是小希！希望的希，它是希望！”

老李直摇头，现在的孩子，给一条蚕取个名字叫小希，就成她的希望了？但他不敢笑话她，这孩子晚上要真不回家，那可就是大事了，他只能耐心地问苗苗，到底是怎么回事。问了老半天呢，老李终于弄明白了：

苗苗有个姐姐，和苗苗的感情可好了，可不知为着什么事，上个星期，爸爸妈妈突然不认姐姐了，将她赶出了家门。苗苗舍不得姐姐，拽着她不让走，姐姐就偷偷地给了苗苗这条蚕，说是只要帮姐姐养着这条蚕，等蚕养大了，吐丝结茧了，姐姐就回来看苗苗。苗苗没养过蚕，也不知道能不能养好，就问姐姐:“我要是没将蚕养大呢？”姐姐说:“那——姐姐就回不来了。”苗苗当然希望姐姐能够回来，所以，她给这条蚕取名小希，当命根子似的养着，希望能和姐姐早日团聚，可是，她的父母却死活不让她养这条蚕。

说完这些事，苗苗的小脸绷得紧紧的，她认真地说:“我答应过姐姐，我要将小希养大；姐姐也答应过我，等小希大了，她会回来看我的，我才不让爸爸妈妈从中破坏呢。”

老李没料到这中间还有这样的原因，在自己的辖区内，居然还出现父母将女儿扫地出门的事情，他这个片警居然浑然不知，自己的工作太疏忽了啊，他决定去苗苗家好好了解了解情况。

苗苗的家在别墅区，屋内装修豪华，一看就是有钱人家。老李去时，苗苗的爸爸不在家，苗妈妈也正准备出门，被老李堵上了，他简单地说明自己的来意，话还没说完，苗妈妈柳眉倒竖，叫了起来:“什么姐姐？我只有一个独生女苗苗，苗苗所说的姐姐，不过是保姆罢了！”

哦，原来苗苗所说的姐姐被父母赶出门，其实是父母将保姆给辞退了，这么回事呀，老李顿时松了一口气。

苗妈妈咬牙切齿，很气愤:“这个阿荷，太可恨了，她临走还给我女儿来这一招！你知道我为什么辞退她吗？她将我女儿都给带坏了，整天就知道怂恿苗苗养宠物，害得苗苗连作业都不做了，临走了还要塞条蚕给苗苗，你说可恨不可恨？”

既然事情是这样，也就没有什么了解的必要了，但老李记着苗苗说晚上不回家的话，就告诉了苗妈妈，提醒对方注意，苗妈妈一听生了气:“她晚上还想不回家？她能飞到天上去？下午放学的时候，我就去学校接她，看她能往哪里跑？”

事情到这里就算解决了，再说，这是太小太小的一件事，老李也就不再将它放在心上，但到下午学校放学的时候，他在警务室里听到外面有人大声地喊叫:“苗苗，你给我站住！站住！”

老李一听，那声音是苗妈妈的，便立即将头探到门外，只见苗苗在街上撒开脚丫子跑，她妈妈则在身后一边追一边喝，就这工夫，一辆小车开过来，差一点就撞上了苗苗，小车刹车的声音将苗妈妈也惊呆了，老李更是触目惊心，这大街上人来车往，母女俩这样“赛跑”，迟早会出事，于是他冲苗妈妈大声喊道:“你不能再追了，交给我！”

说着，老李走出警务室，骑上摩托车，追了过去。

在十字路口，老李终于将苗苗给截住了，他问苗苗为什么跑，苗苗眼里噙着泪，说:“妈妈要弄死小希呢，我再也不回家了。”老李耐着性子劝:“要不，你就别养小希了，你的阿荷姐姐已经去别的地方打工了，你就是将小希养大了，她也不会回来的。”

“胡说！姐姐答应过我，只要小希吐丝了，她就会回来看我！”

这时，苗妈妈已经追上来了，揪住苗苗朝着她屁股上就是两巴掌，苗苗不哭不闹，只是双手拼命护住怀里的药盒子，苗妈妈见了，伸手就要来夺，苗苗干脆赖在地上，把盒子压在身下，就是不让妈妈夺走药盒子。

老李在一旁看不下去了，只得劝苗妈妈:“既然孩子一定要养小希，你就让她养着吧，何必这么较真？”

苗妈妈眼一瞪:“说得轻巧，让她养？你知道她花在这条蚕上的时间有多少吗？每天都要摘桑叶给蚕吃，城里哪有桑叶？她每天为了几片桑叶，还要坐公汽去郊外，一来一回两个小时，她这样哪还有心思读书？”

老李一听愣住了，敢情养这么一条小小的蚕还这么麻烦，那么自己家的孩子呢，是不是也每天跑到郊外采桑叶？看来，自己也得管管儿子了！

老李没办法劝苗妈妈，苗苗呢，又劝不了，这对母女一个比一个倔，谁都不让步，这样闹下去不是个事，他只能采取一个折中办法，便对苗苗说:“要不，你先将小希交给叔叔替你保管一夜，你和妈妈商量好怎么办，我明天再将小希还给你怎么样？”

苗苗早就架不住妈妈的抢夺，同意了。

3. 小事情大难题

大事往往是由小事酿成的，养不养这条蚕是小事，但这对母女都是倔脾气，真让一条蚕弄得苗苗离家出走夜不归宿，那就成大事了。老李觉得有必要将这件事作个解决，所以，他专程去了一趟学校，找到了苗苗的班主任，希望班主任劝劝苗苗。

班主任说:“苗苗向她的保姆姐姐承诺了要养大那条蚕，她希望再见到她的保姆姐姐，她按照自己的承诺做了，是好事，难道我还要教她违背诺言放弃希望吗？这话我没法对我的学生说。”

“那么，你劝劝她的妈妈吧，老师的话，家长总会听的。”

班主任叹了一口气:“苗苗早就将这事跟我说过，我也劝过她的妈妈，希望家长不要干涉孩子的爱好和自由，但是，她妈妈不听，她妈妈认定苗苗养蚕会影响学习，我也没办法。”

老师都没有办法，老李还有什么办法？当天晚上，老李回到家里，追问儿子是不是也天天去郊外采桑叶，儿子说，他的桑叶都是住在郊区的一个同学帮他采的，这一下老李放心了，他忽地有了主意："你能不能每天匀几片桑叶给我，我的辖区也有个孩子养蚕呢。"儿子的头摇得像拨浪鼓："我的蚕都吃不饱呢，哪有桑叶给别人？"

最后一个希望破灭了，老李觉得苗苗养蚕的问题，倒真成了他解决不了的问题。

晚上，老李躺在床上，翻来覆去的。他老婆在报社当记者，常常为赶稿子睡不好觉，现在老李又像烙饼似的辗转不眠，她哪睡得着，便问老李出了啥事，老李便将遇到的难题说了。老婆笑他："你也成孩子了？人家母女间的事，你搅和什么？"

老李解释说："毕竟是我辖区里的事，现在虽说是小事，但母女俩就是俩犟驴，这样顶下去，真闹得苗苗离家出走就是大事了；再说，小屁孩嘴里说着'有困难找警察，警察叔叔有办法'，我这个警察叔叔却啥办法都想不出来，这心里总有点……"

这下，老婆不笑话了，想了半天，说："孩子兑现承诺，保存希望，这是好事，看来，我得帮帮这个小女孩，让她将那条蚕养下去。"

老李听出了希望："你有办法？"

老婆笑了："我倒有个办法。我们报社正在举行小学生作文比赛呢，比赛的主题就是有关愿望的，我们将对获奖的学生，提供实现愿望上的帮助。苗苗的愿望不就是要养一条蚕吗？你让她来参加作文比赛，将那条叫小希的蚕给我，我们再将那条蚕作为奖品奖给她。"

老李听了，还是没转过弯来："问题在她妈妈那里，你们将小希奖给她，她妈妈不让她养，还是白搭呀！"

老婆点着老李的额头说："亏你也是家长呢，你还不懂家长的心思？苗妈妈不让苗苗养蚕，是担心影响她的学习，现在，小希成了苗苗的奖品了，她妈妈还不让她养？骄傲还来不及呢。你儿子要是在哪里获了个奖，你会将儿子的奖杯扔掉吗？"

老李总算开了窍："对呀，小希就是苗苗的奖杯了，只是苗苗才读二年级，会写作文吗？何况还要获奖？"

"放心吧，包在我身上，二年级有二年级的要求，没什么难的，获不了奖我让报社也给她个纪念奖，行了吧。"

这一下，老李放心了。

4.一条蚕的奖励

苗苗真的在作文比赛中获奖了，不是什么纪念奖，而是实打实的一等奖。老李的老婆告诉他：苗苗的作文写得实在是太好了，不是什么文笔上的好，而是有真情实感，动人，报社还准备把获奖的文章刊出来呢。

颁奖的那天，老李没去，但他老婆回来向他描述了当时的情景：“是苗苗的父母陪着她去领奖的，奖了她一套作文选，当然，另外就是那条叫小希的蚕。你没见她父母骄傲的样子，满脸放光，她妈妈还一直宝贝似的亲自端着那个放了蚕的玻璃器皿，逢人就说：‘瞧，我女儿获奖了，一等奖。’这下你可以放心了，她的父母不会不让她养小希了。”

事情总算圆满地得到解决，老李长吁了一口气。

第二天，老李在市报上看到了苗苗的获奖作文，确实写得很有感情，苗苗在作文中写道：她的父母忙着做生意，很少有时间照顾她，她四岁时就跟着保姆阿荷姐姐生活，阿荷陪着她玩，陪着她说话。她觉得，阿荷姐姐就是这个世界上最亲的人，所以，父母赶阿荷走的时候，她有多么伤心。她最大的愿望，就是养大小希，等小希吐丝的时候，她能再次见到姐姐……

苗苗的作文见报的当天，苗妈妈来警务室了，她手里也拿着当天的报纸，她真诚地对老李表示感谢，说：“我看了女儿的作文了，我真没想到，女儿和保姆间有这样深的感情……都是我们做父母的不好，平时只顾忙着赚钱，疏忽了女儿的感情和感受，要不是您一直拦着我，我真会将女儿的那条蚕给弄死了，到那时，真不知她会怎样恨我呢。”

苗妈妈走后，警务室门口一直有个女孩子在徘徊，老李出门一看，是个二十岁样子的姑娘，她手里也攥着一张当天的市报。老李猜出来了，试探地问：“你是——阿荷？”

对方点了头，她果然就是阿荷。阿荷随老李走进了警务室，鼓了好大的劲才说：“刚才苗苗妈的话我都听到了，我来是……是承认错误的。”

老李有些诧异了：“你有什么错误？”

“有。”阿荷说，“我骗了苗苗，我给她那条蚕，其实是为了报复她的父母。”接着，阿荷说起了她和苗苗间的事情：

阿荷十六岁进苗苗家当保姆，她真的是将苗苗当亲妹妹那样照顾。前不久，苗苗要养小白鼠，阿荷自己掏钱给她买了一只，那只小白鼠将电视遥控器上的一个按键给啃坏了，惹得苗妈妈生了气，苗妈妈怪她怂恿苗苗养小动物，一气之下将她给辞退了。这件事让阿荷很受打击，她全心全意地对待苗苗家，到头来却落得这样的下场。她受不了这样的打击，所以临走时故意塞了一条蚕给苗苗，编了一套很动听的话，她知道苗苗妈肯定不会把一条蚕当回事，也不会让苗苗养那条蚕，这样，就可以挑起她们母女间的矛盾……

阿荷低着头说“其实，我被苗家赶出来后并没走多远，我在附近一户人家当保姆……今天，我在报纸上看到了苗苗的作文，我才知道我做错了，苗苗是真将我当成了亲姐姐，我却利用她对我的感情骗她，我连个小孩子都不如哇，我现在不知道该怎么办，是去找苗苗说清楚，说我骗了她，还是……”

“不！”老李打断了阿荷的话，“还是瞒着她吧，她还太小，让她生活在美好的想象中不是更好？倒是蚕离吐丝的日子不远了，你是不是该去看看她？”

“会的，我这就去，我知道该怎么做了。”阿荷说完，心情轻松地走了。

第二天早晨，苗苗拉着阿荷的手，一蹦一跳地来到了警务室，还没进门呢，就嚷起来：“叔叔，我姐姐回来了，姐姐没骗我，小希大了，她就真回来了，她说，她今后会天天来看我呢。”看着苗苗那副开心得不得了的样子，老李笑了，阿荷则暗暗冲老李点了点头，很真诚。

（题图、插图：谢　颖）

·中篇故事（精编版）·

两位天才的秦腔丑角，一个师哥，一个师弟；一个在台上风光独占，一个在人海中默默生活；本已形同陌路的两人，又被相似的命运裹挟在一起，是命，是戏，还是人生本就如此？

丑角登场

□杜新联

1.冤家相逢

民国时期，在西川城，有家凉皮子店，店主叫马楼。“凉皮子”是一种类似面条的风味小吃，据说，马家的凉皮子虽是半路上起家，但它皮薄，佐料正宗齐全，味道独特，成了西川一绝。

马楼原先是唱秦腔的，他演丑角，满堂叫座，后来又冒出个比他更棒的丑角张自善，抢了他的风头，他感到没了面子，从此改行卖起了凉皮子。

这天，马家凉皮子店照旧顾客满门，马楼正用一口纯正的秦腔吆喝着招呼客人。这时，有人惊讶地发现店里来了一位稀客，这稀客就是迫使马楼改行的张自善。原来马楼走了不久，张自善也来到了西川，而且没多久，就成了唱红全城的名角。

张自善平时没啥偏好，就喜欢这端不上台面的凉皮子，每次他演完一场戏，一口凉皮子下肚，舒坦得什么山珍海味也不想瞧了。

这会儿，有几个戏迷，恭敬地邀请张自善到他们的桌前就坐，坐下后，有个戏迷不解地问：“难道像张先生这样红透西川的名角也来这里吃凉皮子？”

张自善听了“哈哈”大笑道：“名角也是人嘛，你们喜欢吃的，我也不

例外呀！”另一个戏迷又说“哎呀，您要吃，打个电话，让伙计给您送上门得了，根本不用您劳神过来。”

张自善听了压低嗓门说，他和店老板是同行冤家，尽管他早就听说这里的凉皮子有名气，就是不好意思来吃。他曾打电话让马楼派人送去，没想到马楼一听是他，立马就一口回绝，还说：“本店一概不送凉皮子出门，要想吃，对不起，请到店里来品尝。”

戏迷们听了乐得笑起来，这个时候，小伙计跑来，问张自善要大碗还是要小碗，张自善伸出两个指头，说：“来两大碗，一碗放辣子，一碗不放。”

小伙计端来凉皮子，张自善端起碗，一阵风卷残云，眨巴眼的工夫，两大碗凉皮子就装进肚了，可当他去结账时，一摸口袋，傻了，没带钱，小伙计望着张自善手忙脚乱地摸着口袋，以为又碰上了蹭饭的二混子，不由用蔑视的目光瞪着他。

张自善边摸口袋边嘀咕：“瞧我这记性，忘了带钱了，都怨我习惯了吃饭不带钱，这可怎么办？伙计，不好意思，能不能先记个账，下次我来吃凉皮子一起付……”

小伙计立刻叫来老板，马楼过来，一眼就认出张自善，他不无揶揄地说：“嘿，这不是张自善吗？怎么，名角也来吃凉皮子？不怕呛了喉咙、废了嗓子？”张自善顿时红了腮帮子，说：“啊，是马掌柜呀，我……不好意思，忘了带钱啦，这样吧，先记在账上，回头再……”

没想到马楼却打断了张自善的话：“我说，张自善，你别猪鼻子插大葱——装象，你是一名角，难道连这两碗凉皮子的钱也付不起？”张自善被抢白得有点口吃了：“我……我……”马楼又打断他的话，斩钉截铁地指指墙壁说：“瞧见了没有？这墙上白纸黑字，写得明明白白——本店概不赊账！”

马楼如此不通情理，连戏迷们都坐不住了，他们纷纷过来替张自善打圆场，有的干脆掏出白花花的银洋，甩在了马楼的面前，说：“不就是两碗凉皮子嘛，干吗这样为难人家呢？你瞪大眼睛，好好看看，他是谁？名角！”

马楼冷笑两声：“没带钱就出来吃饭，也不怕掉名角的面子？”这时，张自善脸上挂不住了，他谢绝了别人的好意，立即给他老婆打了电话，让她来马家凉皮子店付账。

事后，有人埋怨马楼 做生意，脑筋得活络一点，别人想拍名人的马屁，还找不到门呢，你倒好，人家名角来你家吃凉皮子，是看得起你，你却这点面子都不给，这不是堵自家的财路吗？

马楼却理直气壮地胸膛一挺，

说：“我凭良心卖凉皮子，谁到我店来，都带一张嘴，进店付钱，吃了走人，天经地义，名角又咋啦？难道他不是人？”

2.兄弟结仇

这天，一个骑兵旅路过西川城，旅长姓郑，外号“郑膀子”，虽是粗人，却是个秦腔迷。郑膀子听说张自善是秦腔名角，就点名要他出演《霸王别姬》。张自善生平最怕演这出戏，他怕演不好砸了场子，可是，不演又怕惹恼了郑膀子这个杀人魔头，让你吃不了兜着走。

张自善越想越害怕，他认识郑膀子的相好，于是赶忙找去，想让她出面，来婉拒演出的事，没想到那女人把张自善的意思对郑膀子一说，郑膀子就瞪起了充血的牛眼睛：“奶奶的，他张自善长了几颗脑袋？本旅长打仗出生入死，路过西川城，让他演一出，是看得起他这个戏子，他竟敢拒绝？他不演，老子抓他去当兵！”

张自善一听此话，吓得晕头转向，愁得坐卧不安。

这时，有人提出，马楼是演这出戏的高手，让他来顶替一下。张自善听了眼前一亮：对呀，让马楼顶替，既能给郑膀子面子，又解了自己的围，可谓两全其美，但是怎么才能说动马楼挺身而出、帮自己一把呢？他不由想到自己和马楼的恩恩怨怨。

想当年，马楼和张自善，拜同一个师傅，满师后，又同时进入一个草台班子。当时他们都想甩开膀子，大干一场，赶巧剧团要排练一出大戏《霸王别姬》，需要一个丑角，也是个主角，谁拿到了，谁就有领先出人头地的机会。两个人都想演，到底谁能争到这个角色呢？

当学徒时，张自善和马楼同睡一个土炕，同在一个锅里扒饭，同拜一个师傅学戏，所以，两人的演技旗鼓相当，平时两人都铆着劲儿，背地里下死功夫排练，谁也不想认输。

在排练《霸王别姬》的时候，师

傅让马楼和张自善分别试戏，谁合适谁演丑角，结果马楼将这出戏演绝了。张自善自愧不如，眼看着快到正式演出的日子了，他一想到自己不能演丑角，就心急如焚。

张自善是这么盘算的：如果马楼真要在《霸王别姬》这出戏中演了丑角，那他们这对师兄弟可要分出伯仲了，一个熬出了头，在舞台上享尽风光；一个只能跑跑龙套，难以翻身。他不甘心眼睁睁地让马楼把机会抢走，于是就挖空心思琢磨着能有什么法子，将马楼取而代之。

事有凑巧，张自善有个半夜小解的习惯，他们住的屋子，窗户正对着门，如果开窗不关门，就有过堂风。这天半夜，张自善照例起来小解，借着从窗子洒进的银光熠熠的月色，他见酣睡中的马楼半个身子都露在外边，顿时灵机一动：如果马楼患了感冒，嗓子充血，就会哑，丑角就非自己莫属了。

这么一想，张自善就开了窗和门，到外面小解时又故意拖长时间。初秋时节，西北早晚也是凉意十足了，等他回到屋子里，见到马楼一个劲地打喷嚏，张自善暗自得意，上炕入睡了。

到了正式彩排的那一天，马楼刚上台，没唱两句就被师傅轰下台了。原来，他因为感冒嗓子充血，唱出的腔调比八十岁的老头还难听，结果可想而知，张自善轻松获取了出演丑角的宝贵机会。

从此，张自善唱丑角的名声日甚一日，西川城秦腔舞台的丑角几乎被他垄断了，错失良机的马楼，眼看着张自善大红大紫，也只能是哀叹命运的不公。直到有一天，马楼干脆洗手不干，改行开了凉皮子店后，就发誓再也不沾秦腔的边了，不过，《霸王别姬》就是他心中永远的痛。

事隔多年，马楼完全没想到，会有这么一天，张自善竟找到自己，而且让自己出演《霸王别姬》里的丑角。

这其中的玄机也只有张自善心里明白：他演遍秦腔多少曲目，唯独《霸王别姬》里的丑角，他演不过马楼。如果马楼当初获得了机会，如今唱红西川城秦腔丑角的，就不姓张了，好在马楼早已改弦更张了，这也正是张自善所希望的，他习惯了没有对手的舞台。

可眼下，他太需要这个昔日的对手了，可是，他对让马楼代替自己来演《霸王别姬》，一点儿底都没有，两人积怨太深，这个节骨眼上求马楼，人家能答应吗？

3. 前嫌冰释

想到过去与马楼的恩怨，张自善实在没有勇气去见他，更别说让这个冤家来救急了，还在踌躇间，郑膀子又派人发话了，他非《霸王别姬》不看，还把看戏时间定在两天后，放在他生日的那天演，算是以戏贺寿吧。

压力之下，张自善别无选择，只好硬着头皮找到马楼，他没有开口，就“扑通”一声跪在马楼的面前，弄得马楼丈二和尚摸不着头脑，张自善声泪俱下：“哥，救小弟一把吧，你要是不答应，我就长跪不起了。”

马楼冷笑道：“有话就说，有屁就放，你这个样子，我可受不起啊！”张自善也不隐瞒，就将郑膀子要看《霸王别姬》的事给马楼讲了。

马楼把嘴一撇：“我看你是找错门了吧？旅长看戏，这是你的事，找我屁用？”张自善还想说什么，话还没有说出来，马楼就借口忙，让伙计把张自善支走了。

张自善不死心，第二天又上门了，马楼长叹一声，说：“当初，是你削尖脑袋，不惜出卖师兄弟的情分，争得了演《霸王别姬》里丑角的机会，如今，那么多年过去了，按理说咱们西川城的秦腔舞台上，没有你不演的丑角，独占鳌头，风光无限，为何现在到了给权贵卖巧的时候，偏偏又要我代替你演丑角呢？”

张自善听了，说“我知道你是恼恨当年我抢了你的角，不过，你也别不服气，咱们梨园有句话说得好——是骡子是马，拉出来遛遛，你莫非怕演不好《霸王别姬》里的丑角吧？”

马楼是个真性情人，脸皮最薄，什么都不怕，最怕别人糟践他，说他不行。当初，不就是张自善耍了个小聪明，将本应该属于他的机会，生抢活夺地掠走了吗？为此，他憋了一肚子的委屈，就想找个机会为自己澄清一下，现在，这个机会总算来了！

这时，张自善又趁火添柴，使起了激将法：“你要是不替我演，我就要被抓去当壮丁，在前线让一颗流弹打死我算了，反正我也演不成丑角了。唉，咱们西川城的秦腔，能登台红场的丑角难道就绝根了不成？罢罢罢，

我算找错人了，你压根就演不成《霸王别姬》，不过是徒有虚名罢了！”

马楼听张自善这么一说，动了恻隐之心，再看张自善准备拂袖走人，就拦住了他，说：“慢走一步，我也有话说。不是我吊你的胃口，实在是为难我呀，你不想想，我已经离开舞台这么长时间了，你让我登台代替你演，这不是赶鸭子上架吗？”

张自善一看有门，便甩给马楼一句顺竿往上爬的话：“只要你肯上台，我就有救了。戏路你原本就熟，只要稍微练一下，也就八九不离十。反正外行看热闹，量他郑膀子也看不出破绽来。看在我们师兄弟的份上，我求求你了，你不能见死不救呀！”

马楼是个硬汉子，见不得别人流泪说软话，再说，他和张自善也没什么大不了的怨恨，无非是同行相忌、同门相轻，这是自家的事，而他郑膀子可是外人哪！

想到这里，马楼将没有喝完的茶往地上一泼，盯着张自善，一字一顿地说：“好吧，你听明白了，我马楼平生就唱这么一出，不是买你张自善的账，也不是讨大旅长的好，我是为我自己演《霸王别姬》，也是要让你看个明白，真正的丑角是怎么演的！”

张自善如释重负，连夜陪着马楼排戏……就这样，郑膀子如期观赏到了《霸王别姬》，看得他兴高采烈，意犹未尽。看完戏，他当场宣布，在鸿春园请名角吃饭。

4.冷对强权

张自善接到郑膀子的请帖后，经过一番思索，决定自己和马楼一起赴宴，到时候，他可以见机行事，既不让马楼出头，也不让自己露馅；而马楼接到请帖，一阵踌躇之后，想着借此机会，和舞台旧友聚聚，也去了。

在鸿春园举办宴会的那天，酒桌上觥筹交错、欢声笑语，可是郑膀子却注意到了坐在一旁的马楼：他正襟危坐，既少吃菜也不喝酒，郑膀子觉得奇怪，就让马楼和张自善换了个位子，让马楼坐到自己的身边。

坐定后，郑膀子问马楼“听说你过去也是个名角，怎么改行了呢？难道是为了钱吗？”马楼摇摇头。郑膀子的鼻子里“哼”了一声：“那是为了什么？一个戏子离开舞台，做起了生意，不为钱为的是什么？”马楼一字一顿、掷地有声：“什么都不为，为了自尊！”

郑膀子听了“哈哈”一笑，举起酒杯，说：“来，为了自尊，本旅长和你干了这一杯。”马楼却不卑不亢地说：“谢谢，我不会喝酒。”郑膀子碰了个软钉子，心里就有几分不快，说道：“你只要会喝水，就会喝酒。”马楼针锋相对地回敬了一句：“我从娘肚子出来，只会喝水，不会喝酒。”郑

膀子听了，脸色大变，愤然将酒杯往地上一摔……

张自善见状惊得一个劲地给马楼使眼色，可是马楼却视而不见，没等张自善过来打圆场，郑膀子蛮横地说："现在请马先生来段《霸王别姬》给诸位助助兴——"谁知马楼一甩手，断然说道："对不起，我早就改行卖凉皮子了，要唱就请别人唱吧！"

郑膀子大怒，他瞪起牛眼，拔出手枪，咆哮道："难道你不给我面子？"马楼说："我早不是戏子了，更不是别人随便使唤的小丑。"一旁的张自善吓坏了，忙说："马楼，谁也没把你当小丑使唤呀，依我看呀，你不肯给郑旅长唱《霸王别姬》，是不是怕唱砸了，脸面上难堪？"

张自善这么说，是想让马楼借坡下驴，躲过眼前这一劫，哪知马楼正在气头上，他误解了张自善的用意，冷笑道："姓张的，明人不说暗话，今天就当着大伙的面，咱把话说清楚，你说我怕唱不好难堪，请问——是谁死乞白赖地让我顶替、给郑旅长演《霸王别姬》的？"

张自善的脸当即一阵红一阵白，半天说不出一句话来。郑膀子终于弄明白了，原来自己看的《霸王别姬》，是马楼顶替张自善演的，张自善压根就没上台，这不是瞧不起我、有意要弄我这个旅长大人吗？

郑膀子顿时大怒，他当即下令，将张自善抓去，充当壮丁，派到前线当炮灰……

由于战事紧急，郑膀子也没怎么为难马楼，匆匆离开了西川城。马楼照样经营着他的凉皮子，不过人们再也听不到他那纯正的秦腔吆喝声了。有人劝马楼重新出山，重振西川的秦腔舞台，而马楼仿佛铁了心，谢绝了所有的说客，并从此绝口不谈秦腔，然而在他内心，却为西川秦腔的萧条而忧心忡忡，更为自己说了顶替真相、害了张自善而自责不已。

5.两心相印

时光如流水，转眼就过去了一

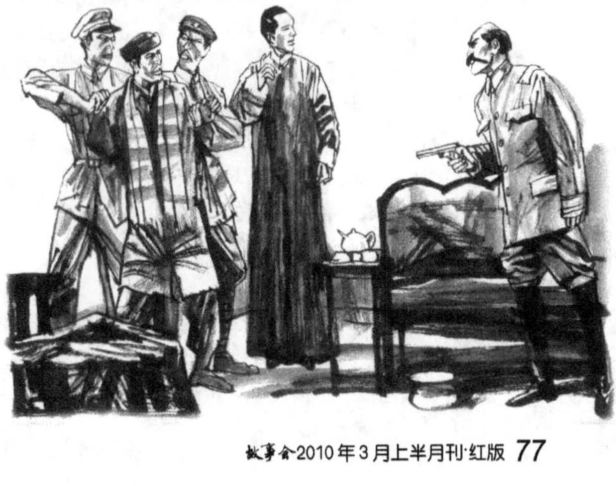

年。突然，有一天，张自善回来了，他是带着枪伤，从战场上逃回来的。他割舍不下自己的舞台，宁愿冒着一旦被抓就得掉脑袋的危险，义无反顾地回到西川。

剧团又要演《霸王别姬》了，张自善依然扮演戏里的丑角，他发誓一定要演好这个角色，为此他不分昼夜地练戏。练戏之余，他照样光顾马家的凉皮子店，每次吃完嘴一抹，付钱走人，绝不多说一句话。

而马楼也没和张自善打招呼，暗地里却时刻关注着张自善，有时，马楼还偷偷跑去看张自善排练《霸王别姬》，暗中把指点的话写个不具名的纸条，让人递给张自善。他发现张自善日渐消瘦，还托人捎去了补品。

有段日子，马楼发现张自善不来吃凉皮子了，他正纳闷着，突然听人说张自善因劳累过度，旧枪伤复发，住进了医院。马楼心“咯噔”一下，沉了下去。

有几个晚上，马楼翻来覆去睡不着，他懊悔自己的行为，当初正是自己在郑膀子面前揭了张自善的短，才使郑膀子迁怒于张自善，罚他去前线当壮丁，还挨了枪子，差点丢了命，几乎毁了一个丑角。

这天天没亮，马楼就起床去了厨房，亲自精心做了一份凉皮子。伙计很奇怪地问：“老板，你一大早在忙些啥呀？”马楼说：“我要做碗凉皮子，给张自善送去。”伙计说：“医院挺远的，外面下着大雪呢，你就歇着，我去送吧。”

马楼摆摆手：“不用，不用，还是我去好。我要看看人家，不管怎么说，我们曾经是师兄弟，当年在一个戏台上唱过戏的呀！”太阳刚冒脸儿，马楼捧着刚做好的凉皮子，来到了医院，轻轻推门，走进张自善的病房，悄悄将碗放在床头柜上。

蒙胧中，张自善突然闻到浓郁的凉皮子的香味，其实，这次他不是枪伤复发住院，而是得了绝症，住院后他什么东西都吃不下，眼下这碗凉皮子引得他胃口大开，他转过身一看，不禁愣了，他看到马楼站在床边，便艰难地抬起身子，声音颤抖地说：“怎么？是你……”马楼连忙扶住张自善，说：“是我，你别起来，我来看看你。”说着，马楼默默地将凉皮子端到张自善面前。

张自善没想到马楼会亲自给他送来凉皮子，眼睛一红，泪眼涟涟……

第二天一大早，张自善精神一下好了起来，他强忍着疼痛，刚起床就到病房阳台上吊嗓子、走台步、练身段。他想，出院后自己该做的第一件事就是登台演《霸王别姬》，他要诚心实意地请马楼来看戏。

可张自善并不知道，就是在马楼送凉皮子到医院的那天，回家路上，正好碰上郑膀子派来抓张自善的骑兵，那几个骑兵不认识张自善，也不知道张自善家在哪儿。马楼挺身而出，自称是张自善，于是就被骑兵抓去了，等到郑膀子发现抓错了人，一怒之下，把马楼打了个半死，成了活死人，幸亏乡亲们将他抬回家中。

张自善压根不知道马楼的遭遇，更不知道马楼为了保护他而被打成了活死人。张自善的病越来越重，医生估计活不了多久，但他不想在病床上等死，为了实现自己的心愿，他勉强支撑着虚弱的身体出了医院。

这天，是张自善演《霸王别姬》的第一场，他特意吩咐老婆，给马楼送去两张戏票，请他来看戏。张自善的老婆立马去马楼的凉皮子店，这才知道了马楼的情况，她回家时，没敢如实对张自善说，只是敷衍道："他会来看你演戏的，你放心好了。"

演出那天，当舞台大幕徐徐拉开时，张自善见前排正中的位子空着，心里不由"咯噔"一下：马楼到底没有来！他也许还在恼恨自己，不来捧场也在意料之中，不过，张自善还是有点失落，也有点担忧，不知道自己大病过后，还能不能演出原来的水平。

这时，一阵紧锣密鼓响过，张自善粉墨登场了，台下顿时响起雷鸣般的掌声。张自善忍不住往观众席上一看，见前排正中的位子仍然空着，他心想：老伙计，你还是不来的好，万一我演砸了，岂不让你伤心？唉，就让这位子永远空着吧！

张自善饰演的丑角楚霸王一亮相，顿时全场欢声雷动，随着紧密的锣鼓声，张自善矫健地踏着步子走到前台，几个程式干净漂亮，台下叫好声一阵高过一阵，就在这个时候，张自善趁着亮相的时机，再往台下一看，心中猛地一颤：马楼竟然出现了！呀，老伙计，你终于来啦！

也许是惊喜，也许是紧张，张自善脚下步子有点乱了，他一个踉跄，但没摔倒，他索性来个丑角的踉跄

步，又博得全场一片喝彩。张自善在表演间隙，又往观众席上一望，这一望令他惊讶、茫然，那张激励他几十年的脸庞，此时此刻却是那么漠然、呆板，没有半点表情。

张自善的心里开始犯嘀咕了：莫非这个老家伙看出自己的破绽了？他拿出毕生的本领，想在这短短的一场戏里，给自己的老对手、老伙计，奉献上一出真正地道的秦腔丑角戏。

直到《霸王别姬》快演完了，张自善发现马楼依然端坐在那里，面无表情，纹丝不动。张自善想：这是怎么回事，是自己演得太糟糕了？唉，老伙计真不愧曾经是响当当的丑角，他是高手，内行看门道啊！

张自善使出全身的解数，要把十几年的演艺生涯，浓缩到此时此刻的舞台上，他将所有的绝活都亮了出来了，哪怕今天倒下，再也不能演戏了！

舞台上，戏进入了高潮，张自善几乎变成了一团火，在熊熊燃烧。全场沸腾了，欢呼声震耳欲聋，这是对他舞台演艺生涯的最高褒奖。可是，他不理解，台下的马楼为什么却无动于衷……突然，他眼前一黑，猝然一个踉跄摔下舞台，倒在前排最中间的位子旁，恰好扑倒在马楼的脚下，口中喷出一股鲜血……

观众席上顿时响起一阵惊慌的喧哗声，张自善的老婆第一个扑在丈夫的身上，痛苦地摇晃着他的肩膀，大喊道："老头子，你这是怎么啦？"剧团的后台主事掀起后场门帘子，看见躺在地上一动不动的张自善，惊慌地叫道："快请大夫！"

一阵惊恐过去，紧接着是长久的静寂，舞台上的灯光全部打过来，照着马楼，照着马楼脚下的张自善……已经完全失去知觉和反应的马楼，被家人搀扶着，依然一动不动地坐在观众席上。

整个演出，马楼像一尊石像似的坐着，没有丝毫的感觉。当张自善突然扑倒在他脚下的时候，有人发现他的双眼流出了两行热泪，接着便轰然栽倒在张自善的身上……

（**题图、插图**：杨宏富）

故事看过瘾了吗？轮到您出手了，给我们投稿吧。今年我们又开设了三个新栏目："新新聊斋"、"银手指·金点子"和"手机版故事"，尤其是"手机版故事"，这是一种新的尝试，我们热忱欢迎您的来稿：1.篇幅在300字左右；2.题材各异、风格不限，但叙述清晰、完整，要有详有略，有张有弛；3.要有一个精彩的核心情节或细节。来稿可从邮局寄发，邮寄地址：上海绍兴路74号《故事会》杂志社，邮编：200020；也可从网上投稿，本期责任编辑邮箱：chin_poet@163.com。

鞭打100下

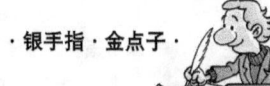

有一位意大利贵族要举行婚礼，城堡里的每一个人都在为那位贵族的结婚盛宴进行准备，一切都准备就绪，忽然发现宴席上没有准备鱼，也就是在这个时候，天下起了暴雨。

说来也巧，风雨之中，一个贫穷的渔民来到城堡，他背着一条非常大的鲑鱼，贵族很高兴地对渔民说："你这条鱼多少钱？我把它买下了！"

渔民说出来的话，让在场的每一个人都感到惊讶，渔民说："鱼的价格，就是鞭打我100下。"

"真是胡说八道。"贵族断定渔民在戏弄他，他恼怒了，"你是在开玩笑吗？快点告诉我，买你的鱼需要多少钱？"

渔民还是回答说鞭打他100下。

"嗯，这是一个奇怪的笑话，但是我们必须买下这条鱼。"贵族对旁边的随从说，"那就按他说的，鞭打他吧！"

于是，渔民趴在地上接受鞭打，"1、2、3……"谁知才鞭打了10下，渔民就喊了起来："住手，我有一个伙伴，他也入了我的股份。"

"什么？"贵族喊道，"世界上有一个你这样的疯子也就够了，竟然会有两个？你的伙伴在哪里？快把他带到这里来！"

渔民说"我的伙伴不是别人，正是你们的看门人，他不让我进来，除非我答应给他9成的鱼钱，所以，我必须兑现我的诺言。"

贵族听后笑了起来："把看门人带过来。"

看门人被带了进来，贵族一声令下，手下将看门人按倒在地，一五一十地鞭打起来，一连打了90下，才把

·银手指·金点子·

那倒霉的看门人放了，然后，贵族收下了渔民的大鲑鱼，并送给了渔民一份厚礼。

聪明的渔民用自己的智慧，狠狠地惩罚了贪婪的看门人。

（**供稿**：李剑红）

“银手指”点评：写故事有一个常用的技巧，那就是“逆转”，所以在故事的世界里，真正的聪明人常以傻瓜的形象出场，这篇故事里的渔民也是这样，不但没有因为奇货可居而为鲑鱼讨个大价钱，反而要求挨一顿打！

这样的“逆转”绝非故弄玄虚，渔民看似傻到极点的行为给故事带来了悬念：他为什么要这样做？只要我们一分钟不知道答案，就会迫不及待地把故事读下去。简单地说，悬念的真谛只有三个字：猜不透。

渔民出场时的“傻”和结尾的“智”形成了强烈的反差，这一“逆转”能让我们看到结尾时的快乐加倍。只要稍微留心一下就会发现，这种“逆转”的技巧比比皆是，比如推理小说中，出场时最和蔼可亲的那个人结果往往是凶手。故事要会听，文章要会写，会听、会写的前提是要懂得技巧，懂了以后我们就可以运用到实际生活中，比方学生写作文，就可以运用这些技巧，以后，本栏目将会经常介绍一些这样的故事，让“银手指”评点这些经典篇目中的“金点子”，使你在写作上受益。

（**题图**：包丰一）

不治之症

□孔祥树

省师范学院的老同学要搞一次聚会，二十年啦，时过境迁，天翻地覆，难得的大喜事啊，聚会前夕，老班长一清点人数，发现还少了一个人：孙强。

孙强自毕业后，就一直失去联系。老班长四处打听，几经辗转，才知道孙强在一所山村小学教书。

同学聚会，一个都不能少，于是，老班长驾着小车，向那所学校驶去。

一路上山清水秀，鸟语花香。找到那所学校，见到老同学孙强，老班长真认不出来了：两鬓微白，颧骨凸出，胡子像乱草，脸色像白纸。走进孙强的小屋，一台小黑白电视机，桌椅缺胳膊少腿，煤炉上一只药罐"噗噗噗"地响，一屋的药香。

老班长问起孙强的家庭情况，他说："两个孩子，一个小学一个初中，老婆在家务农，自己得了一种慢性病，长年药罐不离……日子虽然清苦点，但一家人倒也心平气和，开心知足。"

孙强也问起同学的情况，老班长向他一一介绍："朱勇改行当了镇长，张非改行当了副局长，李山改行当了片区警长，赵娟在县城一小当了校长……"老班长最后说："其他同学都捞了个一官半职，只有我这个老班长每天起早摸黑，做点小生意，赚点小钱。"孙强听了，一脸羡慕："你们都混得人模人样，只有我没出息。"

当天，老班长把孙强接回县城。次日聚会的酒席上，其他同学天南海北，滔滔不绝，调侃戏谑，不顾不忌，觥筹交错，极尽豪气，只有孙强坐在一角，寡言少语，不烟不酒，显得很落寞。

宴席散后，老班长向同学们提议，给孙强一点帮助。老班长自己先掏了一千元，其他同学你三百，我四百，很快凑了六千元。老班长把钱包好，递给孙强：“这点钱，你拿去治病吧，免得同学们担心。”孙强涨红着脸，用手推开：“谢谢同学们的好意，这钱我不能收，现在我自己还能治。”老班长把钱往孙强手里一塞，故意板起了脸：“这点面子也不给？这是同学们的一点心意，如果你嫌少，就不接算了。”孙强张口结舌，手足无措，只好接了。

一年过去，那天是教师节，老班长正在看县电视台播放的教师节活动报道，其中还报道了镇中心小学的教研成果，在接受采访的教师里，竟然看见了孙强。嗨，真是想不到，原来他调到了镇中心小学，从山沟沟来到镇上，教学条件好了，生活环境也好了，老班长由衷地为他高兴。

不久，听说孙强病了，比原来更重，老班长约上几个同学，一起来到孙强家，见他躺在床上，翻来覆去，不住地呻吟。

老班长握着孙强的手，心头酸酸的，说“看你病的，是给你的钱太少，让你停药了？”

“是停药了，但不是同学们给的钱少……”孙强欲言又止，闪烁其辞。

老班长猜想可能另有隐情，便拿出了当年班长的威严，板着脸问道：“那到底是什么原因呢？”

孙强的脸一下子红了，结结巴巴地说“为了调到镇中心小学，我把你们给的钱，都用在找人找关系上……”

老班长听了，呆住了，能说什么呢？

屋内的气氛有点沉闷，孙强一阵咳嗽，气喘吁吁的，好一会儿才平静下来，他的眼光躲躲闪闪的，吞吞吐吐地说：“我……我也是个好强的人，你们一个个出人头地，在你们面前，我抬不起头来，挺不起腰来，这样做

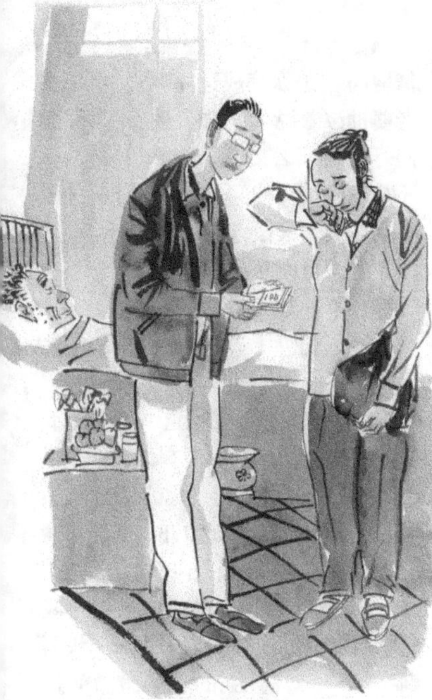

人，还有啥意思？我也想改变自己、改变家庭、改变命运啊！”

老班长和几个同学都沉默不语，临走前，他们又凑齐一万元，塞给孙强的老婆，叫她无论如何也要把孙强送到医院治病。

一年后的一天，老班长去县实验小学接孩子，还没放学，他就在学校门口等，突然，从学校里走出一个人，老班长一惊：孙强！老班长惊喜万分，大步上前握住了孙强的手，说：“你怎么在这？是来听课？”

孙强笑了，瘦削而苍白的脸上泛出了微微的红润，说：“托同学们的福，我调到实验小学来了，上班才几天呢。”老班长高兴啊，把孙强的手握得紧紧的：“你小子可出息了，从山沟沟到镇上，从镇上又到县城，真是步步高升啊，恭喜恭喜！”

孙强调到县里后，按理说，和老同学离得更近了，来往更方便了，但奇怪的是他很少和大伙联系，几次都是老班长给他打的电话，电话里，总听孙强说很忙。

过了一些日子，听说孙强又病了，病得比上次更重，住进了医院。老班长和一群同学赶到那里，见孙强正发着高烧，神志不清，正在输液。老班长向医生询问病情，医生说：“这是一种慢性病，本来不要紧的，主要是病人停了药，又不注意休息，才使病情恶化。”

老班长问孙强的老婆是不是上次一万元用完了，才停了药，孙强的老婆红着眼睛说：“孙强不听劝告，他为了调到县城，用光了你们的钱……”

老班长一愣，苦笑着。

过了一会，孙强苏醒过来，睁开了眼睛，老班长走上前去，为孙强掖掖被角，说：“孙强，你不要心急，好好养病，我们会帮助你治病的。”

孙强吃力地说：“老班长，谢谢你，谢谢同学们……”

老班长犹豫了好一会儿，最终还是把那句久藏在心里的话说了出来：“孙强，身体是根本，再怎么着，看病

是第一位的，有了钱，首先应该看病呀！”

孙强挣扎着试图坐起来，但终因气力不支而躺了下去，他喘息了一阵，说“看好了病怎么着？还是一个字——穷，还是在你们面前抬不起头呀！我唯一想做的，就是要彻底改变自己的命运，像你们一样活得风风光光的……”

老班长身子一颤，心头沉沉的，说不出一句话来。离开时，他们又纷纷解囊，凑了一万三千元，塞给孙强的老婆，叫她一定要为孙强治病。

孙强在医院住了一段时间，病情好转了不少，老班长他们悬着的心才落了地。

转眼三年过去了，一天，老班长突然接到电话，说孙强正在医院抢救，快不行了。

老班长赶到医院，看见孙强面部插满管子，双眼紧闭，脸色蜡黄，气若游丝。孙强的老婆一把鼻涕一把泪，眼睛成了红桃子。老班长心急如焚地问：“怎么病成这样呢？”孙强的老婆抽泣着说：“孙强鬼迷心窍呀，你们好心给那么多钱，他不拿去买药，还是偷偷花在找门子托关系上，他说看见你们每家像宫殿一样，而自己租住的家像个废品收购站，想请你们来玩都开不了口……”

老班长听了，连连摇头，心头隐隐发疼，他俯下身子，紧紧握住孙强冰冷的手，颤着声音喊道：“孙强，同学们都来看你了，你还有什么话就说出来，我们会继续帮助你的。”连喊数声，孙强的眼睛渐渐撑开一条缝，嘴唇翕动着，终于挤出几句话：“谢谢……同学们帮……帮助，我……我们学校那个副校长的位子快……快要到手了……”孙强的身子微微颤抖着，几颗浊泪沿着眼角滚落下来。

孙强最后还是没有抢救过来，当天深夜，他带着永远的遗憾走了，只留下老班长他们愣在病榻旁，呆若木鸡，欲哭无泪……

（题图、插图：安玉民　梁　丽）

退货高手

□李英梅

强子准备买一台家用跑步机，到了店里，一个店员很热情，向他推荐了一款跑步机，可强子带的钱不够，店员就让他先交500元预付款，明天补齐全款后再送货，就这样，生意成交了。

强子晚上回家上网一查，才知道上当了，好多网友都说这款跑步机质量很烂，使用起来噪音大得像坦克一样，楼下邻居百分之百要跑上来骂街。强子急了，第二天一早就跑到店里，想取回预付款，可那店员一听就变脸了，说是不买也行，可预付款就别想了！那店员软硬不吃，强子没办法，只好气哼哼地回了家。

到了家，强子越想越气，忍不住给铁哥们儿大伟打了电话，求他帮忙。大伟人称“智多星”，他听了强子的诉说后一口答应，还详细问了那店的地址和店员的长相。

下午，两人在店门口会合了，看大伟一副胜券在握的样子，强子有些担心：“大伟，你不会是想跟人家打架吧？”大伟神秘地一笑说：“这点小事，打什么架呀！”他从强子手里拿过预付款的收据，进店去找那店员。

强子悄悄地跟在大伟后面，他惊讶地发现大伟非但没向那店员提退款的事，还拿出钱来表示要补齐货款。那店员脸上笑开了花，殷勤地忙着开发票，突然，店员的表情僵住了：他张着嘴愣了半天，随后着急地和大伟说着什么，还满脸通红地拿着刚收的钱硬往大伟手里塞。

几分钟后，大伟满面春风地走过来，递给强子500元钱，说：“好了，没事了！”强子又惊又喜，问：“大伟，你是不是认识他们老板？”

大伟“嘿嘿”一笑，说：“我只是提前向人打听了这店员家里的地址，然后刚才写送货地址时故意写成了他们家的楼上，这小子一下傻眼了，求着让我退货呢！”

尴尬送别

□啸月狼

过年的时候，学校放假挺晚，火车票已很难买到，宿舍里其他三人都不回家了，但是阿林去年没有回家，今年他在火车站愣是排了一天队，终于买了一张票。

眼睛一眨，回家的日子终于来临，那天，同宿舍三个哥们把阿林的行李提的提、扛的扛，将他送到了火车站，一看时间，早着呢，下午4点的火车，现在才2点，阿林提议说“咱们干等也是等，在这打一会儿扑克牌吧？”

室友一齐拍手叫好：“正有此意！”

玩牌的时候时间过得挺快，一转眼就到3点40分了，估摸着火车该到了，室友们把牌收好，对阿林说：“路上小心，照顾好自己，到家给我们打个电话！”谁知话音刚落，广播响了起来：“各位旅客请注意，K283次列车临时晚点半小时，由此带来的不便敬请原谅……”

阿林和室友们叹道：“这火车！”他们只好把牌重新拿出来，又玩了起来。

大约50分钟后，广播里说列车进站了，三人终于松了口气，把牌再次收好，对阿林说：“这次你可是真走了，路上可要想着我们，注意安全，随时保持联系。”说完，拥抱离别。

阿林提着行李向三个舍友挥手告别，舍友们看着阿林一步步离去，离愁别绪一时涌上心头，阿林突然回过头来，冲着他们大喊：“好好过年，明年再见！”说着，他狠狠地向他们挥舞一下拳头，然后毅然扭头检票去了。

正当三个舍友转过身来往回走的时候，忽然看见阿林提着行李从检票处过来了，他们很惊诧，只见阿林低垂着脑袋，结结巴巴地说“呃，那个，我时间看错了，票是明天的……”

特殊嫁妆

□黄礼军

王贵和李花是一对“八零”后夫妻，门当户对，郎才女貌，可李花不会做家务，饭菜做不好，家里一团糟，王贵便数落李花。李花是独生女，从小就是父母的掌上明珠，怎能忍受得了王贵的数落，于是这一对夫妻大吵三六九，小吵天天有，没半年，两人因感情破裂而离婚了。

离婚后，王贵愤愤地想，像这样不会做家务的女人，不论嫁给谁，不出半年都会和她离婚的!

几个月后，李花嫁给了张三，说来巧啦，这张三还是王贵的同事，然而让王贵意想不到的是，他们两人结婚两年后不但没有离婚，而且小日子美满甜蜜，前不久还生了一个大胖儿子呢!

有一天，王贵很好奇地问张三：“李花会做家务了？”

张三摇了摇头说：“不会做。”

“不会做？”王贵先是吃惊，过了一会儿便又开玩笑似的说：“那你现在肯定是家庭妇男了吧？”

张三摇了摇头，说“我也不会做家务。”

这一下王贵惊奇了，两个人都不会做家务，这个家还能太平？

几天后，王贵有事去张三家，他敲了敲门，给他开门的是一个五十多岁的中年妇女，她告诉王贵，张三和李花出去散步了，他们俩又都把手机放在家里，没办法，王贵只好在客厅里等。

王贵坐了没多久，只见中年妇女一会儿拖地，一会儿淘米煮饭，一会儿又给婴儿喂奶，他估计这个中年妇女是张三的妈妈，于是就说：“阿姨，你的孙子好乖呀！”

“哎，他哪里是我的孙子呀！”中年妇女一边拿着奶瓶喂奶，一边苦笑着说，“李花的父母怕女儿不会做家务再离婚，就把我这个保姆当作嫁妆陪嫁过来了！”

本人的作品

□王松平　搜集

清平是个国画爱好者，他有个朋友叫叶辉，也很痴迷国画，只是底子太差，没什么文化，而且爱吹牛。

这天，两人见了面，叶辉问，这几天在市展览馆里举办的山水国画展去看了没有，听说这次展览水准极高，很值得去看看。话说到这里，叶辉突然神采奕奕起来，两只眼睛也放出了光：“展览馆里也有我的作品。”

清平一听顿时大吃一惊，他知道凭叶辉的水平，哪有资格在这样级别的展览上展出自己的作品呢？但作为朋友，他不好说破，怕伤了感情，所以只好含糊其辞地恭维了几句：“是吗？恭喜老朋友，成名家了！”叶辉十分谦虚：“哪里哪里，还有一定的差距，仍需努力。”

第二天，清平怀着好奇心，前去观摩国画展，他找来找去，就是没找到叶辉的作品，清平十分气恼，再怎么着，牛皮也不能吹到这份上，他实在按捺不住，便拿出手机打了电话，问叶辉的作品挂在哪里了，怎么几个展厅都没有看到。

叶辉接到电话后果然吞吞吐吐了，显得很尴尬“第三个展厅向……向左走的拐角处，那……那墙上就是我的作品。”

还吹！清平一听就生气了，便不依不饶地说“不对啊，那是市画协袁主席的作品，老朋友，你别耍我了吧！”

叶辉的声音像蚊子叫：“谁耍你呀，袁主席那画的右下方还有画呢，你没看到？”清平仔细一看，顿时哭笑不得，那里画着一双手，两指并着，指向前方。

“这手就是我画的……”

清平听了，差点晕了，因为那手的下面写着一行字：厕所由此进！

（本栏题图、插图：包丰一）

459 2010 SEMIMONTHLY 下半月刊 3月 STORIES
欢迎登录本刊主办“故事中国网”（www.storychina.cn）

故事会
—STORIES—
2010年3月
下半月刊·绿版

社长、主编：何承伟
常务副主编：吴 伦
副主编：姚自豪（上半月·红版）
副主编：夏一鸣（下半月·绿版）
本期责任编辑：杭 帆
电子邮箱：hangfan1102@126.com
绿版发稿编辑：
夏一鸣 朱 虹 邢 悦
刘迎曦(见习) 颜轶超(见习)
美术编辑：李宝强
电脑制作：郭瑾玮
通 联：归依玲
本社办公室电话：021-64375030
上半月刊编辑部电话：021-64332325
下半月刊编辑部电话：021-64336469
（上海市绍兴路74号 邮编：200020）
主管、主办：上海文艺出版（集团）有限公司
出版单位：《故事会》杂志社

制作、发行总监：张 凯
电话：021-64313938
广告业务：上海故事会文化传媒有限公司
广告总监：张 淮
广告业务：021-34010383
广告投诉：021-64333738
广告经营许可证
沪工商广字3100320050022号
发行：中国图书进出口上海公司

·笑话·

相同处境

老李每个星期天都要陪老婆逛街，时间一长，有点吃不消了。这天，他向同事小张诉完苦，然后说："能不能帮我个忙？你星期天一早到办公室打个电话给我，我手机在我老婆手里，你就说单位里有急事，要我马上过去处理。"小张当即就答应了。

到了星期天，老李一大早就坐在沙发上等电话。可左等右等，总不见小张来电，最后还是被老婆拖出去逛街了。

第二天一上班，老李一见小张就埋怨他不讲信用，小张委屈地说："李哥呀，不是我不想办，可是……我出不了家门啊。""怎么回事？"老李问。

"我和你同样命运，昨天……也没有人打电话给我！"（冯汉忠）

（本栏插图：王　俭）

问题严重

有个大款愁眉苦脸地向朋友抱怨道："我什么都有，钱啊，别墅啊，高级轿车啊，还有个非常爱我的漂亮女人。"

朋友不解地问："那你还有什么不满意的呢？"

"唉，你不知道啊，"大款长叹一口气说道，"所有这些好事……现在都被我老婆发现了！"（余　娟）

医学名词

一个男子告诉医生，说他现在经常感觉身体很疲劳，什么都不想做。检查完毕后，医生说："从医学的角度说，这……"男子忙打断医生的话："能不能别说什么医学名词，就简单明了地说我生了什么病就行。"

"好吧，"医生点点头，"简单地说……你就是生了懒病。"

"哦，"男子想了想说，"那还是把那个医学名词告诉我吧，我好回去向老板交代。"（蓝昌科）

住房面积

爷爷从外面买了几只小鸡回来。奶奶把小鸡放进纸箱里，又搬到了阳台上。爷爷摇着头，故意半开玩笑地说:“这箱子太小了，这样算下来，‘人均住房面积’可怜啊！”

奶奶“扑哧”一下笑出声来，说:“‘人均住房面积’小，可别的面积大啊。”

“怎么说？”

奶奶一指阳台:“这不，阳台上还有好几盆花呢，这‘人均绿化面积’很大呀！”

（邱　爽）

爷爷的功绩

爸爸带着儿子去博物馆参观。刚走到大门口，爸爸就很自豪地对儿子说:“看，这座博物馆是你爷爷设计的！”

进入展览大厅，爸爸一会儿指着一排雕塑说:“这些都是你爷爷雕刻的！”一会儿又对着一幅幅名画，不无得意地说:“这都是你爷爷裱的！”

正说着，他们来到一架巨大的恐龙化石前，爸爸刚想开口，不想儿子抢着说:“爸爸，我知道了，这是爷爷啃剩下的！”

（董　行）

倒霉的司机

一个面的司机喝醉了酒，在马路上横冲直撞，结果一头撞到了护拦上。面的司机跳下车来，忧心忡忡地看着撞瘪的车子。

这时，有个酒鬼正好经过，他哈着酒气说:“别担心，你这种车好办，只要往排气管里吹气儿，瘪的部分自然就平了。”

面的司机一听，马上转到车后面，对着排气管“呼呼”地吹了起来。可费了九牛二虎之力，车还是老样子。

面的司机不解道:“哥们儿！怎么没用啊？”

“嗨，你这么吹怎么行？”酒鬼又说，“这样会漏气啊！得把窗户先摇上去再吹。”

（希　希）

理想的工作

四个好朋友正在谈论他们理想的工作。

“我想当一名律师。”第一个人说，“这样我就能保护我的乡亲了。”

“我想当一位议员。”第二个人说，“这样我就能制定法律来保护我的乡亲了。”

“我想当一名医生。”第三个人说，“这样我就能医好我的乡亲了。”

第四个人一直默默听着，不说话。这时，大家都转过头来看着他，问：“那么……你想做什么？”

这人认真地想了一会儿，抬起头来，说：“如果你们真的当上律师、议员和医生，那……我还是当乡亲好了。”

（花　轮）

没电了

这天，妮妮家里来了个远房表妹。妈妈特意交代妮妮：“有什么好吃的，好玩的，要想着妹妹，和妹妹一起玩哦。”妮妮连连点头，跑进房间去搬出了自己所有的糖果和玩具，想吸引表妹一起玩，但表妹却很害羞，一直不肯开口说话。

妮妮失望地叹了一口气，妈妈看见了，忙问她：“怎么了？”

“妈妈，她不会说话，”妮妮突然想到了什么，又说，“她是不是和玩具一样，没有电了？”

（雷　茜）

问路费

儿子刚买了辆新车。这天，他特意陪着母亲到郊外散散心。

儿子路不熟，又懒得看地图。所以，每次经过收费站付完钱后，他都要顺便问一下路。

当经过第三个收费站时，母亲坐不住了，问道：“你交了多少钱？是十块吗？”

儿子点点头，说：“是啊，有什么问题吗？”

这时，只听母亲叹气道：“唉，这外面好是好，连专门问路的地方都有，就是这问路费贵了点！”

（李　原）

爷爷的学问

王大爷原来在机关当秘书，退休后闲着没事，便在家里教孙子写作文。

一次，孙子编了一个童话，里面有个情节，说是有鸡、鸭、牛、鹅、羊等出席动物代表大会。王大爷看后，皱了皱眉头，马上提笔将这些动物的顺序改为：牛、羊、鸡、鸭、鹅。

孙子在一旁看不明白了，问：“爷爷，这是为什么啊？”

王大爷语重心长地叮嘱道：“你要记住啊，排名应按姓氏笔画为序！”（小　薇）

上门礼物

张小姐家的洗衣机坏了，便给维修点打了电话。第二天，一个身穿工作服的小伙子就上门来了。张小姐见他两手空空的，就有些不快地问：“你上门来服务，怎么什么都没带？”

小伙子一愣，不解地看了看张小姐，然后从裤兜里掏出一个小小的工具包，吞吞吐吐地说：“对不起，公司有规定不准收取客户的礼物，不过……也没规定说，上门服务一定要带礼物呀！”

（丁　洁）

美女出浴

小倩拍了套艺术照，她尤其喜欢其中的一张“美女出浴”，照片里的她头发蓬松杂乱，眼神迷离，看上去一副无精打采的样子。

回家后，小倩兴奋地把那套照片拿给爸爸看，特别是隆重介绍了那张“美女出浴”，还忙不迭地问：“怎么样老爸，不错吧，有没有美女出浴的感觉？”

“你说什么？美女出狱？”爸爸一脸纳闷，半天才反应过来，连声说，“哦……感觉是挺像的。哪个美女在里面蹲上几年，出来后估计都是这个样子！”

（木　木）

（本栏目欢迎原创笑话或翻译的最新外国笑话。来稿可从邮局寄发，也可从网上传递。如为电子邮件，请发以下信箱：hangfan1102@126.com）

爱的唢呐

□赵鹏飞

最近，学校办起了各类兴趣培训班，我业余会摆弄几下唢呐，就向校长毛遂自荐接下了唢呐培训班。

这天，我正在办公室备课，“咚咚”突然有人敲门，进来一个十五六岁的男孩。他先是怯生生地看了看四周，然后低声问：“赵老师，我是初三2班的花明，想参加唢呐培训班。”

这是好事啊，我抬起头，连声说“好啊，欢迎！欢迎……”后面的“啊”字却卡在喉咙里，半天没有蹦出来。站在我对面的男孩，高高瘦瘦的样子，一双眼睛清澈中带着机灵，可是，他居然是个兔唇，这怎么吹唢呐呢？

我轻轻地叹了口气，劝导说：“孩子，学东西光靠一腔热情是不够的，还要讲究天分和资质。”这话其实已经在暗示花明，他没有学吹唢呐的条件。

花明却一脸自信说：“请老师放心，我一定能把唢呐吹好！”显然，他并没有明白我的意思，为了不伤害孩子的自尊，我只能婉转地撂下一句：“你先回去吧，关键还要看后面的复试呢。”看着花明离去的背影，我的内心有点不安，同时也纳闷起来：这孩子应该知道自身的情况，为什么还要来报名呢？仅仅是因为喜欢吗？

不久，复试开始了。我招集了所有学员，先教他们如何将丹田之气徐徐送入唢呐；接着，我就让大伙一个一个上台，当堂试吹，凭唢呐声的清晰程度择优录取。

轮到花明时，我不由替他捏了一把汗，只见他把唢呐芯子送入口中，鼓足力气使劲地吹。可是，因为他的嘴唇关不住风，唢呐始终发不出清晰的声音。花明急了，不停地变换着芯子的位置，想寻找一个可发声之处。那滑稽的样子逗得其他人哄笑起来，

有人还尖叫:“一个豁子,学什么吹喷呐哦!”这下花明更是手忙脚乱,旁边的嘲笑声更大了。突然,花明放下喷呐,抹着泪水转身冲出了教室。我怕他出什么事情,忙跟着追了出去。

花明一口气跑回了寝室,等我赶到时,他正坐在床上低声抽噎着。良久,我迟疑着说:“孩子,你可能不适合……”花明一把抓住我的手,急切地说:“老师,我真的想吹喷呐啊!”

我把心一横,索性来个快刀斩乱麻:“你连喷呐都吹不响,还怎么学嘛!俗话说‘三百六十行,行行出状元’,你也可以学别的嘛。”花明还是低声请求:“老师,能不能给我一点练习时间,再给我一次机会吧?”哎呀,这孩子咋这么倔呢!为了让他彻底死心,我答应他练习后再复试。

几天后,花明来找我了。他歪着嘴巴,把喷呐的芯子从右嘴角送进去,然后鼓足力气吹。扭曲的嘴唇堵住了豁口,气流直接送进了芯子里,喷呐顿时发出了清晰的声音。看着那张变形的脸,听着洪亮的喷呐声,我被深深感动了,说:“孩子,你通过了!”花明的泪水一下子涌了出来。

可是,为什么花明不惜一切也要学吹喷呐呢?也许,他是真的喜欢吧。我只能这样解释了。这个疑问还没有答案,花明又来找我了:“老师,你买喷呐的时候,能不能给我弄一个旧的?越旧越好。”

这个没问题,我家里旧喷呐多的是。为了给花明找旧喷呐,我特意回了一趟老家,从旮旯里翻出一个满是灰尘的喷呐。当我把这个“古董”交给花明时,那小子居然喜悦地跳了起来:“哦,我有喷呐了!我有喷呐了!”

几天后,喷呐班正式开课了。同学们的热情都很高涨,我也把这些年吹喷呐的心得体会和盘托出。不过,我发现花明听得格外认真,一边听,一边不时在本子上写写画画,像是在记录什么。

一周的理论课结束后,接下来就是实践操作了。按照学校的要求,这时候要收取一定的费用,可当我问花明要钱时,他却默不作声,等了好久,才低声说:“老师,能延期付款吗?我还没凑够呢。”这孩子,咋总是与众不同呢?我叹了口气,说:“花明,正常的花销可以问父母要嘛!要不……我给你爸爸打电话吧?”

“不,不……”花明突然激动起来,“不能问我爸爸要钱,不能!”说着,他的泪水从眼眶溢了出来,顺着脸颊滑落。我一时愣住了,追问之下才知道,原来,花明很早就失去了母亲,是父亲含辛茹苦把他拉扯大的。父亲靠做豆腐维持生计,每天天不亮就挑着担子,挨家挨户地敲门卖豆腐。

“放心吧!”我安慰花明,“我想你爸爸一定会支持你的,而且卖豆腐

是不错的生意啊。”花明抽搭了两下，一咬牙说道：“可是……我爸是个哑巴啊！”一个哑巴？我内心一震，一个哑巴挑着担子，一家一家地敲门拉生意，是多么的艰辛和不易啊！

花明流着泪，继续说“一场事故让爸爸永远不能说话了，他一个人养这个家不容易啊！我怕爸爸不同意我学吹唢呐，才找老师要旧唢呐，回家撒谎说是我从垃圾堆里捡的……”听到这里，我不胜唏嘘，心说：花明这孩子真是懂事！不过，他还是没有解释为什么要学吹唢呐。花明不说，我也不好意思问他。

从那以后，我对花明这孩子就多了份关爱，常常抽时间单独点拨他。花明也没辜负我的期望，十分刻苦用功，在整个培训班里，他的唢呐吹得最棒。

在学校的个人才艺晚会上，花明的一曲唢呐技惊全场，那悠扬婉转的唢呐声，赢得了大家雷鸣般的掌声。表演结束后，我带着花明骄傲地逢人便夸：“花明是我培训班里最优秀的学生！”花明却在一旁低声说：“我不是最优秀的，还有更棒的呢！”当大家问是谁时，他却不回答，只是喃喃地说：“老师，真的还有更好的，我没撒谎……”

放寒假的头一天，下了一场鹅毛般的大雪。我正躲在宿舍里看书，忽然，外面传来一阵悠扬的唢呐声。那是我最拿手的曲子，一定是花明在吹。想不到这小子对唢呐如此狂热，下雪天也不忘记练习。

我寻着唢呐声一路跑出宿舍，经过校门口时，突然呆住了，只见雪地里有一个中年汉子，全身都被白雪覆盖了，就像一座洁白的玉雕。他单薄的身子在寒风中禁不住瑟瑟发抖，一双冻得红肿的手却仍然紧紧握着唢呐，边吹边向校园里张望。

就在这时，花明从远处跑了过来：“爸……”那汉子也看见他了，唢呐吹得更响了。那瞬间，我突然明白了花明的心思，为什么他执意要学吹唢呐，因为那能让爸爸“开口说话”。唢呐正是爸爸的“嘴”，是一个父亲在向儿子“诉说”他的爱、他的关心、他的挂念……

花明也看见我了，乐滋滋地跑了过来：“老师，我担心你知道我教爸爸吹唢呐，会笑我天真，所以一直没说出来……自从爸爸学会吹唢呐，他卖豆腐再也不用挨家挨户地敲门了，来学校找我也不用再等了。您听听，他的唢呐是不是吹得比我好？他才算你最好的弟子呢！”

我顿时僵住了，的确，哑巴父亲才是我最好的弟子。因为，他的唢呐声里充满了爱，那才是世界上最美妙的声音。

（题图：安玉民　梁　丽）

·阿P系列幽默故事·

“皇城大佬”是一家富豪俱乐部，在本市那是无人不知，无人不晓，这趟，阿P也混了进去……

阿P充大佬

□吴 嫡

阿P最近当上了中和公司的副总经理。这个公司一共十个人，除了一个总经理，剩下九个人名片上印的都是副总经理。尽管如此，阿P还是觉得自己身份提高了一个档次，人前人后总摆出一副大佬的架势来。

这天，阿P有个叫钱二的同学，从皇城大佬俱乐部打来电话，说欢迎阿P有空过去聚聚！

放下电话，阿P乐得一跳八丈高，为何？原来，说起这皇城大佬俱乐部，在本市是无人不知，能进去就是一种身份的象征。听说里面连水龙头都是金子的。这个电话对阿P来说，无疑是瞌睡扔过来个枕头——正好。

阿P马上翻出最贵的一身西装套上，并跟老婆小兰申请两千块钱。小兰眼一瞪:“要那么多钱干什么？”阿P口气很大:“去皇城大佬俱乐部！”小兰吓了一跳:“阿P，充大佬是要钞票的。你去作死啊？”阿P涎着脸解释道:“是钱二请客，不花咱的钱。我那钱是装装样子的。”小兰这才把钱给他。

出了门，阿P故意在胡同里慢悠悠地走，碰上街坊邻居问他去哪里，就故作无奈地说“嗨，老朋友约我去皇城大佬俱乐部耍耍，真是烦！”然后，在一群羡慕的眼神中扬长而去。

皇城大佬俱乐部在城东，占了一大片地，里面有酒吧、咖啡厅、高尔夫球场等等，反正应有尽有。阿P坐公交车到最近的一站，然后打车直奔俱乐部门口。看门的保安一把拦住他:“先生，您有会员卡吗？”阿P愣了愣:“我找钱二，你叫他出来。”保安看了看阿P，然后开始打电话，没多久，放下电话说:“钱二正忙着呢，不方便见人。”

阿P一听，立刻掏出手机来打电话，不料钱二已经关机了！阿P那个火啊，脸涨得通通红，这回去怎么对街坊邻居说啊？想到这，阿P把心一横，问道：“门票多少钱一张？我买一张！”

保安站得笔直，恭恭敬敬地介绍：“先生，我们是会员制的，不卖票。个人资产五百万起办，年费一万……”保安还没说完，一看人没了，阿P早吓得逃之夭夭了。却说阿P跑出一段路，忽然发现脚下有一张金光闪闪的卡，捡起来一看，竟然是皇城大佬俱乐部的会员卡！好嘛，正好借来用用！

阿P人不笨，他换了一个大门，昂首挺胸地走过去，中指、食指夹住会员卡一挥，保安恭恭敬敬接过来，用仪器一扫，只听“嘀嘀”两声，保安一个大鞠躬，把卡还给阿P，说了声：“请！”阿P感觉好极了，心说：钱二啊钱二，没你我一样能进来，有什么了不起的！

阿P左看看，右看看，溜达着走进了“海洋世界”，只见这里有一个巨大的鱼缸，里面游着两条大鱼。阿P一看旁边的牌子，吓了一跳，原来这俩家伙是鲨鱼！一个服务生迎上来：“先生，要几条鱼？”

阿P有点莫名其妙，愣在那里，他下意识地摆了摆手，没想到服务生以为他要五条，当即用托盘托出五条活蹦乱跳的鱼。这时，阿P恰巧看见有人在往缸里扔鱼，明白了，原来是要我喂鱼啊，这个简单。他一把抓起五条鱼扔进了鱼缸，鲨鱼立刻冲过来抢食，阿P近距离地过了把眼瘾。

看了一会儿鲨鱼，阿P感觉饿了，服务生便带他去了餐厅。餐厅里，各种珍馐美味令人目不暇接，阿P却不敢尽情享用，生怕卡上的钱不够。他矜持地对服务生说：“我最近在减肥，要吃清淡一点的，那就来碗粥吧。”服务生问：“先生，需要什么小菜？”阿P心说：小咸菜能值几个钱？他挥挥手：“随便来一碟好了。”不一会儿，服务生将粥和小菜端了上来。阿P尝了一口，味道确实不错，只是没看出小菜是什么，也不好意思问。

吃完饭，阿P溜进卫生间转了一圈，发现里面的水龙头果然金光闪闪，

但看不出是铜的还是金的。他想了想，张嘴咬了一下，感觉不够软，应该是铜的。阿P正在暗自得意，突然从镜子里看见一个胖子正同情地望着自己，他顿时一阵尴尬，不知如何解释。

这时，那胖子轻轻拍拍他的肩膀，说："没什么！大家压力都很大，否则，这里也不会设立'香语阁'了。走吧，去放松放松。"

阿P稀里糊涂地跟着胖子来到香语阁，只见这里是一个个独立的小房间。阿P被服务生送进其中一间，不久，一个气质高雅的女孩走了进来。阿P吓了一跳，心说：莫非这里还有特殊服务？正胡思乱想着，女孩倒了两杯茶，在他对面落座后自我介绍说，她是留美的心理咨询师，有什么心事尽管聊。阿P松了口气，原来是聊天啊，他顿时谈兴大起，把自己平时的苦水一股脑儿地倒了出来，女孩微笑着一一做了排解。

一身轻松的阿P从香语阁出来，看看时间差不多了，就决定撤退了。刚走到门口，服务生请阿P拿出会员卡刷了一下，这次机器却发出了奇怪的尖叫声，又刷了一下，仍然不对，服务生赶紧拿着卡跑向总台。

很快，一个穿套装的女领班走到阿P面前，微笑道："先生，不好意思，这张卡是您自己的吗？"阿P硬着头皮点点头。女领班又说："这张卡刚刚被挂失了，要不麻烦您出示一下证件，我们核实后再为您开通？"阿P脸上的汗顿时下来了："啊，我今天证件没带在身上。"女领班依然笑容满面："那只好请您用现金付账了。"

阿P自知理亏，只好乖乖地接过账单，嘴里说："我付现金，我……"话说到一半，他傻眼了，只见那账单上写着：当日消费八千元！阿P立刻就没了大佬的风度，大吼道："我都干什么了，就要八千块啊？"

女领班耐心地解释："您买了五条金枪鱼，收费三千；吃了一顿午餐，收费两千；心理咨询一小时，收费三千。"阿P被吓傻了，自言自语道："你们这是抢钱！不说别的，我只喝了一碗粥，吃了一碟咸菜，就要两千？"女领班说："先生，那大米产自泰国，水来自法国，粥里有高级野山参的切片，是国家特一级厨师熬制了三天三夜而成的。那小菜更不得了，全部是当天从韩国空运来的。"

阿P一听没话了，当下只能认栽。可他只带了两千块，身上的一张信用卡还能透支三千，这样一算，还差三千呢。阿P忽然想起钱二来，忙说："我是钱二先生的朋友，他是这里的会员，你们可以把他找来结账。"

女领班忙在电脑上查找，可折腾了半天也没有，最后叫过一个女孩来，小声问："咱们的会员里有没有钱二先生？"女孩愣了一下："钱二？好

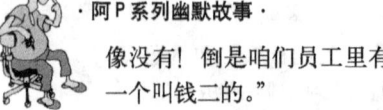

像没有！倒是咱们员工里有一个叫钱二的。”

七转八转，终于在洗浴中心找到了钱二，阿P瞪眼大叫：“你小子让我来找你，自己却躲起来了，算怎么回事？”钱二苦着脸说：“没错，我是想带你来见识见识。但这里有规定，上班时间不能开手机。”一听说“上班”，阿P知道大事不好：“你不是这里的会员吗？上什么班？”钱二也蒙了：“我啥时候说自己是会员了，我在这儿打工啊！”

女领班把一切都看在眼里，她不急不慢地提醒道：“先生，还差三千呢。”阿P垂头丧气道：“我打欠条行吧？钱二作保人。”女领班看看也只能这样了，便说：“好吧，但请你明天务必还清！”

阿P提心吊胆地回到家，屁股还没挨着凳子，小兰就让他把那两千块钱交出来。阿P顿时失声痛哭：“老

婆，我对不起你啊……钱被两个贼给抢啦！”小兰吓了一跳：“你没受伤吧？”阿P哽咽着说没有，小兰松了口气，安慰道：“钱没了就没了吧，人没事就好。”

混过老婆这一关后，阿P请了一天假，四处借钱，好不容易筹到三千块钱，他赶紧跑去还清了债务。

晚上，阿P无精打采地回到家，只见小兰在沙发上坐着，脸色很是难看。阿P小心翼翼地问怎么了，小兰抓起东西没头没脑地扔了过来：“你个天杀的！昨天说钱让人抢了，我就觉得不对劲，今天我去查了信用卡，都被你刷爆了！你说，是不是都拿去养狐狸精了？告诉你，今天不说清楚，咱就离婚！”

阿P连声喊冤，小兰却不信，拿起包就要回娘家。阿P在院子里和老婆展开了拔河比赛，幸好钱二及时赶到，为阿P做了证。小兰弄清原委后，狠狠地赏了阿P一巴掌，转身回屋了。街坊们听明白了，都笑阿P：“阿P，你真是社会大佬啊，连皇城大佬俱乐部都消费得起！”

阿P挺起胸脯：“怎么样，我喝过两千元的粥，你们谁行？知道吗，五百万的身价才给办卡，你们就等下辈子吧！”说到这里，阿P又高兴了起来，觉得自己这钱花得值了，连脸上的巴掌都不那么疼了。

（**题图、插图**：顾子易）

爆笑“三国”网络流行语

下面是一组正史戏说，看看三国中的各位英雄豪杰要是放到现在，是怎么一种爆笑场景呢？

◆ 我哭的是寂寞

诸葛亮用计三气周瑜，心胸狭隘的周瑜气急而亡，诸葛亮竟然敢去吊唁，而且哭得像真的似的，弄得老实的鲁肃都看不过去了，忙过来说：“好了好了，别哭了，装得还真像，公瑾是你的死对头，他死了，你最高兴，还哭个啥呀！”

诸葛亮又流下了几滴眼泪，说：“你不懂，我哭的不是公瑾，是寂寞！”

◆ 躲猫猫

刘备兄弟三人一连两次去拜访诸葛亮，却没能见到人，张飞早已按捺不住性子：“大哥，你何必对那书生如此低三下四，待我将他捉了，一顿暴打，看他还敢神气？”

刘备摇头道：“三弟你不懂啊，大凡这些隐居的世外高人，都喜欢躲猫猫！”

◆ 俯卧撑

曹操连吃败仗，心中烦闷，就在帐内健身。这时夏侯惇进来，禀请夜间口令，曹操随口答：“俯卧撑！”

杨修听说了，立马让随行军士收拾行装，准备归程。将士们问何以得知曹操要回师，杨修说：“俯卧撑，俯卧撑，料也撑不动了。”

曹操得知此事后大怒，立即下令处死杨修。

◆ 人肉搜索

关羽虽然归顺了曹操，但心里仍然时时挂念着刘备。曹操当然知道，他一面好酒好菜地笼络人心，一面散布谣言，说刘备恐怕已经被人杀了。眼看着时间一天天过去，曹操心中暗喜。可是一天，手下突然来报：“主公，关羽跑去找刘备了。”

曹操十分震惊，问“我把各种消息渠道都封锁了，他是怎么知道刘备的下落的？”

手下回答：“听说……关羽动用了人肉搜索。”

◆ 你妈妈喊你回家吃饭

诸葛亮丢了街亭，只好独守空城，不过他自有妙计，做了精心部署，只等司马懿大军杀到。司马懿看到一座不设防的空城，疑心顿起，正迟疑间，忽然身后响起一阵呼喊声“司马懿，你妈妈喊你回家吃饭！”

司马懿听了，掉头就走，边走边喊：“回家吃饭喽！”

◆ 哥只是传说

刘、关、张桃园三结义后，张飞到处吹嘘说自己找了个靠山，有人讥笑道：“什么皇叔啊？就是一个卖草鞋的，你竟然拜他为大哥，高兴个啥呀？”后来，说的人多了，张飞心里也犯嘀咕了。

这天，张飞遇到刘备，终于忍不住问道：“大哥，人家都说你是当朝皇叔，对不？”

刘备笑而不答，张飞急了：“你到底是不是啊？”刘备叹息道：“三弟别问我，哥只是传说！” （**推荐者**：雷　茜）

·快乐辞典·

曹操重见天日后……

最近，随着“曹操墓”的发掘，一时激起各方热烈讨论，曹操被炒得沸沸扬扬，且看网友们是怎么说的：

◆ 说曹操，曹操就被盗。

◆ 曹操墓被挖，刘备和孙权发来贺电。

◆ 曹操笑而不语：“你们这帮孙子以为找到我了？”

◆ 骨头：“你们是谁？出去！”挖墓人：“说！你是不是曹操？”骨头：“我操……”挖墓人：“好，曹操已经交代了……”

◆ 曹操的后代：“以后终于找到地方祭祖了，不用每年祭七十二个地方了！”

◆ 曹操、刘备、孙权小合唱：“再过两千年，我们来相会，送到博物馆，装进玻璃柜。你一柜，我一柜，别分谁和谁，不怕盗墓贼围着我们追……”

（**推荐者**：木　木）

名人聚会“开心农场”

徐志摩：轻轻地我偷了，正如我轻轻地来，轻轻地点一点鼠标，不放过一个果子。

曹雪芹：半夜起床来，只为偷你菜，满地荒唐言，一把辛酸泪。

贝多芬：我要扼住偷菜者的喉咙。

爱迪生：偷菜者的成功＝99%的速度+1%的耐心。

岳飞：大家偷菜要趁早，晚了偷谁的去，莫等闲，白了少年头，空悲切！

但丁：偷别人的菜，让他们种去吧。

鲁迅：我偷了两个菜，一个是萝卜，另一个还是萝卜。

余光中：偷菜，好像一次危险的战役，我在这头，狗在那头。

刘邦：运筹偷菜之中，决胜千里之外。

周杰伦：哎哟，不错哦，偷了不少哟。

泰戈尔：世界上最遥远的距离不是生与死，而是你正在偷我的菜，我却不知道。

孔子：三人偷，必有我师焉，择其善者而从之，其不善者而改之。

曹操：宁我偷天下人，勿让天下人偷我。

拿破仑：不想偷菜的农民不是好农民。

雨果：让自己的内心藏着一片农场，既是一种苦刑，也是一种乐趣。

爱因斯坦：在一个崇高目的的支持下不停地偷菜，即使慢，也一定会获得成功。

唐僧：你想要偷菜啊？想要你就说嘛，你不说，我怎么知道你想要偷菜呢？

顾城：黑夜给了我黑色的眼睛，我却用它来寻找菜园。（**推荐者**：史志鹏）

伴随着从天而降的百万遗产，一系列波折和麻烦开始了……

百万遗产

□杨金凤

人之将死

现在，城里人炒房、炒楼发了财，乡下人似乎与此无关。但没想到，这股风气竟然从城市刮到了农村。这不，有个姓杨的孤寡老头，七十出头了，一直做点小买卖。尽管这日子吃得饱，但就是吃不好。不料，这“致富”一词竟降落到他的身上。

这天，房地产公司的人找上门来，说：“杨大爷，尽管你房子破旧，但地皮值钱，离影视城才几百米，非动迁不可。给你一笔动迁费，另找地方安置吧！”

杨老头生意虽小，但价格概念清楚，问：“给多少？”

“不少，一百万！”

杨老头这辈子只听说过一百万，从没见过真家伙，自然是乐得合不拢嘴。钱多了是好事，又不是好事。杨老头没想到，伴随着这一百万，病也跟着来了，医生说他最多还有半年日子。于是，杨老头什么都不干了，一天到晚以泪洗面，心说：日子就快到头啦，可身边一个亲人都没有啊！

这天，杨老头突然出门了，他要去报社请求人家帮助寻找侄子二虎。这个二虎，是杨老头在世上唯一的亲人，两人已经失散了二十多年。记者问他：“为什么不早点就找呢？”

杨老头发出一阵苦笑。原来那年，大哥为了独占家产，千方百计要把他赶出家门。有一回，兄弟俩动起了手，侄子二虎见了，二话不说掏出刀子就冲他来了一下。自那以后，杨老头离开了家。几年前，他悄悄回过趟老家，谁知大哥大嫂早已去世，二虎也不知去向。邻居们说，八成是在哪个监狱里蹲着哩。

杨老头尽管恨二虎，但那毕竟是他唯一的亲人呀。他想：只要二虎能在最后的时光陪在自己身边，就把这一百万财产留给他。消息一出，顿时引起了不小的反响。这天，杨老头正躺在床上念叨着二虎的名字，忽然听见“咚咚”的敲门声，他抖抖索索地爬起来，开门一看，只见一个中年男人“扑通”跪了下来，“哇”地就放声大哭道：“二叔，我终于找到您老人家了！”

杨老头心头一颤，细细瞅了瞅，这不正是亲侄子二虎吗？顿时，他泪流满面，搂着二虎就哭：“二虎，我的孩子呀……”哭了一场，又摸着二虎的脸，怎么看也看不够。二虎如今也是中年人了，额角皱纹纵横，穿着也寒碜，一看就混得不怎么如意。

二虎哽咽道：“二叔，这些年，我一直都在找您老人家呢，没想到您在这儿……”杨老头忽然脸色一变，说：“哼，你是真想找我吗？还是为了那一百万……你过来，把脸抬起来。”二虎乖乖地把脸伸过去，没想到“啪”的一声脆响，脸上挨了一巴掌。他捂着脸，不解地问：“二叔，您为啥打我？”

“这一巴掌，是还你扎我的那一刀，你说该不该打？”杨老头说。二虎悔恨地低下脑袋，连说：“该打该打！”杨老头冷笑道：“该打？要是我没有这一百万，你就该还手打我了吧？”二虎连声说不敢。

杨老头仰头叹了口气，伸手摸了摸二虎脸上的红手印，说道：“你去买几个菜回来，咱爷俩好好喝一杯。”

爱恨交加

当晚，二虎就留在杨老头家住下了。第二天一早，杨老头起床一看，二虎正在房里翻找什么，他大喝一声："干什么呢？"二虎一惊，回过身来，手上却抓着一叠厚厚的化验单子。二虎问："二叔，这……这是真的？"杨老头轻叹一声："不是真的还能是假的吗？我就只有几个月好活啦！"

二虎沉默了好久，到底忍不住问了出来："二叔，您真的有这么多钱？"杨老头哼了一声："不骗你！我这辈子舍不得吃，舍不得穿，票子超过十块就攒起来。之前房子动迁，一笔就赚了一百万。"二虎"哦"了一声。

杨老头又说："你放心！只要你老老实实留在这陪我，这些钱以后都是你的，一分不少！"二虎头点得像鸡啄米，犹豫了半晌，试探着问："二叔，您辛苦了大半辈子，没过几天好日子，您看是不是把钱拿出来，我陪您老人家到处走走散散心……"杨老头一愣，接着一阵悲凉，心说：二虎啊，就几个月时间，你都等不及吗？

杨老头哼了一声，没接话，他忍了忍气，忽然想起一件事，问二虎娶了媳妇没有。二虎说："有了，您还有个侄孙女呢。""真的？"杨老头惊喜交加，"你快把她们也接来！"二虎犹豫了片刻，点头说行。

第二天，二虎的媳妇带着女儿来了。二虎的老婆叫阿莲，高高瘦瘦的样子，穿着十分朴素。女儿叫小丫子，今年才十岁，长得十分俊俏可爱。二虎拉着她给杨老头跪下，说："快给爷爷磕头！"小丫子"砰砰"就是一顿乱磕，嘴里甜甜地叫着："爷爷，爷爷……"杨老头乐得心花怒放，一把将小丫子搂进怀里，连声说："好，好！"

这以后，二虎一家就在这里安家了。家里太小，杨老头就叫二虎在外面租了套房子。二虎和媳妇还开起了早点店，杨老头瞅着他们在店里忙碌的身影，心里比喝了糖水还甜。日子就这样一天天过去，二虎两口子对杨老头那是嘘寒问暖、茶饭到手。晚上，二虎还留下来过夜，只要听到一声咳嗽，他马上就翻身起床，连尿盆都端到床前。大家都说，杨老头有福气，这个侄子简直比亲生儿子还要孝顺。杨老头呢，也格外珍惜每一天，恨不能把一天都当成一年那样过！

这天，杨老头精神好，就一个人在附近走动走动。没想到走了一圈回来，脸上却再也笑不出来了。咋了？原来他无意间听到了一些闲话，都说二虎就是奔着他那一百万来的。回来后，杨老头心里就琢磨起来：是啊，倘若没有这笔钱，二虎还会把自己当亲叔叔吗？

假戏真情

考虑来考虑去，杨老头决定试一下二虎。这天，他坚持让二虎回去和老婆、孩子睡。二虎拗不过他，只好同意了。第二天，杨老头在二虎两口子来之前，把一个箱子挪到床底下。过了一会儿，二虎先进屋来，说："二叔，您昨晚睡得好吧？"杨老头没回答，指了指床底说道："你把下面的箱子搬出来，我的钱都放在里面。今天，我就把它交给你，免得出了什么意外。"

二虎从床底下搬出了那个箱子，打开一看，脸色却大变："二叔，没见钱啊！""什么？"杨老头假装大吃一惊，爬起来一看，抱着箱子大哭，"我的钱啊……"杨老头说，他昨晚出去过一会儿，肯定是被贼瞄准了空子，进来把钱偷走了。

二虎两口子站在床前，一时间呆

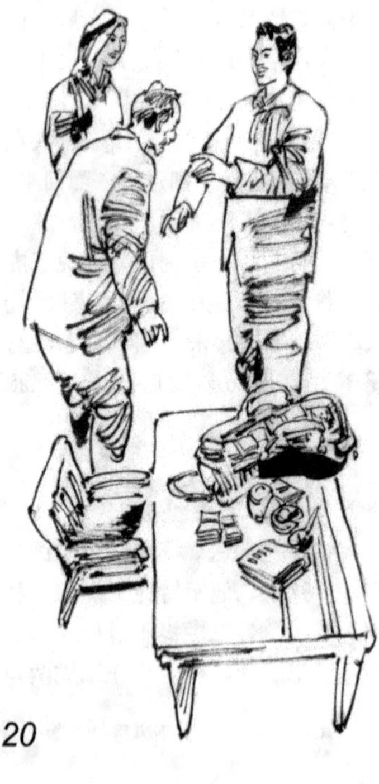

若木鸡。杨老头拉着二虎的手哭道："二虎呀，二叔对不住你呀！你千万别离开我……"二虎忙说："二叔，您别急，钱丢了就丢了吧，我一定不离开您老人家，就算咱们讨饭，我也要带着您！"杨老头听了这话，心中十分宽慰，忍不住掉下泪来。

过了两天，杨老头暗中比较，感觉二虎他们对自己的态度好像比过去还好，心里头一百个满意，心想：二虎到底是亲侄子，对自己是真心实意的。他打算明天就把实情说出来，然后正式把钱移交给二虎保管。

然而第二天一早，杨老头却没看见二虎，光见侄媳妇阿莲一个人在忙。阿莲一见他，欢天喜地说道，二虎上派出所去了，说是案子破了，钱也追回来了。杨老头心里"咯噔"一下，不相信地问："二虎真的这样说的？"阿莲笑着点头："是呀，二叔，您这下可以放心了吧！"

杨老头勉强挤出一点笑容，回到里屋，他一下就瘫倒在床上，泪流满面："二虎呀，你猪狗都不如呀！怎么连老婆、孩子都扔掉啊……"他知道二虎是在说谎，这会儿，他恐怕已经坐上火车到了什么地方，可怜的媳妇和孩子还蒙在鼓里呢。

杨老头倒在床上不吃不喝，一直到天色渐渐暗了下来，果然也没见到二虎的影子。阿莲坐在床边陪着他，杨老头忽然一下坐起来，说道："你给

二虎打个电话，叫他回来……”阿莲说：“二叔，您别着急，二虎很快就把钱拿回来了。”“唉，傻孩子！”杨老头摇摇头，“你还不明白啊？二虎跑了，把你和孩子都扔下跑了！”阿莲一怔，忙说不会的。

杨老头颤抖着说道：“二虎就是走了……他见我没有钱了，不想陪着我这个半死不活的二叔！唉，其实啊，那些钱我没放在箱子里，都存在银行了，本来我打算今天把存折交给他的……”阿莲惊讶地张大了嘴巴：“二叔，真的？”杨老头点点头，又掉下几滴浊泪来，嘴唇哆嗦着说“你叫他回来吧，回来我就把存折给他……我不怪他，真的……”

阿莲眼眶红了，她拿出手机摁了号码，刚要说话，杨老头把手伸过来“让我说！”对着手机，他的眼泪一下全涌了出来，就像一个快要断气的人似的，在生命的最后关头尽力呼唤着“二虎呀，你回来啊，回来啊……”二虎在那头好像吓了一跳“二叔，您咋了？二叔，千万等我回来啊，我就快到了！”

过了大约十分钟，外面的门被“砰”的一声撞开，二虎提着一个旅行袋，大哭着冲了进来，“扑通”跪在杨老头脚下：“二叔，您别走啊！”杨老头脸上立刻露出了笑容：“回来就好，回来就好啊，二叔还不会走，还想和你们过几天好日子……”

二虎顿时松了一口气，接着拉开旅行袋，兴奋地说“二叔，您的钱找回来了！”杨老头大吃一惊，只见袋子里装满了一扎扎的票子。二虎正想说什么，阿莲过去拉了拉他：“别说了，二叔的钱没丢，都在银行里呢。”二虎听完，愣住了。

这时，杨老头指着钱问：“这些钱……你哪儿来的？”二虎一下被问得支支吾吾。阿莲忙在一旁说道“二叔，这些钱都是我们自己的。二虎担心您为丢钱的事伤心，就想办法先凑了三十万，打算骗您是追回来的。”

杨老头惊讶极了：“你……你哪来这么多钱？”二虎脸上一阵悲苦，说道“二叔，您还以为我是那个不懂事的毛头小孩吗？其实自从爸妈去世后，我就决心重新做人了。这些年，我们一直在做生意，也攒下了一笔小钱，今天我又找了好几个朋友，才凑了这三十万。”

杨老头简直不敢相信这是真的：“那……那……”二虎说：“我真不是奔着您的钱来的！”说着，他哽咽着哭了起来，“这些年，日子也算过得不错，总想给父母长辈尽尽孝，可……您是我唯一的亲人啊，我啥也不求，就求能陪您最后一程！”

杨老头喜极而泣，一把搂过二虎，喃喃自语道“这回……我真是死也瞑目，死也瞑目啦！”

（题图、插图：刘斌昆）

·中国新传说·

货架上的存折

□张维超

如今，潮流天天在变，一天一个新花样。这不，女人街最近正在流行一种“格子店”。所谓“格子店”，就是店主把墙壁装饰成大大小小的格子，然后，再把这些格子以不同的价钱出租，供人寄卖东西。如此一来，不少店的橱窗上都贴上了这样的条幅：十元做老板。

这天晚上，“伊爱精品店”的店主顾玲涓正准备关门，一个小伙子走了进来。小伙子在店里转了一圈，然后停在了一个空格子面前，说：“老板，我想租下这个格子。”顾玲涓见有生意上门，便高兴地说：“好啊，如果你真的要租，我可以给你打个七折。”

小伙子点点头，又说：“老板，我想租下这个格子卖存折，你看行吗？”“你说什么？”顾玲涓以为自己听错了，“卖存折？存折也能卖吗？”小伙子看了顾玲涓一眼，好像有着满腹的心事，他说：“老板，你要是同意我卖存折，我就租下来……要不，我就到别的店里看看。”

顾玲涓当然不会轻易放走顾客，再说了，格子出租给人家了，店主只是帮忙打理，卖什么那是人家的事情呀。于是，她笑呵呵地说：“小伙子，我能不能问一下，你卖的是什么存折？”这一问，她倒是突然想起了什么，于是接着说，“哦，我想起来了……是不是那种老存折？就是有收藏价值的那种？”

小伙子摇了摇头，说：“不是，就是一般的存折。你要是同意的话，明天我就把存折带过来。”

事到如今，顾玲涓的好奇心就像水里的葫芦一样，怎么也摁不下去了，她痛快地答应了小伙子的要求，并和他草拟了一份出租合同。这时，顾玲涓才知道，小伙子名叫刘义杰，就在附近的一个工地上盖楼，但至于他为何要卖存折，却没有问出来，刘义杰只是说，他是为了帮朋友的忙。

第二天，刘义杰果然来了，他把一张存折放进那个格子里，然后对顾玲涓说："老板，这个存折卖价是一千元；而且，如果买主不满意，可以无条件地退货。这是我的电话号码，有什么事情请联系我。"说着，递过来一张纸条，然后就出了店门。

看着刘义杰渐渐消失在人流中，顾玲涓再也按捺不住心中的那份好奇，慌忙从格子里取下存折，打开一看，她惊呆了：天哪，存折上面标注的金额竟然是十万元！十万元的存折，却只卖一千元，这人是不是脑子进水了？再说了，如果他想要一千元的话，从存折里面取就可以了，何必耽误这个工夫？顾玲涓越想越糊涂，不过，她隐约感觉到这张存折的背后，好像有个陷阱。

顾玲涓拿着那个存折看了老半天，也没有想通这里面的机关。这时候，店里的顾客开始多了起来，她就把那个存折放进格子里，然后拿出一个价位牌，标上"一千元"和"可以退货"的字样，放进了格子里。刚放好，店里就来了一男一女，两人逛了一圈，就停在了那个存折面前。那个戴墨镜的男人说："老板，这存折是卖的吗？"顾玲涓点了点头："是呀，是有人拿来寄卖的。"

"墨镜"取过那个存折打开看了看，突然哈哈大笑起来："十万元的存折，只卖一千元！这种骗人的把戏也太老土了吧。我敢保证，这个存折肯定已经挂失了，其实，上面一分钱也没有！"说完，两人就笑着出了店门。

这存折是真是假没人知道，却着实引来了不少看热闹的，短短几天内，顾玲涓的小店人气爆棚，客流量大了，生意也跟着火起来了。此时，顾玲涓突然想到：刘义杰是不是在帮我？想靠这种方式来提升我的营业额？但她转念一想，觉得也不太可能，因为这个刘义杰与自己素不相识，他怎么可能会帮助一个陌生人呢？

再说那个存折，看的人倒是不少，但大多也只是看看，没人相信天

上会掉下馅饼来。不过，也有例外，这天来了一个胖子，他进店就说：“这个存折，我买了！”说着，就掏出一千块钱，递给了顾玲涓。等胖子一走，顾玲涓马上给刘义杰打了个电话，告诉他存折卖出去了。刘义杰听后，问：“谁买的？那人长得什么模样？”“是个男的，长得很胖。”顾玲涓回答。刘义杰立刻说：“他不是我要找的人，用不了多久，应该会把存折退回来的。”

果然，到了傍晚，那个胖子又把存折送了回来，临出店门，还叹了口气，好像很失望的样子。顾玲涓估摸着，胖子肯定是想取出存折里的十万元，可是他无法破解密码，只好灰溜溜地把存折送回来了。

胖子走了以后，那个存折重新被放进格子里，可是一连几天，都无人问津。这天，顾玲涓的女儿黄晓蓉出差回来，晚上吃饭时，顾玲涓跟女儿讲了那个奇怪的存折。话还没讲完，黄晓蓉就打断她的话，说：“妈，那个人给你留电话了吗？”

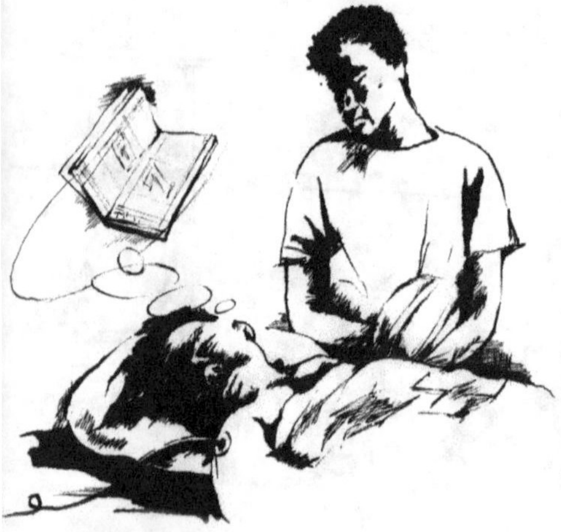

顾玲涓点点头，说：“有啊。怎么了？有什么事吗？”黄晓蓉的脸色一下子暗了下来，好久也没说话，见母亲疑惑地看着她，才喃喃地说：“我知道了，肯定是他！错不了，一定是他！”

“是谁？”

黄晓蓉怔了一下，支支吾吾地说：“你……你别问了……也许，我知道那个存折的密码，等会儿吃完饭，我们去银行看看吧。”

顾玲涓见女儿表现怪异，那是满肚子的疑问，一吃完饭，便立刻拉着她去店里拿了存折，随后来到附近的银行自动取款机。一试下来，黄晓蓉果然知道那个存折的密码，而且，那里面也的的确确存有十万块钱！顾玲涓都惊呆了。事情到了这里，很明显，黄晓蓉肯定与刘义杰有什么关系，可她什么都没说，只是打了个电话，说让刘义杰马上过来一趟。

半个小时后，刘义杰赶了过来。黄晓蓉打量了一下他，问：“你是梁子茂的朋友吧？梁子茂呢？他怎么没和你一块儿来？”刘义杰看着面前的女孩，过了好久才说“如果我没猜错的话……梁子茂要找的就是你！”

见黄晓蓉点了点头，刘义杰这才叹了口气，缓缓说道：“梁子茂……他

已经死了！”原来，半个月前，梁子茂从自己盖的楼上掉了下来，没送到医院，就不行了。在这之前的一个多月，他曾反复告诉刘义杰，自己马上就存够十万块了，下个月就去女人街的“伊爱精品店”租个格子，不卖别的，就卖一张十万元的存折。一开始，刘义杰怀疑梁子茂是开玩笑，后来见他是认真的，就问他为何要这样做，可梁子茂死活都不肯说。

有天夜里，两人躺在工棚里聊天，梁子茂突然说：“义杰，如果一个城里的女孩对你说，等你存够十万块钱，她就嫁给你。三年后，你确实存够了十万块，你会去找那个女孩吗？”

此时，刘义杰隐约猜出梁子茂要去卖存折的原因了，便说：“当然去了。你不去，怎么知道人家的想法呢？”梁子茂却摇摇头，说：“去了又有啥用？你别忘了，我们是农民工，你知道城里的女孩拿什么眼神看我们吗？可是……我不甘心，农民工怎么了？”刘义杰便说：“就是，子茂哥，咱首先不能瞧不起自己，要我说，去找她！”

梁子茂好久都没说话，末了说：“都三年了，谁还知道人在哪儿？我只知道她妈在女人街有个格子店。等明天发了工资，我就去店里卖存折，就卖一千块钱，这事儿奇怪，我想她妈肯定会告诉她的。”

可谁也没想到，就在发工资的头一天，梁子茂出了事，在去医院的路上，他艰难地说：“义杰，我不行了，我……我的兜……”刘义杰伸进兜里，拿出一个小本本一看，是个存折。这时，梁子茂说：“存够十万，去女人街，记住，是伊爱精品店……密码，061025。”说完，就不行了。梁子茂是个孤儿，刘义杰为他办完了后事，就来到了女人街。

听到这里，黄晓蓉呆住了，泪水流了满脸，说：“不错，他说过的，会把所有的密码都设为061025，因为那一天，是我第一次在网上对他说‘我爱你’。”顾玲涓扶着女儿，着急地问：“孩子，这到底是怎么回事？”

黄晓蓉哭着说：“三年前，我和梁子茂在网上相识，我们很谈得来，并慢慢地产生了感情。后来，我俩见面了。这时我才知道，梁子茂是个农民工，在一个工地上盖楼。我不愿面对如此残酷的事实，就对他说，‘等你有了十万元钱，再来找我吧！’我以为，他听了会知难而退，没想到他竟当真了。”

听到这里，刘义杰也明白了：难怪这些年来，梁子茂发疯般地挣钱，什么活儿危险，他干什么活儿。想起梁子茂坠楼的那天，刘义杰不无伤感地说：“那个活儿，给多少钱都没人肯干啊，可子茂哥偏偏去了，不然他也不会死啊！”

（题图、插图：张恩卫）

·中国新传说·

戏如人生，人生如戏。

铜锤花脸

□王立雪

喜见偶像

上个世纪六十年代初，有个戏痴叫李铁山，那迷得真是走进去死活出不来。

李铁山人如其名，生得膀粗腰圆，体如铁塔，抡起十八磅大铁锤虎虎生风。他平时爱听京剧名角余少奎的《铡美案》，一下班就猫在宿舍里，拉开嗓门模仿大花脸的唱腔："包龙图，打坐在开封府哇……"

对于李铁山的吼叫，年轻人听了起哄，师傅们骂他装蒜，但却招来一位如花似玉的大姑娘的侧目相看。她就是厂工会的文艺干事江子慧。小江姑娘人长得有模有样，身段好，嗓子脆，还拉得一手幽咽婉转的二胡，是全厂青年工人心目中的梦中情人。因为兴趣相投，两人有事没事就凑在一起，或者你拉我唱，或者相约看戏，俨然成了一对。

这天一大早，江子慧风风火火地闯进李铁山的集体宿舍，把他从床上拉了起来，喜滋滋地告诉他一个天大的喜讯：市京剧团要来厂里慰问演出，主演就是李铁山的偶像余少奎！

李铁山一听，乐得嘴巴都歪了。到了傍晚，他早早来到厂职工礼堂坐等演出开始。余少奎不愧是名角儿，锣鼓家什一响，大幕一拉，他上场"哇哇哇"一通叫，三击头一亮相，那真是满堂喝彩。李铁山听得如醉如痴，完全沉浸在余少奎的唱念做打之中，直到曲终人散，他才回过神来。等他赶到后场，想和偶像见上一面，却已是人去楼空。

李铁山回到宿舍正懊恼呢，江子慧突然出现在窗外，神秘地向他招手，李铁山糊里糊涂地跟着她来到厂招待所，进门一看，竟然是余少奎，喜

得他一时瞠目结舌。江子慧笑眯眯地说，市里要创作一出叫《工潮怒》的现代京戏，指定由余少奎扮演其中的主角儿，为了演好工人形象，余少奎主动请缨，要求深入工厂体验生活。

李铁山一听，真是欣喜若狂，一把拉着余少奎来到小酒馆，买了一壶酒，点上几个菜，要来个一醉方休。余少奎也是个豪爽人，两人又年龄相仿，那真是一见如故。这天，两人一直喝到子夜时分，才踉踉跄跄回到厂里。

从此后，李铁山一有空，就拉着江子慧去找余少奎，三个人一起大碗喝酒，吹拉弹唱，好不快活。

夺爱之恨

没过多久，李铁山被派到上海培训学习。半年后，他回到厂里，一放下行李就要去找江子慧，却被同宿舍的工友一把拦住了。原来，在这半年里，余少奎和江子慧常来常往，日久生情，恋爱上了，而这天，恰好是两人的大喜日子。

李铁山听完，顿时呆了，他愣了一会儿，突然怪叫一声，抄起一把十八磅大锤，转身"噔噔噔"就往外跑。同宿舍的一帮好哥们本来就对这事有点愤愤不平，当下也抄起家伙，跟着冲了出去。一帮人刚冲到女工宿舍的门口，就见身戴大红花的余少奎推着自行车，带着江子慧喜气洋洋地过来了。

真是仇人见面，分外眼红。李铁山提着铁锤，怒眼圆瞪看着余少奎。一摆手，工友们一字长蛇地摆开阵势，拦住了去路。这个李铁山真是个戏痴，在这场合，一时不知说什么好，开口竟然是一句西皮导板的霸王腔："耳边厢又听得余贼来到，皱蚕眉睁凤目怒眼观瞧！"

余少奎听李铁山骂自己，只好立住自行车，上前双手抱拳，用京韵道白答道："李老弟，久违了哇！"李铁山把脸一沉："狭路上莫不是冤家来到？"余少奎干笑一声："不不不……我们是旧日故交，何言冤家二字！"李铁山一扬手中的铁锤，气冲冲地唱道："你夺人爱鸠占鹊巢，有何颜面自称故交？"

余少奎知道李铁山的性子，今日如不好言相求，难过这一遭。他只好作了一个长揖，正准备开唱，江子慧跨步上前，抢着唱道："李兄台息怒涛，听我诉说端苗……"接着，她用如歌的行板，把自己与余少奎如何一见钟情，以及她对李铁山只有兄妹之情的缘由，一气呵成地唱了出来。

听着江子慧如歌似泣般的唱念道白，又看了一眼玉树临风的余少奎，李铁山也不禁感叹：平心而论，他们俩才真是郎才女貌啊！这么一想，他禁不住喟然唱道："往日里行事不眨眼，今日里心肠乱如麻，李某岂是那无情汉，忍叫她一朝喜事遭突变？"

唱罢，他把铁锤往地上一抛，说："罢了！你们走吧！"说完，转身踉踉跄跄地走了。

李铁山回去后，大病一场，江子慧和余少奎几次来看他，都被他拒之门外。病好后，李铁山像是换了一个人，变成了一个好喝酒的闷葫芦，江子慧暗地里托人给他介绍对象，都被他婉言拒绝。后来，江子慧因为拉得一手好二胡，也被调到市剧团去了。三个莫逆之交，从此形同陌路。

浩劫余生

也真叫君子报仇，十年不晚。几年后，一场声势浩大的政治运动突然

来临，余少奎一下子从家喻户晓的名人，变成千夫所指的牛鬼蛇神。

这天，江城的造反派召开万人批斗大会，余少奎等一帮黑五类被押在台上痛批，差点就要挨打了。这时，李铁山带着一帮人，开着大卡车闯进会场，他几步跳上主席台，一把抓住余少奎的衣领，狂笑道："余少奎呀，余少奎！你也有今天！"

说着，李铁山站在台上振臂高呼："同志们，这余少奎在我们厂犯下了累累罪行，我们要抓他批斗清算。"在呼喊声中，李铁山押着余少奎上了卡车，扬长而去。台上的造反派头头听说过两人之间的恩怨，觉得余少奎落到李铁山手里，绝对没什么好果子吃，就眉开眼笑地让他们走了。

果然，李铁山将余少奎一带回厂，就将他安排在自己的锻造车间亲自监管，还丢给他一柄十八磅重的大铁锤，让他干车间里最脏最累的活儿。可怜余少奎，哪干过这个？没多久，他的手上起了血泡，满身白嫩的皮肉，也被飞溅的钢花熏得油光黝黑。这天，余少奎想起自己的处境，不觉悲从中来，禁不住轻轻地哼起了《秦琼卖马》中的唱词："我是龙困沙滩遭虾戏，虎落平阳被犬欺！"

哪知他这声唱，却被在一角歇工的李铁山和一帮工友们听到了。李铁山把大眼一瞪，向他一勾手指："你！过来！"余少奎只好战战兢兢地走了

过去。李铁山又冷笑一声："你刚才唱什么？你也配唱义字当头的秦二爷？你只配唱蓝脸的强盗、白脸的奸臣！来，给爷们来一段，解解闷儿！"

余少奎只好忍气吞声唱道："曹孟德听一言满脸赔笑，尊一声二将军细听根苗……"这是《华容道》中曹操的唱词。谁知，李铁山把豹眼一瞪，骂道："你要唱就好好唱。干吗捏着个嗓子像女人叫？给我大声地唱！"

就这样，李铁山只要一逮住机会，就会在大庭广众羞辱、折磨余少奎。余少奎每次精疲力竭地回到家里，想死的心都有了。江子慧就劝道："你是男人，得挺住！我就不信，这样的世道会长久！"

负荆请罪

果真如江子慧所言，十年浩劫过后，云开日出。市京剧团又要重组，可惜原来那些演员死的死，倒嗓子的倒嗓子。剧团领导正犯愁呢，突然想起了下厂劳动的余少奎。

这天，余少奎正在车间里挥汗如雨地抡着大锤，京剧团的领导来找他了，问他经过这几年的折腾，还能不能唱？余少奎顿时把这些年郁积在胸的怨气和屈辱破胸而出，他舞起手中的铁锤，对着李铁山一声吼："蛟龙正在沙滩困，忽听春雷响一声，向前抓住袍和带，金殿之上打谗臣……"

这是《龙凤阁》中的一段唱词。唱的是明朝国太李艳妃欺主年幼，欲将皇位让给自己的父亲李良，异姓王爷徐延昭手持先王御赐的上打昏君、下打谗臣的紫金锤，上殿保皇除奸。余少奎这一声吼，如同破金裂帛，钟鼓齐鸣。剧团领导听了，十分欣喜，李铁山也惊诧道："铜锤花脸？想不到你小子不声不响的，竟然练出了花脸的最高境界——铜锤花脸！"

原来这些年，余少奎虽然在李铁山的眼皮底下，可他机警地利用车间震天轰鸣声的掩盖，练声一天也没间断过。他望着李铁山淡然一笑说："没想到吧？这都是拜你所赐！"说完，他把腰一挺，头也不回地跟着剧团领导走了。

余少奎一回到剧团，马上就排演《龙凤阁》这场大戏，并在全国各地巡演，以他铜锤花脸的唱腔，一炮打响，并因此被调入首都的京剧院。临行前，江子慧突然提出夫妻二人一起去看看李铁山，原来，在此期间，李铁山因一次意外事故，被飞溅的钢花烫伤了双眼，成了伤残人员在家休养。

余少奎一听，说"去看他？凭他这些年整我？他这是恶有恶报！"没想到，江子慧顿时柳眉倒竖，大声斥道："你说这样的话，还有没有良心？当初是我去找他，他才想出那样的法子，把你弄进了厂里。表面上，他对你恶声恶气，那都是掩人耳目，其实

是为了保护你！这些年，我一直不敢告诉你，是怕你一不留神露了馅儿。不错，这些年，你脸黑了，手粗了，可你也不想想，你那些同行有几个平平安安回来的？没有李铁山，你能有今天？”

江子慧的一番话，犹如当头一棒，敲醒了梦中人。这些年的往事，像电影一样在余少奎脑海里奔腾翻涌，他突然回过神来，理解了李铁山的良苦用心。当即，余少奎拉着江子慧，撒开脚丫子就往李铁山的家里跑。

这时，李铁山正坐在自家门前晒

太阳，手中把玩着江子慧当初用过的一把二胡。余少奎一看他那落魄的模样，眼泪就下来了，哽咽道：“铁山兄弟，我们来看你来了！”

李铁山闭着眼睛，就像一块木头，面无表情地一动也不动。江子慧轻轻地从他手中拿过二胡，向余少奎一使眼色，开弓就拉。余少奎一下子就跪倒在地，开口便是《负荆请罪》中的一句京韵道白：“小人少奎，前来请罪！”接着，就是一段西皮二六板，“自古道非圣贤孰能无过，人有过勿惮改便是美德，我见识浅度量小便是我的错，你大人有大量原谅则个，叫人来换青衫荆杖看过……”

李铁山听着，猛然把灼白的瞎眼一睁，站了起来，一声震天大吼：“余少奎，你何罪之有？你和我恩是恩，怨是怨，一切覆水难收！我救你，全凭她悠悠之口，可夺爱之恨不敢忘，始终萦绕心头，从此后，你走你的阳关道，我走我的独木桥，再相见依然是形同陌路，你走吧！”唱罢，他大手一挥，转身进屋，“砰”的一声，关上了大门。

听李铁山这如同轰天雷鸣般的一声吼，余少奎顿时呆若木鸡，良久，他才喃喃自语道：“真是戏上有，人间无！这铜锤花脸演的都是恩怨分明的人物，戏如其人！我算什么铜锤花脸，他才是真正的铜锤花脸啊！”

（题图、插图：谭海彦）

凶宅

□李绪廷

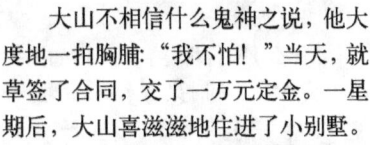

大山这天在网上看到一则信息：有人要出售城乡接合部的一幢别墅，每平米竟比市价要低一千多元！大山急忙打电话过去询问，接电话的王先生告诉他，一点不错，确有此事。双方约定，第二天就去看房，一切面谈。

那座小别墅紧靠当地著名的月亮湖度假村，风景秀丽，视野开阔。这么好的别墅，价格怎么如此便宜呢？大山不免心中起疑，就请王先生给解释解释。王先生一脸苦相，两手一摊“不瞒你说，这是一处凶宅，大白天就会闹鬼啊！要不能这么便宜出手？”

大山不相信什么鬼神之说，他大度地一拍胸脯：“我不怕！”当天，就草签了合同，交了一万元定金。一星期后，大山喜滋滋地住进了小别墅。

一连三天，“凶宅”里风平浪静，什么事儿也没有发生。大山不由心想：这真应了那句古话“为人不做亏心事，半夜敲门心不惊”。八成是那姓王的捞了不少不义之财，自己心里的鬼在作怪吧？哈哈……

次日黄昏时分，大山下班回来，远远地就看见他的别墅门前热闹非凡：一群穿制服的人上蹿下跳，咋咋呼呼；一台推土机“隆隆”作响，眼看就要向他的房子扑过去！他大吃一惊，快步冲进人群，拦在了推土机的前面，大吼一声：“你们要干什么？”

一个歪戴着大盖帽的矮胖子白了他几眼，凶巴巴地说：“狗逮耗子，多管闲事儿！”说着将手一挥，上来几个人一把扯住大山就往外拖。大山豁出去了，干脆直挺挺地躺在地上，喊道：“有种的，就从我身上轧过去！”矮胖子一看，怕闹出人命来，不好收场，便弯下腰去说：“你起来！我们只找那个姓王的房主说话。”

大山脖子一梗：“这房子我买了，我就是房主！”“房子卖给你了？”矮胖子惊诧道，他盯着大山看了看，又说，“既然你是现在的房主，我就再通知一次。这座别墅属于违章建筑，我们要强行拆除！”

“什么，强行拆除？”大山如同挨了当头一棒，顿时呆若木鸡。矮胖子冷冰冰地说：“没错！原来限定二十天之内拆除的，没想到那小子竟把房子转卖给你了。好，我就再给你一个星期的时间，赶紧搬走，不然的话，后果自负！”说完，矮胖子一挥手，带着人走了。

那群人刚刚离开，大山就掏出手机，给王先生拨去了电话，质问他为什么骗自己。王先生却说：“哥们儿你想想，违章建筑能进入市场交易吗？手续会办得那样顺利？跟你说了吧，其实是城管队一个头头儿看中了这块宅基地，指令手下来故意刁难的啊。”最后，他以非常抱歉的语气说，“对不起，哥们儿。我斗不过他们，就看你的神通了！”

大山愤愤地说：“就算是这样，你也给我说句实话。怎么说是‘凶宅’？又说大白天闹鬼呢？”

王先生理直气壮地回答：“你说那伙人凶不凶？说是‘凶宅’错了吗？那个心怀鬼胎的城管队长不就是个大鬼？他那一班手下岂不是阎王殿上的牛头马面？难道这不是大白天闹鬼吗？”（题图、插图：谭海彦）

绿版编辑部各编辑邮箱：

夏一鸣：gshxym@163.com
邢　悦：simyyue@126.com
朱　虹：zhong98305@sina.com
杭　帆：hangfan1102@126.com
刘迎曦：liuyingxi1203@163.com
颜轶超：yanyichao1004@sina.com

·16岁故事·

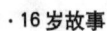

当危险降临时，看一对小兄弟如何斗智斗勇，成功自救……

真正的保护神

□李金彬

薛富贵是玉和山上的“虎见愁”，在山上和百兽斗了二十年，是个经验丰富的猎人。薛富贵育有一子，叫小刀，原配妻子早年病逝，后来他和邻村的寡妇刘妇结了婚，刘妇过门的时候带着个孩子，叫小伍。

断弦难续，后娘难当。刘妇为了不让旁人说闲话，把心都用在了小刀身上。小刀比小伍大两岁，按理说有事得让着弟弟，可因为小刀不是刘妇亲生的，所以家里有什么好吃的、好玩的，都先让小刀尝个鲜，弄得小伍心里怪难受。

两个孩子渐渐长大，他们都对打猎很感兴趣，每次薛富贵回来，小刀和小伍都要围住他问长问短。薛富贵寻思着自己老胳膊老腿了，也该把本领传给孩子了，于是，一有空就教俩孩子怎样辨别猎物的脚印，怎样挖陷阱，怎样躲避猛兽的攻击。

小刀人小鬼精，他发现，每次爹出去打猎，总会把一个黑不溜秋的布袋挂在腰间；而且，每隔几天就会把布袋打开，放进一些叶子。小刀就问：“爹，你这布袋里放的是烟叶？你一边抽烟一边打老虎啊？”

薛富贵咧嘴大笑：“这布袋可是好宝贝，你爹我打了几十年猎物，全靠它了。这布袋对于我们猎人来说，就像是善男信女脖子上的菩萨！”

原来，这布袋里装的是老虎粪与灰狼心，还掺杂了一些中药叶子，这三者混合起来产生的气味，可以吓退百兽，薛富贵给布袋起了个名字，叫“活菩萨”。活菩萨的法力可不是一直很强，时间长了，气味会减少，所以每隔几天，就要换一些中药叶子。有了活菩萨护体，虽然上山打猎危险，刘妇却不太担心，只要男人不掉进自己挖的陷阱就行了，老虎见了活菩萨都会躲避的。

天有不测风云，也该着薛富贵倒霉，这天他上山打猎，不小心摔断了腿。伤筋动骨一百天，薛富贵不能上山打猎，家里就断了炊。刘妇无奈，把小伍叫到跟前，叹口气说：“孩子，你爹躺在床上下不来，家里就快揭不开锅了……爹教过你怎么打猎的，你就上山去寻点食吧。”

薛富贵听了，直摇头：“小伍年龄小，不能让他上山，要去，也得让小

刀去。”小刀虽然调皮，但也知道危险，他吓得直往墙根溜，连声说：“我不去，我不去！”薛富贵一瞪眼睛：“怕什么？平时你爬屋上墙的，到你该出力的时候，你就孬了！你把活菩萨挂在腰间，老虎都不敢凑到跟前。”

刘妇和薛富贵商量说：“要不，让他们哥俩一起上山？两人也好有个照应。”薛富贵也觉得有理，便点点头，说：“好吧，那你们哥俩就一起上山，路上好有个照应。”

第二天，刘妇给俩孩子煎了厚饼，灌了壶开水，又多嘱咐了几句，然后把活菩萨挂在了小刀腰间。薛富贵眼尖，他吃力地支撑起身体，说：“不行！把活菩萨挂在小伍身上，小刀当哥哥的！”刘妇摇头：“不行。还是给小刀带上，小刀脑子灵，就算老虎出现，也能把老虎吓走了；小伍那么扭扭捏捏，不行的。”薛富贵还是不同意，在床上乱滚：“不行，把活菩萨挂在小伍身上！”

刘妇安慰薛富贵：“挂谁身上都一样，他们哥俩反正在一起，老虎谁都不敢碰。”薛富贵直摇头：“不行！活菩萨的气味太小，只能保护一个人。”刘妇听了，只好把小刀腰间的活菩萨取了下来，挂在了小伍身上，又低声对小伍叮嘱了几句。薛富贵见了，这才安静地躺了下来。

于是，哥俩带上弓箭和匕首上了路，走出没多远，小伍咬咬嘴唇，把

活菩萨从腰间解了下来，交给小刀："哥哥，咱娘说了，出了门，就要把活菩萨给你。"小刀接过活菩萨，正要往腰间系，突然看到小伍眼里流露出几分惊恐和不舍，小刀的手停住了，迟疑片刻，又把活菩萨递给小伍："给你！我是当哥哥的，胆子比你大。"小伍的小脸变得通红："不行！娘说了，如果我不把活菩萨给你，她就不认我这个儿子了。"小刀见状，便把活菩萨收了起来。

兄弟俩上了山，小刀在前，小伍在后，开始寻觅兔子的脚印。还别说，俩孩子的运气不错，没到晌午，就打了两只野鸡、一只兔子。小刀看着手中的猎物，心里美得很，说："你哥哥我厉害吧？现在就算有只老虎来，我也一箭把它射趴下！"话音刚落，树林里刮起了一阵大风，小伍说："哥哥，咱们回去吧。"小刀点头说好。俩孩子正要下山，突然，树林里传来一声恐怖的叫声。小刀搭眼一看，前面蹲着一只灰狼，正死死盯着自己！

小伍顿时吓得没了反应，呆呆地站在那里，倒是小刀率先回过神来，他把手中的兔子扔向灰狼，灰狼吓了一跳，连退两步，见是只死兔子，就上前嗅了嗅，然后又死盯着兄弟俩。小刀听爹说起过，野兽不吃死物的，幸好手中的野鸡还有口气，他忙把两只野鸡扔向灰狼。见灰狼叼起野鸡走了，小伍高兴得大喊："太好了，灰狼走了！"但很快，小伍脸上的笑容就僵住了，只见灰狼把野鸡叼到大树下，便又凑了上来。

小伍吓得直喘粗气"哥哥，快拿弓箭，射死灰狼。"小刀这时也紧张得两手冒汗，那张弓就像泥鳅一样滑溜，根本用不上力。他在衣服上擦了下汗水，然后左手执弓，右手搭箭，拿出全身的力气，只听"砰"的一声，弓弦竟然被拉断了！

这时，灰狼双眼射出骇人的绿光，正一步步地逼近，可在距离孩子们一丈左右时，突然停住了！小刀突然想起，爹说过，这山上的狼叫"脑瓜狼"，极为狡猾狠毒，当它和人保持一丈左右远时，就意味着准备向猎物发动攻击。因为从一丈远的地方扑过来，发力猛、力道足，速度也最快！

脑瓜狼把前爪往右前方轻探，发出一声低沉的吼叫，这是要向右方扑去！小刀见状，忙把小伍用力往右一拽："你过来！"小伍被生生地拽到了右边，他看看脑瓜狼，大气都不敢出，拼命扯住小刀的衣角："你到右边！"趁着小刀不注意，小伍猛一发力，把小刀拽到了右边。小刀气坏了，抱住小伍，来了个"滚泥鳅"，又把小伍推到了右边。小伍毕竟力气小，扭不过哥哥，只能站在右边的位置。

这时，脑瓜狼没有马上攻击，它把脑袋左右来回摆动，弄不清要先攻击谁。现在，唯一能救命的就是活菩萨，小刀忙从腰间取了下来，塞到小伍手里。脑瓜狼果然往小刀的方向靠近，小刀赶紧冲小伍喊“快把活菩萨扔过来！”小伍的手直哆嗦，恋恋不舍地又把活菩萨还给小刀。就这样，活菩萨在兄弟俩的手里传来传去，两个孩子都吓得心怦怦跳，希望能逃过这一劫。

这样僵持了一段时间，奇迹出现了。脑瓜狼变得有些迟疑，它眼里露出胆怯的目光，一步、两步、三步，脑瓜狼开始后退，最后竟然夹着尾巴跑掉了。两个孩子终于从惊恐中解脱了出来，一路跌跌撞撞地跑回家。

刚进门，刘妇一把抱住两个孩子，声泪俱下地说：“担心死我了，你们……没事吧？”小刀努力装出镇定的神情，轻描淡写地说：“我们遇到了脑瓜狼……可是我们不怕，因为我们有活菩萨！”

小伍也说“是啊，其实活菩萨威力很大的！爹说它只能护住一个人，其实不是。脑瓜狼在我们面前时，哥哥把活菩萨递给我，我又塞还给哥哥，这样反复了好几回，脑瓜狼都没敢靠近我们，最后吓跑了！”

小刀后怕不已：“要说脑瓜狼真够狡猾的，它故意把前爪往右探，一般人肯定以为是向右攻击，其实它是想卖个破绽往左攻击！这个我早就听爹说过，可是小伍不听话，我拼命把他往右拉，他还不服我呢。”

刘妇一边抹眼泪，一边说“孩子啊，你们不知道，你们拿的布袋不是活菩萨，是你爹抽的烟叶啊！我一时粗心，错把烟叶袋当成了活菩萨……你们看，活菩萨还挂在墙上呢……”

两个孩子都愣住了。那为什么脑瓜狼会逃跑呢？薛富贵想了想，说：“俩孩子穿的是红衣服，他们这样互相传布袋，衣袖来回晃荡，速度快了，红衣袖就像火一样。脑瓜狼是怕火的，所以呀，就吓跑了。”刘妇却说：“你当脑瓜狼眼瞎啊？哪能把红袖子看成火呢？我说呀，是因为狼四条腿着地显得矮，孩子们个子高，狼就吓跑了。”

小刀抱着小伍说：“你们当大人的净瞎扯。我想，之所以脑瓜狼吓跑了，是因为狼只有一条，而我们是哥俩，最重要的是，我们哥俩一条心！”

（题图、插图：谢　颖）

想说爱你不容易

□千羽

雪国的邂逅

杰克是个著名的登山运动员，年纪轻轻的，却已经把多座雪峰征服于脚下。

最近，杰克带着一支业余登山队来到了尼泊尔，登顶成功后，他惊奇地发现，所有人都在笑着、跳着庆祝，可有个叫安娜的年轻姑娘却是例外。她一个人静静地站在一边，神情肃然，还努力踮高脚尖，把手往天上伸去，似乎想抓住什么。杰克感到很纳闷：这真是个奇怪的姑娘，她到底想要干什么呢？

半个月后，登山队又一次出发了。没想到就在冲顶途中，突然刮来一阵大风，安娜一下子被风刮得悬荡在主索上，是杰克冒着摔下万丈深渊的危险，把她从生死线上拽了回来……

安全下撤到大本营后，登山队举行了庆祝酒会，安娜主动端起酒杯，走过来感谢杰克的救命之恩。杰克问她登顶后为什么要把手伸向天空呢，安娜沉默半晌，这才轻叹一声说，其实她登山不为别的，而是为了她已经身在天国的男朋友格林。

听了这话，杰克的心不由得微微一颤：多痴情的姑娘啊！皑皑雪山是离天最近的地方，安娜登上雪山，再把手努力伸高，为的就是最大限度接近在天国里的男朋友呀。

接着，安娜断断续续地哭诉说，格林是为了救她而死的。三年前，他们在旅行途中，不幸遭遇地震，就在旅馆倒塌的一瞬间，格林一把抱住她，用身体替她挡住了砸落的砖块。后来安娜得救了，而格林却把生命永远留在了异国他乡……

杰克一边听，一边轻轻递给安娜

一张纸巾，说："不管怎么样，你还是要勇敢地活下去！你说是不是？相信你男朋友在天之灵，也不希望你为他继续悲伤下去，而是快快乐乐地过好每一天。"安娜含着泪看了一眼杰克，用力地点了点头。

不能说的话

登山队回国后，杰克发现自己已经深深地爱上了安娜，他发誓要给她快乐。在杰克的不懈追求下，安娜的芳心最终被打动了，两人走到了一起。婚后，他们的生活幸福而甜蜜，是一对人见人赞的恩爱夫妻。可杰克却总觉得还少了什么，到底是什么呢？

这天，杰克下班回到家，看见餐桌上满满当当摆满了菜，旁边开了一瓶香槟酒，花瓶里还插着一束红艳艳的玫瑰花。他正感到惊奇，安娜从厨房里端着一个大大的蛋糕走了出来，笑吟吟地说："杰克，生日快乐！"

杰克心上不由得掠过一丝感动，自己都把生日给忘了，没想到安娜却这样用心。吹过生日蜡烛，安娜问杰克有什么心愿，杰克笑着说："亲爱的，我什么也不要，你真要送的话，那就说一句'我爱你'吧。"

没想到一听这话，安娜的脸色马上变了，她低下头，似乎还叹了口气，但很快就再次抬起头来，缓缓地摇了摇头。杰克对安娜的反应感到很吃惊，他问这是为什么，安娜吞吞吐吐地说："为……为什么一定要说？我对你怎么样……难道你还不知道吗？"

"可是……我想听你亲口说出来啊！"杰克柔声说。

迎着杰克满怀期待的眼神，安娜沉思许久，最后还是缓缓摇了摇头。杰克强忍着心里的失望，问这是为什么。安娜"哇"的一声哭了起来，说："因为格林死后，我就发过誓，除了他，今生不再对第二个男人说'我爱你'。杰克，对不起了……"

杰克听完，沉默了。说实话，他也很感激格林，是格林舍身给了安娜第二次生命，可他实在想不到，安娜会发过这样的誓言。良久，杰克轻轻叹息一声，说："我是你丈夫呀，却连一句'我爱你'也得不到吗？"

安娜哭着连连说对不起，看着她伤心的模样，杰克不忍心再说下去，他回过身去，心里却忍不住隐隐作痛。

男人的自尊

一年后，杰克和安娜一行人再次来到尼泊尔，这次他们的目标只有一个，那就是世界上最高的山峰——珠穆朗玛峰。这一次的攀爬，对杰克来说意义非凡，只要他能成功，就意味着登顶所有海拔8000米以上的雪山，从而成为征服这14座雪山用时最短的运动员。

很快，登山队出发了，经过艰苦

的攀登，他们在8000米的突击营地休息了一晚，第二天凌晨便开始冲击登顶。几个小时过去后，珠峰峰顶就在眼前了，抬头看去，几乎已经触手可及。可令人意想不到的是，杰克却在这时候做出了一个惊人的决定，他放弃登顶！

所有人都呆住了，这是为什么？珠峰就在眼前，莫大的荣誉就在前面等着杰克，为什么要放弃？杰克却轻轻地叹了口气，说："我累了……"说完，他一屁股坐在雪地上，示意大家继续登顶，不要为自己耽误时间。

安娜张了张嘴，似乎想说什么，却什么也没有说，只是在杰克的额头上印下一个冰冷的吻，然后转身继续向峰顶突击。看着安娜在漫天风雪中越走越远，杰克藏在雪镜后面的眼睛禁不住涌出泪水，心里一声叹息："安娜，你知不知道……我累的不是身体，而是心？"

杰克闭上眼睛，脑海中又浮现安娜的身影，她在峰顶静静站立，努力踮高脚尖，把手往天上伸直。他知道安娜登顶的目的只有一个，去见天国里的格林。因为男人的自尊，他不忍亲眼目睹自己的妻子和另一个男人约会，哪怕这个男人已经身在天国……

放飞的誓言

杰克静静地坐在雪地上，也不知过了多久，头顶上面传来一阵欢呼声，他知道，登山队已经顺利登顶，此刻，他们正在享受巨大的喜悦。突然，杰克怀里的卫星电话响了，一接，是安娜打来的，电话那头的安娜大喊道："杰克，我爱你！"

杰克一下子呆住了，几乎不敢相信自己的耳朵。"杰克，我爱你！我爱你！你听见了没有？"安娜还是一声声呼喊着，这声音传了过来，尽管夹杂在如雷的风雪声中，但听起来还是那么清晰。杰克忍不住流下泪，连忙应道："我听见了，听见了！可是……你不是发过誓吗？"

"已经没有誓言了，因为，我已经找到了最高的山峰，把许给格林的誓言还给了他。珠穆朗玛峰，就是世界上最高的山峰……"

编读往来：你的问题我来答

湖南读者胡伟康： 我有个问题，平时上网经常会遇到一个词语叫做“马甲”，可马甲不是一种服装吗？为什么在网络语言中，“马甲”变成了“替身”的代名词？

绿版编辑部： 这个问题很有趣。随着网络的兴起，很多现实中的词语都被网民赋予新意，比如网络中的“马甲”一词，就是来源于现实中的马甲服饰，是借用形象的比喻来代指“替身”。关于“马甲”的来源，有人考证说来源于《笑林广记》上的一则笑话：有只老鼠从洞里钻出来，一个近视眼看到了，盯着看了很久，说：“咦，来了一个穿貂裘的。”过了一会儿，又有一只乌龟从洞里爬出，近视眼笑道：“别以为换了件马甲我就不认识你了！”这个笑话流传广泛，近年还被改编成了小品，“马甲”一词也渐渐被网友们捧红。

海南读者马兰： 编辑你好，我发现《故事会》绿版从上一期开始，推出了一个新栏目，叫“微博故事”，能介绍一下吗？

绿版编辑部： 好的。“微博”即微型博客，是现在网上流行的一种传播方式，一般篇幅短小，节奏轻快，题材新鲜，便于流传。我们开设“微博故事”栏目，就是想借用这种新颖的形式，在故事的大众性、口传性方面做一些探索。每篇微博故事，情节不必过于完整，可以只是生活中的一个片段，字数在一、两百字左右。不过，最好能够围绕着一个有趣的主题，比如“公交车上的尴尬事”（具体见本刊P67），并且有“我”参与其中，是“我”所发生的或者看到的。如果你身边也有这样适合传播的事情，欢迎给我们投稿！

（本栏目欢迎读者提供新鲜活泼、有代表性的问题，一经采用，即致薄酬。）

杰克什么都明白了。原来，在安娜的家乡有这样一个风俗，自己发过的誓如果不想坚持了，可以把它写在纸条上，然后登上山顶把纸条放飞，让风把誓言带走。而安娜这次坚持登上珠穆朗玛峰，为的不是到离天最近的地方去见格林，而是要彻底放飞曾经为他许下的誓言！

安娜在那头哭着说：“我相信，格林不会怪我的，他也不希望我一直活在过去。杰克，从今以后，我要和你一起快快乐乐地活下去！你等我……”说完，安娜挂断了电话。

很快，登山队开始下撤，安娜蹒跚地奔到杰克的身边，一头扑进他的怀抱，喘着粗气说：“我知道的，以你的体力，登顶绝对不是问题……前面的13座雪山都被你征服了，就剩下这最后一座了。亲爱的，我们再试一下……”

杰克抬头看了一眼闪着诱人银光的雪峰，又看了看怀里疲惫的安娜，轻轻给了她一个吻，深情地说：“不了，所有的成功和荣誉加在一起，也比不上你的一句‘我爱你’！我现在要做的事情只有一件，那就是护送你安全下山……”

（**题图、插图**：佐　夫）

□伍恩超

坐不得的虎皮车

公孙坚是战国时齐国的一员武将，叱咤战场，立下不少赫赫战功。这天，他又大胜而归，齐威王大悦，赏赐了一辆指挥战车“帷幄郎”。公孙坚视之为至宝，招来能工巧匠在座椅上缝制了两张虎皮，还专门派了个侍卫周勇来保护战车。

公孙坚为人十分迷信，他觉得如果战车保养得不周全，则出征打仗必败无疑。所以，每次出征，他都会在战车前三叩九拜，烧香燃纸。倘若打了胜仗，就会嘉奖看护战车的周勇，要是吃了败仗，则不问理由，周勇都会被打得皮开肉绽。

入冬以来，公孙坚一连打了几次败仗，被齐威王骂了个狗血淋头。他自知已无后路可退，不得不立下了军令状：如果这次出征再不能大破敌军，自己愿拿脑袋顶罪!

可是，虽然士兵个个骁勇无比，但没想到他们中了敌军的埋伏，被打得丢盔卸甲，好不狼狈。眼看敌军杀过来了，公孙坚只能跳下战车，吩咐周勇道:“这次输不起，要不，我一家老小的性命就只能祭天了！战车损坏了，你找个地方修理一下。我先行撤离，保全实力，等喘过这口气，再与敌人决一死战！”说完，便骑上一匹快马指挥部队撤离。

情况太突然，周勇一时慌了神儿，他查看了一下战车，发现轮子受损了，座椅上的虎皮也被砍出一个大窟窿！平时，这都是由工匠修理的，现在这兵荒马乱的，哪有人会修这奢侈的玩意儿?

可是没有办法，周勇只能赶着战车，一气走了几里路，来到了一个小村庄。这个村子只有二十几户人家，

周勇把全村的妇女都招到跟前，问:“你们谁的针钱活儿做得最好？谁把这战车修好了，我们将军重重有赏！”几十个女人“呼啦”把战车围住，不禁啧啧称奇，都说没见过这样的稀罕物，有个女人摸摸座椅上的虎皮，问:“这是什么？没见过这样的狗皮。”

周勇大喝一声:“别乱摸！什么狗皮，那是虎皮！弄坏了，我的皮就被将军扒了！”妇女们一听，顿时吓得全都退到一边。有个胆子大的说:“官爷，你叫我们缝个狗皮、羊皮的，

我们还敢对付，这虎皮可不是一般的东西，缝不好，估计脑袋就保不住了。”这么一说，众人立刻一哄而散。这下周勇急了，该如何是好呢？

这时，一个瘸老头晃晃悠悠来到战车面前，细细地打量起来。周勇一瞪眼“干什么呢？去去去，别碰着战车！”瘸老头脾气还挺倔强:“怎么？不让我碰战车，那怎么修理？”周勇斜了老头一眼“你会修理战车？”瘸老头“哼”了一声，说:“年轻时，我就是专门修理战车的士兵！”

周勇一听，像是抓住了一根救命稻草，他一把拉住瘸老头，连声问:“你真能修好战车？你会缝虎皮？”“那当然！”瘸老头一脸鄙夷，“虎皮有什么好怕的？只不过是被扒了皮的老虎。就算是将军来，也没什么好怕的，打了败仗的将军，和我们贩夫走卒有什么两样？还威风什么？”

周勇倒吸一口冷气:“你不怕虎皮，不惧将军我都不管，可是你千万不能毁了战车，要不然……”瘸老头显得很不耐烦“你修还是我修？”说着，他一边用粗糙的双手抚摸虎皮，一边问道，“为什么非要用虎皮呢？”

“老虎是百兽之王，将军坐在虎皮之上，就像驾驭了老虎一样，自然是所向披靡。”周勇脱口而出道。瘸老头却冷笑一声:“那你们将军为什么一连打了几次败仗？难道这虎皮变狗皮了不成？”周勇被问得哑口无言，

像个瘪嘴葫芦一样，愣在那里。

瘸老头把战车赶到自家屋外，叫周勇在一旁乖乖看着，不许指手画脚。然后，他进屋拿了一把杀猪刀出来，一手撩起虎皮，一手“咔咔”割了起来，转眼间虎皮被割了个粉碎！周勇惊得张大了嘴，正要说什么，瘸老头把脸一拉：“不许胡说！知道你们将军为什么打败仗吗？他觉得坐在虎皮上威风无比，可是‘虎’通‘忽’，他只顾自己威风，却忽略了其他作战细节，这才落败！所以，这虎皮是万万用不得的。”

说着，瘸老头拿来厚厚的一层棉布，用细绳拴在战车上面，又拿来一个细且尖的东西，悄悄插在了棉布下面。然后，他俯下身，用斧头修出几块木料，敲进了车轱辘里。收拾停当，瘸老头望着战车，眼里露出了满意的神情。

一旁的周勇却吓得差点尿了裤子。眼见虎皮被割碎，换上了老百姓家用的粗布，他心说：这哪是帷幄郎啊，分明就是拉柴火的破车嘛，将军见了，不要了我的命才怪！见周勇傻在一边，瘸老头胸有成竹地说道：“别害怕！坐着这辆战车，你们将军一定能打胜仗。”周勇心里一团乱麻，却也无计可施，只好暂且这样，听天由命了。

第二天一早，周勇听到远处传来号角声，那是部队集合的信号。他连忙提心吊胆地赶着战车来找将军。公孙坚一见他，忙问：“帷幄郎修好了吗？”周勇战战兢兢地说：“修……修好了，只是……”

公孙坚围着战车转了一圈，气得差点吐血，原来威风的帷幄郎竟然变成了一辆破车！他抽刀就要杀周勇，周勇吓得跪在地上连连磕头，还结结巴巴地说：“将军饶命，这……这是一位方士修的，他说只有把虎皮换掉，才能打胜仗！”周勇急中生智，编了一个瞎话。公孙坚本来就是个迷信之人，一听这话，又想到自己接连吃了几次败仗，心里不禁暗想：难道这虎皮真的坐不得？

这时，敌军已经冲了过来，公孙坚来不及多想，一抬腿上了战车，指挥千军万马与敌人作战。因为战争太过惨烈，战马受惊，上蹿下跳不受控制，公孙坚在战车上颠簸得难受之极。突然，战马两蹄一抬，只听“咔”的一声，战车左侧的车轱辘被颠掉一个木块，这下车轮子不圆了，车子颠簸得更为厉害。

而此时，敌军越战越勇，大有吞并齐军之势。就在这千钧一发的时刻，战车一个趔趄，公孙坚感觉屁股被一个尖锐的东西扎了一下。他吃了疼，一骨碌站了起来，气得直骂人，又见自己的士兵被打得哭爹喊娘，不知哪里来的勇气，竟然提刀一挥，大喊道：“杀！杀！杀死这些不知好歹的敌人！”

这些年，公孙坚指挥战斗，一直是稳坐在战车上面，士兵从未见过他起身指挥。这当口，见将军也杀得眼里冒光，士兵们都无比振奋。哀兵必胜，在公孙坚的指挥下，齐军一鼓作气，大破敌军。

公孙坚打了胜仗，好不欢喜，他轻抚战车，喃喃地说“怪不得我打不了胜仗，原来这虎皮真坐不得！”说完，又冲着战车三叩九拜起来。祭拜完毕，他突然想到了什么：这次打了胜仗，多亏那个方士点拨，我应该登门道谢才是。于是，他连忙叫来周勇，领着自己去找那个瘸老头。

等见到人，公孙坚不禁大吃一惊，原来此人正是自己失散多年的父亲！公孙坚声音有些发颤“爹爹，十几年前你突然不告而别，没想到，我们竟然在这里重逢！”瘸老头微微一笑：“想当年，我也是威风八面的武将，可后来我渐渐地贪图享受，不再演习兵法与武艺，结果最后吃了败仗，被贬为庶民。你和当年的我很像啊，所以，我不得不提醒你！”

瘸老头来到战车前，把那层厚厚的棉布掀起来，只见下面竟然是一块硬如针尖的木刺！他指了指那根刺疼公孙坚的木刺，说“这就是打胜仗的法宝！平时你坐在奢华的虎皮车上，一副懒散享乐的样子，哪能有锐气？但这次，你被木刺弄疼而起身的时候，眼里充满了杀气，士兵就会受到鼓舞，这样能不打胜仗吗？”公孙坚听了连连点头，一脸的惭愧。

这时，瘸老头把那根木刺拔了出来，轻声说道：“儿啊，我想，你已经明白了打胜仗的至理法门，这木刺也不需要了。记住，你站在战车上，士兵在下面卖命。你得让他们知道：你人在上面，心在下面。”

（题图、插图：黄全昌）

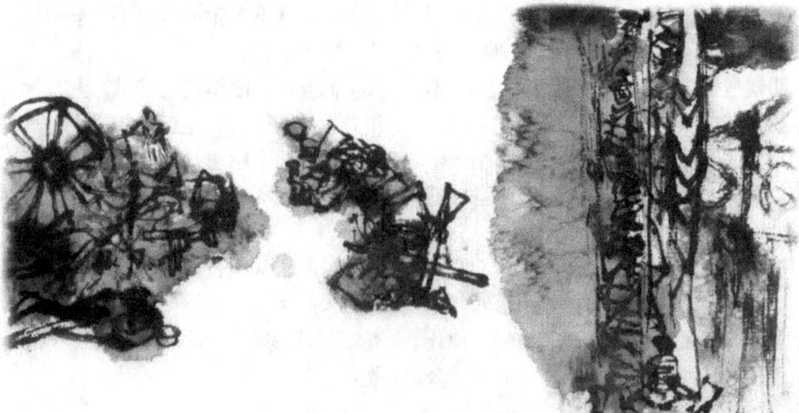

·情感故事·

有一种爱，博大无私，拥有无穷的法力……

最伟大的魔法师

□刘美冰

约瑟夫是个工程师。最近，他接到一项维修山区公路的业务。约瑟夫当时就头大了，要知道，那可是个天寒地冻、飞沙走石的鬼地方！

虽然心里老大不愿意，约瑟夫还是带着兄弟们出发了。卡车在路上颠簸了大半天，在傍晚前，终于到达了目的地。晚上，工人们睡在房车上，约瑟夫可不愿意，因为有几个工人打呼噜就像喷气式飞机起飞一样响。他找到了附近的一个小木屋，并和女主人谈好价钱租了下来。进到小木屋，约瑟夫吃了一惊，原来，里面别有洞天：小屋顶上装着天窗，透过玻璃可以看见浩瀚的夜空；床上放着一个很松软的枕头，里面填的是产自中国的“睡香草”。他兴奋得大叫起来：“太好了，真像回到了家里一样！”

第二天，约瑟夫和工人们泡在一起，干了一天的力气活。晚饭的时候，约瑟夫命人从车上卸下成箱的罐头和面包，准备凑合吃一下。谁知，大家看到冷冰冰的面包，脸色都很难看，还有人说：“该死的，又是冷面包。我不吃！我要吃火鸡！”

大家一听纷纷响应，都吵着要吃火鸡。说到火鸡，约瑟夫也不禁流口水了，这天寒地冻的，如果能吃上香喷喷的火鸡肉，是多么惬意的事情！可是，这鬼地方哪里有火鸡呢？约瑟夫心情非常糟糕，他回到小屋，躺在床上生着闷气：该死的火鸡，你赶紧从天上掉下来啊！

突然，外面传来一阵“咚咚”的敲门声。约瑟夫开门一看，只见女主人端着一大盘的火鸡肉！她笑着说：“天太冷了，吃点火鸡暖和一下身子。”约瑟夫兴奋地蹦了起来，心说：上帝真帮我逮住了一只火鸡！工人们如愿以偿地吃到火鸡，心情立刻变好，一个个把电锯挥得满天飞，十分卖力。

干了没几天，约瑟夫突然接到投诉，说工程队每天“乒乒乓乓”的，吵得附近的居民不得安宁，大家都有点受不了了。约瑟夫听完，眉头紧锁，他又一个人回到小木屋，心想：怎么才能顺利完工，又不打扰到大家呢？

晚上，约瑟夫躺在软软的床上，不知不觉中进入了甜蜜的梦乡。等他醒来时，太阳已经升得老高。约瑟夫一骨碌爬了起来，他推开门，看到远处的工人们正干得热火朝天！但很快，约瑟夫感觉到有点不对劲，工人们干得起劲，自己怎么没听到巨大的噪音？难道是自己耳朵不好了？

约瑟夫赶紧跑过去查看，这才发现工人们在路面上铺了一层麻草毯。麻草毯虽薄，但能起缓冲撞击的作用，这样一来，敲击路面的噪音就大大减少了。约瑟夫吃惊地问：“怎么会有这种毯子？谁弄来的？”工人们耸耸肩膀：“谁知道呢？也许是上帝吧，昨天他还给我们送来了一只大火鸡呢！”约瑟夫却在心里想：每次我遇到困难，只要在小木屋里睡上一觉，总会有解决的办法。天啊，这真是魔法小屋！

有了麻草毯，工人们再也不怕弄出噪音，工程进行得很顺利。两个月后，任务已经到了关键的收尾阶段。这天早上，约瑟夫正要招呼工人干活，天空却刮起了一阵大风，很快下起了暴雨。糟糕！大家来的时候都没有带雨具。可要想按时完工，今天非得再奋战一天。这可怎么办？

约瑟夫回到小木屋，坐在床上，沮丧地低着头，寻思该怎么办。突然，他发现在床底下竟有一堆的雨伞和雨衣！天啊，他简直不敢相信自己的眼睛。很快，约瑟夫把雨具分发给大家，工人们又卖力地干活去了。

到了傍晚，工程终于顺利地完工了。工人们兴奋地大喊大叫，抱在一起庆祝，约瑟夫却一个人悄悄地溜了出来，他沿着公路一边走，一边心想：两个多月了，辛苦总算没有白费。这时，一阵冷风刮来，约瑟夫打了一个激灵，真冷啊，要是现在在家里就好了。他突然意识到，自己已经两个多月没回家探望母亲了。“如果这时候，妈妈能在身旁就好了！”约瑟夫喃喃自语道。

突然，约瑟夫发现前面有一个小黑影，仔细一看，是一个步履蹒跚的老人打着雨伞正往这边赶。看那人走路的样子，很像自己的母亲，约瑟夫连忙迎了上去，果然是自己的母亲！他又惊又喜，使劲揉揉眼睛，说：“妈妈，是您吗？真的是您吗？”

“当然是我，孩子，你还好吗？”

真的是妈妈！约瑟夫眼睛湿润了，他不禁叫道：“太神奇了！妈妈，您一定不知道，我住的那个小木屋简直太神奇了。不管我心里想什么东西，它都能帮我实现，它一定有无尽的魔法！”

母亲笑了：“傻孩子，小木屋能有什么魔法？”约瑟夫很认真地说：“是真的。我们想吃火鸡，马上就吃到了；我们干活噪音太大，马上就有隔音毛毯出现；今天下了雨，小木屋里竟然出现了雨具。”

母亲看着约瑟夫，眼里充满了疼爱：“傻孩子，火鸡是我叫女主人送过去的；隔音毛毯也是我连夜编织的；听说你要在这里干活，我特意听了一个星期的天气预报，知道这几天会下雨，所以提前给大家备好了雨具。本来，我想早点过来看你，但一想到可能会打扰你的工作，所以一直等到了现在……”

约瑟夫明白了，这一切都是母亲安排的。原来，有魔法的不是小木屋，而是母亲的爱！母亲，是这个世界上最伟大的魔法师！

（题图、插图：安玉民　梁　丽）

·本刊信息传真·

点评、纠错、投稿 尽在故事中国网

读完本期的《故事会》，你对哪几篇作品印象深刻，或者有感于心，不吐不快？

欢迎登录故事中国网(www.storychina.cn)，发表评论，一经采用，即致稿酬50-100元。

征集方法：每期《故事会》出版后，欢迎对当期刊物中的单篇故事进行评论，也可以就同期的2、3篇作品或同一作者的数篇作品进行比较分析，要求言之有物，不泛泛而谈，有一得之见即可。我们会从每期应征的评论中选择1-2篇质量较高者发布在故事中国网首页的“连线故事会”栏目中，凡被采用发布的评论，将支付50-100元的稿酬。

故事中国网举办的“咬文嚼字”活动，请您指出当期《故事会》刊物中的错别字或病句，找得最多最准的读者有机会赢得故事会公司出版的图书。

此外，《故事会》每位编辑在故事中国网都设有投稿专区，网上投稿的优点是稿件处理快，结果一目了然。欢迎广大故事作者上故事中国网直接投稿。

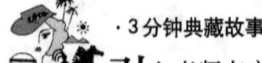

礼物

张老师在市郊的一所小学教书。这天早上，她正准备出门，丈夫微笑地冲她说："别忘了今天是你的生日，下班早点回来。"

张老师的课都排在下午。当她走进教室时，突然看到班里竟多了几张新面孔，很快她便发现，这几个孩子好像听不懂她的话。走过去一询问，才知道他们落了两节课的内容。下课时，孩子们围上来，七嘴八舌地向她提问题。她坐下来，一一为他们解答。

当最后一个孩子离开时，张老师才发现，天色已经暗了下来，抬手一看腕表，都七点多了。这时她才突然记起，今天是自己的生日，丈夫此时正坐在布满鲜花和蛋糕的餐桌前，等待着自己。但是，她连最晚的末班车也赶不上了。

学校距离市区有七八里路，中间还要经过一条狭长阴暗的背街，一想到这里，她的心便开始"怦怦"乱跳。渐渐地，那条街的入口就在眼前了，天色更暗了，张老师感到很无助。

就在这时，一束光亮从黑洞洞的街口扫过来。一个稚嫩的声音朝她喊："老师，往前走！"光亮后面，是一个蒙眬瘦小的身影。她感觉眼睛有些发热，加快了脚步。就在第一束光亮黯淡时，又一束光亮在她身前展开。张老师踏着这柔和的暖光，就像行走在云端里。一束一束的光如同接力，一直延伸到整条街的尽头，伴随她抵达灯火通明的大路上。

在街口，张老师停住了脚步回头望去，那些光束，仍坚守在黑暗的背街上，如天空中眨着眼睛的星星，她的泪一下子流下来。

她知道，那些光束，是自己今年收到的、最美的生日礼物。

（**作者**：朱胜喜；**推荐者**：曹　咏）

女儿每天都是新的

在一个美国小镇上，曾经为一位女教师举办过一次独具匠心的摄影展览，展出的都是女教师以女儿

为主人公的生活照片。出人意料的是，此次展览一共吸引了近三千位记者前来捧场，一举打破了美国个人摄影展览采访记者人数的历史纪录。

这位女教师名叫路易丝，她的生活平平淡淡，和常人无异。但与众不同的是，她坚持每天给女儿照一张相片，从女儿出生到长大，二十年间，总共照了七千多张。她把这项活动称为：女儿每天都是新的。

平心而论，这些照片本身没有什么高超之处，从拍摄技术到画面内容，都是稀松平常，甚至有千篇一律之嫌。然而，就是这些平凡的照片轰动了整个美国，感动了全世界，因为它们体现出路易丝对女儿永恒而真挚的爱。

每天为女儿拍一张照片，忠实记录下女儿每一天的音容笑貌，这种执著的精神，本身就是一种无与伦比的爱。

（**推荐者**：胡玉龙）

化整为零的孝心

这天，小王陪男朋友回老家，说是去看望一下独居的老母亲。男朋友掏出几张百元钞票，问能不能给换开一些小面额的零钱，可小王翻遍了口袋也没有，男友想了想，便跑去路旁的一家小店买了瓶水，换了一把零钱，又到旁边的铺子里买了盒烟，又换回一把零钱。

小王不禁赞许道：“你真是细心，换些零钱给老人家花才方便啊。”

男友迟疑了一会儿，才幽幽地说“也不全是。以前我回家，总要给母亲留几张整钱，让她买些生活用品。不想在我买房子的那一年，母亲竟然一下子拿出了一万块钱，而且全是百元大钞。我问她哪来的钱呢？母亲很随意地说，‘你平时给我钱，我一般花不着，就省下来了。’那一刻，我突然意识到自己犯了一个错误：母亲一向勤俭，从不乱花钱，特别不舍得花整钱，说是如果把钱破开了，花得就快了，以后怎么办呢？她就是靠着那点舍不得花的整钱，才供我上完中学，又考上大学……”

说到这里，男友的眼睛湿湿的，声音哽咽道：“从那以后，无论什么时候回家，我都要换好零钱交到母亲手上，也许只有把孝心化整为零，母亲才能安心地去享受。”

（**作者**：孟凡盖；**推荐者**：陈 冰）

（**本栏插图**：安玉民 梁 丽）

蟋蟀擂台

□曾凡洪

摆擂

清朝中期，双河镇一带盛行斗蟋蟀。这年，几个乡绅决定联手举办一场蟋蟀擂台大赛，并许下诺言，夺魁者奖白银一百两！消息一传开，四面八方的人蜂拥而至，双河镇像过节似的热闹非凡。

蟋蟀擂台赛空前激烈，经过半个月的角逐，最终大赵村牛员外所养的蟋蟀胜出。几个乡绅将牛员外请上一匹高头大马，给他胸前挂上大红花，然后一群人就这样敲锣打鼓簇拥着牛员外游街。游完街，牛员外在醉仙楼大摆宴席，直喝得太阳西下才醉醺醺地往家走。

大赵村就在双河镇边上，不到两里路。牛员外得意地哼着小曲，刚走到镇口，突然，从旁边闪出几个人拦住了去路，为首的是一个浓眉大眼的彪形大汉，双拳一抱，说："牛员外，请留步！小弟是山外的客商，闻听贵地举办蟋蟀擂台，便星夜赶来，不想还是晚了一步，甚是遗憾！小弟斗胆请牛员外移步到茶楼喝杯茶，一来想见识一下夺冠的蛐蛐儿，二来也和员外交个朋友。"

牛员外举着装蟋蟀的小陶罐，神气地说："我的这位'状元爷'累了！改天吧，还请各位让一下。"不想，这几个人不但不让，反而呈扇形围了上来。牛员外一见这阵势，连忙改口说："承蒙这位朋友赏识，那就恭敬不如从命了！”

上了茶楼，分宾主落座。那大汉自称姓马，平生最爱斗蟋蟀，视如性命。牛员外把小陶罐放在桌上，马老板揭开盖子，捧着小陶罐瞅了好一阵，越看眉头皱得越紧，问：“员外，这蛐蛐儿叫什么名字？”牛员外回说：“叫小混混。”

马老板忍不住仰头哈哈大笑，笑完连说：“妙啊妙啊！确实是名副其实。”牛员外眉头一皱：“马老板有何高见？”

马老板笑说：“小弟对蛐蛐儿颇有些研究。先说蛐蛐的头，斗性完全取决于此，因此头的形状很重要。寿星头和珍珠头是上品，你的小混混算是盘珠头，属下品；其次说斗丝，斗丝细直而清晰为上品，斗丝要生得开阔，越开阔落口越重，你的小混混斗丝短而不清，生得不阔，实为下品；再说眼，眼要有光泽，黑如点漆，凸出于额角者为上品，你的小混混双眼无神，暗淡无光。看来看去，也没有看出它有什么奇特之处，个头小，其貌不扬，取名小混混，真是名副其实！”

牛员外不高兴了：“名字不响亮，个头不大，并不代表不好斗。我也玩了十几年的蛐蛐儿，这蛐蛐儿最关键是看斗牙，我的小混混是墨牙，色如乌金，黑而发亮，是上品。马老板，人不可貌相啊，你那眼光呀，可以说是武大郎放风筝——出手不高啊！”马老板受不了激，眼睛一翻道：“牛员外，斗嘴不如斗蛐蛐儿，我有几只好蛐蛐儿，你我斗一斗如何？”

牛员外一脸不屑：“就你那眼光，能有几只好蛐蛐儿？告诉你，好蛐蛐儿只要一只就够了，随你多少蛐蛐儿，我只用这只小混混出场，绝对所向披靡！”马老板气得脸也红了，站起来大声说：“此话当真？明晚在贵府一决高下如何？”牛员外双手一拍：“好！让你领教领教我这小混混的厉害！”

“一言为定！”马老板说完，转身带人走了。看着他们离去的背影，牛员外拈须微笑，默默不语。

绝 招

第二天傍晚，马老板带着十几个随从如约而至。牛员外将众人迎进大厅，八仙桌上早已摆好斗蟋蟀的大陶瓷罐。大家坐定后，马老板说：“牛员外，玩就玩个痛快，一百两白银一局如何？”牛员外不屑地说：“区区一百两何足挂齿，要我说啊，一千两黄金一局！”马老板愕然道：“要赌这么大吗？”牛员外摇摇头说：“既然马老板玩不起，那就算了。”

马老板的脸腾地红了，手往桌上一拍，大声说道：“老子走南闯北，什么大风大浪没见过！老子没有玩不起的，只是没有随身带这么多银两。”牛员外说：“马老板身上到处都是宝贝，怎么说没带银两呢？就说你腰上的那块玉佩，可是价值连城的宝贝啊。”

马老板一愣，说“好眼光！这块玉佩可是明太祖朱元璋的，举世无双，小弟花了不少精力才弄到手。那就拿它作赌注，你赢了，玉佩归你；你输了，你这座大庄园归我。”牛员外双掌一击：“好！”

马老板一回头，冲随从吩咐道：“快把‘猛张飞’带上来。”随从拿出一个精致的小陶罐，刚把盖子打开，就听见一阵急促的叫声。随从把小陶罐倾倒向大陶瓷罐，一只蟋蟀立刻跳了进去，耀武扬威地绕罐底游走。

牛员外在里屋磨蹭了一袋烟的工夫，这才拿出小陶罐，把小混混放进大陶瓷罐。马老板不无得意地说：“我这只‘猛张飞’勇猛无比，可是常胜将军。这精气神比起你的小混混，强了不止百倍！”牛员外眯着眼，不冷不热地说：“牛皮不是吹的，咱们就看结果吧。”

“猛张飞”一上场，果然勇猛无比，主动发动了进攻，小混混则是沉着冷静，边抵挡边伺机进攻，两只蟋蟀斗得难分难解。几个回合后，“猛张飞”耐力不足，进攻的速度放慢了。小混混瞅准时机，将对方的牙齿猛力钳住，继而左右快速甩头，这种方法在斗蟋蟀中称之为“荡夹”。“猛张飞”被荡得晕头转向，小混混乘机跃上对方的背部，死死咬住它的牙齿。“猛张飞”不甘被压，用后腿猛蹬罐底，企图把小混混甩下来。小混混稳住身形，拼命咬住不放，“猛张飞”的牙齿被撕裂，流出了血。

在一旁的马老板紧张地大声喊道：“使劲，甩下来，使劲……”牛员外则是观战不语，似乎胸有成竹。良久，“猛张飞”不动了，马老板用竹棍拨动“猛张飞”的身体，发现它已经死了。

先输一局，马老板心有不甘地解下玉佩，牛员外接过，连声道谢，然后转身交给管家，说：“这可是稀罕物，好好收着！”管家点头称是，捧着玉佩进了屋。

马老板“哼”了一声，显然是不服气，吩咐随从道：“把‘俏秦琼’给我拿来。”接着，又不无炫耀地说，“我这只‘俏秦琼’是安徽蛉蟀，珍珠头、铜铡刀牙，属于罕见的异品，这次你的小混混肯定有苦头吃了！”

牛员外却不理会，只是说：“且慢，我的小混混得稍事休息一下。”说着，抱着小陶罐进了里屋。

又过了一袋烟的工夫，牛员外出来了。马老板从怀里摸出一对碧玉镯子，说：“这是祖母绿，宋朝皇帝墓里挖出来的，这次以它做赌注。”牛员外接过仔细看了看，说：“果然是好玉，就依你。”

第二局开场，“俏秦琼”显得比较沉稳，双方慢慢靠近，先是牙对牙互试功力，接着又头对头争顶。马老板头上已渗出汗珠，眼睛一眨不眨地盯着两只蟋蟀，牛员外则依然一副冷静的样子。两只蟋蟀相持不下，胶着了一盏茶的工夫，小混混兵不厌诈，猛地后退，“俏秦琼”一个趔趄，小混混乘机把对方死死咬住不放，一直往后拖，这种套路称之为“留夹”。最后，“俏秦琼”不得不忍痛逃离，小混混乘胜追击，咬断了对方的后腿。

牛员外哈哈大笑：“我又赢了。”马老板气得一巴掌拍死了“俏秦琼”，还不服气，说：“我还有一只蛐蛐儿，咱们再斗一次！”牛员外点点头：“好，不过我的小混混得休息一会儿。”

等牛员外进屋后，马老板百思不得其解：斗了十几年的蛐蛐儿，今天输得真是窝囊，它一只小蛐蛐儿，哪里来的神力？居然连赢了两场，还能斗第三场。这里面莫非有蹊跷？马老板心念一动，借口上茅房，而后绕到里屋，舔破窗纸，眯眼往里一瞧，不由大吃一惊。

原来，牛员外正在给小混混喷大烟！马老板明白了，难怪小混混会精力旺盛呢。他悄然退了出来。

妙　计

第三场，马老板请出了“毒王”，说：“这是我的镇山之宝，每天用砒霜喂养，剧毒无比，只要被它咬破一丁点，就会中毒而亡。”说着，他从怀里拿出一千两银票，又从手指上取下金戒指，一起放在桌子上，“再赌最后一局，我身上所有的钱财就这些，你赢，归你；我赢，还我玉佩和玉镯就行。”牛员外点点头：“这倒也公平。”

这回，小混混一进大陶瓷罐，就显得有点不安，它似乎闻到了毒味。马老板见状，兴奋得双眼露出亮光。“毒王”频频攻击，而只要“毒王”和小混混一碰牙，小混混就将其摔出去，使之根本无法近身。这种斗法，就像一阵风从口中吹出，吹跑对方，所以称之为“吹夹”，是防守的套路。

斗了一阵子，“毒王”跳起来从后面发动进攻，小混混伸出后腿，把它踢开。虽然小混混防守得紧，但是明眼人一瞧，就知道已成败局。马老板得意极了，不禁哼起小曲，还斜眼偷看牛员外。牛员外依然面无表情，显得很平静。缠斗了半个时辰，小混混终于露出破绽，被“毒王”一口咬住，它挣扎了几下，终于中毒而死。马老板见状，猛地站起来，仰天哈哈大笑：“我赢了！终于赢了！”

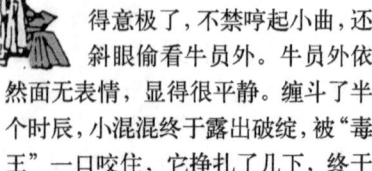

突然，里屋传来一个声音：“吴大彪，你别高兴得太早了！”马老板一愣，只见从里屋走出一人，后面跟着一群官兵。马老板惊慌失措，强作镇定，问：“谁是吴大彪？你认错人了。”那人说：“你不用演戏了，牛头山的土匪头子吴大彪，你的末日到了！”

马老板颤声问：“你是谁？”

“总督于天正！”

原来，离双河镇不远，有一个牛头山，山上的土匪头子吴大彪作恶多端，官府曾多次派人围剿，无奈牛头山易守难攻，总是让他们逍遥法外。于是，朝廷令总督于天正率兵亲剿，师爷献计智取，他早已打听到吴大彪嗜好斗蟋蟀，就定下了摆擂的计策，诱使吴大彪下山。而牛员外的庄园里，早已挖好了地道，牛员外先激吴大彪和自己斗蟋蟀，后又故意提议以玉佩为赌注，赢到玉佩后，让管家通过地道交给官兵。官兵以此为信物，化装骗进牛头山，一举歼灭了所有的土匪。至于给蟋蟀喷大烟，是师爷自己好抽几口，受此启发而来的。

望着吴大彪被官兵押走的背影，总督于天正问师爷：“你说，他现在像什么？”师爷笑眯眯地说：“像一只斗败的蛐蛐儿！”

（题图、插图：黄全昌）

· 海外故事 ·

等待，是一种信仰，它能创造奇迹！

丹尼斯的等候

□谢庆浩

推迟婚礼

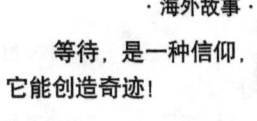

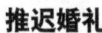

在一个叫哈利的小镇上，单身母亲珍妮独自带着12岁的儿子丹尼斯一起生活。不过，珍妮很快就要再婚了，小镇上的人举行婚礼，都习惯去风光迷人的克里斯蒂郡，珍妮也不例外，她已经在憧憬婚礼之行了。

这天，珍妮正在厨房里准备早餐，丹尼斯突然走进来，吞吞吐吐地说：“妈妈……您能不能暂时取消同迈克叔叔的婚礼？”

珍妮呆住了，好端端的，为什么要取消婚礼？丹尼斯突然“哇”的一声哭了起来，抽泣着告诉珍妮：“昨天晚上，我梦见爸爸了……爸爸说，今年一定回家……要是妈妈同迈克叔叔结了婚，偏偏爸爸又回来了，那该怎么办啊？”

原来几年前，一场突如其来的战争席卷了小镇，珍妮的丈夫亨利就是在战争中失踪的，六年过去了，始终杳无音讯。珍妮相信他已经不在人世，这才决定结束没有希望的等待，改嫁给一直默默照顾着母子俩的迈克。

想到消失在战火中的丈夫，珍妮也不禁流下了眼泪，她说：“丹尼斯，你要明白，要不是该死的战争，我和你爸爸一定会相守到老的。可是现在，你爸爸他……已经永远不会再回来了……”

“可是在梦里，爸爸还活着呀，他像以前一样用大胡子挠着我的脸，说今年一定回来，叫我等着他……”说到这里，丹尼斯看着珍妮，轻声道，“妈妈，不要忘了，人们都说，‘哈利镇上，亨利是最守诺言的男人’，说不定爸爸真的会遵守梦里的诺言，回家来呢？今年还剩下五个月的时间，我们再等爸爸五个月，他要是还没回来，你再嫁给迈克叔叔。好不好？”

看着丹尼斯恳求的目光，珍妮不忍拒绝，她抹了把泪水，点了点头。

珍妮把推迟婚礼的决定同迈克一说，迈克很大度地同意了，并决定，如果到时亨利没有回来，就把婚礼定在元旦。“元旦是新年的开始，去旧迎新哩，也算是新生活的开始吧。”迈克说。珍妮流着泪，同意了。

真情等候

接下来的日子里，丹尼斯天天站在家门口，倚着门框翘首远望，满怀期待等着爸爸回家。珍妮看了摇摇头，不知道说什么才好。

一晃一个月过去了。这天，珍妮接到通知，叫她到镇政府去开会。珍妮疑惑地去了，一头花白头发的老镇长接见了她，神情肃穆地说，政府刚得到一批被秘密处死的公民名单，请她过来看一下。说着，老镇长递过来一张纸，珍妮颤抖着手接过一看，亨利的名字赫然在目。她只觉眼前一黑，泪水不禁汹涌而出。原来亨利真的死了，尽管她早就有了心理准备，但残酷的事实一下子摆在面前，她还是一样不能控制悲伤。

老镇长拍了拍珍妮的肩膀，说：“夫人，我知道亨利先生的死令人无法接受，但还是希望您节哀顺变。生活还得继续，是不是？”珍妮抹了把泪水，点了点头。

回去的路上，珍妮没有直接回家，而是去找迈克，流着泪告诉他亨利的死讯。迈克一阵沉默，然后轻叹了口气，拥珍妮入怀。良久，珍妮抬起头来，对迈克说：“我回去就告诉丹尼斯这个消息。他爸爸已经不在人世了，再等下去还有什么意义呢？而且，我也不忍心再让你等下去……”

出人意料的是，迈克却摇摇头拒绝了。珍妮问他为什么，迈克伸手指向珍妮家的方向：“为了丹尼斯！在没有确凿消息之前，对丹尼斯来说，爸爸只是一个失踪人员，还有回来的希望。我们忍心打碎他的希望吗？就让我们守住真相，陪着他一起，继续等待亨利回家。”珍妮听完，同意了。

转眼间，新年的脚步无情地逼近

了。大雪纷飞中，“当当当”新年的钟声敲响了，五光十色的烟火照亮了夜空，可丹尼斯眼中的希望却一点一点黯淡下去，他呆呆地望着窗外，泪流满面地说“妈妈，对不起了！爸爸没有回来……”

珍妮将丹尼斯拥进怀里，颤抖着声音说：“孩子，尽管爸爸没有回来，但我相信，迈克叔叔也会像爸爸一样疼爱你的……”丹尼斯流着泪，点了点头。

回到过去

第二天天亮后，丹尼斯站在珍妮身后，呆呆地看着珍妮化妆，突然，他冒出一句：“妈妈，对不起，您能不能再推迟一下婚礼？”珍妮呆住了，为什么还要推迟婚礼？

丹尼斯吞吞吐吐地说，昨晚又梦见爸爸了，爸爸说他在去年回家的诺言依然有效。珍妮叹着气，说：“可是……新的一年都已经过去几个小时了，爸爸又怎么能够回到过去，在去年的时间里回家呢？”丹尼斯一想也是这个道理，叹了口气，不再说话了。

匆匆化好妆，珍妮给丹尼斯换上黑色礼服，还在胸前打上漂亮的领结。一会儿，迈克来了，他们就准备启程去镇上的火车站，等待开往克里斯蒂郡的火车，开始这趟婚礼之旅。

正要出门的时候，丹尼斯突然跳了起来，一把拉住珍妮的手，急切地说：“妈妈，时间可以回到过去！爸爸真的会回来的……”

珍妮和迈克都呆住了，不明白到底发生了什么事。这时，丹尼斯伸手一指窗外，说：“妈妈，您注意听外面的收音机声！”

原来，窗外飘来了邻居家的收音机声，声音很清晰，一个浑厚的男中音在说：“亲爱的听众朋友，欢迎大家收听SPW电台的新年特别节目“等待去年的一秒”。今天是元旦，我们已经迎来了新的一年，可是由于去年有‘闰秒’，也就是比往年多出一秒钟的时间，国际天文组织决定把这一秒，插进去年与今年的交接处。而由于时区的关系，我国比世界时整整差了11个小时，增加的闰秒将安排在1月1日的10点59分59秒之后，希望大家届时别忘了把您的手表拨快一秒……”

听到这里，丹尼斯恳求道：“妈妈，您和迈克叔叔举行婚礼的时间是10点半，可是10点59分59秒之后，还有去年的一秒时间没有过完。爸爸在梦里对我说，去年回家的诺言依然有效，说不定，他会在这一秒里，突然出现在我们面前呢？您知道的，爸爸就喜欢躲起来故意让我找不到，在我急得要哭的时候才突然现身。说不定……说不定今天他也躲起来了，想给我们一个惊喜呢……”

“可是，你爸爸他……已经……已经……”突然，一只手在珍妮腰上

轻掐了一下，珍妮愣了一下，回头一看，是迈克，他脸上带着笑，若无其事地说："这有什么关系呢？丹尼斯，叔叔答应你，推迟婚礼，我们一起等你爸爸回来。"

珍妮不明白，迈克为什么不让自己说明真相。这时，迈克冲她眨了眨眼睛，然后意味深长地看向了丹尼斯，顺着迈克的目光，珍妮注意到，丹尼斯眼中重又燃起了希望，脸上满是期待和兴奋的神色。她明白了，对于丹尼斯来说，希望迟一秒破裂，就能多一秒的快乐，现在距离11点还差4个多小时，迈克是想给他多几个小时的快乐时光……

一诺千金

11点的钟声响过，丹尼斯还是没有等回爸爸的身影。他失望地说："迈克叔叔，对不起！我再一次耽误了您和妈妈的婚礼。可是……爸爸为什么不遵守诺言，回家来呢？"

迈克正要好言相劝，突然外面一阵喧哗，好多人急匆匆向火车站的方向跑去，难道是发生什么事情了？迈克和珍妮忙追了出去，一问才知道，原来刚刚传来消息，开往克里斯蒂郡的列车在芭拉塔小山附近出轨了，死伤惨重。珍妮和迈克听完，面面相觑，都惊出了一身冷汗：要不是推迟婚礼的话，他们上的就是这趟车！

晚上，电视里有了对这次事故的全面报道，据专家调查后认定，事故的隐患其实早在半年前就存在，由于连年战争，交通设施检修不及时，芭拉塔小山附近的弯道铁轨耗损严重，轨道距离已经不足标准的1.2米，可这致命的隐患却一直没有人发现。也就是说，这半年来，开往克里斯蒂郡的火车，每一趟都有出轨的危险。之所以正好是这趟火车出了事，原因很简单，以前跑的火车速度慢，而新年里班次繁忙，火车拼命提速，并且铁轨上有积雪。

看到这里，珍妮瞬间泪流满面，她一把抱起丹尼斯，颤抖着声音说："孩子，你父亲是个遵守诺言的男人。他真的没有食言，已经回家了……是他回来救了我们的命呀……"

（题图、插图：佐　夫）

黄杜鹃谜案

□王奎祥

路遇冤情

这年，当朝宰相狄仁杰被皇上派去各地视察吏治。到达慈县时，正值春末夏初，狄公便与随从洪亮等在湖畔找了家客栈住下，稍作游玩，顺便微服私访一番。

有一天，狄公一行正在湖畔赏花观鱼，突然听到一阵锣鼓声，远远地，只见一顶官轿缓缓而来，等近了一瞧，原来是慈县丁县令的官轿。突然，一个女人从人群中冲了出来，双手捧着诉状，口中大喊“冤枉啊，大人！”然后“扑通”一声跪倒在地，拦住了官轿。一个衙役连忙接过诉状，递给轿内的丁县令。谁知，不一会儿，轿帘一掀，诉状被扔了出来，只听丁县令道：“你丈夫已经招供。而且事实确凿，杀人理应偿命，处秋后问斩。”衙役们随即上前，将告状的女子拖拽到了一边。

眼见官轿渐渐远去，那女子跪倒在地，痛哭不止。狄公忙上前，问道：“这位夫人，你因何事拦轿递状啊？”

那女子抬头一看，见狄公面相和善、气宇不凡，随从也是个个威风凛凛，料定非一般凡人，便如实道来：“我家住在泉水胡同，丈夫名叫赵大海，以贩茶为生。今年二月份去江南贩茶，五天前才回到家中。当天晚上，春雨绵绵，我们夫妻二人便早早睡下。天快亮的时候，我丈夫起床小解，突然发现房门大开，放在橱内的钱袋也不见了，随即喊道，‘不好，家里进贼了！’我刚要起床查看，就听见院外有人大呼，‘死人啦！死人啦！’我和丈夫出门一看，只见一个青衣男子趴在我家院外的胡同里，身上还背着一个钱袋，那钱袋正是我家丢失的！”

“哦？”狄公沉思道，“你怎知那钱袋是你家丢失的？”

赵夫人答道：“因为那上面有我绣的一个‘赵’字，所以一看便知。早起卖豆腐的吴小二发现了尸体，便报了官。原以为官府来人之后，把银两退还给我们就好了，不料他们却将我丈夫抓去衙门，说死者是他所杀。我丈夫不从，丁县令便下令严刑拷打。我丈夫吃痛不过，只得屈打成招，签字画押后，就被关入死牢，只等秋后问斩。我丈夫实在冤枉啊！”

狄公听后，不禁怒从心头起“不问青红皂白，如此审案，真是草菅人命！夫人别怕，实不相瞒，我就是当朝宰相狄仁杰，此行正是奉皇上之命微服私访，望夫人不要声张。不过，若想断明此案，还需到你家查验一番，有劳夫人带路。”

赵夫人一听，连忙磕头拜见：“贱妾拜谢狄大人！”

一行人来到赵家，只见这家院子里种满了各色名目的花草树木，在正房西窗旁边，有棵大约一人多高的花木，形如杜鹃，花开正艳。花木下有个水缸，里面存有半缸水，水面上还散落了一层花瓣。狄公看了看，问道：“这花哪里来的？”

赵夫人答道“两年前，我丈夫途经江南一处山林时，发现这花含苞待放，心下欢喜，便移来一棵栽于家中，却不知这花叫什么名字。”“这水缸又有什么用处？”赵夫人说“这缸是我丈夫年前所买，他酷爱花卉，想在缸中养株红莲。前几天春雨不断，所以缸中积了雨水。”

狄公稍作沉思道“噢，是这样。”说着，又继续察看院内其他地方。这时，洪亮发现院墙上有几个脚印，便指给狄公看，狄公微微点头，又问赵夫人：“你敢肯定死者不是你丈夫所杀？”赵夫人连连点头“我丈夫连日旅途劳顿，回家当晚倒头便睡，一觉睡到天亮。而且，他生性平和，遇事冷静，又怎会如此冲动地杀死一个盗贼？望大人明查！”

狄公点点头，道“如果死者不是你丈夫所杀，本官定会还你们一个公道！本官另有公务在身，请夫人静心等待。”

说完，狄公带着随从出了赵家，直奔县城里最有名的药房“济世堂”。洪亮不解道：“大人，您要抓药吗？”狄公笑道：“天机不可泄露！”说着，他进了药房，手拿一朵黄花，递给正在抓药的郎中：“郎中可认识此花？”郎中看了又看，连连摇头。狄公又一

连问了几家药房，竟没有一个人认识。

回到客栈，狄公让洪亮把随身携带的医书古籍拿来，翻了半天，狄公忽然“哈哈”笑道：“原来如此！洪亮啊，收拾收拾东西，咱们明天去县衙。”洪亮不明白狄公葫芦里卖的什么药，只得点头称“是”。

升堂问案

第二天，狄公一行人来到县衙。洪亮对门口的衙役喊道：“当朝宰相狄仁杰大人在此，还不快去通报！”那衙役赶紧奔入衙内。

不多会，丁县令慌慌张张来到门口，倒头便跪：“不知狄大人驾到，下官有失远迎，还望恕罪。”狄公道：“丁大人请起，本官奉命前来视察吏治，区区小事，哪敢烦劳丁大人啊！”丁县令忙道：“哪里哪里，狄大人请！”

进入府内，狄公开门见山道：“听说前几天，丁大人办了桩赵大海杀人的案子，不知办得怎么样了？”丁县令一愣，寻思这老头的消息可真够灵通的，嘴上却答道：“回大人，此案已审查清楚，案犯赵大海已经招供，现被押入死牢，只待秋后问斩。”

“哦，”狄公道，“本官进城的时候，道听途说，对此案也略知一二，不过还有几个问题弄不明白，不知这死者叫什么名字？家住哪里？以何为生？”丁县令答道：“死者名叫张宝，家住城西福祥街，是一个无业游民。”

狄公又问：“丁大人，你说是赵大海杀了张宝，这赵大海的杀人动机是什么？”丁县令道：“因赵大海常年在外经商，这张宝见赵夫人貌美，且常常独守空房，于是趁雨夜潜入赵家，欲行非礼之事。不料，赵大海已提前回到家中，撞见张宝无礼，一怒之下将其掐死！为了洗脱罪名，赵大海便将自己的钱袋放在张宝身上，将其装成盗贼的模样。”

狄公冷笑一声："那张宝的尸体现在何处？""还在停尸房中。"丁县令回答。狄公起身道："速带本官前去查验。"

经过一番仔细查验，狄公并未发现张宝身上有任何伤口，脖子上也没有掐痕，只是口中有点酒气，头发上还粘着一朵黄花。狄公转头问道："丁大人，这张宝脖子上哪来的掐痕？带犯人，升堂，本官要亲自审问。"

不一会儿，赵大海被押了上来，只见他带着枷锁，全身伤痕累累，已被折磨得不成人形。衙役一脚将他踹倒在地，呵斥道："见了狄大人，还不快快跪下！"赵大海一听竟是当朝宰相狄大人，连忙磕头如捣蒜："狄大人，张宝不是我杀的，小的冤枉啊，小的冤枉啊！"

狄公点点头，说道："从实招来，本官自会还你一个公道！赵大海，你可认识死者张宝？"赵大海连连摆手："小人并不认识张宝。不过那天，我在回家途中，曾在路边的酒馆门口见过他，当时店小二说，'哟，张宝，就两文钱也来喝酒啊？'他还看了我一眼。不曾想，第二天早上他竟死在了我家门口。"狄公又问："你那钱袋里有多少银两？""回大人，有一百多两，全是我辛辛苦苦挣来的。"

狄公想了想，又转向丁县令道："本官对此案已有新的定论。丁大人，请你现在押着赵大海，陪本官到赵家走一趟。""是，狄大人。"丁县令嘴上答应，心里却是暗自叫苦。

真相大白

在赵大海家，狄公指着胡同道："我已量过，这胡同只有三米宽，赵大海只消伸手便可轻易将张宝的尸体拖入院中，这院内花园经雨水浸泡，土质松软，雨夜埋尸岂不是易事？可他却任由尸体倒在院外，这是为何？那赵大海伪造现场用的钱袋中尚有一百多两银子，足够普通人家三五年的收入，这代价也太大了吧？还有，这赵大海若真是杀了人，为何不赶紧逃命，反而在家中酣睡，这都如何解释？"

听到这里，丁县令面色蜡黄，冷汗直下："这……这……"狄公又说："这窗前的黄花，丁大人可认识？"丁县令抬头一看，连忙摇头："下官愚笨，不识此花。"狄公又指着旁边的水缸道："丁大人，你仔细看看，这缸内水底有何物？"丁县令探头看个仔细，只见缸底有两三块碎银。

狄公接着说："这花名叫黄花杜鹃，多生于南方，所以，在北方很少有人认识。黄花杜鹃的花、叶、根均有毒，而毒性只作用于人体神经，让人有头晕目眩、四肢麻木的症状，所以，一般在死者身上发现不了中毒的痕迹。这张宝原是街头的混混，在打酒之时，遇上贩茶归来的赵大海，见

“相约世博，欢聚上海”故事征文大赛启事

2010年，全世界的目光将聚焦中国上海，上海因世博而美好，世界因上海而精彩。届时，242个国家与国际组织将赴上海世博盛会，上海将以绚丽多姿的惊世风采欢迎四海友朋、八方来宾！为此，《故事会》杂志社决定举办“相约世博，欢聚上海”故事征文大赛。征文活动截止期为10月31日。其间我们将邀请50名获奖作者来上海，亲临世博园区，浏览迷人的世博景观，领略绮丽的浦江风情。所有费用均由杂志社承担。

征稿范围：1. 具有现实感、新鲜感且可读性强的中短篇（包括超短篇）原创作品；2.故事性强、有口传性、能引起读者兴趣的推荐作品。

征稿字数：超短篇（如“幽默故事”）的字数一般在1000字以内，短篇（如“中国新传说”）的字数一般在5000字以内，中篇故事的字数一般在15000字以内。

来稿方法：1. 从邮局寄发，请在信封上注明“征文大赛”字样，本刊地址：上海市绍兴路74号《故事会》杂志社，邮编：200020。2. 从网上传递，可寄各责任编辑信箱，请在主题上注明“征文大赛”字样，本期责任编辑的信箱是：hangfan1102@126.com。

其身背鼓囊囊的钱袋，贪念顿起，想趁雨夜潜入赵家盗取银两。那晚，张宝为壮贼胆，饮酒过多，正觉口渴之时，见缸中有水，便弯腰探入缸中饮水，一些细碎银两便由背上的钱袋滑入缸中。张宝喝足水后，翻出墙外正想逃跑，不料这水中因落入太多的黄花杜鹃且浸泡多日，早已含有剧毒，酒毒相攻，所以他没走几步便倒地身亡。这张宝不思进取，不务正业，因盗而死，可谓罪有应得！”

洪亮听完，这才恍然大悟，不禁连连拍手称赞：“精彩！大人真是高明啊！”

这时，丁县令早已浑身筛糠，狄公看了他一眼，说：“丁大人，你身为黎民百姓的父母官，却严刑逼供，草菅人命，又与土匪何异？只怕你这个县令的位子快要坐不长了。本官现判赵大海无罪，就地释放，另由丁大人赔偿赵大海十两银子，作为养伤之资，也算是本官给你一个改过自新的机会！”

赵大海全家跪在狄公面前磕头谢恩，围观的百姓无不拍手叫好。

（**题图、插图**：黄全昌）

您手中有没有得意之作？本刊辟有二十多个原创性栏目，如中国新传说、我的故事、情感故事、海外故事和中篇故事等；您读到或听到什么有趣事可以和大家一起分享吗？3分钟典藏故事、外国文学故事鉴赏和快乐辞典等都是本刊推荐性栏目。热忱欢迎来稿，可从邮局寄发，也可从网上传递。邮寄地址：上海市绍兴路74号《故事会》杂志社，邮编：200020；如为电子邮件，本期责任编辑信箱：hangfan1102@126.com。

·外国文学故事鉴赏·

爱德华·霍奇是美国当代侦探小说家，自从1962年发表处女作以来，一生共发表各类侦探小说约950篇，是史上最多产的短篇侦探小说家之一。他想象力极其丰富，善于编排匠心独具的情节，在有限的篇幅内安排好伏笔，使高潮迭起、结局神秘莫测。2001年，美国推理作家协会授予他“大师”称号。本故事根据作者同名小说改编。

机关算尽

□黎义全　改编

皮特和约翰尼是两个小偷。这天，他们来到时代广场寻找猎物。时代广场有个著名的喷泉水池，旁边围了一群人，不时有人把硬币抛向池中，零零碎碎的，池底散落了不少面值一元、五元的硬币。皮特一双贼眼滴溜溜乱转，一会儿盯着行人的钱包，一会儿又向四周打探。突然，他的目光落在不远处一家珠宝店的玻璃窗上。

皮特眨了眨眼睛，计上心来，一把拉住约翰尼，然后附在他的耳边，如此这般说了几句。约翰尼一听，立刻两眼放光，他向珠宝店瞅了瞅，竖起大拇指道：“哈哈，不错！”

过了片刻，约翰尼大摇大摆地走进珠宝店，径直上了四楼钻石营业厅，当他看到玻璃窗还是半开半闭时，心里不禁哼出歌来。他走到柜台前，要了一款钻石仔细看了起来，觉得不满意，便又吩咐店员再拿出几颗钻石让他挑选。就在这时，他的同伴皮特在门口出现了。

只见皮特走得很快，突然他脚下一滑，一声惨叫，重重跌倒在地上。店内的警卫看到了，连忙过来搀扶，问道：“先生，您还好吧？”皮特爬起来拍了拍衣服，埋怨道：“这大理石地面太滑了！”警卫忙道歉说：“对不起，对不起。”皮特又喘着气说：“天那么热，为什么不开空调？能不能给我一

杯水……”说这话时，他故意上气不接下气，装出一副快昏倒的样子。这时，几个好事的店员绕过柜台，都出来看发生了什么事。只听警卫答道：“对不起，我们这儿刚停电，您喝水——”

皮特坐在地上，接过警卫递过来的水杯，喝了一口，刚动了动身子，就“哎哟、哎哟”叫了起来，说：“怎么跌得这么厉害啊，疼死我啦！”一个店员忙说：“我给你端把椅子来。”

“谢谢，谢谢！”皮特说着，偷眼看了看远处的约翰尼，正巧看到约翰尼抓起几颗钻石，神不知鬼不觉地往窗外丢去。眼见大功已经告成，皮特暗自舒了口气，然后挥挥手，说：“不用了，我还是回家休息吧，等身体好些了，再来这里光顾。”说着，他慢慢爬起来，一瘸一拐向楼下走去……

皮特一离开珠宝店，马上就像换了个人似的，疾步如飞地向喷泉走去。喷泉的池子很大，透过涟漪起伏的池水，他隐隐约约地看到不少的硬币，可就是看不到一颗钻石。

不过，皮特并不感到失望。这正是计划的高明之处，原来，珠宝店四楼窗子的正下方就是广场喷泉。池子很大，如果从四楼抛下来一样东西，基本上不会落到外面；而且，喷泉一直在喷水，溅得四处都是，谁也看不到池里居然有钻石！皮特和约翰尼约好了，晚上就把钻石捞出来……

按照事先约定，皮特来到一家酒吧等约翰尼。过了很大一会儿，约翰尼才姗姗来迟。皮特有点担心地问：“怎么拖了这么长时间？”

约翰尼嘿嘿一笑，把珠宝店的事回顾了一下：说皮特走后，他们发现三颗钻石不翼而飞了，钻石店顿时乱成了一锅粥。其中嫌疑最大的就是约翰尼和其他三位离钻石最近的顾客，因为停电，摄像头停止了工作，警卫只好对他们进行搜身、盘问。约翰尼却一点也不慌张，他狡辩说：“我确实要了那盘钻石来，可后来大厅里发生了混乱，我跟其他人就一道过去看热闹，我也不知道钻石是怎么不见的。”后来，警卫把四个“嫌疑犯”带去照X光透视，确定没人把钻石吞进肚里

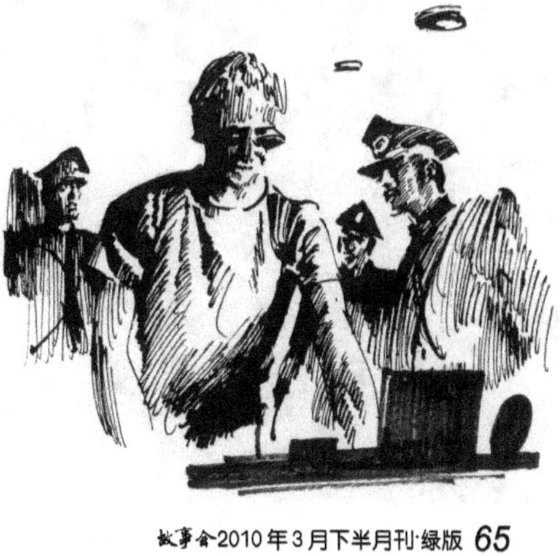

去，最后他们先放约翰尼走了……

说到这里，约翰尼又补充道：“我运气好，出来的还算快。另外三位可倒了大霉：有两位表现可疑，还有一个家伙偷过车、有被捕记录。那些笨蛋警察，他们以为偷过车的人一定也会偷钻石。”约翰尼举起酒杯，笑嘻嘻地又说，“哥们儿，今晚我们就去把钻石捞出来。”

电台、电视台很快就播出了这次钻石失踪案。据报道，丢失的钻石有三颗，价值不菲。但目前警方没有任何线索，案件正在调查中。皮特听了，心里乐开了花，约翰尼没说假话，水池里一共有三颗钻石！

午夜时分，两人来到广场，皮特突然打了个寒噤，感觉不妙，就对约翰尼说：“咱们还是明天晚上动手吧，这帮警察很狡猾，说不定此刻就在四周监视。反正，钻石在那儿也丢不了。”约翰尼想想有道理，也就点头同意了。

第二天夜晚，两人又来到喷泉水池。一直等到凌晨三点，喷泉关闭了，水面恢复了平静，他们才穿上雨靴，带着手电筒，趟下了水池。真不错，一会儿居然就找到了两颗钻石，只是这第三颗钻石，却怎么也找不到。皮特说：“算了，我们走吧。”约翰尼却很坚持：“不，我们再找找。”

两人正在水池中搜寻。突然，一道强烈的聚光灯照在他们身上，只听有人大声喊道：“站在那儿别动！我们是警察。”

“该死！”约翰尼扔掉手电筒就要跑，说时迟那时快，已有两个警察冲了过来，其中一个拔出枪来，喝令他不要动，约翰尼跑了几步便乖乖停了下来。皮特这时也跌跌撞撞爬出水池，惊魂未定地说：“你逮住我们啦，老总。”

拿枪的警察咆哮道：“你说得对，我总算逮住你们啦！池子里的硬币每个月会清理一次，然后捐给慈善事业。你们竟然连这个钱都偷！我希望法官判你们入狱九十九天。好了，现在全趴在地上，我们要搜身！”

（**题图**、**插图**：佐　夫）

（本栏目欢迎来稿。来稿可从邮局寄发，也可从网上传递。如为电子邮件，请发以下信箱：hangfan1102@126.com）

公交车里的尴尬事

@ **虎虎生威** 这天，下了好大的雨，不过车很快就来了。我跳上车一看，真是好运，居然有个空位，而且还是靠窗的好位子哦。“哎呀，屁股怎么凉凉的，该死，哪个没关窗户！”下车的时候，我只好拿公文包遮住屁股上的水渍，幸亏包足够大……

@ **书生不惑** 经过一轮贴身“肉搏”，我终于才上了车，屁股后面还跟着一大群人。可一掏钱包，糟糕，没带钱，无奈眼睁睁看着空位被人一个个地霸占了。这时，司机瞪了我一眼，我只好在众目睽睽下翻遍了身上的每个口袋。唉，只找到8毛钱！

@ **孔子说我说得对** 我缓缓地站起来，把位子让给了在旁边守了三站之久的乘客，然后走到车的后门，手扶栏杆，整理了一下衣服，只等着下车。“咦，怎么今天不停了？”我正在纳闷，突然看到车门的顶部贴了张通告：从某年某月某日起，本线路撤销某某站，不便之处敬请谅解！

@ **寂寞趴趴熊** 这天，我穿着新买的衣服出了门。上车时，我潇洒地向司机扬扬月票，然后一步三扭地走向座位。谁知，突然听到司机那沙哑的嗓门：“喂，小姐，你那个不是月票！”一看，原来手里拿的是单位的出入证。

@ **忘忧草** 我是一个小学老师。这天，我和男朋友在公交车上互相依偎，窃窃私语。一路上，我们兴奋地聊着将来的生活，甚至开始给孩子起名字。谈得正兴起，忽然从后排的座位上站起来一男一女两个学生，走到我的跟前，说：“老师好！”

@ **八四消毒水** 车一到站，上来了一个身穿宽松衣裳、腹部微微隆起的女青年。我毫不犹豫地站了起来，微笑着说：“您过来这边坐吧。”“哦，不用了，谢谢！”“不行，您怀孕了，站着不安全。”“谁怀孕了！你什么意思？”我一愣，仔细看了一下这才发现，原来那隆起的只是一圈肥肉啊！

（**作者**：小　卫；**推荐者**：滕建坤）

征稿启事：你有什么有趣的经历要和大家分享吗？你有什么新鲜的话题想和大家交流吗？《故事会》（绿版下半月刊）将开辟新栏目“微博故事”，征集同一主题下的新鲜事、有趣事、好玩事。如果你身边有“料”，赶紧把它写成200字以内的小故事寄给我们。一经刊用，即致稿酬。栏目专设投稿邮箱：gshweibo@126.com，凡已和我刊编辑有联系的作者，稿件可继续投给原编辑。

·中篇故事·

三桩离奇的命案现场都留下了一粒玻璃纽扣，是巧合，还是阴谋？一个触目惊心的真相慢慢浮出水面……

惊心的扣扣结

□王应良

1.年年买年年偷

兰溪镇派出所所长刘晚，今年四十来岁，他遇事沉着冷静，对侦破工作很有一套。这天，他正在办公室里津津有味地看晚报上的一则新闻，上面刊登了今年全市高考文理科状元的消息。突然，他接到石头嘴村村长石大全打来的电话，说他们泵站的电动机又被盗了。

刘晚听完，浓眉一皱，说了句：“你一定要保护好现场！我们马上就来。”说罢，他带着侦查员小木，跨上摩托车，直奔石头嘴村而去。

这石头嘴村，临近长江边上的策湖，地肥水美，适合种植水稻。村里为了便于农田排灌，便在策湖旁边修了一个抽水泵站。可是接连三年，一到农忙季节，泵站的电动机就被小偷偷走。那真是：年年买，年年偷！

刘晚和小木很快就赶到石头嘴村。简单说了几句后，村长石大全就把他们带去策湖泵站看现场。可是这一看，气得刘晚吹胡子瞪眼睛，原来现场已经被人全部破坏了，就连泵站被小偷撬开的大铁锁，也丢进了策湖里。

刘晚没好气地说：“石村长，我跟你说了，要保护好现场，保护好现场！你看看，这现场被破坏得这么厉害，你让我们上哪儿找犯罪嫌疑人去？”石村长支吾着说，等他打完电话回来，村民们已经把现场搞乱了。

显然，刘晚他们已经无法从现场获得破案的蛛丝马迹，只能另寻突破口了。经过仔细分析，刘晚突然想到：这个小偷为什么总是选择在村里急需用电动机之时偷呢？

刘晚认为：一、这小偷十分清楚村里的情况。他知道这时候农田都等着灌溉呢，少了电动机，村里肯定要想办法尽快去买新的；二、往往这个时候，大家都忙着，会把这种失窃的事暂时放在一边；三、这个小偷眼下急需一笔钱，便打起了电动机的主意。但他又觉得奇怪：难道三年来，每到这个时候小偷就需要用钱？想到这里，刘晚便回头问石大全："对了，你们村谁家一到这个时候，总是最缺钱用？"

石大全想了一下，突然叫起来："没错，肯定是陈三！"原来，村民陈三的儿子正在读高中，这三年来，一到这时候，陈三就像狗婆子淹死了儿，急得到处向人借钱给儿子上学。今年，陈三的儿子刚刚参加了高考，大学几千块钱的学费，简直快要把他逼疯了。最近几天，陈三连农活儿也不管了，每天早出晚归的，就是给儿子筹学费。

刘晚朝小木看了一眼，说："高中三年，是要不少学费啊！走，我们去陈三家看看。"

陈三家住在村东头，两间破旧土砖房，大门敞开着。石大全站在门口，喊了两声，没人答应，便和刘晚一起走了进去。陈三家一眼就望对穿，显然这里是无法藏住一台电动机的。小木正想往里查看，却和一个人撞了个满怀。小木忙问："你是陈三吧？"从里屋出来的，原来是个少年，他望着刘晚等人，问："你们找我爸吗？"

石大全一见，忙上前问："状元，你爸哩？"

这个叫"状元"的少年说："我爸去借钱了，还没回来。你们坐吧，我去倒水。"

趁着少年去倒水时，刘晚问石大全："这孩子咋叫这个名字？"石大全忙介绍说，这孩子叫陈志和，现在大家都叫他"状元"，因为他是今年全市的高考理科状元。刘晚一听，心说：原来全市理科状元是陈三的儿子！于是，他向这孩子投去了欣赏的目光，只见这孩子长得眉清目秀，举止斯文。等他把茶水端过来时，刘晚还激动地说："我早上还看到晚报上刊登了你的新闻哩，不错，真不错！"陈志和只是腼腆地笑笑，没有说话。

就在这时，陈三从外面回来了。刘晚不动声色地朝他打量了一下，发现此人是个五短身材的猥琐汉子，敞开的衣服里，竟然也时髦地戴着一个饰品。刘晚定睛一看，心里不免好笑，原来陈三戴的是一粒不值钱的玻璃组扣。

刘晚不想让陈志和知道他们的来意，便把陈三叫到门外，问他昨晚去了哪儿，干了些什么，刚才出去又是干什么？陈三一边抹着头上的汗水，一边一一作了回答。石大全上前直截了当地说："陈三，你要是偷了电动机，就趁早承认，刘所长会从轻处分你的。"陈三一听，紧张得连忙摇头，结结巴巴地说："我……我没有……"

"什么没有没有！"石大全大喝一声，"全村的人都知道你家状元上大学要钱。你说，村里最值得怀疑的人，除了你，还有谁？"

陈三用充血的眼睛，瞪着石大全，结巴了半天，最后极力分辩道："我……没偷……你不要血口喷人，兔子急了也要咬人……"

刘晚见陈三的儿子陈志和在向这边张望，不知为什么，心里特别怕伤害这个少年，便连忙对陈三说，这只是一般性的调查，并不是就怀疑他。告别陈三后，刘晚对石大全说："在没有确切的证据前，我们是不能随便下结论的！"接着，他吩咐小木对村里另外几个怀疑对象进行排查，自己则骑着摩托车走了。

2. 石灰窑里沉尸

第二天一大早，刘晚匆匆从县城赶了回来。还没听完小木的汇报，就接到石大全的弟弟石大明的电话，说他哥哥石大全死在了一个废弃的石灰窑里！

刘晚大吃一惊，连忙打电话向县公安局作了汇报，然后就带着小木匆匆赶到出事现场。这是一个很普通的石灰窑，是去年村里改建办公楼时掘的，就在村部办公楼的下边，约有三十平米宽，七八米深，前几天下雨，已经积了半窑雨水。石大全的尸体已经被人捞了上来，放在一旁的一张凉席上，刘晚和小木仔细地察看了尸体，没有发现外伤，看样子像是不小心失足溺水而亡。

这时，小木发现石大全身上有些红斑，如果是失足溺水而亡，说明死者生前半个小时还喝过烈性白酒！一问，这个石大全果然嗜酒，而且早上一起

床就要喝酒，往往一喝就控制不住自己。今天早上也不例外，他喝了半斤白酒后，就骑着摩托车去了村部，却一直没有回来，还是放牛的孩子发现石灰窑里浮着个东西，好奇地跑去一看，才发现是具尸体。

很快，县局刑侦大队来了人，法医对石大全的尸体进行了解剖，经取样化验，结论却是：死者身上无打斗痕迹，初步断定系酒后溺水，意外死亡。可刘晚却对这个结论有些怀疑：石大全每天都喝酒，每天喝了酒就骑摩托去村部上班，每天都从这石灰窑经过，怎么会轻易掉下去淹死呢？

刘晚不由有一种不祥的预感，觉得石大全的死，与泵站电动机失窃案有某种关联。于是，他带着小木再次来到石大全出事的石灰窑旁，正碰上石大明在给他哥哥烧纸钱。刘晚便走上前，一边和石大明说着闲话，一边仔细地察看。

就在这时，小木忽然发现石灰窑一旁的草丛中，有个东西在发光，过去捡起来一看，竟然是一粒玻璃纽扣。

石大明一见这纽扣，不禁冲口而出："这……这不是陈三的扣子？"接着又说，村里人人都知道，也不知从什么时候起，陈三脖子里就挂着一粒玻璃纽扣，有人问陈三，他却笑而不答，挺神秘的。石大明气愤地说："这个该死的陈三，一定是他挟嫌报复杀人！"

小木一听，皱了皱眉头，看着刘晚说："难道陈三为了一台电动机就杀人，犯得着吗？"刘晚则十分肯定地说："偷电动机的另有其人，不是陈三！"刘晚为啥这么肯定呢？

原来，昨天刘晚从石头嘴村回去后，就直接去了县城。他认为既然石头嘴村每年被偷的电动机都是刚买的，估计小偷不会当废品卖掉，一定是卖给了农机销售商店。于是，他走访了县城里所有的销售网点，结果却让人大为惊诧，不仅这些商户没有收购来历不明的电动机，而且他们查了近几年的销售记录，根本没有卖过一台电动机给石头嘴村。那么，石大全每年买的电动机是从哪里来的？这说明：一种可能是，石大全监守自盗，谎报窃案；另一种可能是，石大全与小偷串通，让小偷先偷了电动机，然后再从小偷手里买回来。刘晚这么想着，便转身直视着石大明，问道："如果说陈三是杀人犯，那肯定不仅仅因为石村长诬赖他偷电动机，你这么肯定是他，难道他们之间还有什么天大的仇恨不成？"

石大明躲闪着刘晚的眼光，低下头，叹了一口气，很不情愿地说，他哥哥石大全生前，曾和陈三的老婆偷偷相好，两个人明铺暗盖十几年。陈三那个老婆，天生水性杨花，听说和村里不少男人相好过。陈三对这事，也是睁一只眼闭一只眼，唯独对石大全，他总是耿耿于怀。就在昨天晚上，当他得知老婆偷偷跑去村部和石大全相会，便气冲冲地拿着锄头，扬言要一锄头砸死石大全……

刘晚听了，默默地接过小木手中的玻璃纽扣，看了看，这是一粒再普通不过的玻璃纽扣，银灰色，圆形，四只眼，上面系着一条小红绳子，显然是为了方便挂在脖子上。此时，红绳子断了，从留在上面的纤维看，绳子是被人用力拉断的。

刘晚想到昨天，石大全一口咬定陈三偷电动机时的情景，看得出陈三已经到了忍无可忍的地步，难道这个老实巴交的农民，真的会报复杀人吗？这么一想，他把纽扣用塑料袋装好，交给小木，说："走，到陈三家里去。"石大明一听，放下手中的纸钱，站起身说："我也跟你们一起去。"

当他们再次来到陈三家，陈三正好在家。儿子陈志和正在牛栏里给一头黄牯牛喂草，见到刘晚来了，很客气地打了一声招呼。陈三好像挺怕儿子知道什么，忙从屋里出来，对刘晚小声说："我们到路边说去。"来到路边，陈三面对着刘晚，急得像要哭出来："刘所长，我对天发誓，我真没有偷泵站的电动机！"

刘晚说："我不问这个。我想让你看样东西。"说着，向小木使了一个眼色，小木便把那粒玻璃纽扣掏了出来，递到陈三面前问："陈三，这个东西你见过吗？"石大明也在一边说："陈三，我看你还有什么话说？"

陈三见到纽扣，先是一惊，慌忙把手伸向自己的脖子里摸索起来，很快，脸上露出一丝宽慰，他从脖子里拽出根红丝线，指着上面的玻璃纽扣，对刘晚说："刘所长，我的扣子还在哩！"

小木上前仔细一对比，陈三脖子上的玻璃纽扣，和自己手中的玻璃纽扣竟然一模一样！

刘晚回过头问石大明："你们村

里除了陈三，谁还戴过这种纽扣？”石大明摇着头说：“没见别人戴过。”

刘晚又追问陈三：“那你能告诉我，你为什么要戴这粒玻璃纽扣？这是谁送给你的？”陈三愣了一下，然后挺神秘地笑了一下，说：“菩萨！”

原来几年前，陈三的儿子志和考取了县一中，他便带着儿子到大王庙里烧香许愿，祈求菩萨保佑儿子学业有成，将来能够考一个好大学。当他跪在菩萨面前磕了三个响头之后，一抬头，惊奇地发现神龛上竟然出现一粒亮晶晶的纽扣。陈三摸遍全身，发现不是自己身上掉的，便拿起纽扣，心想：这大概就是菩萨准了他的愿，送给他的信物？于是，他拿回家找了一根红丝线穿起来，像宝贝一样一直戴在脖子上。

刘晚听完了陈三的话，不置可否地笑了笑，突然盯着陈三的脖子，出其不意地问：“陈三，你的脖子是怎么回事？是谁抓伤的？”

陈三一听，脸就红了，低着头，吞吞吐吐地说：“是我老婆。今天早上，为了孩子上学差点钱，她说我没用，我顶了一句，她就……”

“你老婆现在在哪里？”

“一大早，她就回山里的娘家去了，说是找孩子的舅公借点钱。”说着，陈三突然上前，一把抓住刘晚的手，急得面红脖子粗地说，“刘所长，你不会……真的怀疑是我杀了石大全吧？”

刘晚把手抽了出来，安抚地拍了一下陈三的臂膀，说：“我们只是问问，放心吧，我们公安不会随便冤枉一个好人，也决不会放过一个坏人！”说着，他笑眯眯地与陈三的儿子陈志和打了一声招呼，就带着小木离开了。

3.牛栏里的狂舞

从陈三家里出来，小木不解地问：“所长，陈三的作案嫌疑还是很大的，我们就这样放过他？”

刘晚回过头看了一眼小木，边走边说：“不错，陈三的确有作案的动机和嫌疑，但我们现在还没有充分的证据，不能打草惊蛇。你刚才看见没有，陈三的颈部有抓痕，我现在就去县局法医科，看石大全尸体的指甲缝里有没有皮屑，如果有，就作一个DNA。”说着，他挑起手指，亮给小木看，“这是我刚才拍陈三时，顺手拈了他一根头发，如果DNA鉴定是一样的，说明陈三就是凶手；如果不是，我还得把这粒纽扣送到省厅技术处检验，看看能不能从中找到点线索。”接着，刘晚吩咐小木就住在石大明家里，随时监视陈三，等陈三的老婆一回来，马上通知他。刘晚说，陈三和石大全的矛盾都是因她而起，她是此案的关键人物。

接着，刘晚急匆匆地赶到县局，

法医说他已检查过石大全的指甲缝，只有石灰，没有皮屑。还说，人指甲缝里的脏物，如果不是有意剔除，是不会被水冲掉的。由此断定，陈三身上的抓痕，不是石大全抓的。县局刑侦大队的人听说刘晚还在查这个案子，都笑他没事找事，这案子显然是意外死亡。但刘晚仍觉得有蹊跷，于是，他又马不停蹄地赶往省城。省厅技术处检查了纽扣后，结论是：这是一种十几年前生产的普通纽扣，多用于衬衣，材质是有机玻璃。虽然现在市场上没有销售，但在农村人的破旧衣物上还是能找到的。

刘晚从省厅出来，望着手中的技术报告，心想：看来从纽扣上是找不出有价值的线索了。但他又觉得陈三为什么就在石大全出事的那天早上，与老婆打架呢？这是巧合，还是有关联？他觉得现在唯一的线索，就是尽快找到陈三的老婆。

这时，小木打来电话说，陈三的老婆回村了。刘晚一听，兴奋地关照小木一定要看住她，在自己没回来之前，千万不要惊动她。然而，就在刘晚风尘仆仆地赶往陈三家的路上，小木焦急地打来电话说："又出事了！"

刘晚赶到村里，就听到从陈三家里传来了号哭声，他和小木赶过去一看，顿时惊呆了：只见陈三的老婆竟然在自家的牛栏里，被凶残的黄牯牛给活活顶死了！

此时，陈三和儿子陈志和正坐在女人的尸体边，号啕大哭。

见刘晚他们来了，陈三忙止住哭声，对刘晚说：他女人昨晚带了儿子上大学的钱回家，还给他们父子俩做了晚饭。今天早上，陈三扛着锄头去地里，可没过一会儿，儿子突然跑来喊他，说他妈去牛栏牵黄牯牛喝水时，黄牯牛突然用角顶她……

等陈三赶回来时，只见那头发疯的黄牯牛瞪着血红的眼睛，像抛彩球似的，把他女人从牛栏这边抛向那边。陈三不顾一切地拿着锄头，冲进牛栏拚命去打黄牯牛。可黄牯牛像个正在耍把戏的小丑，玩在兴

头上，根本不理陈三的敲打，照旧用它两只坚硬的角，尽情地在牛栏里挥舞。闻讯赶来的村民也不敢贸然上前，最后，只好找来一杆火铳，才把疯牛撂倒。可此时，陈三的老婆已经被牛角顶得肠穿肚破，血肉模糊，早已断气了……

在农村，黄牯牛伤人的事件时有发生，但把人顶死却没见过。刘晚朝已经倒毙在地的黄牯牛看了一眼，见它一双血红的眼睛仍瞪着，脖子上的伤口还汩汩往外冒着血泡，空气里弥漫着一股浓烈的血腥味。刘晚立即让小木给县局刑侦队打电话，让他们派法医来检查一下，看是不是有人在黄牯牛身上做了手脚。交代完这些，刘晚和小木便开始走访现场的村民，大家都说，这头黄牯牛当时简直就是疯了。

这时，有个村妇见陈三伏在老婆身上号哭，又扫了一眼陈志和，然后撇撇嘴，对身旁的人咕哝了一句："真是报应！生了这么好的儿子，她哪管过一天？遇上陈三这个老实人，替她把儿子养得这么好！"

刘晚一听，不明白地问："这是什么话，这儿子不是陈三的？"

村妇犹豫了一下，就压着嗓子诡秘地说："陈三早就废了，这在村里是公开的秘密。这女人相好的男人多了，她自己怕也不知道这儿子是谁的！"

刘晚正想继续追问。这时，刑侦人员和法医坐车赶来了。他们取了黄牯牛的血液和女人的尸体样本，又嘱咐刘晚保护现场，就返回局里做化验去了。

待刑警们一走，刘晚清走了闲杂人等，搬了一条板凳，挨着悲痛欲绝的陈三父子俩坐下，想宽慰他们几句。这时，只见陈三站了起来，踉跄着走进屋里，打了一盆热水，拿了一条毛巾，一边老泪纵横，一边爱怜地给老婆擦洗满身的血污。当他拨开老婆握紧的拳头时，一个小东西滚落了下来，刘晚捡起来一看，不禁大吃一惊，竟然又是一粒玻璃纽扣！刘晚又特意抬头看了一眼陈三，见他脖子上挂着的那粒纽扣依然还在。

刘晚起身，把小木叫到了一边，把手中的纽扣悄悄给他看了。小木惊讶地差点叫出声来，刘晚连忙示意他打住，小声道："这女人手里怎么会有纽扣？是有人特意塞进去的，还是她在死前抓在手里的？她是不是想向我们提示什么？"

小木说："一定是陈三！所长，不要再犹豫了，我们现在就去抓他。"

刘晚摇了摇头，说："不！如果石大全的死和陈三老婆的死是蓄意谋杀案，那我现在就可以断定，杀人凶手肯定不是陈三，而是另有其人！这个人非常狡猾，他利用一样的纽扣，左右我们的视线，引向陈三。而且，这个人一直在背后关注我们的行动。当我查出电动机不是陈三所盗，准备查证石大全时，石大全死了；当我们准备找陈三老婆时，她也出了意外，接二连三地出意外，我看就不是意外！”

小木担心地说：“那我们下一步怎么办？要是这次化验结果还是一个意外，我们还是不能立案啊！”

刘晚点了点头，说：“我有种预感，八成还是一个意外。”

果然，下午传来了化验结果，从黄牯牛的血液里没有发现异常现象，县刑侦队的结论还是四个字：意外事故。听到这个结果，小木气得就要骂娘。刘晚也摇摇头，只好让陈三替女人收尸入殓。

4.策湖里的冤魂

回到派出所，刘晚脑子里是一团乱麻，石大全那被石灰水浸泡得满身浮肿的情景，陈三老婆血肉模糊的惨象，还有陈三胸口挂着的纽扣，在脑子里交替闪现，搅得他彻夜难眠。

第二天，刘晚坐在办公室里，把小木在石灰窑边发现的玻璃纽扣，和陈三女人握在手中的玻璃纽扣，反复进行对比，揣摩了一个上午。石灰窑边的玻璃纽扣，表面较为光滑，而陈三女人手中握着的这粒，表层已经出现了不规则的磨损，显然，这两粒纽扣，都是从一件旧衣服上摘下来的。

刘晚忽然想到了什么，回过头问小木：“小木，你身上的衣服，一般有几粒扣子？”

小木低头数了一下，说：“有七粒。”刘晚也低头把自己身上的纽扣数了一下，却只有五粒。他想起自己的这件衣服，是老婆亲自做的。小木不明白地问：“所长，你问这个干什么？”

刘晚又问：“那你看看身上哪粒纽扣磨损得最厉害？”小木看了一下，是胸口下面的一粒。刘晚也低头看了自己的纽扣，是第三粒，而最没有磨损的，是最下面一粒。

“不知陈三的那粒纽扣，是个什么样的状况？”刘晚说着站了起来，突然他意识到什么，说，“不好，陈三有危险！”

“为什么？”

“你看，石大全和陈三老婆的死，都与玻璃纽扣有关。而陈三也是戴着玻璃纽扣的人，他有可能是凶手下一个要杀害的对象！”刘晚说着，急匆匆出了办公室，“快！我们马上去石头嘴村！”

当刘晚和小木赶到石头嘴村时，天色已经不早了。二人马不停蹄，直接来到陈三家里，见门锁着，便向陈三的邻居打听。邻居说，陈三的儿子陈志和明天就要去上大学了，吃过中饭后，陈三就带着儿子去策湖钓鱼去了，说是明天给儿子做点好吃的送

行。

“走，快去策湖看看。”刘晚和小木快步向策湖岸边找去，他们刚走出村口，就见陈志和提着一只塑料桶，背着一根竹竿，从湖边回来。刘晚忙拦住他问：“志和，你爸爸呢？”

陈志和回头指着远处一所孤零零的小房子，说：“我爸说泵站下面水深，那里鱼又多又大，他到那里钓鱼去了，叫我先回家做晚饭。”刘晚一听，心里的一块石头总算落了下来，他爱怜地摸了摸陈志和的头，就带着小木朝着泵站走去。

可等他们来到泵站下面，只发现一根鱼竿丢在水里，却不见陈三的踪影。刘晚大喊了两声，没有回音。他们分头沿着岸边找了十几分钟，还是不见陈三。这时，刘晚心里又浮起了一种不祥之感，他连忙又赶到泵站下面，仔细地检查一遍，赫然发现一根接入泵站的电线掉入了水中。他心里大叫一声：不好，又来晚了！

刘晚连忙从泵站里找来一根干木头，将电线从水中挑了起来，同时叫小木赶快回村，通知村里会水的人迅速前来打捞。可此时已经晚了，等把陈三打捞上来，已是腹胀如鼓，气息全无。没想到的是，与他同时打捞上来的，竟然是那台失窃的电动机。原来，电动机并没被贼偷走，而是被人推入离泵站不足十米的湖水中。

刘晚知道，他不用看尸检报告就明白，这是因为泵站的电动机被人弄走之后，没有切断连接电源，电线在风或其他原因作用下，掉入了水中，陈三因湖水导电，不小心触电落入水中，溺水而亡。但这是命案，刘晚仍照例通知了县刑侦大队。

果然不出所料，县刑侦大队查验后认为，这又是一起意外事故。小木听到结果，再也忍不住了，愤怒地骂道：“这帮刑警怎么回事儿？一个意外接一个意外，世上哪有这么多意外？”

刘晚痛苦地闭上眼睛，摇着头说：“他们没错，是我们错了！我们一开始就先入为主，盯上了纽扣。这纽扣其实正如省厅的鉴定所说，它

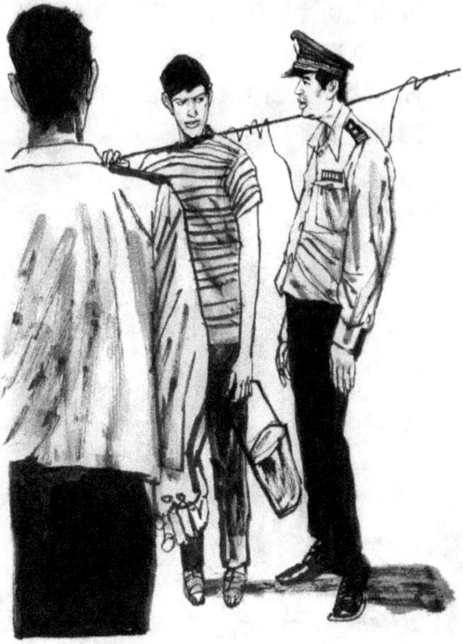

只是一种普通的有机玻璃扣，在农村多见。它的屡屡出现，也许是巧合，也许意味着……我们现在还不知道的东西！”

说着，刘晚看了一眼正伏在父亲身上号啕大哭的陈志和，长叹一声说：“唉……这孩子真可怜，不到两天，父母双亡，孤苦伶仃，这也是命！小木，你先回派出所，我想留下来陪陪这孩子，帮他把父亲葬了，明天也好送他去北京上学。”

这天夜里，刘晚就住在陈志和那破落的小屋里。第二天，刘晚和村民们一道把陈三送上山，与他老婆一起合葬。办完丧事，刘晚就帮陈志和简单收拾了一下行李，催促他上路。看着陈志和背起行李，头也不回地走出门，刘晚在他身后喊了一声：“志和，你为什么不把门锁上？难道你再也不想回这个家？”

陈志和一听，顿时泪流满面，他停了下来，却没有回头，只是哽咽着说：“我还有家吗？”

前来送行的乡亲们听了，一个个禁不住哭声一片。几个村妇走过来，抱住他说：“儿啊！你咋这样说，我们都是你的亲人啊。”陈志和擦了擦眼泪，笑了笑，就大踏步地走了。刘晚一直把他送上策湖的渡船，才对他说：“志和，叔叔只能把你送到这里。你将来的前程不可限量，可今后的路只能靠你自己把握……”

5.作案人的陈述

在市火车站大厅里，当陈志和拿着票准备检票进站时，刘晚突然出现在他的面前。陈志和一见刘晚，就默默地跟在他的身后，走出候车大厅，来到车站旁边的一个咖啡店。刘晚给他点了一杯咖啡，静静地看着他。陈志和脸色苍白，低头喝了一口咖啡，才抬起头来说：“叔叔，我知道昨天我父亲一死，你就知道是我了！可你既然已经决定放过我，为什么又要反悔？”

刘晚没有回答，而是咬着牙，低声问：“为什么……你为什么要这样做？”

陈志和也没正面

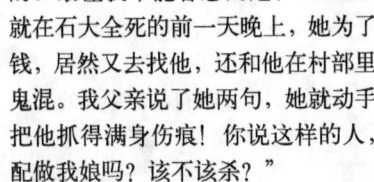

回答，而是神秘地问："你知道电动机是谁偷的吗？"

"石大全！"

陈志和有点诧异地看着刘晚，说："哦！原来你知道……"其实，这几年，石头嘴村的电动机根本没人偷过，而是被石大全偷偷地推进水里，再偷偷地捞起来，刷上新油漆，谎称是新买的，以骗取村里的公款。而这事恰巧被陈三发现了，没想到石大全恶人先告状，竟然带着刘晚上门来诬陷陈三。

刘晚问："你就因为这个要杀害石大全？难道你不知道他……他是你的亲生父亲？"

陈志和一听，脸色一变，眼睛里充满了仇恨，他狠狠地说："我知道！我是从村里人的眼光里知道的。从我知道的那一天起，我就下定决心，要杀了他！是他让我从小就生活在屈辱之中，让我抬不起头来。嘿嘿！其实，要杀他很容易。他是一个酒鬼，那天早上，他醉醺醺地骑着摩托车上村部，我只是站在村部的大楼上，手里拿着一面镜子，迎着太阳往他眼睛上一晃，他就'扑通'一声掉进石灰窑里，再也没有爬起来。"

刘晚叹了口气，又转过话问："就算你恨石大全，你要杀了他，可你为什么连你的亲娘也杀害呢？"

"她不配做我的娘！"陈志和愤怒道，"她生性风流。从我懂事起，不管我如何求她，她从不听我的。最让我不能容忍的是，就在石大全死的前一天晚上，她为了钱，居然又去找他，还和他在村部里鬼混。我父亲说了她两句，她就动手把他抓得满身伤痕！你说这样的人，配做我娘吗？该不该杀？"

"所以……那头黄牯牛是你做的手脚？"

"是的！我在一本书中看过，如果把一枚绣花针从人的脑后刺入中枢神经，人就会变得疯狂。我想人畜同理，那天早上，我就试了一下，哈哈，果然不假！"

陈志和说到这里，一脸得意，眼里满是疯狂，刘晚看着他，摇头叹息道："就算你的母亲该死，你的父亲总是无辜的吧？他明知你不是他的亲生儿子，还那么爱你，你怎么下得了手？"

陈志和一听，掩面恸哭起来，他泣不成声地说："我本不想杀他，可我要永远离开这个让我痛恨的地方了，我不想把他一个人留在这里，所以……就把他送到天堂去，送到一个没有人欺负他的天堂去！他这一生，受够了人间的痛苦和凌辱，我是爱他的……"

刘晚强忍住愤怒，不解地问："我还是不明白，你为什么杀了人之后，还要留下一粒纽扣？"

听刘晚这么问，陈志和脸上突然

露出天真的表情，破涕为笑了：“叔叔，你看没看过一本非洲寓言，叫做《扣扣结》？说的是每个私生子的一生，都有一个‘扣扣结’，应验在自己出生后的第一件衬衣上。”陈志和说，“领口下的这粒纽扣，叫‘命运扣’。一个人身上，不管哪粒纽扣掉了，千万别掉了这粒，否则他将一生命运多舛；第二粒纽扣叫‘仇恨扣’，第三粒叫‘耻辱扣’，第四粒叫‘怜悯扣’。这三粒纽扣代表三种厄运，如果哪一粒还在，就表明那一种厄运将会伴随这个私生子一生。”陈志和说，他试着去问他的母亲，找到了那件他刚出生时穿的第一件衬衣，果然，上面只有四粒纽扣。于是，他就剪下了这四粒纽扣。

刘晚问：“陈三戴着那粒玻璃纽扣，是你送给他的？”

陈志和说：“是的。有一天，他带我去求菩萨，趁他磕头时，我把那粒怜悯扣放在神龛上，送给他。”

“按你这么说，石大全那一粒是‘仇恨扣’，你母亲那一粒是‘耻辱扣’？”刘晚问道，“你送走了三粒纽扣，给自己又留了一粒什么？”

陈志和伸出左手，一粒玻璃纽扣就在他手心里，他坦然地说：“是的，我把‘命运扣’握在自己手里！”

刘晚望着这个固执又偏激的少年，真恨不得上去给他两个耳光。他再也忍不住了，霍地站了起来，指着陈志和的鼻子，狂怒地斥道：“够了！什么狗屁的‘扣扣结’，我看是你自卑、变态、扭曲的心结！你以为自己考取了状元，是天之骄子。而这些人的存在，是你生命中的污点，你要一笔勾销！不错，我本想放过你，一个农家的孩子能够考上全市的理科状元，的确是少见的奇才，我怜惜你，怕毁了你！可是你一走，你父亲他们死时的惨状，总在我的眼前挥之不去，我突然明白，像你这种绝顶聪明而又心理扭曲的人，书读得越多，成就越大，将来对社会的危害更大，所以，我不能放过你！”

这时，小木走了进来，刘晚对小木说：“把他铐起来……”

（**题图、插图**：杨宏富）

福尔摩伍的问题

消失的凶器

福尔摩伍正在一个小岛度假，突然接到警方的电话，让他到海边的沙滩上去，说那里发生了一起凶杀案。

福尔摩伍赶到现场，发现死者是被钝器击中头部身亡的，可附近并没有发现作案的凶器。这时，警察带过来一个穿着短裤和T恤的年轻人，告诉福尔摩伍，案发时这个年轻人在现场附近出现过，而且形迹十分可疑。

可年轻人却辩解说，自己身上并没有任何能伤人的东西，又怎么能杀人呢？而警方找来的几个证人，也证实了年轻人的说法。

这时，福尔摩伍注意到，年轻人脚上穿着袜子，他想了想说道："不！凶器就藏在你身上。"接着，他说出了年轻人的杀人方法。在证据面前，年轻人最终不得不承认了自己的杀人经过。请问，福尔摩伍说的凶器是什么呢？（**推荐者**：木　木）

超级视觉

霓虹桃心

仔细看这幅图，有没有看到一个若隐若现的桃心呢？

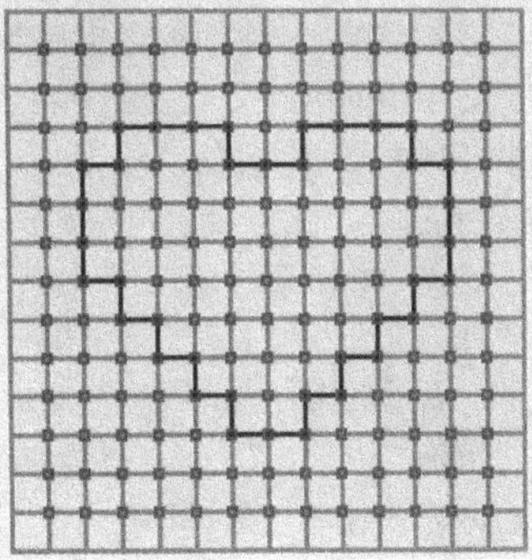

本期游戏难度指数：★★★★☆

世界500强面试题

分蜂蜜

小明和小华买了10斤蜂蜜，装在一个大瓶子里。他们要把蜂蜜平分，现在只有两个空瓶子，一个正好装7斤，另一个正好装3斤，怎样才能用简单的方法把蜂蜜分出来？（**推荐者**：开　心）

答案

福尔摩伍的问题

凶器就是袜子。年轻人把沙滩上的沙子填进袜子里，压实后，就能制成杀人的钝器。案发后，只要把袜子里的沙子倒掉，凶器就消失了。

世界500强面试题

参考步骤：

1.把10斤瓶里的蜂蜜倒入7斤瓶，三瓶蜂蜜分别为3斤、7斤、0斤；

2.把7斤瓶里的蜂蜜倒入3斤瓶，再把3斤瓶里的蜂蜜倒入10斤瓶，此时三瓶蜂蜜分别为6斤、4斤、0斤；

3.将7斤瓶里剩下的4斤再倒入3斤瓶，此时三瓶蜂蜜分别为6斤、1斤、3斤；

4.将3斤瓶里的蜂蜜全倒入10斤瓶，再将7斤瓶里的蜂蜜倒入3斤瓶，此时三瓶蜂蜜分别为9斤、0斤、1斤；

5.将10斤瓶里的蜂蜜倒入7斤瓶，此时三瓶蜂蜜分别为2斤、7斤、1斤；

6.将7斤瓶里的蜂蜜倒入3斤瓶，再将3斤瓶里的蜂蜜倒入10斤瓶，最终得到三瓶分别为5斤、5斤、0斤，完成蜂蜜的平分。

超级视觉

实际上，这个图像里面所有的黄色方块都是一样颜色的。你看到的任何不同之处都只存在于你的大脑之中，是由黄色和周围的边框颜色交替形成的。这种现象叫做"霓虹颜色扩散"，因为这与霓虹灯灯光扩散的现象很相似。

绅士风度

□金　平

麦迪和杰夫是两位彬彬有礼的绅士，脾气非常温和，就算是老虎咬了他们一口，他们都会说：“没关系！”

这天，两人来到一家酒馆就餐，一边对酌，一边聊天。谈兴正浓时，杰夫觉得自己的嗓子有些发涩，于是喊来服务生，说：“请给我一杯温水。”时间不长，那服务生端着一杯温水过来了。也许是地板有些滑，他还没来得及站稳脚跟，突然身子一歪，杯子里的水全泼在了杰夫的脸上。服务生吓坏了，怯怯地站在那里不知所措。麦迪见状，马上说：“哦，杰夫，你是位绅士，可不能……”

杰夫摆摆手：“知道，我不会发怒的。”说完，他冲服务生微微一笑，“没关系的！你不用紧张。”结完账，服务生吃惊地发现，杰夫给自己的小费一点儿没少，心想：这真是两位绅士啊！

第二天，两位绅士又来到这家酒馆。正吃着，那个倒霉的服务生又来送菜了。这次，他撞到了桌角上，一个趔趄，整碗的西红柿汤全撒在了杰夫的脸上，杰夫疼得站了起来，赶紧用手帕捂住脸颊。麦迪连忙说：“杰夫，要知道，我们是绅士……”

杰夫点点头：“是的，你放心。”说完，他又冲服务生微笑道，“没关系的！一会儿就好了。”服务生感动得几乎落泪，心说：这是多么豁达大度的绅士啊！

第三天，两人又来这里小酌。那个服务生刚巧要给邻座送菜，虽然他极力想离两位绅士远一些，偏偏有个小男孩突然冲了过来，服务生往旁边一闪，手中的热汤又一次泼在了杰夫的脸上。这次，杰夫再也忍不住了，忽地站了起来。麦迪赶紧拉拉他的衣襟“杰夫，要知道，我们是绅士……”

杰夫狠狠咽了口唾沫，挤出一副笑脸，点了点头：“是的……”他指指自己的右脸，说，“不过，我想问问，这三天，为什么只泼我的右脸？”

陈年往事

□王　旭　改编

马克是位名噪一时的州议员，他很早就离开偏远的家乡去了曼哈顿。

这天，马克被邀请回家乡发表演讲。演讲在一个空旷的露天广场举行，马克站在讲台上侃侃而谈，突然刮来一阵风，把几页讲稿吹到了地上。马克正准备去捡，不料，肥胖的身躯让弯腰变得十分吃力，众目睽睽之下，他竟然憋出了一个屁。更要命的是，那麦克风的性能非常优良，成功地扩大了他的“杰作”，那声音像击破了一面大鼓似的，震耳欲聋地回荡在广场的上空。

马克感到前所未有的尴尬，但仍然不失一位政治家的风度，若无其事地把演讲继续下去。之后，他顾不上有没有掌声和喝彩，就匆匆离开了。此后，马克再也没有回过家乡，这成了他多年来的一块心病。

几年后，马克的母亲生了重病，他不得不回乡探望。在夜幕的掩护下，马克以“利维”的名字在一家酒店开了房间。前台服务员例行公事地询问：“利维先生，您是第一次来这里旅游吗？”马克点了点头：“是的，年轻人。”

服务员热情地说：“希望您在这里度过一段美好的时光！”这句话触动了马克，他轻轻叹口气说：“可是……多年以前，这里曾经让我的一个朋友非常难堪……说起来，也完全是他自己的失误……”

“没关系的，事情都过去了！”服务员笑着说道，“我们这里民风淳朴，谁都不会把别人的失误作为笑柄的。不管任何人的什么丑事，转眼就会忘得一干二净的。”马克听了，心里的一块石头终于落了地，自言自语地说：“感谢上帝保佑，但愿如此……”

这时，服务员突然又冒出一句：“不过，利维先生，请原谅我的好奇。你说的那件事情……究竟发生在马克放屁前还是放屁后？”

冤家路窄

□逄坤煜

路一飞是个开小车的司机。这天，老板要去外地开会，坐上他的车就说：“给你二十分钟，赶到机场！”路一飞要在老板面前表现自己，一路上风驰电掣般地超车，可跑着跑着，居然被一辆拉短途的小客车反超了！见反光镜里老板满脸不悦，路一飞一踩油门追了上去，就在两车擦肩的一刹那，他扭头一看，发现那小客车的司机是个络腮胡子，满脸凶狠相，看上去很不好惹。

路一飞不想惹麻烦，便有意减慢车速，让小客车超了过去，自己则紧跟其后。可对方似乎并不领情，开着开着就故意减慢车速，还扭一下车屁股，分明是在挑衅嘛！

老板看了看表，很不高兴地说：“前面那司机怎么回事？超过去！”既然老板发了话，路一飞不再客气了。他瞅准机会，狠狠一踏油门儿。没想到，那络腮胡子偏偏又在此时减速了，只听“咣当”一声，两车进行了最亲密的接触！

等路一飞醒来的时候，发现自己躺在医院里，腿上打着厚厚的石膏。他往旁边一扭头，只见那络腮胡子也是浑身缠满了绷带，正躺在病床上打点滴呢！路一飞也顾不上疼了，一下子蹦下床，掐着络腮胡子的脖子吼了起来：“你可把老子害惨了！”络腮胡子挣扎着说：“兄弟，这不能怪我，不能怪我呀……”

路一飞牙齿咬得咯咯响：“不怪你还能怪我？”络腮胡子长叹一声说：“我之前开了十几年的公交，留下个后遗症。都怪那路上的广告牌太像车站牌子了，搞得我总想减速进站，没有个三五秒，根本就反应不过来……”路一飞怒气未消：“你减速就减速吧，为什么要扭屁股？”

“什么啊？”络腮胡子愣了愣，哭丧着脸说，“兄弟，我哪里想扭屁股，要进站就得靠边呀！”

名人的头骨

□苗　森　改编

巴德是个酒吧经理。这天，他从纽约乘飞机抵达爱尔兰。当他走出机场的出口时，看见一位小个子爱尔兰人正眉飞色舞地吆喝着什么，旁边的桌上摆着大小不一的人类头骨。

于是，他走上去惊奇地问："你在干什么呀？"爱尔兰人回答："我在卖名人的头骨。"说着，他指着桌上的头骨如数家珍，"你看，这是莫泊桑的，这是莎士比亚的，还有这个，是著名航海家哥伦布的头骨……"

"等等，"巴德惊叫一声，"你是说发现美洲大陆的哥伦布？""没错，绝对是他。"爱尔兰人拍着胸脯保证道。"好极了，那我必须买下它。"说完，巴德爽快地付给爱尔兰人一百英镑。

回到纽约后，巴德把哥伦布的头骨带到他的酒吧，就镶在墙上最为醒目的地方。消息很快就传遍了全国各地，四面八方的人都赶来瞻仰这个著名的头骨。那年，酒吧的生意十分火爆，巴德很快成了百万富翁。

两年后，巴德又一次来到爱尔兰，在机场的出口，他又看到那位小个子爱尔兰人正在唾沫四溅地喊叫。"上帝啊，"巴德急忙上前招呼，"你在这里干什么？"爱尔兰人回答："我在卖名人的头骨。你瞧，这是莫泊桑的，这是莎士比亚的，还有这个是著名航海家哥伦布的头骨……"

"等等！"巴德惊叫一声，几乎跳了起来，"你说是哥伦布？"爱尔兰人认真地点了点头："没错。"巴德的脑袋摇得像拨浪鼓："不可能，不可能！两年前，我在你这里买了个比这个大一点儿的，你说那是哥伦布的头骨！"

"哦……"爱尔兰人盯着巴德打量了两眼，"我现在认出你来了，老朋友，我怎么能骗你呢？你看……这是哥伦布少年时的头骨啊！"

最有效的劝说

□吴芳芳

刘小强是个网迷。这天，他从网吧出来时，天都快黑了。刚走到家门口，父亲刘大海一见他，便咆哮道："你这小兔崽子，看我不打断你的腿！"小强一听，撒开脚丫子就跑。

小强在大街小巷转了几圈儿，最后竟没头没脑地逃进了一个工地，见地面上有个黑乎乎的洞，想都没想就跳了下去。随后追来的老刘惊叫一声，忙趴在洞口喊："儿子，你没事儿吧？快上来！"

其实这洞并不深，小强没有跌伤，但他心里的怨气却憋不住了，冲着上面吼道："出去干吗？让你把我打得屁股开花吗？"老刘气得浑身颤抖，却又无计可施，怎么办？他突然想到了儿子的班主任张老师，便立刻掏出手机打了电话。

很快，张老师赶来了。一听老刘说明情况，张老师就用手拢成喇叭状，弯下腰去喊"刘小强，快出来吧，呆在下面多冷，别冻坏了啊！"洞里立即传来硬邦邦的回答："张老师，别费劲了，想让我出去，没门儿！"

张老师回头两手一摊，表示无能为力。刘大海心里一急，"扑通"跪在地上，心疼地说："儿子，你快出来吧！爸爸保证，往后再也不打你了。"可小强只冷冷地"哼"了一声。

正僵持着，突然来了一个半大孩子。他看了一会儿，哈哈大笑起来："你俩闪开，瞧我的！"只见他走近洞口，摇头晃脑地说："潜水的，都出来冒个泡儿，否则，本群主可要踢人了！"话音刚落，洞口就闪出了刘小强那黑乎乎的脑袋，他摇着双手惊慌地喊："别踢，别踢，我马上出来冒个泡儿。"

老刘见状一头雾水："什么'踢人'、'冒泡儿'，这是怎么回事儿？"张老师苦笑道："那都是网上的语言。谁不服都不行啊！"

搭错车

□霍伟华

这天早上，李平懒洋洋地起了床，一看表，糟糕，七点半了！他急忙跨上自行车冲出家门。

李平在郊区的陶瓷厂上班，离家很远，他上了马路就是一阵猛蹬，直累得汗流浃背，气喘吁吁。这时，恰巧有辆搞营运的三轮摩托车一阵风似的超过了他。李平眼睛滴溜溜一转，便有了主意，他紧蹬几下追了上去，一手抓着前面三轮摩托的护栏，一手扶着自己的车把，轻松自在地在马路上滑行起来！他一边滑行，一边心里好不得意。

可惜好景不长。不过一支烟的工夫，那三轮摩托在路边停了下来，秃顶司机跳下座位，不知跑到前面忙活什么去了。李平心里又是一乐，这样的机会不可错过！他三下两下，解下了后座上的一根塑料绳，一头拴住自己的车把，另一头牢牢套在三轮摩托的护栏上。

很快，三轮摩托又上路了。这下，李平的手脚全被解放出来，连车把也不用扶了。他昂着头，嘴里叼着烟卷，像马戏团演员似的，一会儿双手叉腰，一会儿高跷二郎腿，还时不时地张开双臂，给路人甩去两个响亮的飞吻！

不大一会儿出了城区，李平忽然发现三轮摩托脱缰野马一般狂奔起来，噪音也越来越大，自己的自行车随之剧烈地左摇右晃。李平被颠得阵阵作呕，浑身骨头都要散架了，当下，他的一颗心提到了嗓子眼，两手死死握住车把不放。很快，李平看见自己的厂子了，他想解开绳子，却发现绳子已经被拉成了死结，怎么也解不开。他急得大叫道："对不起了师傅！停下吧，改天哥们儿请客……"可三轮摩托丝毫没有理会。

眼看陶瓷厂已经擦身而过，李平又声嘶力竭地大喊："求您了！赶紧

菲卢特克教授

点评：乐极生悲

《菲卢特克教授》是波兰漫画家兹比格纽·伦格仑创作的系列连环漫画。漫画成功塑造了一个老教授的形象，他年迈而博学，却又怀有一颗赤子之心，是个老顽童。这个喜剧形象迅速跨越了国界，受到各国读者的喜爱。

停下吧，不然我的饭碗要丢了……”这时，前面终于传来那秃顶司机的回话：“我也想停下来啊，可拴在卡车上的麻绳怎么也解不开……”李平这才明白，秃顶和他一样偷懒，把三轮摩托和卡车拴在一起了！

李平眼泪都急出来了：“你叫卡车停下来啊！”“噪音太大，他听不见啊……糟透了哥们儿，这辆卡车后面还有几个字哩！”李平忙问：“什么字？”

秃顶带着哭腔回答：“上海至乌鲁木齐！”

“啊？”李平眼前一黑，从自行车上栽了下来！

就缺这一样

□杨月梅

阿东开了个小酒楼，做梦都想着日进斗金。他天天琢磨：现在人有钱了，都爱吃些什么呢？山珍？海味？农家菜？好像都不是。

一天晚上，阿东正在看《康熙微服私访记》，脑子里突然灵光一闪：对呀，有钱人什么没吃过？他们不在乎吃什么，在乎的是一种感觉。什么感觉最好？当然是当皇上喽！自己何不在这上面花点心思。

说干就干。第二天，阿东就把酒楼的名字改成了“御膳房”，包间一律装修得金碧辉煌，冠上历朝历代的宫殿名字；服务员也全部穿上宫廷侍女的服饰；另外，他还查阅了大量资料，精心准备了曾经流行一时的宫廷名菜，比如唐代的“燕菜”，宋代的“琉璃藕”，元代的“烤全羊”，明清时的“清真鸭”、“万字扣肉”等等，真可谓是做足了工夫，就等着新酒楼开业后，能够一炮而红。

别说，开业这天，来的人还真是不少，一会儿工夫，五个包间全满了，阿东笑得嘴都歪了。这时，一个服务员急匆匆地跑来报告：“经理，我包间里有个‘啤酒肚’说，酒楼哪儿都好，就是缺了一样，让他找不到当皇上的感觉。”

阿东仔细想想，歌舞也有，侍女也有，御膳也有，还缺什么呢？他一拍脑门儿，想起来了：缺“皇后”！不是嘛，没有“皇后”陪在身边吃饭，你让人家“皇上”到哪儿找感觉去？阿东当即找来酒楼里最漂亮的服务员，作为临时“皇后”，给啤酒肚送去了。

到了那个包间，阿东进门就是一个九十度的鞠躬，满脸赔笑道：“这位先生，您不是说缺了一样，找不到当皇上的感觉吗？您瞧，我把皇后给您带来了！”说着，将身后的服务员向前推了推。啤酒肚一看，顿时两眼放光，他擦了擦嘴角的口水，就准备站起身来。

这时，只听“砰”的一声，房门被撞开了，一个全身赘肉的中年女人风风火火地闯了进来，一屁股坐在啤酒肚的身边，冷冰冰地喝问：“她是皇后，那我算什么啊？”啤酒肚顿时变了脸色，指着阿东一声大喝：“胡闹！谁让你找的什么皇后？”

阿东搔搔头皮：“不是皇后？那您缺什么呢？”他好像突然明白过来，“对了，哪个皇上不是三宫六院？皇上缺的是贵妃啊！那她就算是贵妃吧……”

啤酒肚还没来得及说话，身边的中年女人忽地站了起来，气得要走人。啤酒肚一看要坏事，只有拿着阿东撒气：“还看不出来吗？这里也不缺贵妃！”

阿东张口结舌，垂着两手，什么

话都说不出来了：“这……”

“这……这就对了！”啤酒肚一拍桌子，大笑起来，“就缺这一声‘嗻’（这）！你别走了，就在这儿侍候着吧。”

阿东这才明白过来：“哦，敢情您缺一个跑腿的太监啊！”

（**本栏插图**：包丰一）

460

2010
SEMIMONTHLY
上半月刊

4月

STORIES

欢迎登录本刊主办的“故事中国网”（www.storychina.cn）

故事会

—STORIES—

2010年4月

上半月·红版

社 长、主 编：何承伟

常务副主编：吴 伦

副主编：姚自豪（上半月·红版）

副主编：夏一鸣（下半月·绿版）

本期责任编辑：郑继文

电子邮箱：zjw002@vip.163.com

红版发稿编辑：

姚自豪 吕 佳 叶小萌 李天然（见习）

美术编辑：李宝强

电脑制作：郭瑾玮

通 联：归依玲

本社办公室电话：021-64375030

上半月刊编辑部电话：021-64332325

下半月刊编辑部电话：021-64336469

（上海市绍兴路74号 邮编：200020）

主管、主办：上海文艺出版（集团）有限公司

出版单位：《故事会》杂志社

制作、发行总监：张 凯

电话：021-64313938

广告业务：上海故事会文化传媒有限公司

广告总监：张 淮

广告业务：021-34010383

广告投诉：021-64333738

广告经营许可证

沪工商广字3100320050022号

发行：中国图书进出口上海公司

相似有因

夫妻俩在街上闲逛，妻子遇见了多年不见的老同学，热情地向同学介绍丈夫，同学看看他们夫妻俩，惊奇地说：“你们夫妻俩长得很像，简直就像一对亲兄妹！”

妻子听了很高兴，得意地说：“好多人都说我和他长得越来越像！”

丈夫听了，赶紧跟着说：“是啊！结婚十年来，我天天看她的脸色行事，当然就越长越像了。”

（焦淳朴）

（本栏插图：李　加）

翻了两翻

股市一片红火，老唐把辛辛苦苦积攒的两万多块钱投进了股市，转眼到了年底，有人问老唐：“炒股一年了，你的成绩怎么样？”

老唐淡淡地说：“没有怎么样，不过翻了两翻而已。”

问话人惊呼：“翻了两番？太了不起了！你是怎么做到的？”

老唐翻了翻白眼，说：“我先是2万翻到4万，没几天，4万又翻回到2万，正好翻了两次，简称翻两翻！”

（苑广阔）

不用担心

有个囚犯刚到监狱服刑，同室的犯人问他：“你要在这里关5年，就不担心妻子爱上别的男人，跟你离婚吗？”

这个囚犯满不在乎，说：“我一点儿也不担心！”

同室的犯人奇怪了，问：“你为啥不担心？”

囚犯笑着回答：“因为她也关在监狱里，要服刑8年。”

（李传胜）

变相加薪

年终总结时，老板高兴地说，一年里公司赚了很多钱。员工们一听，也很高兴，强烈要求老板加薪。

老板沉思良久，才说："好吧，从今天开始，我给大家变相加薪，以前迟到一次扣一百元，以后只扣五十元吧。"（蓝昌科）

垃圾短信

有个人将情人的号码存在手机里，把她的名字改成"10086"，很像是一家通信公司的客服号码，他的老婆翻看他的手机时，每次都会说："这家通信公司的10086太整人了，尽发这些肉麻的垃圾短信！"

（彭桂英）

治本之法

小王是个刚工作的护士，这天，她紧张地跑过来，对值班医生说："你快去看看7床的病人，我刚才给他量脉搏，一分钟竟然跳120下，而且，他的两只眼睛呆呆地盯着我，一点表情也没有。"

医生一听就笑了，对小王说"没事儿，你过会再去，先用纱布把他的眼睛盖起来，然后再量一次……"

小王不懂了："为什么要盖住他的眼睛呀？"

医生说"因为你长得太漂亮，影响了他的脉搏……"（潇 风）

装礼物的袜子

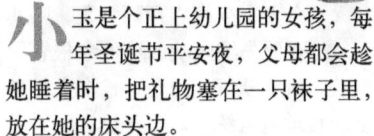

小玉是个正上幼儿园的女孩，每年圣诞节平安夜，父母都会趁她睡着时，把礼物塞在一只袜子里，放在她的床头边。

今年的圣诞节又到了，小玉的父母又像往常一样，等小玉睡熟后，悄悄推开房门，准备把礼物悄悄塞进小玉床头边的袜子里，没想到，他们到了小玉的床边，又笑着悄悄退了出来。

原来，小玉床头边的袜子不见了，取而代之的是一个装面粉的大布袋子，上面是小玉写的一行字：这就是小玉装礼物的袜子……

（张 丽）

·笑话·

功 夫

有个人上少林寺拜师学艺，师傅要他先练内功，让他拿根管子对着半缸水吹气，于是，这个人就日复一日地刻苦练习。三年过去了，没有任何效果，师父不许他放弃，他只好继续修炼，又练了十年，师傅还是说不行，让继续练。他终于绝望了，放弃修炼回了家，刚到家门口，正好碰到他爹，他爹问:“你拜师学艺这么多年，练得怎么样了啊？”

这个人觉得很没面子，低下头，朝着他爹重重地叹了口气，只见他爹像片树叶一样飘起来，被吹得远远的……（佚　名）

一件礼物

圣诞节快到了，爸爸带着女儿去玩具店选礼物，对女儿说:“你可以挑一样玩具作为圣诞礼物。”

女儿很高兴，逛了好一会，左手抱着芭比娃娃，右手抓着绒毛狗，眼睛还盯着货架上的小木屋，最后，她用哀求的眼神望着爸爸，说“我想要芭比娃娃，但芭比娃娃需要狗狗陪她玩，还得有一个住的屋子呀……”

爸爸提醒她:“我们说好的，只买一件礼物！”

女儿眨眨小眼睛，说:“我把它们装进一个纸箱子里，就是一件礼物了呀！”

（刘文文）

捆绑夫妻

有个人刚结婚不久，就向同事请教，怎样才能使妻子听话。同事说:“要她听你的话，你们得做‘捆绑夫妻’……”

这个人不懂了，问:“什么是捆绑夫妻？”

同事说:“很简单！你经常用精美服装‘捆绑’她，用金脚链锁住她、用银手链绕住她、用宝石项链缠住她，把她全身上下全捆绑起来，这就叫捆绑夫妻！”

（蓝昌科）

给妈倒杯水

妈妈患了感冒，躺在床上，她想喝水，但杯子里只有浅浅的一点，就对7岁的儿子说“孩子，你能不能帮妈妈倒回水？”

儿子一听，连忙跑到床前，从妈妈手里接过水杯，转身去了厨房，一会儿工夫就返回来，把水杯放在床头柜上，说“妈妈，我已经把杯子里的水倒掉了，如果没别的事，我就回去写作业了。”

（井延峰）

经验之谈

小张准备结婚，和女友在商场买家具，碰到了一位同事，便请他帮忙参谋一下。

同事很热心，带着小张直奔卖沙发的场所，挑来挑去，特别用心，小张很奇怪，问：“你怎么这样重视沙发？”

同事悄声说：“沙发重要呀！以后不仅要坐，还得睡。”

小张很不解，说“现在谁还睡沙发？”

同事一听就笑了，说“当然是你睡了！我和老婆一吵架，她就赶我睡沙发。刚才我看了你女友的面相，嘿嘿，老弟呀，以后你睡沙发的时候多着呢。”

（宋　琪）

没那么多钱

老婆和老公一起参观车展，老婆很注意那些漂亮的车模，老公提醒她说：“这些车模吃的是青春饭，听说站一个小时就有一万块钱的收入。”

老婆很是羡慕，说“那我明儿也来当车模吧。”

老公吓了一跳，说：“恐怕不行，我没有那么多钱。”

老婆奇怪了，说“我当车模能挣钱，能要你多少钱？”

老公苦笑一声，说“要是你当车模，我得花钱请观众来看……”

（佚　名）

钓鱼场上的奇遇

□方赛群

现在的孩子最缺的是什么？最需要的又是什么？看完故事，就知道了答案……

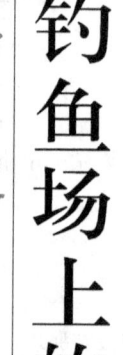

省城有一所民办的“景辉”中学，招的全是有钱人家的子女，人称“贵族学校”。

吴晓刚和刘肖佩是该校初二（3）班的学生，两个人相互不服气，特别爱攀比。这天，吴晓刚和刘肖佩为了一根钓鱼竿，又开始“较劲”了。

原来，学校半月后要举行钓鱼比赛，让学生自备渔具。吴晓刚发现刘肖佩的钓竿比自己的高级，心里很郁闷，偏偏这时有人起哄：“这回被比下去了吧？”吴晓刚气得当场就把价值一千多块的钓竿一折两段，走到刘肖佩课桌前，说：“明天是星期六，咱俩先到城西‘渔乐场’过过招，咋样？”刘肖佩的脸憋得通红，大声说：“乐意奉陪！”

第二天早上，吴晓刚带着“新式武器”上阵了，那是一根价值五千多块的进口名牌钓竿，是他缠着母亲连夜从一家大型商场购得的。吴晓刚得意地想：这下看你刘肖佩还敢不敢神气！

“渔乐场”转眼就到了，说是钓鱼场，其实就是郊外的一座大型水库。刘肖佩早在门口等着了，他看见了吴晓刚的高级钓竿，就说：“这钓竿不错啊！”

吴晓刚得意地说：“那当然，世界名牌！”

刘肖佩眨了眨眼，说：“牌子是不错，不过有点老了。我妈已经为我去英国邮购‘肯迪’牌了！”

吴晓刚并不气恼，说：“哥们，我理解你的心情，可你也别‘走夜路吹哨子——给自己壮胆’啊！你今天怎么空着手？你的渔具呢？”

刘肖佩不答话，把两个手指放在口中，打了个“唿哨”，哨音刚落，一个提着钓竿、背着背包的男孩子忽然出现在他们眼前！

这是一个和他们年龄相仿的男孩子，皮肤黝黑，“全副武装”站在那儿，显得特别神气。吴晓刚愣了，问：“你是谁呀？”男孩子落落大方地说：“我叫马小强，宏志学校初二（5）班学生！”

“宏志学校？”吴晓刚一听就笑了，“就是那所专收穷孩子的学校呀！听说是一个叫马十全的老板赞助创办的。”

马小强挺了挺胸，说“我们学校专招穷学生不假，但招的全是品学兼优的好学生！”

吴晓刚不屑地说：“品学兼优？那你今天来干什么？”

刘肖佩在一旁得意地笑了，说：“他是我花一百块雇的‘渔童’！外出钓鱼，要讲究个派头，自己拎着渔具，不管它多值钱，也是掉价的！”

吴晓刚一听这话，火气“腾”地上来了，当即给家里挂了个电话，说：“妈，我今天在‘渔乐场’钓鱼，你让赵妈多带些好吃的过来，把电烤箱也带上，我要在这里吃烧烤！”

关上手机，吴晓刚转身对刘肖佩说：“光有渔童也不成！还得有保姆服务！”

这一下，刘肖佩脸上的笑模样没了。

不一会儿，一辆黑色奔驰车停在“渔乐场”大门外，从车上下来一个中年妇女，肩上背着遮阳篷，手里提着电烤箱，还有大包小包的食品，朝水库大坝上走来。

吴晓刚得意地说：“瞧！我家保姆来了。”刘肖佩仿佛没听见，头也没

回，只有“渔童”马小强有些不忍心，说：“那位阿姨拿的东西太多，我们去帮帮忙吧。”

刘肖佩没好气地说：“她东西多关你什么事？”

马小强没做声，一溜小跑上前，帮着赵妈拿东西。

在马小强的帮助下，赵妈终于来到水库大坝上。她显然累得不行，一边捂着胸口喘气，一边向马小强道谢，说：“这孩子心地真好！你也是来钓鱼的？”

马小强摇摇头，指指刘肖佩，说：“我是他雇来背钓竿的！”

赵妈叹了口气，说：“一根钓竿还要雇人来背？这些有钱人家的子弟啊！”

这时，吴晓刚大声叫唤开了：“赵妈，快给我饮料！”

赵妈连忙掏出一瓶饮料送上，吴晓刚一看就生气了：“我从来不喝这种，你难道不知道吗？我妈妈每月付给你一千八百块工资，雇你照顾我的生活，你讲究点儿服务质量好不好？”

赵妈一听，折回头拿了另一瓶饮料送上，吴晓刚更火了：“我不喝国产的，要的是进口饮料！”说完，他把饮料瓶朝水里一丢，溅了边上的刘肖佩一身水。

刘肖佩清楚吴晓刚这是故意要威风给他看的，因此一直不回头，这时再也忍不住了，“呼”地站起身吼道：“一瓶饮料就很了不起吗——”话没说完，正好和赵妈四目相对，顿时愣住了，赵妈更像被施了定身术，愣在那里。

吴晓刚看出门道来了，问：“咦？难道你们认识？”

刘肖佩一扭头，说：“她是我老家的邻居！”

吴晓刚一听，笑得上气不接下气：“想不到呀，想不到，我家的保姆原来是你家的邻居啊！”转身对赵妈说：“你快去准备中午的烧烤！”

这时，一直愣着的赵妈突然回过神来，一步一步走

到刘肖佩面前，抬手给了他一个巴掌，骂道：“畜生！”

没等刘肖佩反应过来，赵妈像梦游似的摇摇晃晃地走了，没走多远，突然一头栽倒在地上，马小强急忙跑上前去，一探鼻息，惊呼：“不好了，阿姨晕过去了！快来人啊！”

一听这话，刘肖佩突然跑过来，抱住赵妈，哭道：“妈妈！妈妈！你醒醒！”

这一连串的变故把吴晓刚搞得稀里糊涂，他呆呆地看着刘肖佩，问：“你这是怎么了？她是我家的保姆呀！”

刘肖佩哭得更凶了：“吴晓刚，实话告诉你，她就是我妈！我不是有钱人，是我妈妈卖掉房子供我上的贵族学校！我再也不装有钱人了，我只要妈妈！妈妈呀，你醒醒！”

吴晓刚听了刘肖佩的话，呆了一会儿，突然跟着哭了起来“我算什么富家子弟？我家的大超市一直在亏钱，都快破产了！我爸爸每天到处躲债！”

马小强在一边急了，说“你们现在说这些干啥？救人要紧啊！”说着，他从内衣口袋中掏出一只手机，拨了一个号码，说：“爸爸，这里有个阿姨昏倒了，你快来救救她！”

接着，马小强说了他们的位置，就到下面的路口等车子。不一会儿，一辆轿车赶过来，后面跟着辆“120”急救车，马小强领着他们上了大坝，将刘肖佩的妈妈抬上急救车，刘肖佩、吴晓刚、马小强三个孩子也一同上了车。

一路上，吴晓刚好奇地问：“马小强，刚才带着救护车来的那位叔叔是谁啊？我看着挺面熟的。”

马小强笑了，说：“他是我爸。你觉得眼熟，可能是在报纸电视上看到过他。”

吴晓刚更糊涂了：“报纸电视？他到底是谁啊？”

马小强说：“我爸叫马十全。”

马十全？捐款建造宏志学校的大老板？吴晓刚和刘肖佩都惊讶得说不出话来！

经过抢救，赵妈终于醒了过来，刘肖佩站在妈妈身边，鼻涕眼泪流了一大把。这时，马小强陪着他爸爸走进病房，赵妈已经知道了马小强爸爸的身份，挣扎着想坐起来，马十全连忙上前，让她躺着休息。

赵妈看着马小强，对马十全说：“你的孩子真懂事！唉，我是个穷人，砸锅卖铁就想送孩子读贵族学校，你是个大老板，怎么反倒把孩子送进‘宏志学校’呢？”

马十全笑着说“大嫂，其实我俩目的一样，都是望子成龙！把他放在宏志班，是想让他远离金钱，多向那些品学兼优的孩子学习……”

（题图、插图：谢　颖）

雇人帮忙

□朱敏娟

刘二楞是长谷乡的农民，长得牛高马大，听说城里的钱好赚，就单枪匹马进了城。谁知到劳务市场一看就傻眼了：他除了一身蛮力气，没有任何特长，没有一个老板肯要他。

刘二楞垂头丧气在市场转悠了大半天，一无所获，出了市场大门，正在想到哪里吃饭，一辆宝马轿车“嘎”地一声，在他身边停下来，一位阔太太从车窗口探出头，从上到下把刘二楞瞅了一遍，问：“你是不是在找活干？”刘二楞连忙把头点得像鸡啄米似的，连声说：“是！是！”

阔太太打开车门，一挥手：“上车！”

刘二楞很激动，但看着这么高级的轿车，却硬是没敢上，阔太太说：“你上来嘛，我给你活干！”刘二楞这才小心翼翼地跨进车里，问：“你让我去做什么工作？”

阔太太听他这么一问，好像触到痛处，突然一下没了精神，说：“我想请你帮个忙。”

刘二楞糊涂了：“帮忙？我能帮你什么忙？”

阔太太叹了一口气，说起了她的伤心事。她说，她老公是一家公司的老板，仗着有几个钱，经常在外面拈花惹草，最近，阔太太终于发现了老公包养“二奶”的地方，一气之下，来市场找到了刘二楞。

刘二楞听了直摇头，说：“对不起，犯法的事我可不干！”

阔太太一看刘二楞着急的样子就笑了，说：“别怕，我只想请你当‘二奶杀手’，报酬从优！”

刘二楞更急了：“什么杀手？你还是让我下车吧，我才不干杀人的事！”

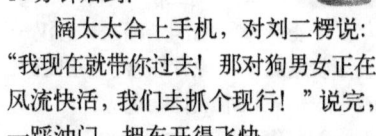

阔太太一笑，说：“放心，我不会叫你去杀人，只是让你狠狠吓唬他一下，让他今后再也不敢做这种风流之事。你长得牛高马大的，干这种事很合适啊！”

原来是这么回事，刘二楞一下轻松起来：吓唬吓唬人，这事倒是不难。乡下那些小混混见了他都躲着走，现在去吓唬个当老板的，太容易了！阔太太见他的心思活络了，又说“你不要高兴得太早，我老公也有一身蛮力气，又不讲道理，你去吓唬他，说不定他会跟你动手，你可以趁机狠狠地揍他一顿。他这个人的脾气我知道的，挨了揍肯定回家乖乖地躺着，绝对不会报警的，因为他有身份，丢不起这个人。到时如果真的动起手来，你只要注意不出人命，不让他受重伤就可以了。你只管狠狠地揍他，揍得我解了气，我给你2000块！”

吓唬一个人竟能得到2000块！刘二楞怦然心动，他想：这些有钱人都是不经吓唬的，多半用不了动手，就能把他吓趴下。就算动起手，我肯定不会吃亏，而且对方还不会报警，这活儿能做！于是把胸脯一拍，说：“我干！”

阔太太很是高兴，说“等会你声势搞大点，最好一开始就把他吓得趴下……”她话没说完，手机响了，阔太太接了电话，听了一会儿，对打电话的人说：“好的，好的！我10分钟后到！”

阔太太合上手机，对刘二楞说：“我现在就带你过去！那对狗男女正在风流快活，我们去抓个现行！”说完，一踩油门，把车开得飞快。

没过多久，阔太太带着刘二楞来到一个高档住宅小区，停在一幢楼前，阔太太按了按喇叭，指了指三楼一个摆放着鲜花盆景的阳台，告诉刘二楞，就是那套，过会你一个人上去。接着，又把刚才说的话强调一番，特别叮嘱刘二楞不能出人命。

刘二楞说了声“知道了”，便要下车，突然，阔太太一把喊住刘二楞，指了指单元门洞，轻轻地说：“你不用上

去，他出来了。”

刘二楞一看，一名中年汉子正从单元门洞走出来，这汉子长一脸络腮胡，虎背熊腰，手里还夹着一根烟，像个黑社会老大。

刘二楞可不是个怕事的，他下了车，径直朝络腮胡走去，走到近处，猛地撞了络腮胡一下，大声说：“你给我听着——”

哪知刘二楞话没说完，络腮胡手里的烟蒂就朝刘二楞扔过来了，骂道：“你他妈不想活了？”

刘二楞下意识地一闪，躲过烟蒂，却没躲过络腮胡的拳头，只听“嗵”地一声，络腮胡一拳打在刘二楞胸口，打得他一连退了三四步，这才站稳了身子。

刘二楞还没稳住神，络腮胡的拳头跟着又朝他挥了过来，刘二楞出臂一挡，挡住了对方的拳头，但对方又飞起一脚，踢中了刘二楞的腰，刘二楞站立不稳，一下趴在地上。

这下刘二楞火了：我还没吓唬你，你就把我往死里整啊？真是坏透了！他顺手抄起路上的一块石头，狂叫：“老子砸死你这个王八蛋！”朝着络腮胡就冲了过去。

真是软的怕硬的，硬的怕横的，横的怕不要命的，本来气势汹汹的对手，见了刘二楞这副拼老命的架势，一连后退了好几步，突然一个转身，落荒而逃……

刘二楞正要追赶，阔太太拍着巴掌在后面喊：“别追了！别追了，你已经赢了！”

刘二楞停住脚步，阔太太走到他跟前，一张胖脸笑得肉都堆了起来，说：“很好！太好了，我要的就是这个效果！”

说完，阔太太仰起头，朝着三楼喊：“黄小姐！快下来！”

不一会，从楼上下来一位打扮妖艳的女人，对阔太太说“我雇的那个家伙还说自己有功夫，原来是个外强中干的草包，算我倒霉！”拉开坤包，抽出厚厚的一沓钱，递给阔太太，说“这是三万块！这次你赢了，下次我们重新比！”

阔太太接过钱，哈哈大笑，说：“你眼光不行，下次肯定还是我赢！”

刘二楞听了她们的对话，顿时明白了：原来这两个女人吃饱了饭没事做，竟各自雇一个男人来打架，以打架的输赢来赌钱。

阔太太从这沓钱里抽出一点，细心地数了好几遍，交给刘二楞，说：“这是你的2000块报酬，你今天表现挺好，现在你知道是怎么回事了，下次我们接着玩，怎么样？”说完，哈哈大笑，把一身的肥肉都笑得抖动起来。

刘二楞盯着阔太太那张笑得大开的嘴，恨不得把手中的钱塞进去……

（题图、插图：安玉民　梁　丽）

网瘾

甲和乙两家都有电脑，甲母非常害怕女儿上网成瘾，可乙母不以为然，她信心百倍地说："我儿子懂事得很，绝对不会成为网瘾少年。"

这话说了没多久，情况骤变，一天，乙母跑到甲家，一把鼻涕一把眼泪地诉说道："网瘾真是害人，现在他天天上网，这怎么得了啊！"

甲母大吃一惊：乙家的孩子一向很懂事，学习成绩非常好，没想到这么快就染上网瘾了！

乙母接着说："他现在整天精神恍惚，无精打采的，可一坐到电脑前就神采飞扬，眉开眼笑。唉，我现在只有以泪洗面，一点办法也没有。"

甲母赶紧安慰她："哭不能解决问题，现在最重要的是想办法把你儿子的兴趣转移到读书上来……"

甲母话没说完，乙母突然打断了她的话，说："我的儿子没有网瘾，上网成瘾的是我老公……"

（作者：徐翠英）

维权

新学期开始，朝阳小学五（1）班改选班委，吐故纳新，上一届班委的干部全部退了下来。

有一天，班里打扫卫生，新上任的卫生委员叫来了一个同学："你——负责把那边的臭水沟清理一下！"

那同学是谁？是上届的班长——老班长！他见卫生委员竟然安排他清理臭水沟，顿时气得脸都白了，说："我好歹也是班上的离休老干部，你怎么能够这样对待我呢？"

卫生委员毫不让步："怎么啦，退下来后还想高人一等？不行，清理臭水沟就是你今天的活！"

老班长没辙，只得皱着眉头把活干了。当天放学后，老班长把退下来的班干部召集起来，召开了一次紧急会议，为了维护老干部利益，会上成立了——"老干部协会"。

（作者：殷贤华）

·手机版故事·

巧抓窃贼

最近，乡派出所接到几起报案，说是有贼偷地里的玉米，派出所里的几个警察忙得脚跟儿踢屁股，可连贼的影子也没逮住。县公安局的政委知道了，就下来问情况，又穿着便服到地里、村里转了转，什么也没说，回了县公安局。过了几天，县公安局的警察到农贸市场抓了五个卖玉米的。

这五个人大喊冤枉。

政委亲自审问他们，他说：东村的张甲，家里种了四亩玉米，玉米还在地里长着，却多次在农贸市场上卖玉米，这玉米哪儿来的？偷的；西村的王乙，家里有两亩玉米，五天前就已经卖到粮站，可到今天他还在卖，哪儿来的？偷的；北村的刘丙，家里没种玉米，他却一直有玉米卖，哪儿来的？偷的；南村的马丁，中村的李戊，他们卖的玉米也是偷别人家的。

这些人还是不承认，政委又说：“一般人卖的玉米老嫩适中，因为他们都是在地里挑拣着掰下来的，太老太嫩的都会留在地里，你们卖的玉米是夜间掰的，摸一个掰一个，根本分不出老嫩。你们还有什么话说？”

政委这么一讲，五个人顿时哑口无言。

（**作者**：文　起）

鸳鸯名片

有个女人，最近用上了“鸳鸯名片”：一面印的是她丈夫的，另一面是她自己的。

这天，女人去找一位局长办事，见面就先拿出名片，局长接过名片，看后很是奇怪，问这个女人：“这……不对吧？”

女人连声说着“对不起”，说是拿反了，这一面是“老王”的，那一面才是她的，这叫“鸳鸯名片”。局长一听来人是“老王”的夫人，立刻受宠若惊，非常热情地说：“原来是您啊！有什么事您打个电话就行了，怎么亲自来了呀？”于是，事情很快就办好了。

过了一天，女人去找一位县长办事，见面又先拿出了名片，县长接过名片看后，一脸的不明白：“这……不对吧？”

女人连声说着“对不起”，说是拿反了，这一面是“老王”的，那一面才是她的，这叫“鸳鸯名片”。县长听了，马上恭恭敬敬地说：“原来是您啊！有什么事您打个电话就行了，怎么亲自来了？”于是，事情又很快就办好了。

“老王”是谁呢？女人一直没对别人说。

（**作者**：蔡中锋）

（**本栏插图**：包丰一）

人都有陷入困境的时候，走出困境的方式各有不同，有的人走出困境时，还带着沉甸甸的收获……

为你埋单

□李茂华

陷入困境

三个月前，我被老板炒了鱿鱼，这段时间一直在找工作，但毫无着落，一点可怜的积蓄很快就要用光了，如果再不找到工作，就将身无分文，日子怎么过下去，我心里一点谱都没有。

这天是我生日，我打开钱包看了看，里面只剩几块钱了，别说吃蛋糕，晚饭都成问题了。真是天无绝人之路，就在我发愁时，突然接到一个朋友的电话，他告诉我，为民路有家火锅店在招服务生，叫我赶紧去试试。我挂了电话就赶紧换衣服，乘上公交车，直奔那家火锅店，谁知忙中出错，我竟然坐错了车，等我换乘了几趟公交车，气喘吁吁赶到火锅店的时候，外面已是华灯初上，火锅店里一片忙碌，我找到老板，但他根本没有时间和我细谈，只看了我一眼，便说人手已经够了。

希望就这样破灭了，连晚饭都没着落，我走出火锅店，站在门口，闻着店里透出的浓浓香味，肚子饿得咕咕叫，不知道该往哪里去……

正在这时，旁边有人轻轻喊了我一声，我回头一看，一个民工打扮的男人正朝着我笑，他旁边还有个八九岁的小男孩，我正要提醒他认错了人，他却将我拉到一边，小声说："兄弟，跟你商量件事……"

原来，这男人是位农民工，名叫张鹏飞，他旁边的小男孩叫张帅，是他的儿子。张鹏飞每天接送张帅上学放学，都从这家火锅店经过，每回张帅都会朝店里望上一眼，非常羡慕那些在里面吃火锅的人，于是，张鹏飞告诉张帅，如果期末他能考100分，便带他到店里大吃一通。这次期末考试，张帅考了两门100分，拿了个全班第一，张鹏飞为了当初的承诺，今天带张帅来吃的，哪知过来一看，这火锅是自助的，88块钱一位，但一个成年人可以免费带一个孩子，张鹏飞见我一个人站在火锅店门口，便和我商量，让我把张帅带进去，他愿意出一半的钱，这样，我只要出另一半的钱就能吃到火锅，对双方都有好处。

看来张鹏飞把我当成要进去吃火锅的顾客了。听他这一说，我的肚子叫得更响了，突然，我脑子里灵光一闪，生出一条妙计，于是拍着胸脯，一口应承下来。张鹏飞走到张帅身边，说："帅帅，我现在有点事急着去办，这位叔叔是爸爸的朋友，他会带着你去吃火锅，你吃完后跟叔叔一起出来，我办好事还是回到这里，在门口等你。"张帅听了，懂事地点点头，朝爸爸挥了挥手，跟着我进了火锅店。

如意算盘

我带着张帅找了个位子坐下，让服务员上了锅底，又带着张帅到菜品区挑了喜欢的菜，倒进锅里煮起来。我一边狼吞虎咽地吃着，一边和张帅聊天。张帅告诉我，爸爸每天早出晚归很辛苦，妈妈在老家，身体不好，他要好好读书，长大后挣很多很多钱，让爸爸妈妈去周游世界。说完，他又问："叔叔，你经常来这里吃火锅吗？"我摇摇头，说"叔叔也是穷人，今天是我生日，所以才来吃一顿！"

张帅一听这话，赶紧将锅里的菜往我碗里夹，要我多吃。

我们吃了好一阵子，我的肚皮已经吃得圆滚滚的，四下看了看，店里的客人越来越多，便把张鹏飞给我的44元钱掏出来，塞进张帅的衣兜，说"张帅，这钱是你爸爸给的，你拿好了。我现在去上厕所，然后顺便去埋单，你一个人再吃点，吃完后到门口去找你爸爸，知道吗？"

张帅点点头，说"叔叔你就放心吧，我丢不了！"我朝他笑了笑，进厕所转了一圈就出来，走到门口，我指指张帅，对迎宾小姐说"我儿子还没吃完，我出去买包香烟。"迎宾小姐礼貌地朝我点点头，我松了一口气，顺利地走出大门，哪知没走几步，张鹏飞突然冒出来，一把拉住我，问："兄弟，我儿子呢？"我朝店里指了指，说"他还在里边吃，一会就出来，我有事得先回去了。"张鹏飞朝店里望了望，可能没见着张帅，一把揪住我的衣服，说"不行，我孩子没出来，你不能走！"我一看张鹏飞这架势，知道这时走不掉了，只好硬着头皮说：“你既然不放心，那我就陪你一起等他吧！”

我和张鹏飞坐在店外的花坛边，心里一个劲地祈祷，祈祷张帅出门时不要被扣住，哪知左等右等，半个多小时过去了，张帅还没出来。张鹏飞急了，一把揪住我，问：“你实话告诉我，到底是怎么回事？为什么我儿子到现在还没出来？”

我心里涌出一阵绝望：张帅一定是被扣在店里了，要想让他出来，只有进去埋单，可我钱包里只剩几块零钱，无奈之下，我只得红着脸，给张鹏飞说了事情的经过。

张鹏飞听了我的诉说，虽然又急又气，倒也没有发火，只是对我说：“咱们不能再等了，还是进去看看吧！”

意外之喜

正在这时，张帅一蹦一跳地出来了，张鹏飞赶紧上去，问：“儿子，你没事吧？他们没把你怎么样吧？”张帅正要回答，可是嘴一张，竟然“哇”的一声，朝地上吐出一摊东西来，他急忙蹲在地上，“哇哇”吐了一阵，这才缓过劲来。

张鹏飞看张帅这个样子，心疼得不住地抚张帅的背，张帅吐完，直起身子，拿手擦了擦脸，笑着说：“爸，我没事，只是吃得太撑了。”接着，张帅掏出一把零钞，塞到我手上，说：“叔叔，你走后，我赚了一百块钱，分你一点儿！”

我大吃一惊：“你怎么赚的钱？”

张帅说，我走了后，他仍然坐在那里继续吃。这时，隔壁桌子的几位客人和服务员吵了起来，吵得很凶。张帅仔细一听，原来是客人埋单时，剩的东西太多，按规定要加收百分之二十的餐费，客人不服，就吵了起来。服务员告诉客人，只要把桌子上剩的东西吃完，就可以不加钱。客人看见张帅还在津津有味地大吃，就朝张帅喊道：“小朋友，你过来帮我把剩的东西吃掉，我给你一百块！”张帅一听有得吃，还能赚钱，二话没说跑过去，三下五除二把那桌上的剩菜吃光

了……

我连忙把钱还给张帅，说：“这钱是你赚的，叔叔不能拿！”

张帅又把钱推回来，说：“叔叔，你是我爸爸的朋友，今天是你生日，这56块钱，我想让你买个生日蛋糕，好好过一个生日！”

我心里一热，成心考考他，又笑着问：“不是赚了100块钱吗？怎么是56块呢？”

张帅吐了吐舌头，掏出一张发票递给我，说：“我看到你走的时候把钱塞到我衣兜，吃完后就去服务台问了问，原来你没有埋单，服务员要我付88块，这不，加上你给我的44元，我付完账，就只剩56块了。”

天哪！张帅是主动去服务台付账的！我的脸“刷”的一下红到了脖子根，一把将钱塞进张帅的衣兜，逃也似的走了……

回到家，我拿着张帅给的那张发票看了又看，发了好一会儿呆。突然，我发现发票的刮奖区还没刮开，便试着刮开，一看，哇！真没想到，神奇的事情居然又发生了：这张发票竟然中了100块奖金！

第二天上午，我就到为民路那家火锅店去兑奖，火锅店老板正好在，一下就认出了我，见我中了奖，一个劲地夸我好运气，问我愿不愿意来火锅店打工，说：“好运的人会带来财气，欢迎你来这里上班。”我兴奋不已，当即答应下来。

从此，我在这家火锅店有了份工作，渐渐地，我养成了一个习惯：时不时会朝店外张望一眼，希望能看到张帅正好从店外经过，因为，那100块钱的奖金是张帅得到的，我得交给他……

（**题图、插图**：张恩卫）

· 本刊信息传真 ·

征稿：写一个故事吧

你喜欢《故事会》吗？你想成为《故事会》的作者吗？你想把自己知道的故事写下来让千千万万的读者分享、分担你的喜怒哀乐吗？

投稿的方式有以下几种——

1. 你可以邮寄，地址是：上海市绍兴路74号《故事会》杂志社（邮编：200020）；
2. 你可以发电子邮件，各编辑的电子邮箱见本刊第32页；
3. 你可以登录“故事中国”网，那里有一个“在线投稿区”。

除了自己创作，你也可以把在各类报刊和网络上看到的笑话、3分钟典藏故事、快乐辞典、感动中学生的故事、外国文学故事鉴赏等作品推荐给我们，一经发表，你都将获得推荐费。

街谈巷议、市井邻里，饭桌酒席、旅途行程，生活的时时处处都蕴涵着“故事”的“影子”，写一个故事吧，你将在写故事中获得快乐，同时你的故事也将给别人带来快乐！

本刊编辑部

明明欠了人家的钱，却怎么也还不掉……

无债一身轻

□一 虎

妙招抵债

人活一辈子，要活得心安理得：上不愧天，下不愧地，对着镜子照一照，也对得起自己的良心。嘿，这话说起来顺溜，真要做起来，讲究可多了。乡下小伙阿来最近遇到的一件事，那个有趣呀，你想都想不到……

最近，阿来总觉得他爹有点不大对劲，时不时就坐在院子里发呆。这天，娘去走亲戚了，家里只剩爷俩在，阿来忍不住问他爹："你最近是不是有什么心事？"爹叹了口气，说："半年前，阿丙向我借了200块钱，到现在都没还！"

原来是这么回事，阿来安慰爹说："阿丙这人不错，可能是最近手头紧。"爹一听就摇头，说："不可能！当时他说卖了那圈猪仔就还，现在他第二圈猪仔都卖了，听说挣了好几千，怎么就还不了我那200块呢？"

阿来又说："不就是200块钱么？要不到就算了。"爹气呼呼地说："不行，200块就不是钱了？我一定要想个办法要回来！"

三天后，阿来刚回到家，爹就笑眯眯地说："哈哈，我把钱要回来了！"原来，今天一清早，阿丙在自家鱼塘里抓了上百斤的大闸蟹，准备送到城里卖掉。阿来爹听说了，立刻跑了过去，称了8斤大闸蟹。市面上大闸蟹25块一斤，这8斤大闸蟹刚好200块。结账时，阿来爹装出突然想起的样子，对阿丙说："半年前你不是借

我200块钱没还吗？干脆抵了吧！”没等阿丙吭声，拎着大闸蟹就回了家。

又过了几天，娘走亲戚从外地回来，阿来忍不住把这事告诉了她。谁知，娘猛地一拍大腿，说：“哎呀，这个死老头子！阿丙上次借他钱，第二天就把钱还到家里来了。当时你爹正在厨房烧菜，阿丙喊了一声，就把钱放桌子上了，我是亲眼看见的！”

这下，阿来傻眼了：怪不得这几天阿丙见了自己爱理不理的，原来是爹多收了他200块钱哪！这事要怪自己没多留个心眼，这几年爹的记性大不如从前，有时刚说的话，转身就忘记了，怎么就没想到他在这件事上出偏差呢？

娘叹了口气，叮嘱阿来说：“这事千万别让你爹知道！不然，他那张老脸挂不住，以后会越来越自责。”阿来点点头，说：“我明天就把钱还给阿丙，再替爹向他赔个礼，道个歉！”

用计还钱

第二天一早，阿来匆匆赶到了阿丙家，阿丙正忙着将一桶桶猪粪倒进鱼塘里喂鱼，浑身臭烘烘的，阿来赶紧上前，赔着笑脸说：“阿丙哥，真不好意思！上回你那200块钱已经还了，我爹他老糊涂了，竟然又问你要！我给你赔不是了！”说罢，将200块钱放在一旁。谁知，阿丙冷冷地说：“这钱你拿回去！现在大家都知道我阿丙是个穷鬼，借了别人200块钱一直赖着不还！那几斤大闸蟹，就当是给你爹的利息吧！”阿来不好意思地说：“阿丙哥，你消消气！钱我放这了，我先走了……”说罢，拔腿就走。

阿来回到家，以为这事就过去了，谁知不一会儿，阿丙又怒气冲冲地把钱送了回来，说：“我说过了，这钱我不要了！”说罢，将钱塞给阿来，扬长而去。

阿来拿着钱，无奈地摇了摇头。说实话，这事也不能怪阿丙。那天，阿丙在鱼塘捞出大闸蟹，许多村民都在现场围观，爹当众说的那些话，就像说阿丙是个赖皮，太让他下不了台了。

这时，阿来爹扛着锄头从地里回来，问：“刚才阿丙给你钱干吗？”阿来灵机一动，说：“我最近手头紧，刚才问他借了点！”阿来爹张望一番，见阿来娘不在，凑上前悄悄地说：“儿子，手头紧跟我说呀，没事别麻烦别人，我有私房钱呀！你等等，我这就拿给你，赶明儿把钱还给阿丙去。”阿来一听，心里暗自高兴。

到了第二天早晨，阿来佯装有急事，对爹说“爹，我要马上出门一趟，这200块钱你替我还给阿丙吧。”爹点了点头：“放心吧！我不会忘记的！”听了这话，阿来心里一乐：这下让爹亲自去还钱，阿丙肯定不会再说什么了。

傍晚，阿来一回家，就迫不及待地问："爹，钱还了没？"爹摇了摇头，说："没有！阿丙说，他根本就没借你钱。这孩子，年纪轻轻的，怎么记性比我都差呢？隔了一天就忘记啦！我怎么说他都不听。没办法，我只好把钱带了回来。"阿来叹了口气，心想，这个阿丙真够倔的，给你台阶都不下，都是乡里乡亲，非得搞那么僵吗？一生气，就说："爹，这事你别管了！他不要，正好省得我还！"

阿来爹一听，狠狠地瞪了他一眼，生气地说："你说啥呢？爹打小怎么教育你的？做人要本本分分，不能占人家一点便宜！你忘记了？"阿来一听，简直哭笑不得。

到了晚上，阿来刚上床，就听爹在隔壁屋子不停地折腾，吵得他怎么也睡不着，阿来实在忍不住，从床上爬起来，打开门一看，爹正坐在外面喝酒呢！

阿来气呼呼地问："爹，大半夜的，你不睡觉喝的哪门子闷酒？"爹叹了口气，说："我也不知道咋回事，一闭上眼睛，就想起你借阿丙200块钱的事，翻来覆去怎么也睡不着。说实话，前些天，我惦记阿丙欠我的200块钱，也没现在难受！"阿来揉了揉眼睛，说："爹，这事你就别管了，把身子闷坏了不值得！"爹朝阿来摆摆手，说："我再喝两杯，喝醉了就容易睡着了！"

巧解心结

连着三天，爹深更半夜都在闹腾，弄得阿来没睡一个安稳觉，阿来就跟娘抱怨说："这可咋办呢？爹再这样闹下去，我非疯了不可！"娘无奈地说："你爹就这脾气，心里藏不得半点事。要不，咱再想想其他办法？"阿来想了半天，突然一拍脑瓜，说：

“有了！阿丙不是跟他娘住一起么？咱就让爹把钱还给阿丙娘，阿丙娘年纪大，一定抹不过面子，肯定会收下。”娘点点头，说：“好，就这样！”

第二天，阿来爹果真听从阿来的话，拿着钱就去找阿丙娘，这时阿丙去县城买饲料，正好不在家。于是，阿来爹就将儿子欠阿丙200块钱的事说了一遍。谁知，阿丙娘听了就摇头，为难地说：“大哥呀，不是我不收你的钱，只是，阿丙临走前千叮咛万嘱咐，你家谁来还钱都不能收！”阿来爹诧异地问：“这是为啥呀？我儿子明明借了他200块钱，为什么不收？”阿丙娘茫然地说：“我也不明白呀！”

阿来爹央求说“大妹子，就算我求你了！这钱你就收下吧，你瞧瞧，为这事我三天三夜没睡好，闹心哪……”阿丙娘抬头一看，阿来爹眼里布满了血丝，没一点精神气儿，阿丙娘叹了口气，说：“这样吧，咱甭管谁借没借了，两家各承担一半，我收你100块，另外100块你拿回去。这样，我也能跟儿子有交代了。”阿来爹点点头，说：“也只好这样了！”

这之后，爹总算能睡着觉了，阿来终于长舒了一口气。可是，爹每天还是要唠叨几遍：“我总觉得，我们家还是占了阿丙的便宜，不应该呀……”

一晃眼冬天到了，这天，阿来爹望着窗外的鹅毛大雪，突然灵机一动：“哈哈，我终于想到怎么处理那100块钱了！”说完就急急地出了门，不一会儿，老头哼着小曲回来了，得意地说：“哈哈，现在，我真是无债一身轻啊！”阿来迫不及待地问：“爹，那100块钱你究竟咋处理了？”爹得意地说：“刚才，我上街买了件厚厚的大棉袄，送给街上那个流浪的傻子了！我告诉他，这是阿丙送给他的！”阿来一听，连声称妙！

谁知，阿来爹的谎言很快被戳穿了。原来，村里有人看到傻子穿了件新棉袄，就问：“这棉袄谁送的呀？”傻子吮吸着手指，结结巴巴地说：“是——是脸上长红斑的阿丙送的！”问的人一听乐了，村里只有阿来爹脸上有红斑，那是胎记，怎么会是阿丙呢？这时，又有人问：“傻子，这是件旧衣服吧？”傻子气呼呼地说：“不，这——这是刚买的新衣服！瞧，口袋里还有发票呢！”众人接过发票一看，上面清清楚楚地写着棉袄的价格：100块人民币！

这事很快就在村里传开了，谁也弄不清傻子的新棉袄是阿来爹送的，还是阿丙送的，不论村民们怎么问，阿来爹和阿丙都淡淡一笑，谁也不肯说。

只是，从这以后，阿丙和阿来两家的关系越来越好了……

（**题图、插图**：谢　颖）

·中国新传说·

他什么都能算，从来不吃亏，没想到，最后还是算错了……

良心有价

□刘祖光

张老板的难题

海澜小区是一个大型居住区，里面住着各种各样的人，但要说里面的聪明人，最有名的有两个：一个是在大学工作的杜教授，一个是经营彩票投注站的张老板。两人关系挺好，不时凑在一起喝点小酒。

这天，小区门口来了个卖瓜的老汉，拉来一车大大小小的西瓜。这个老汉西瓜种得很好，价格又公道，大家都抢着买，老汉卖了一会，发现大家都只挑大瓜买，他担心小瓜卖不出去，就说："我这瓜现在开始论个卖，大瓜九块钱一个，小瓜三块！"

大的西瓜一般有十一二斤，小些的只有五六斤，这样算来，小瓜比大瓜便宜很多，于是大家都抢着买小西瓜。这时，杜教授也来了，挑了个大西瓜，有人提醒他说："小西瓜便宜，大家都在抢着买，你怎么买大的呢？"

杜教授笑了笑，解释说"咱们吃西瓜，吃的是体积，你看，小西瓜的半径只有大西瓜的三分之二，球体体积是按半径的立方算的，所以，大瓜的体积比三个小瓜的体积要大，当然买大西瓜合算！"

旁边的人还是不同意，说"大瓜皮厚，小瓜皮薄，还是买小瓜划算！"

杜教授撇撇嘴，说"小西瓜的瓜

皮是薄，可三个小西瓜的瓜皮加起来肯定比一个大西瓜的瓜皮多，算下来，还是买大西瓜合算。”

张老板这时也在场，听了杜教授的一番高论，当即买了三个小瓜、一个大瓜，然后用刀剖开，将三个小西瓜的瓜瓤和一个大西瓜的瓜瓤放在两只大小相同的盆内，一比较，果然大西瓜的瓜瓤要比小西瓜加起来的多，再称一下瓜皮，三个小西瓜的瓜皮也比大西瓜的重得多，这一来，张老板对杜教授佩服得五体投地，当天晚上，他就敲开了杜教授家的门。

杜教授见张老板上门，知道他肯定有要事相求，就朝着他呵呵直笑，张老板一番犹豫，终于说明了来意。

原来，小区里的老彩民王大妈前天去女儿家，忘了买彩票，就打电话给张老板，让他帮着买了一注彩票，张老板按照王大妈说的号码，打出那张彩票，昨天晚上中奖结果出来了，王大妈买的那注彩票中了二等奖，可以领两万块钱的奖金，但王大妈直到现在也没打照面，彩票一直在张老板手中，这让张老板动了心思。

张老板请教杜教授：“你是个聪明人，我想请你帮我算算，我如果拿着这张彩票去领奖，是赚还是赔？”

杜教授一听就明白了张老板的意思，看来他是想吞掉那张彩票，因为彩票现在还在他手上，他去领奖，王大妈奈何不了他，但他担心王大妈去投注站大闹，把事情闹大了，肯定会影响投注站的生意。

杜教授的聪明

杜教授笑着说：“你是要我帮你测算一下你的‘良心成本’，看看讲良心和不讲良心到底哪个收益多，是不是？”

张老板一下红了脸，说：“我知道人要讲良心，可——”

杜教授打断张老板的话，取出纸和笔，问道："你彩票投注站每个月的利润有多少？"

张老板回答："利润按销售额的8%提成，现在每个月大约能卖五万块钱的彩票，除去各种支出，一个月大约能赚两千块钱……"

杜教授说："王大妈的那个奖，顶得上你十个月的利润。"

张老板点点头，说"所以我想领这个奖，毕竟，钱的数目不小。但如果王大妈来找我的麻烦，肯定会影响我的生意。"

杜教授点点头，说："是啊，如果大家知道真相后对你产生憎恶情绪，会有一部分人到另外的投注站买彩票，估计你的营业额至少降三成！"

张老板脸色一变，说"经营彩票站，靠的就是人气。"

杜教授接着又说："如果真的降三成，每个月的营业额将减少一万五千块，相应减少一千两百块钱的利润，你所得的奖金只能弥补你十七个月的损失，而且，人气很难在这么短的时间内恢复，现在去领奖，你可能会吃亏！"

张老板擦了把额头上的汗，说："你的账算得很清楚，但让我将这两万块钱送出去，还是有些不甘心！"

杜教授哈哈大笑，说："你不甘心，是因为你只看到失去了两万块钱，其实，你还没看到额外得到的收入啊！"

还有额外的收入？张老板惊奇地看着杜教授，杜教授说"如果你将彩票还给王大妈，王大妈一定会到处说你的好，你会有很好的口碑，再加上开出大奖的广告效应，你的投注站人气会急剧上升，销售额自然会跟着相应上升……"

这么一算，张老板眼睛亮了：是啊，归还彩票不仅能让自己得到实惠，还能让自己有个好名声，一箭双雕……

张老板对杜教授千恩万谢地走了，杜教授笑着对夫人说"这个家伙的良心也就值个三四万块钱，要是这次中了个十万二十万的，早就不声不响地昧下了。"

第二天，王大妈从女儿家回来，张老板专程登门，将彩票还给她，把个王大妈感动得热泪盈眶，直夸他是"当代雷锋"。

不久，张老板不昧奖金的事登了报，知道张老板的人越来越多，大家都认为他为人好，信誉好，运气也好，都跑到他这里来买彩票，投注站的销售额直线上升，不少人为了沾一下这里的人气，讨个好彩头，居然跑很远的路专门到这里来买彩票。这天，杜教授在路上遇到了张老板，张老板喜滋滋地说："我这个月足足赚了一万块，哈哈，真是没想到，良心有价，良心也能为我赚钱啊！"

算不出的结果

张老板生意越做越顺，谁知，突然有一天，他的投注站关门了，事先没有半点预兆。接着，有个消息在海澜小区风一样地传开了：有个彩民打电话托张老板买彩票，这张彩票中了五百万元大奖，张老板偷偷领了这笔巨款，马上关了投注站，带着家人连夜走了，谁也不知道他去了哪个地方……这消息越传越广，张老板的邻居也说，张老板一家人是在深夜走的，一声招呼也没打……

小区有位彩民想起了聪明的杜教授，就跑来请教杜教授，关于张老板的那个传言是不是真的。

杜教授一番沉吟，分析说："张老板的投注站生意红火，一天能卖五千多块钱的彩票，每天获利两三百块，一个月下来不会少于六千，一年少说也能赚个七八万块。你想想看，能让他放弃这么好的生意，一夜之间带着家人走得连个人影都没有，那得是多大的好处啊？这个好处肯定大于他的良心价格，他才能昧得下自己的良心，所以，我认为那个传言很可能是真的！"这位彩民听了，连连点头。接着，杜教授长叹了一口气，说"看来，人的良心能赚钱，人的良心也能被钱污染，变黑发臭啊！"

就在杜教授说了这番话的第二天，张老板的彩票投注站突然又开门了，张老板满面春风，热情地接待进来的每位彩民，几乎每个熟悉的彩民都会问张老板："你这段时间到哪儿去了？"

张老板对大家说，那天老家来了电话，他父亲得了急病，眼看不行了，他情急之下，带着妻子孩子连夜赶了回去，来不及给大家打个招呼，真的非常抱歉……

这天杜教授正好有空，他看到张老板的彩票投注站又开了门，便进来看看，知道原由后，他问张老板："这投注站关一天就损失几百块钱，你一关就是八九天，如果当时让你妻子留下来，守着投注站，不就能避免这些损失吗？"

张老板嘿嘿一笑，说："钱是挣不完的，钱和良心，有时候还得分开来算。万一我父亲发生了不测，在最后时刻，家里的每个人他一定都想见，家里的每个人都应该陪着他走最后一程，哪怕因此损失更多的钱，也是值得的！"

听了张老板的话，杜教授的脸"唰"的一下就变红了，他一直以为自己是个很聪明的人，能算出世间万物的价值，连每个人的良心，他都能算出价格来，但张老板让他明白，他的算法错了，人在该讲良心的时候，良心的价值是无法计算的，永远是无价之宝……

（题图、插图：魏忠善）

·中国新传说·

老实人总是吃亏，于是，他为老实儿子想了个不吃亏的法子……

蛇酒妙计

□ 钱塘潮

不该他吃亏

王家村有个马老爹，是个远近闻名的精明人，这些年来辛辛苦苦攒下十几万块钱，还没过上好日子，却犯了胃病，大儿子马庄带他到医院一查，是胃癌，已经到了晚期。

马庄一看这个结果就哭了，非要爹住院不可，马老爹却摇摇头，说："这病治不好了，咱不治了，回家！"马庄无论如何拗不过爹，只好陪他回了家，每天为爹做饭洗衣，照顾得无微不至。

马老爹还有个小儿子，叫马梁。这马梁有点不务正业，总是千方百计找马老爹要钱，倒腾些东西到城里卖，成天不见人影，几年下来，也没见他赚一文钱回家。听说爹得了绝症，他倒是回来看了几次，跟马老爹说不了几句话，马上又走了。

马老爹的身子骨越来越弱，眼看熬不了多少日子，他便让马庄把马梁找回来，马庄在城里转了好几天，没有找到马梁，便打电话回来，问爹该怎么办，马老爹让马庄赶快回家，顺便把远房亲戚王五福请来一趟。

马庄来到王五福家，王五福一见马庄就跳起来，说"我可没欠你家的钱，你来干啥？"马庄说："我不是找你讨债的，是我爹请你去一趟。"

原来，王五福欠了别人一屁股债，隔三差五有人上门讨债，谁也不待见他，想不到马老爹在这个时候想起他来。

马庄生拉硬拽把王五福带到家。想不到这时马梁已经回了家，马老爹看到王五福，便让马庄哥俩出去，要单独跟王五福说几句话。

不多日，马老爹过世了。马庄带着马梁料理好爹的后事，就跟马梁商量：“爹生前有十几万块钱，病了都舍不得花，留给了我们。你看，这笔钱怎么分？”马梁一听要分钱，也不说话，一个劲晃着二郎腿。马庄继续说：“我是哥，在家种地，花钱少；你老在城里跑，花销大，要不，那笔钱三分之二归你，三分之一归我，你看怎么样？”马梁听了，支支吾吾应付几句，便抬腿出门。马庄拿出钥匙，打开爹的抽屉一看，一下愣了：爹的存折不见了。

马庄想起马梁刚才的神态，连忙出门去找马梁，这时马梁却连人影都没了。

马庄气坏了，想找马梁理论，可马梁就像一阵风，再也没了踪影。村里人知道这事后，都说马老爹精明一世，糊涂一时，到头来让最孝顺的孩子吃了亏……

伸手又要钱

一晃五年过去了，马庄靠着勤劳节俭，娶了媳妇生了娃，但媳妇嫌他没本事，经常跟他生气，日子过得很不如意。这时，一条高速公路经过王家村地界，征了马庄的地，补偿了马庄一笔钱。

真没想到，几年没见踪影的马梁这时开着轿车回来了，现在的马梁完全是一副老板派头，他径直找到马庄，说：“哥，地是家里的地，补偿的钱我也有份啊！”

马庄真没想到，马梁竟然好意思开口要钱，不由得急了，说：“如果你把爹那笔钱拿出来，这笔征地补偿款我也会跟你分。”

马梁说：“你有什么证据说爹的钱是我拿的？这征地的钱可是秃子头上的虱子，明摆着有我一份的！”马庄不信弟弟没拿爹的钱，可又拿不出真凭实据，想想怎么说也是自己的亲弟弟，心一软，就答应将一半征地补偿款分给马梁。

大家都以为这事就这样过去了，想不到，这时又冒出一个人来，谁？王五福！

王五福这几年日子不好过，他欠村里人的钱一直还不上，没人愿意答理他，这天，他听说马梁开着小轿车回来了，急忙跑回家，找出一封信来。原来，马老爹临死前找他去，交给他一封信，说：“我给马庄留了件宝物，现在不能给他，免得哥俩不和。以后等马梁发了财，你就把这封信交给马庄，马庄会给你一笔钱，让你把欠村里人的钱还上。”王五福一听，知道这笔钱数目不小，连忙答应，回到家偷偷打开信封一看，信里只有“蛇酒”两字，怎么也看不明白，估计这是马庄才能看懂的暗语。

这时，王五福拿着这封信又琢磨开了：“这信给了马庄，他最多帮我还掉欠款，我一个子儿也拿不到，再说马庄这几年过得也不好，天知道他能给多少钱？不如把这封信交给马梁，没准还能多换点钱。”想到这儿，他揣着信就去找马梁。

马梁拿信一看，的确是他爹的笔迹，但他根本不知道“蛇酒”是什么意思。

王五福心下暗叹，马老爹真是个人精，想给大儿子的东西，小儿子都看不明白。他眼珠一转，给马梁出了个主意，马梁一听，连声说好，给了王五福一点钱，答应事成之后，再给他一笔，然后两个人依照计策，分头行事。

谁都别坑人

王五福先找了个酒馆吃饱喝足，抹了抹嘴巴，就来找马庄，说：“你爹给你留了一个宝物，说你看了信就明白。”说完，展开信给马庄看，马庄一看就笑了起来，说：“不看这信，还真把蛇酒忘了。”说着要接信，王五福连忙把信合起来，放进口袋，说：“你爹还说，让我跟你一起看那宝物。”

马庄听说是爹的吩咐，就带着王五福来到爹的房间。他抬起床板，撬开地上的几块砖，取出一只埋在地下的酒坛子。原来，马老爹一直胃不好，听说蛇酒养胃，就买回来喝，后来查出是胃癌，连蛇酒也不喝了，让马庄在床下挖了个坑，把酒坛埋进去，嘱咐马庄说：“这酒坛你轻易不要动，也不要告诉别人。到时候，有人给你亮出‘蛇酒’二字，你才能把这坛酒挖出来。”

酒坛很轻，马庄说“看来酒坛里没有酒，不知爹在里面藏着什么宝物。”说着，就要打开盖子，这时，门突然开了，马梁走进来，上前就抢酒坛子，说：“宝物是爹给我的！”

马庄看看马梁，又看看王五福，顿时明白这是他们串通好的计谋，就说：“既然是爹给你的，你怎么不自己来取？”

马梁可不管这么多，一心想把酒坛抢到手，马庄伤心极了，把坛子举起来，猛地摔到地上，顿时，碎片哗啦啦掉了一地。想不到，里面根本没有什么宝物，只有折叠好的纸片，马庄捡起来，展开一看，一共有两张纸，一张是份合同，是马老爹和马梁签的，内容大致是：马老爹把全部积蓄十六万元交给马梁，算是投资，如果马梁赚了钱，每年把利润的五分之一交给马庄。上面有马老爹和马梁的签字。

另一张是马老爹写给马庄的信：马庄，你是个孝顺孩子，爹这些年攒下的十六万块钱，如果对半分给你们兄弟，这点钱谁也做不成事。你弟弟把钱看得重，心眼不好，但凭我的眼力，我知道他是做生意的料，这点钱给他打个底，兴许用不了几年，他就能让这笔钱滚动起来，越来越多。如果他肯每年给你一笔红利，你们两个人都会有好日子过。这件事我没有事先告诉你，因为你太实诚，没有心计，让马梁知道了底细，他会躲起来让你找不到。所以我让王五福来监督他，五福以前在生产队做过会计，对财务的事门儿清，马梁骗不了他，也就没法糊弄你。你从马梁那里拿到钱后，要拿出十分之一，交给王五福……

马梁和王五福一直在马庄后面看信，看到这里，马梁伸手就抢那张合同，王五福忙用身体挡住马庄，嘿嘿一笑，说："你爹说了，马庄的份子里，有十分之一是给我的。我们还是赶紧把这几年的账清算一下，不然，只好到法庭上去讲道理了……"

马梁当初跟爹签好合同，得了爹的钱，这几年他用这笔钱做本钱，开了一家公司，的确赚了不少钱。五年前他听哥哥跟他商量分爹的那笔钱，就明白哥哥不知道合同的事，准备一直把这笔钱昧下去。这次他听说哥哥拿了不少征地补偿款，想着自己也有一份，就专门跑回家向哥哥要，没想到引出了王五福，让哥哥知道了那份合同，无奈之下，答应每年将公司五分之一的利润分给哥哥。

王五福也是个精明人，打这以后，他时时盯住马梁公司的经营情况，处处为马庄算计，督促马梁将利润按时交给马庄，马庄再拿出一成的比例，分给王五福，没过几年，王五福还清了所有欠款，过上了体面的日子。

马庄每年有了这样一笔收入，又勤劳节俭，从此夫妻和睦，日子过得一天比一天好……

（题图、插图：魏忠善）

红版编辑部各编辑邮箱：
姚自豪：yaobianji@126.com；
郑继文：zjw002@vip.163.com；
吕　佳：lujia411@yahoo.com.cn；
叶小萌：xiaomeng.ye@gmail.com；
李天然：chin_poet@163.com。

噪声难耐

□曾宪涛

这几天，为民小区7号楼3单元的住户都有点烦，为什么？302室的空调室外机出了毛病，发出轰炸机一般的响声，一阵阵直刺人的耳膜，而且一连好几天，通宵达旦，根本没有停下来的意思，这轰隆隆的声音让相邻的几户人家吃不好，睡不安，坐卧不宁。他们实在想不明白，302室的主人怎么就受得了这样的噪声？而且一天到晚开着，也不嫌用电费钱。

这个单元的户主都在同一家单位上班，当年单位在这栋楼买了不少房子，然后再由单位分给职工，302室的户主是单位的一位主要领导，平时跟单位其他职工没什么来往，现在他家的空调室外机这样影响大家，也没人去跟他交涉。

几天下来，202室的主妇实在受不了了，就对丈夫说："楼上的空调坏了这么多天，咋也不找人修修？你不敢跟你们领导说，我去说！"丈夫连忙制止妻子，说："就你多事！他家的空调坏了，他自己会不知道？再说，402室肯定吵得比我们家还厉害，他家不说，我们家也犯不着出头！"丈夫这一说，老婆就不吭声了。

202室的户主猜得不错，402室一家人早就受不了了，主妇本来就有失眠症，空调室外机像轰炸机这样一吵，她根本没法睡觉，一直想去敲302室的门，每回丈夫都拦住她，说："那室外机又不是专吵咱一家，早晚会有人去说，咱干吗充这个冤大头？”

这天，202室户主遇上了402室的，就问：“你们家楼下有没有什么动静？吵不吵？”

402室假装不解，反问：“什么吵不吵的？你说的我好像不懂啊！”

202室实在忍不住，说：“你们家楼下的空调室外机好像坏了，你在楼上没被吵吗？”

402室这才装出一副听明白的样子，说“他们家的室外机呀？的确有点吵，不过还行，基本没有影响我们的正常生活，你们家怎么样？没被吵着吧？”

202室连忙说：“我们家也不是很吵，因为最近刮东风，估计把响声都刮到西边去了。”

“是吗？”402室故意拖长声音，在心里冷笑：哼！有你受不了的一天的，你就忍着吧！

这天，一位老太太来敲302室的门，敲了老半天也没人开门，老太太继续使劲敲，敲得整个单元的人都听到了，302室的人就是关着门不出来。邻居们见了，谁也没上前问一声，心里都在想：兴许这老太太是隔壁单元的，这几天风比较大，多半是302室室外机的轰隆声刮到了老太太那边，老太太受不了，才上门提醒的。他们想做又没有做的事，这位老太太帮着做了，真是求之不得。最好这位老太太把302室好好训斥一通，那才解气！

不想老太太硬是没把302室的门叫开，只好嘟囔着走了。

第二天，又有个人来到3单元，敲302室的门，见里面没有动静，接着又敲楼上楼下几家住户的门，自称是昨天过来的那位老太太的儿子，问了一些情况，就走了。

又过了一天，老太太的儿子直接去了3单元户主们的单位，找到了302室的户主。原来，302室早就在别处买了新房子，最近全家住到新房子里去了，他临走时没跟邻居们打招呼，恰好又忘记关空调，结果年久失修的室外机出了故障，扰得四邻不安。如果不是老太太的儿子找上门，他根本不知道这件事。

302室十分感激老太太，不说别的，光是那台大功率的空调机一直运转，一天二十四小时不停地耗费电力，这电费就不是一笔小数目。他专程赶到老太太家，诚恳地说："谢谢您，老奶奶，您真是个热心肠的人！"

老太太一脸茫然地看着302室，不知他在说什么，老太太的儿子忙过来插话，说："我妈她的听力有问题，听不清你的话。"

302室大吃一惊："连我的话她都听不清，怎么能听到我们家空调室外机的声音呢？"

老太太的儿子笑了，说："我妈虽然听不见空调室外机运转的声音，但她看到你们家室外机的遮阳棚被吹得不停地晃动，便知道那台空调机昼夜都在运行，于是赶到你们家提醒……"

302室知道了事情的来龙去脉后，长叹一声，说："我们整个单元的户主都在同一个单位上下班，竟然没有一个人知道我搬了家，也没有一个人跟我说起空调室外机的事，要不是这位耳朵背的老太太，真不知道它要开多久……"

（题图、插图：谭海彦）

·本刊信息传真·

点评、纠错、投稿 尽在故事中国网

读完本期的《故事会》，你对哪几篇作品印象深刻，或者有感于心，不吐不快？

欢迎登录故事中国网(www.storychina.cn)，发表评论，一经采用，即致稿酬50-100元。

征集方法：每期《故事会》出版后，欢迎对当期刊物中的单篇故事进行评论，也可以就同期的二、三篇作品或同一作者的数篇作品进行比较分析，要求言之有物，不泛泛而谈，有一得之见即可。我们会从每期应征的评论中选择1-2篇质量较高者发布在故事中国网首页的"连线故事会"栏目中，凡被采用发布的评论，将支付50-100元的稿酬。

故事中国网举办的"咬文嚼字"活动，请您指出当期《故事会》刊物中的错别字或病句，找得最多最准的读者有机会赢得故事会公司出版的图书。

此外，《故事会》每位编辑在故事中国网都设有投稿专区，网上投稿的优点是稿件处理快，结果一目了然。欢迎广大故事作者上故事中国网直接投稿。

·中国新传说·

他不仅还了自己的债，还给孩子留下一份遗产……

特殊遗产

□范大宇

以死相逼

河北沧州一带，十里八乡的，一提起刘永久，人人都跷大拇指，他是刘家鸳鸯腿传人，有一身好武艺，为人又厚道本分，可要是说起他的儿子刘建设，却人人摇头。这个刘建设坑蒙拐骗偷，样样都干，老婆一气之下跟刘建设离了婚，把儿子也扔给了他，这孩子比他爹有出息，在学校是三好生，在家里，他天天和爷爷相依为命，为爷爷分担忧愁。

刘建设也跟着刘永久学过三拳两脚，但把这武艺都用在歪门邪道上了。最近，刘建设又缠上刘永久，天天堆着笑脸，要老爹把鸳鸯腿绝招教给他，但任凭刘建设如何死磨硬泡，刘永久就是一个字：不！这样一来，父子间的“梁子”越加深了，平时连话都懒得说，刘建设十天半月不沾家，谁也不知他在哪儿鬼混。

这天半夜时分，刘建设在外面喝得脸红红的，一到家就和他爹较上了劲儿，这回他不要鸳鸯腿绝招了，要遗产！

刘永久摇摇头，说：“我能有什么遗产？笑话！”

刘建设瞪着血红的大眼珠子，说：“你以为我是傻子啊？我都听到了，我妈临死之前跟你说的，要你把那份遗产交给我。”

刘永久仍是摇头，说：“没有！”

刘建设气得“呼呼”直出粗气，一扭头出了屋，在院子里就着月光“嗞嗞嗞”地磨起了刀，过了好半天，

刘建设提着刀回到屋里，把刀“啪”地往地上一扔，说：“老家伙，我给你三天时间，三天后，你要是再不给我遗产，别怪我不认你这个爹！”

也不知咋回事，刘建设在他爹跟前耍刀，还威胁他爹三天里交出遗产的话，一下子在村里传得沸沸扬扬，第二天，刘永久的好几个徒弟就找上门，拍着胸脯，说要保护师傅的安全，刘永久挥挥手，让他们都回去，说：“这是我家里的事儿，你们别搀和了。”

话虽这么说，刘永久也不能不防。他天天活动筋骨，并要孙子去亲戚家躲一躲，但孙子坚决不去，说就是死也要和爷爷死在一起。

心债难还

到了第三天晚上，吃过饭，刘永久拴住院门，把孙子叫到身边，说：“你去把灯全打开！把屋门关好！”孙子神情肃穆地一一照办，然后站在爷爷面前。刘永久慈爱地摸摸孙子的脑袋，微微叹了口气，说：“过了年，你该12岁了。”

孙子说：“是的，爷爷，我已经很大了！”

刘永久点点头，说：“我要把遗产交给你！”

刘永久正说着话，突然愣了一下，几乎同时，孙子也支棱着耳朵，说：“爷爷，屋顶上好像有声音！”

刘永久笑着摇摇头，说：“没事，那是一只猫！”随后往上瞄了一眼，轻轻从炕席下抽出一卷东西，脸一沉，压低声音说：“孩子，这就是你爹老想要的遗产！”

“这就是？”孙子将信将疑凑上前，刘永久把那卷东西一层层剥开，露出包在最里层的十几张纸片，这些纸都已经泛黄了，显然过了好多年头，刘永久拿起一张纸，举起来，就着灯光，缓缓地说：“要说这事儿，已经35年了。35年前，你奶奶生下一个孩子，这孩子很苦命，一出生就大难临头，不仅患有严重的贫血病，而且有先天性心脏病，很难活下来。医生说，要救活这孩子，光手术费起码就要十万块钱。孩子你可知道，在那个时候，十万块钱可是个天文数字，是咱家三辈子也挣不下的钱呀！”

孙子有点明白了，问：“那孩子就是我爹吧？”

刘永久点点头，继续说：“万般无奈之下，我们准备放弃了。没想到，这当口我们遇到了好人，一位记者知道了你爹的事，就在报纸上登了出来，社会上的人知道后纷纷捐钱，这些人和咱们没亲没故的，凭啥呀？就是凭你爹是一条活生生的人命！人家捐了钱，但没有一个留下名字。我跪下求人家留下名字，好日后相还，可人家全不肯，说这是应该的。我只好用这些纸记下一笔一笔的钱数。后来，咱家的经济好转了，我就想着怎么还人家的钱，可那些好人既没留下名字也没留地址，得，那我就把这钱也捐出去吧！这些年，我给慈善单位捐了几万块钱，但还远远没有达到给你爹救命的那些钱数。我就和你奶奶商量，把这笔没还上的钱，作为咱家的'遗产'，一代接一代地还下去。人活在世上，不能昧了良心啊！有恩不报，生不如狗！本来，接下来该你爹来还了，可你爹，他不争气啊！"

孙子听得连连点头，说："爷爷，我明白了，你是要我继承这份遗产，让我替我爹还债？"

"对！这是一笔特殊的遗产，不是什么财富，而是一笔债务。你爹还不了，你就有义务接着还这笔钱。你愿意吗？"

孙子重重地点点头，说："爷爷，你放心。我长大以后，一定帮我爹还债！"

夺命绝招

这时，外面突然有了响动，有人在"啪啪啪"地拍院门，刘永久对孙子说："你爹来了！"

孙子眨巴眨巴眼睛，不解地问："你怎么知道是我爹？"

刘永久笑了，说"他今天是来者不善，是想动硬的，把'遗产'抢到手。刚才他就在屋顶上偷听来着，不过，他没有揭瓦破顶而入，而是从院门进来，看来他最后一点良心还没被狗吃掉。估计他刚才偷听了咱们的对话，醒悟了，现在，他是想要咱刘家鸳鸯腿的绝招呢！"

孙子不太明白，问："那怎么要？"

刘永久说："咱刘家鸳鸯腿是武林一绝，祖上传下的规矩，这绝招轻易不能传人，哪怕是亲生儿子，如果行为不端，也不能传授，他如果坚持想学，可以用真功夫逼着长辈使出来，长辈如果还是不想他学到手，就可以在这个时候用绝招取了他的性

命。看来，他现在想用这个老规矩，逼我在他跟前使出绝招啊！”

刘永久说完，站起身，晃了晃身板，扎紧腰间的板带，从容地走出屋子，又回头看了眼紧跟上来的孙子，示意他后退几步，接着，刘永久猛地咳嗽一声，突然“呼”地一下打开了院门，说时迟那时快，几乎是刘永久开门的同时，就见一道白光风也似的迎面劈来，好个刘永久，他身子猛地朝后一仰，身体几乎贴着地面，一个翻转，避过了夺命的刀锋，紧接着，他凌空出腿，照着对方小腹下方轻轻一点，只听刘建设一声惨叫，重重地倒在地上。

刘永久一个鲤鱼打挺，站了起来，轻轻地对孙子说：“你去把隔壁的叔叔们喊来，把你爹抬进屋子里……”

接下来，刘建设在床上躺了三个月，他心中明白，他爹脚下留情，没有要他的性命，也没有把他弄成残废，还让他见识到了鸳鸯腿绝招。这三个月时间，他躺在床上，来来回回细细琢磨鸳鸯腿绝招，终于学会了刘家武学的精髓。

这天中午，外面火辣辣地热，刘建设从床上爬起来，悄悄溜进爹的屋子，给正在午睡的刘永久重重地磕了三个响头，然后出了家门……

半年后，民政部门找上门来，将一份烈士证书和5万元奖金交给刘永久，刘永久这才知道，刘建设前不久独自一人生擒三个被通缉的杀人大盗，但他自己也牺牲了。

刘永久接过奖金和证书，送走民政部门的干部，把孙子叫过来，和他一起将奖金和证书放好，然后把孙子带到儿子的遗像前，让孙子给他父亲磕三个响头。

孙子磕好头，问：“爷爷，我爹是不是替他自己还清债了？”

刘永久点点头，说“你爹不仅还清了他的债，还为你留下了一份特殊的遗产……”

（题图、插图：张恩卫）

别惹老头

□梅纪国

牛大成是一家汽车经销店的老板，这天一早，他刚开店门，就看到门口台阶上坐着一个老头，这老头穿得脏不拉叽的，台阶下还停着一辆三轮车，装着一车废品。牛大成一看就皱起了眉头，走过去用脚尖踢了踢老头，说:“大清早的你坐在我店门口干什么？去，去，去！一边歇着去……”

这老头是个捡破烂的，正在这里歇脚，见牛大成开门了，正打算离开，听到牛大成这样数落他，有些不开心了，就说:“年轻人，你开门做生意，图的是和气生财，说话咋就恁难听呢？”

牛大成不耐烦了:“你也不看看我店里卖的是什么？放心！我什么时候也做不了你的生意，也用不着跟你图和气，快走，快走！”

老头看了看店里的情形，说:“哦，原来是干大买卖的，怪不得这么牛气。”

牛大成用鼻孔“哼”了一声。

突然，老头大腿一拍，说:“瞧，我真是老糊涂了！我出来干啥的？我是来买汽车的啊！你这不是在卖吗？得，我不跑别家店，就在你店里买了！”说完，起身就往店里走，牛大成急了，连忙伸手拦住老头，说:“就你这样，你也想买车？”

老头头一昂，问:“咋啦？你看不起我老汉？我一直想买辆两三万的皮卡运货，你凭什么说我买不起？”说着，走到台阶下，从车上拎下来一个蛇皮袋，往牛大成跟前一放，说：“钱都在这里，你要不要先点点？”

牛大成拎拎袋子，沉沉的，分量不轻，他半信半疑，让老头进了店。

老头背着手在店里走了几个来回，边走边不停地点点头，对牛大成说：“这几辆轻型车都有哪些不同？有啥特色？哪个省油？你给我介绍介绍吧！”

牛大成耐着性子，看着老头一副一本正经的样子，就把几种不同型号的车给老头做了介绍。老头听得很用心，听完了用手一指旁边的一辆车，说：“我觉得这辆车蛮合适的，就是它了！”

牛大成真没想到老头说买就买，硬是吓了一跳，说：“大爷，您还真有眼力，这辆车是咱们国家自己生产的，经济实用，只要两万九，您是刷卡，还是付现金？”

老头指指蛇皮袋，说：“我不刷卡，我付现金。”

牛大成打开蛇皮袋，一下子傻眼了，结结巴巴地问：“这——你这是什么钱？”

老头呵呵一笑，说：“你不会连人民币都不认识吧？”

牛大成当然知道袋子里装的是人民币，但这人民币也太不一般了：全是零钞不说，还硬币纸币全有，除了一元的，还有一角、五角的，扒开细细看，还发现不少一分两分的。

老头又笑笑，说“我本来是想先到银行转成大钞，再花出去的。既然到这里了，就省了这道手续吧。昨天电视上都说了，任何地方都不能拒收零钱，你这儿也得收吧？”

牛大成看这老头这么能说，如果不收弄不好老头会把事情搞大，再说，也是笔两三万的生意，当下把心

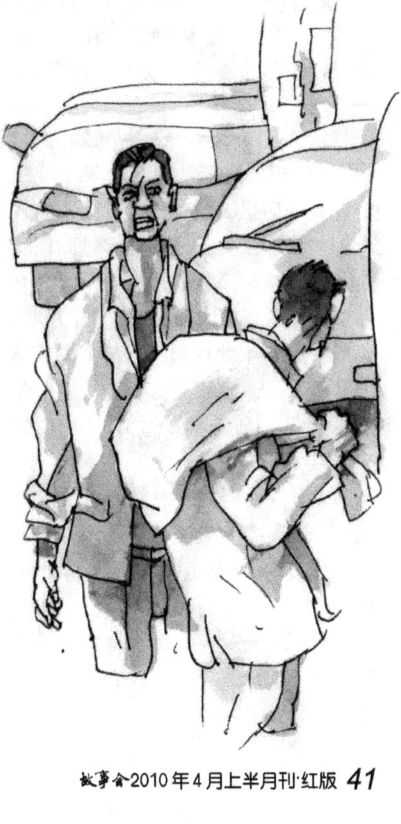

“相约世博，欢聚上海”故事征文大赛启事

2010年，全世界的目光将聚焦中国上海，上海因世博而美好，世界因上海而精彩。届时，242个国家与国际组织将赴上海世博盛会，上海将以绚丽多姿的惊世风采欢迎四海友朋、八方来宾！为此，《故事会》杂志社决定举办“相约世博，欢聚上海”故事征文大赛。征文活动截止期为10月31日。其间，我们将邀请50名获奖作者来上海，亲临世博园区，浏览迷人的世博景观，领略绮丽的浦江风情。所有费用均由杂志社承担。

征稿范围： 1. 具有现实感、新鲜感且可读性强的中短篇（包括超短篇）原创作品；2.故事性强、有口传性、能引起读者兴趣的推荐作品。

征稿字数： 超短篇（如“幽默故事”）的字数一般在1000字以内，短篇（如“中国新传说”）的字数一般在5000字以内，中篇故事的字数一般在15000字以内。

来稿方法： 1. 从邮局寄发，请在信封上注明“征文大赛”字样，本刊地址：上海市绍兴路74号《故事会》杂志社，邮编：200020。2. 从网上传递，可寄各责任编辑信箱，请在主题上注明“征文大赛”字样，本期责任编辑的信箱是：zjw002@vip.163.com。

一横，对老头说：“收，是钱我们就收！”他把那袋零钞往地上“呼啦”一倒，喊来店里一位员工，自己也亲自上阵，和那位员工把那堆零钞归在一块儿，先按硬币和纸币分成两类，然后又按不同的币值，分成了好几堆，然后一五一十地点起来，两个人从早上开始，一直忙到华灯初上，连中午饭都没顾上吃，总算把那堆小山似的零钱点完了。

牛大成抹了一把额头上的汗，说：“大爷，您这袋钱共计是两万四千一百四十一块七毛六，还差好几千块。”

老头一听这话，惊讶得瞪大了眼睛，大声地问：“不够？你们没有数错吧？”

牛大成生怕老头让他重点一遍，赶紧斩钉截铁地说：“我们数的时候你都看到了，绝对错不了！”

老头一听这话就愣了，呆了一会，蹲下身子，就把那堆零钞往蛇皮袋装，不一会就装好了，紧接着，老头站起身，脸上露出无限失望的表情，说：“唉，钱不够就没办法了，等哪天我攒够了钱再来买吧！老板，你等我一年半载，没准我会再来买你的车……”

说完，老头拎起大半袋子零钱，重新放回三轮车上，骑上车，嘴里得意地哼着小曲，扬长而去。

牛大成看着老头的背影，张大的嘴巴老半天也合不拢……

（题图、插图：谭海彦）

从一支香烟开始，他结识了一位高人……

烟味识人

□吴海宝

初现奇技

世间万事，无奇不有，不过，进入信息时代后，人们见多识广，早已见怪不怪，但赵大东最近遇上的一件奇事，却让他刻骨铭心。

这天，赵大东出门找个泥水匠干活，看到解放路交叉口有几个人蹲在路边，旁边摆着几块木头牌子，上面写着“小工”、“瓦匠”、“装修”等字样，就停下来，问：“有人接活吗？”

有个人接过话头，问：“啥活？”

赵大东说：“就家门口几处洼地，拿水泥抹平就行！”

这人皱了皱眉头，说“这活太简单，挣不了几个钱，我们向来不接的。”接着，他用手指了指不远处一个老头，说：“你可以找那个老头，他什么活都接，手艺也不错！”

赵大东说了声“谢谢”，就朝老头走去，向他说明了来意，老头正在和一个小孩下象棋，一听就点点头，收了棋子，拿起家伙，跟着赵大东走了。

活儿的确简单，不一会，老头就把那段坑坑洼洼的路修得平平整整，赵大东很是满意，掏出香烟，取出一支塞进嘴里，又递了一支给老头。

老头摆了摆手，示意自己不抽。赵大东点燃自己嘴里的那根，深深地吸了一口，从鼻孔冒出一股烟圈。

老头不由锁紧眉头，说“小伙子，有空去医院查下身体，特别是肝！”

赵大东一愣，自己身体一向结实，就疑惑地问道：“为什么？”

老头说：“你方才吐出的烟味儿不对，时缓时急，短促力薄，这是肝火紊乱的征兆。”

赵大东看老头不像是在开玩笑，就试探着问：“老先生，你懂中医？”

老头摇摇头，说："我不懂中医，但对烟味略晓一二。"

赵大东不再说话，掏出钱包付了老头工钱。

到了周末，赵大东闲来无事，忽然想起老头的话来，想：那老头说的挺像那么回事，不如去医院看看，谁知去医院一查，还真查出了问题，医生告诉赵大东："你患了急性肝炎，幸好发现及时，能治愈。"

再显神通

赵大东治好病，又去了解放路交叉口，那老头正靠着墙边晒太阳，见了赵大东，笑着问："又有什么事？"

赵大东朝他鞠了一躬，郑重地说："谢谢您的点拨，我的肝炎治好了！"

老头"哦"了一声，说："那没啥，不用谢的。你还有事吗？"

赵大东忙说："有！我家墙皮脱了一大块，想请您去修修！"

老头收拾工具，跟赵大东走了。

到了赵大东家，老头调浆、糊墙，不一会儿就把墙皮修好了。赵大东付了工钱，又递上一杯沏好的香茶，老头也不客气，接过来"咕嘟咕嘟"喝了下去，准备走人。

赵大东忙拦住老头，说："老先生，还有一事，请您老务必帮忙！"说完，去里屋推出一辆轮椅，轮椅上坐着一位老年妇女，赵大东说："这是我母亲，在轮椅上坐好几年了，去了好多医院都看不好，请您帮着看看，她的病根在哪儿？"

老头捋了捋胡须，明白了赵大东请自己来的真正意图，仔细瞅了瞅赵大东妈妈，向赵大东伸出手，说："烟！"

赵大东赶紧递上一包名牌香烟。

老头一把推开，说"不是这个！你母亲下身瘫痪已久，吸这种烟闻不出病根，必须用杆烟！"

赵大东一下子急了，这会儿上哪去找大烟锅子？这时，母亲提醒赵大东，他爸以前抽的就是杆烟，烟枪还在床底柜子里。

赵大东忙到母亲卧室，钻进床底倒腾了半天，拿出一杆满是灰尘的大烟锅子和一小袋烟叶，赶紧擦干净，恭恭敬敬递给老头。

老头接过烟杆，用手抖了抖，捏了撮烟叶放进烟锅，赵大东忙拿打火机点燃。

老头吩咐说："让你妈用力吸，然后再吐出来！"

赵大东的妈紧张地拿过烟杆，用力吸了一大口，剧烈咳嗽起来。

老头忙说："老嫂子，你慢慢来！莫急，莫急！"

赵大东的妈稳住神，慢慢吸了一口，吐出一大口烟圈，老头闭上双眼，抽动鼻子，嘴巴一张一合的，片刻之

后，才慢慢睁开双眼，徐徐说道："这是月子病！刚才老人家吐出的烟味中隐隐夹杂着臊子味，戾气袭鼻，这是坐月子时感染风寒，落下了病根！"

赵大东急切地问："那怎么办？"

老头说"我不会医术，但我有个老朋友会中医，能治月子病，你可以带着你母亲去看看。"

赵大东当天下午就推着母亲去找了老头的朋友，讨了几服中药回来，一连吃了半个月，他妈妈竟然可以在赵大东的搀扶下遛弯了。

赵大东提了份厚礼，揣着现金去拜谢老头，老头却说什么都不肯接受，最后勉为其难，只接受了一盒糖果，顺手送给了陪他下棋的小男孩。

这天，老头正在路边闲聊，忽然一辆小轿车在他跟前停下，赵大东带着一位西装革履的秃头走下来，到了老头跟前，赵大东对秃头说："这就是那位高人！"接着，他又恭敬地对老头说："老先生，这位是我朋友，他最近老是胃部不适，在医院查不出病因，求您帮忙瞧一下！"

老头看了看秃头，脸上露出不悦神色，说："抽！"

秃头还没反应过来，赵大东已经点上一支香烟递了上去，秃头接过香烟，开始熟练地吞云吐雾。

老头微吸了一口秃头的烟气，马上掩住鼻子，说："烟味中有股子臭瘴气，酒肉铜臭，阴阳不调，交杂汇合，日子久了胃自然承受不了。你这胃再不好好调理，只怕要彻底废了！"

秃头大惊失色，向老头一个劲作揖，寻求解救之法。

老头又瞅了瞅秃头，说"以后以吃青菜萝卜、米饭稀粥为主，十天后症状自会减轻。为了长久之计，望你好自为之！"

秃头若有所悟，连连点头。

两个月后，赵大东非常意外地被

提拔为科长。

事出有因

从此，赵大东对老头的绝活佩服得五体投地，决定拜老头为师，求他教授自己识烟之道。赵大东借修理花圃之名，又将老头请到家里，老头拿起工具正要干活，赵大东突然“扑通”一声朝老头跪下，说：“老先生，求您收我为徒！”

老头忙说：“不可能！不可能！”

赵大东给老头重重磕了几个响头，说：“我了解过，您老膝下无子，收了我这个徒弟，以后养老送终全包在我的身上！”

老头见赵大东真是王八吃秤砣，铁了心了，垂下头默想片刻，问道：“你真想做我徒弟？”

赵大东激动地说：“那当然！”

“那你先替我点上烟！”老头大声地说，“用大烟锅子！”

赵大东连忙拿出父亲用过的大烟锅子，点燃烟，恭恭敬敬地递给老头。

老头抓起杆烟，深深地吸了一口，半晌没有吐出烟圈。赵大东正在纳闷，老头突然喉咙剧烈抽动起来，眼鼻嘴刹那间搅在一起，一阵抽搐，徐徐吐出一股烟圈来，一股剧烈无比的奇臭袭进赵大东的鼻子，让赵大东瞬间就头晕脑胀，肚子里翻江倒海，不由得弯下腰来，“哇哇”地呕吐不止。

老头一个箭步迈到赵大东面前，抓紧他的衣领，又冲赵大东吐出一大口浓烟，大喝一声：“还想不想做我徒弟？”

赵大东两眼一黑，四肢酥软，跌倒在地。过了好一会儿，赵大东才清醒过来，看见老头已经在神态自若地整修花圃，好像什么事都没发生过。

赵大东满是疑虑，问老头：“刚才究竟是咋回事？”

老头看了看赵大东，平静地说：“跟你说吧，我自小天资聪颖，家里又非常富裕，很小就爱上了抽烟，特别爱抽杆烟，一天到晚烟不离嘴，到后来变成每时每刻都要抽烟，不抽烟身上就奇痒难止，片刻也离不开烟草。”

赵大东颇为不解：“那您怎么学会凭烟味识别病因的？”

老头长叹一口气，说：“那时我家是个大家，上上下下几十口人，不分男女老幼，每人都爱抽烟，时间一长，每个人身上都有了毛病，得的病不同，呼出的烟味也不同，不知不觉间，我也就无师自通，有了凭烟味识人病因的本事。后来，我家里的人因病一个个走了，只剩下我一个。刚才你也闻到了，我呼出的烟味让你那样难受，那是因为，我抽烟抽出了一身的病……”

当天晚上，赵大东就戒了烟，从此再没吸过。

（题图、插图：张恩卫）

□任黎明

阿P斗商贩

这天，阿P下班路过菜市场，碰见个卖杨梅的小贩，阿P想，小兰爱吃杨梅，给她买点回去，她肯定开心，于是，阿P买了三斤杨梅。

回到家，阿P等着小兰奖赏哩，却见小兰拿着杨梅掂了掂，问道："几斤？"

阿P回答买了三斤，小兰一听就拉下了脸，她找出秤来一称，只有二斤一两！小兰气坏了，一边骂黑心的奸商，一边用手点着阿P的额头，数落说："阿P啊阿P，说你笨，你真笨！现在小贩用的都是'七两秤'，称一斤，其实只有七两，人家都不上当，只有你阿P笨得像头猪！"

阿P被小兰骂了个灰头土脸，他心里暗暗发誓：哪里跌倒哪里爬起来，我阿P可不是好欺负的！从那天起，阿P有空就去菜场转悠，他要找那个黑心小贩。

真叫是工夫不负有心人，这天，阿P终于看到那个黑心小贩，又守着一担杨梅蹲在路边，阿P凑上前，说："给我称一斤！"

那小贩显然已经不记得阿P了，他手脚麻利地称好杨梅，交给阿P，阿P将袋子掂了掂，问："就这点啊？够一斤吗？"小贩拍着胸脯，说："够！绝对够！你没看到刚才秤杆高高地翘着吗？"

阿P看了看小贩的秤，故意大声问："你的秤不会有问题吧？要是少分量怎么办？"

由于阿P声音很响，引得不少人过来观望，小贩自然不敢服软，他一拍胸脯，说："哥们，你放心好了，我的秤绝对没问题，如果少你一两，赔你一斤！"

阿P要的就是这句话，他付了钱，拿过小贩的秤，将手里的矿泉水往托盘里一放，说："这瓶未开封的矿泉水

是五百毫升，刚好一斤重，用它校一下你的秤！”小贩没想到阿P来这一招，慌了，赶紧抓了一把杨梅要塞进袋子，阿P一把捏紧袋子口，嘿嘿笑着说：“你刚才说的，少一两，赔一斤！按这矿泉水秤出的重量来看，你这是典型的七两秤，你得赔我三斤！”

小贩哪肯答应，一个劲地向阿P求饶，阿P好不得意，当着众人的面，指着黑心小贩的鼻子好一通训斥，围观的路人都站在阿P一边，阿P昂首挺胸，侃侃而谈，大大地出了一记风头。

回到家，阿P将自己教训黑心小贩的事跟小兰吹了一通，小兰一听，说：“这算啥高招，电视里都播过的。你如果真有本事，就把菜场边上那家水果店的老板修理一次，我每次去买水果，他都少秤……”

阿P一听就乐了，大包大揽地说“这不是小菜一碟吗？修理他太容易了，你就等着瞧吧！”

第二天，阿P就到那家水果店观察情况，这家水果店的老板叫王有德，生意做得不小，每天早上七点左右，专门有一辆小货车给他送货，送货人把水果一筐一筐搬下来，当场过好秤，现场结算。阿P围着水果店转了三圈，有了主意。

这天一早，阿P装作晨练的样子，站在水果店边上，不一会，送水果的小货车就来了，送货的停好车，打开车厢往下搬水果，这时阿P凑上去，趁他不注意，悄悄拿走磅秤上的砝码，藏了起来。

送货人卸好水果，正要过秤，突然发现砝码不见了，就四下找，找来找去就是没找到。这时，阿P过来了，提醒他：“兄弟，你真是死脑筋，这家店里也有秤，用他的秤称不是一样的嘛！”送货人一听，如梦初醒，忙走进水果店，拿着秤走出来。这一下老板王有德紧张了，连忙跟出来，说“我的秤不好用，还是用你的吧！”送货人看了王有德一眼，说：“我看你每天都在用这杆秤，怎么会不好用？”说完自顾自地称起

来。称好水果，一报数量，王有德涨红着脸，说："同样是一百斤水果，今天怎么看起来比平时少很多？好像不够秤啊？"

送货人一听，不乐意了，将秤往王有德怀里一塞，说："王老板，今天我可是用你的秤称的，你不信我，还不信你的秤吗？"王有德明知自己亏了不少，但只能是哑巴吃黄连，他接过秤，脸上红一阵白一阵的，讪讪地笑着，说："信，我信！"

阿P看在眼里，心里那个高兴就别提了，趁着送货人跟王有德结账的当口，他悄悄将砝码塞进货车的驾驶座上，吹着口哨回了家。他边走边得意地想：哈哈，我的聪明真是赛过了阿凡提啊！

回到家，阿P又对着小兰云里雾里，吹了个唾沫横飞，小兰听了，自然解恨，当即给了阿P一个香吻，阿P简直乐疯了，心想：我阿P实在是太聪明了，这么聪明的案例应该让更多的人知道才好啊！于是，他决定趁热打铁，写一本《阿P兵法》的书。说干就干，他当即打开电脑，噼噼啪啪就写了起来。小兰为了奖励阿P，第一次没让他干家务，她一个人收拾屋子，从家里整理出一大堆废报纸，然后拎着篮子去买菜，临出门时，她对阿P说，待会她会叫一个收废品的上门来收那些废报纸，让阿P到时将这堆废报纸卖掉，阿P正在洋洋洒洒地大写自己的聪明智慧，头也没抬就答应了。

不一会，一个收废品的老头果然上门来了，阿P搬出那堆废报纸，一称，正好三十斤。阿P有了两次智斗商贩的经验，这次显得特别胸有成竹，他盯着老头的秤，摆出一副咄咄逼人的架势，说："老人家，你用的是七两秤吧？你骗不了我阿P的，三十斤，打个七折，最多二十一斤，多一斤我都不认！"老头听得莫名其妙，望着阿P直发呆，阿P不耐烦了，说："我说二十一斤，就是二十一斤，想买就付钱，不买你走人，我正在写作呢！"老头听了，不再言语，按二十一斤的价钱付给阿P，拎着废报纸一溜烟跑了。

小兰买菜回来，阿P赶紧汇报情况："三十斤，二十一斤……"小兰想了半天，突然双脚跳起来，说："不对！收废品和卖东西的刚好相反，三十斤只会称少，哪里会给你多称啊！你真是吃饱了，自己还强行给他打了个七折，完全错到姥姥家了。"

阿P眼睛一愣一愣的，好半天才反应过来，唉！想不到我阿P聪明一世，糊涂一时，幸好这段故事不为人所知，赶紧删掉，删掉……

阿P这样一想，心里又宽慰起来，哼着小曲，继续写他的《阿P兵法》……

（题图、插图：顾子易）

虚拟谋杀

□华登喜 改编
〔美〕安德鲁·尼克尔 原著

美女现身

最近，导演维克多遇到了大麻烦：他导演的电影《天长地久》还没开机，饰演主角的大牌女星就辞演了。维克多心急如焚，四处寻找合适的女演员，但有点名气的女演员都不愿意出演，而不出名的女演员，投资方又不同意……

这天，维克多走出片场，一个年轻人喊住维克多，问："你想不想要一个演技高超、容貌超群、而且不需要片酬的女演员？"

维克多一听，不禁停住了脚步，年轻人赶紧递上一个本子，维克多接过来，打开一看，原来是一本美女写真集，里面是一个绝色美女，真是超凡脱俗，维克多一口气翻完，很感兴趣，问："她是谁？"

年轻人得意地说："她叫西蒙妮，是我的女儿！"

维克多惊讶地打量着年轻人，他的年龄不会超过二十岁，但这女孩至少十八岁……

年轻人笑了笑，带着维克多来到郊外一间废弃的仓库，里面摆着几台大型计算机，年轻人说："我叫大卫，西蒙妮是我用电脑设计出来的最完美的女人！"

维克多这才明白自己遇上了一个电脑天才，但电脑制作的人物怎么能拍电影呢？他不禁连连摇头。

大卫自信满满地说："你放心，我有非常高超的电脑技术，可以做到天衣无缝，让别人看不出西蒙妮的一丝破绽……”

维克多看着电脑里与真人别无二致的西蒙妮，终于动了心，再加上一直找不到合适的女演员，他决定孤注一掷，抛开投资方，变卖所有家产，请来男主角与配角，拍完了电影《天长地久》的所有镜头，然后与大卫一起，在那间仓库没日没夜地工作，将西蒙妮加到电影画面中。大卫不愧是电脑天才，真的将西蒙妮完美地融入到电影中，每一个表情、每一个动作，都能按照维克多的要求来完成。

《天长地久》终于上映了，取得了极大成功，没有任何人看出西蒙妮是电脑合成的，因为大卫的技术实在太高超了，西蒙妮很快成为一名巨星，每家报社都在打探西蒙妮的消息，排着队请求采访西蒙妮，但维克多对外宣布，西蒙妮谢绝一切采访。

接着，很多广告商请西蒙妮作代言人，维克多一口气接下了很多化妆品、汽车、房地产的代言广告，由大卫制作出西蒙妮代言广告的镜头，这些钱全部都落入他们的口袋，维克多很快成为亿万富豪……

维克多悄悄花重金在南美洲的一个岛国为西蒙妮办理了一个护照，又以西蒙妮的名义购买一栋别墅，让西蒙妮有了一个身份。

麻烦不断

横空出世的西蒙妮让娱乐记者皮雷极为关注，这天晚上，皮雷用重金买通别墅外的保安，悄悄潜入西蒙妮的别墅后院，透过窗帘，他看到维克多与西蒙妮在紧紧拥抱，皮雷兴奋地举起相机拍了起来，第二天，“西蒙妮幽会维克多”成为报纸的头条新闻……

全球娱乐界迅速兴起了西蒙妮热潮，追星族疯狂地迷恋着神秘的西蒙妮，请她代言的广告也越来越多。这时，大卫的胃口也越来越大，他把维克多当成了提款机，一会儿要一台游艇，一会儿又要百万美金，还多次威胁维克多，要将西蒙妮的真相抖出去。

更让维克多担心的是，狗仔队跟踪西蒙妮的热情越来越高，尤其是那个皮雷，有一次竟然拦住维克多，掏出几张纸头，说“这是我搜集的你在银行的存款证明，我怀疑你克扣西蒙妮的片酬和广告费。你把她藏起来，到底是为了她？还是为了你的贪欲？”

维克多一咬牙，开始策划自己的行动……

这天深夜，大卫正在开车，看到前方有一块大石头，赶紧把车子停下来，正要搬开石头，维克多突然举着一把手枪走出来，冷冷地说“从今以后，知道西蒙妮真相的，不会有第二个人了！”大卫冷笑一声，说：“你不敢杀我的，没有我，就没有西蒙妮……”

维克多突然抡起手枪，一下将大卫砸晕过去，冷笑着说“西蒙妮功成名就，早就应该退出娱乐圈了……”接着，他把大卫搬到驾驶座上，撬开大卫的嘴巴，给大卫灌下好几杯红酒，然后发动大卫的轿车，目送这辆轿车载着大卫，径直冲下悬崖……

第二天，报上刊载了大卫酗酒后驾车、坠崖身亡的消息，没有人对这个默默无闻小人物的死亡有兴趣，只有维克多看着报纸的报道，得意地哈哈大笑。这个计划太圆满了，接下来，他要执行计划的另外一半，这个计划完成后，他将心安理得地享用无尽的财富，不会受到丝毫干扰。

这天晚上，维克多将大卫制作的西蒙妮的所有资料，全部装进一个大箱子里，带到一条游艇上，他开着这艘游艇驶到公海，将这口大箱子沉入海底……

百口难辩

没过多久，几乎所有的电台、电视台和报纸都报道了一个令人震惊的消息：影视巨星西蒙妮在非洲救济难民时，不幸感染了病毒性流感，突然去世……

维克多选择一处昂贵的私家墓园，为西蒙妮举行隆重的葬礼，好几家电视台来进行实况转播，一脸悲痛的维克多向人们讲述西蒙妮染病和治疗的过程，在他沉痛的讲述中，无数影迷流下了伤心的泪水。在低徊的音乐声中，盛殓西蒙妮的棺材被缓缓放入墓穴，突然，皮雷领着一队警察赶到现场，皮雷指着维克多，愤怒地说“就是这个伪君子，他私吞了西蒙妮的所有片酬和广告费，为了占有这些巨额财富，他亲手害死了西蒙妮……”

听了这些话，维克多愤怒了，他咆哮着，指责皮雷无中生有，诬人清白，这时，为首的警官亮出搜查证，命令打开盛殓西蒙妮的棺材，棺材被缓缓打开，在场的所有人全都惊呼起来：棺材里空空如也，根本没有西蒙妮的尸体。

在现场直播的镜头前，

维克多低下了头，皮雷一把揪住他，吼道：“快说，你把西蒙妮怎么了？你把她藏在哪里？”

皮雷这一吼，维克多反倒冷静下来：看来皮雷和警察根本不知底细，更不知道大卫的死亡与这件事的关联，于是，他一把推开皮雷，镇定地说：“好吧，既然到了这个地步，我不得不告诉大家，西蒙妮是不存在的，现实世界中根本没有这个人！她是我用电脑合成技术设计出来的一个虚拟人，你们可以问问这个世界上的任何一个影迷，可有谁见过西蒙妮？没有，不可能有人见过她！我为了让她退出影视圈，就虚拟了她的死亡，其实，我只是删除了关于她的所有电脑资料……”

皮雷根本不吃维克多这一套，他亮出一叠照片，说：“你这个骗子，休想这样蒙混过关。”他扬了扬手中的照片，又说：“这是我拍到的你开着游艇出海的照片，那天晚上，你拖着一口大箱子上了游艇，把游艇开到了公海你说，那口大箱子里，是不是西蒙妮的尸体？”

维克多大声嚷道：“没有什么西蒙妮的尸体！那口箱子里装的是与西蒙妮有关的电脑资料，我把它们扔进了大海，如果不信，你们可以派潜水人员去打捞，只要搜到那口箱子，就能证明我所说的一切……”

这时，带队的警官面无表情地回答维克多：“我们已经从那片海域捞起了那口箱子，里面空空的，什么都没有。因为那一带经常有鲨鱼出没，我们怀疑箱子里的尸体遭到了鲨鱼吞食！”

维克多急了，喊道：“我说的全是真的，你们不能这样诬陷我！”

带队的警察冷笑一声：“诬陷？我们已经进行了充分的调查，西蒙妮有详细的国籍和身份证明，她还购买了一栋豪华别墅，怎么可能是一个电脑合成出来的人？而本该属于西蒙妮的钱，却全部在你的账户上！现在，我们以谋杀罪名逮捕你，你唯一能证明自己无罪的办法，就是找到西蒙妮不是真人的证据，否则，你一定会被判有罪！”

这位警察说完，给维克多戴上了手铐，把他押上了警车。

维克多耷拉着头，陷入了不尽的恐慌和绝望，因为，能证明西蒙妮真相的，除了大卫，就是那些电脑资料，但这一切，都被他亲手毁灭了……

（题图、插图：佐　夫）

“和气致祥杯”新编十二生肖故事大赛征稿启事

详情请见：1、《故事会》2009年12月（下）；2、故事中国网 www.storychina.cn。投稿邮箱：shengxiaogushi@163.com（邮件主题请注明“生肖投稿”）。

□金　戈

还刀记

荒山受托

清朝康熙年间，四川举子王希赴京赶考，名落孙山，无奈之下，只好收拾行李回乡。

这天，王希住进京郊的一家驿站，想想自己十年寒窗，金榜无名，辗转难眠，看到窗外月光皎洁，干脆披衣起床，走出驿站，在月光下越走越远，不知不觉间走到了一片乱岗，王希看到前面一团黑糊糊的东西蠕蠕而动，就壮着胆子捡起一块石头，朝那团东西砸去。这一砸不打紧，只见那团东西猛地站起，发出一声长嗥，挺着尖刀般的一双獠牙，朝王希直冲过来，原来是一头野猪被惊动了，王希吓得撒腿就跑，野猪在后面穷追不舍，王希情急之下，蹿到一棵树上。

野猪见王希上了树，便猛撞树干，这棵树被撞得摇摇晃晃的，王希吓得大气也不敢出，接着，野猪发一声长嗥，又猛冲过来，一头撞在树上，只听忽啦啦一阵响，树倒了下来，王希被压在树下，紧接着便听得野猪发出嗷嗷惨叫，转眼没了声息，王希睁眼望去，只见野猪倒在地上，鲜血都淌到跟前来了，他急忙爬起来，走过去一看，野猪咽喉处划开好大一道口子，气息奄奄，已是不得活了。

这是怎么回事？王希再一细看，发现树的根部露出一柄朴刀，刀刃朝外，顿时明白过来，刚才那野猪冲得太猛，冲松了树根，结果让埋在树根下的朴刀从下面冒了出来，正好扎在野猪的咽喉要害。

树下怎么会有一把刀呢？王希再一细看，刀旁还有一块布，布上有几行深黑的字迹，像是用血书写，王希就着月光一看，只见布上写着：

有缘人见信如晤：吾与苏州杨福钧进京赴试，不中。余十年寒窗，尽归乌有，将毕命于斯，此刀乃吾友杨福钧至爱之物，有缘人若见此刀，万望送至苏州，面交杨福钧，大恩大德，来生必报！

山东张本贵顿首拜

于康熙十三年暮春

王希看了信札上的日期，离现在已经十年，他想，定是这个张本贵十年没等到可以托付的人，他的灵魂便引领自己来到这里，再用那头野猪带出朴刀和血书，将临终遗愿托付自己去完成，看来这把刀关系重大，想到这里，王希朝朴刀磕了几个头，说："我一定不负所托，亲手将这把刀交给杨福钧！"

第二天，王希改道直奔苏州，一番劳顿，终于到了苏州，接着他就傻眼了：人海茫茫，到哪里去找那个杨福钧？只好先找家旅馆休息，再做打算。店小二送茶水时，王希试着问道："你可知有个叫杨福钧的？"

店小二一听就乐了："你问的可是杨福钧杨员外？他是苏州首富，姑苏城内，无人不知啊！"

王希大喜，又问："他十年前可曾赴京赶考？"

店小二说"不错，杨员外十年前赴京应试，不中。回来后投笔从商，不几年便垄断了江南的绸缎生意，这故事口耳相传，尽人皆知。"

"那就是他了！"王希喜不自胜，赏了店小二几文铜钱。

接着，王希找到杨福钧的府邸，马上求见，门房告诉他，杨员外出外办事，要半个月才能回来。王希怕门房骗他，就在杨府对面租下一间房子，天天守着，半月之后，王希被一阵车马声惊醒，起床一看，一辆华丽的马车停在杨府门前，车上下来一人，约莫四十来岁，衣着考究，器宇不凡。王希想：此人必是杨福钧。

杨府遇阻

第二天一早，王希便上门求见，门房向杨福钧禀报了王希等候半月的事，杨福钧略一迟疑，让门房把王希带了进来。

王希见了杨福钧，行了礼，杨福钧端坐在太师椅上，也不还礼，只是冷冷地问："你是何人？有何贵干？"

王希答道："晚生受你一位故人之托，前来归还你的爱物。"

杨福钧好不奇怪："哪个故人？什么爱物？"

王希说："晚生受张本贵先生所托——"话没说完，只听"当"的一声，杨福钧手中的茶盏掉到了地上，他手指着王希，怒道："一派胡言，我哪有你说的什么故人？来人，送客！"

王希忙说："你当年与张先生分手时，将爱物留在张先生处——"

杨福钧猛地打断王希的话，吼道："一派胡言！来人，送客！"

闻声过来两个汉子，将王希架了起来。

王希奋力挣开，大声说"你把刀留在张本贵那里了！我是专程来还刀的！"说着，将背上的布包取下解开，露出一把寒光闪闪的朴刀。

杨福钧一下瘫在椅子上，无力地挥挥手，说："轰，给我轰走他……"

王希万万没想到，见到杨福钧会是这个状况，但自己发誓将刀亲自交到杨福钧手上，那就一定得做到。

接下来几天，王希天天到杨府求见，但门房死活不让他进去，还偷偷告诉王希，员外自从上次见他以后，一直卧病在床，以后休想再见到员外了。王希十分奇怪，说："我只是来送还东西的，他收了东西我就走人，为什么不见我？"

当天晚上，王希包好刀，将刀背在背上，绕到杨府西墙，蹿上墙边的大槐树，一跃就跳进了杨府。他拦住一个丫鬟，拔刀架在她脖子上，逼她带到杨福钧卧室前，让丫鬟敲开门，径直走了进去。

杨福钧见手持朴刀的王希进来，吓得像一摊烂泥软在地上，王希上前将他拉起，好像提起一个破布袋。

王希很奇怪："员外何苦如此？"

杨福钧喘着粗气，说"你——你又何苦——如此相逼？"

王希把刀递到杨福钧跟前，说："晚生并无他意，因受人之托，只求员外收下这口刀。"

这时，门外响起一阵叫喊，原来刚才那个丫鬟悄悄跑出去，叫来了一干家丁，这几个家丁冲进房间，见王希手中持刀，再也不敢上前，这时杨福钧吓得只有出气，已没有进气声了，王希怕出人命，叹了一口气，说："罢了！"提着刀出了门，家丁怕他拼命，让开了一条出路。

物归原主

从此，杨府加强戒备，王希再也没有机会进去，他没想到还件东西会这么难，在门口等了几个月，不见杨福钧踪影，仔细一打听，才知道杨福钧早已悄悄离家，躲到乡下去了。

王希连忙赶往乡下，找到杨福钧在乡下的庄园，见门口戒备森严，等到天黑，又翻墙进了杨家院子，一番观察，见有间房子不时有仆人出出进进，便在夜深人静之时，蹑摸到那间房子前，从窗户爬了进去，走到床前，借着床前的烛光，撩起蚊帐一看，里面熟睡的正是杨福钧。

这时杨福钧已被惊醒，他看见王希手提朴刀立在床前，顿时吓得魂飞魄散，颤抖着从枕头下取出一包东西，递给王希，语不成调："壮——士——收——下——"

王希打开包裹，里面竟是一包银子！正要推还，却见杨福钧一副哀求神情，身子抖得像筛糠，心想，不如收下银子，换他一个心安，再说，这么长时间下来，盘缠已尽，便收下包裹，说："我此番奔波，都为还你的爱刀而来，这个就算是你付的酬劳吧！这口刀我给你，你收好了！"说完，大踏步出了门，径直回四川去了。

王希走后，杨福钧再也睡不着了，他望着床头寒光闪闪的朴刀，想起十年之前，进京赶考，名落孙山，用尽了盘缠，遇上了同来赶考的张本贵，两人一见如故，结为知己，张本贵替他结清了食宿费用，还送他几十两银子的盘缠，结伴回乡。在一个月光皎洁的夜晚，两人外出赏月，走到一个乱山岗，杨福钧趁张本贵不备，一刀插入张本贵后背，取走张本贵身上的银子，连夜逃回苏州，从此弃文从商，用这些银子作本钱，竟然发了大财，没想到十年过去了，张本贵竟托人送来这把刀。这哪是刀，这是张本贵来索命呀！

杨福钧扯了块布，将刀包好，提着一把铁锹，悄悄走出庄园，外面月光如水，一如十年前的那个夜晚，他跌跌撞撞向前走，只觉身后跟着一个人，走得越快，那人跟得越快，很像是张本贵。杨福钧不敢回头，一路狂奔，直到跑不动了才停下来，挥动铁锹，拼着老命挖出一个深坑，解开布包，正要将刀扔进坑里，不想脚下一滑，自己先跌了进去，他挣扎着，想从坑里爬出来，却被后面死死扯住，他吓得肝胆俱裂，连声求饶，不想后面一声不吭，只是将他死死扯住……

第二天，杨家人找到了吓死在坑里的杨福钧，只见一把朴刀插在地上，扎住了他袍子的一角……

（题图、插图：黄全昌）

鱼肠剑

□康 润

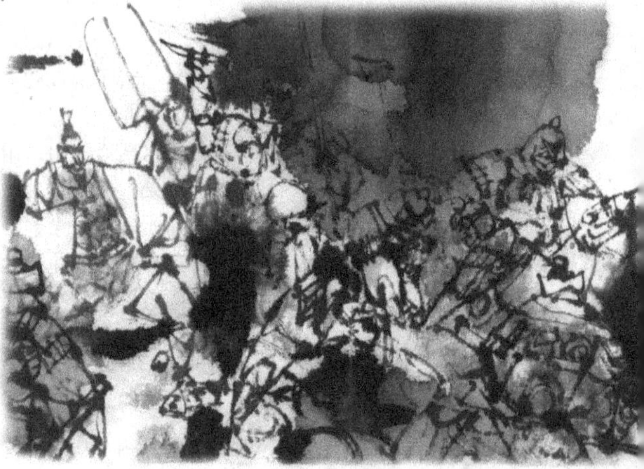

肠中有剑

五代十国时期，有个叫朱温的人当了皇帝，他对手下的大臣疑心重重，动不动就大开杀戒。

这天，朱温突然来到大将军李勇家，这李勇是跟朱温一起拼杀过来的大将，朱温能够当上皇帝，李勇出了不少力。李勇见皇帝亲临，好不高兴，立即带着全家人恭迎。朱温在酒桌坐下，就对李勇说："朕喜欢听书，你去叫个说书人，在一旁说书助兴吧。"

李勇连忙布置下去，请来一个说书人，朱温点点头，对说书人说："朕爱听热闹戏文，你就给朕讲一个《鱼肠剑》吧！"

《鱼肠剑》说的是春秋战国时期，勇士专诸以一柄藏在鱼腹中的短剑，在酒席间将吴王僚刺死，助公子光登上吴王之位。看来这部书是说书人的拿手好戏，直讲得声情并茂，朱温听得连声叫好。

正在这时，厨子端着一盘鱼上来，来到朱温面前，还没放上桌，朱温突然脸色一变，一脚将面前的桌子蹬翻，厨子被桌子一撞，倒在地上，盛鱼的盘子也摔在一旁。朱温身后的卫士饿狼般扑上去，将厨子死死按在地上，李勇见状大惊，急忙问："皇上，出了什么事？"

朱温"哼"了一声，说："此人竟然藏剑于鱼腹，又想玩鱼肠剑的老故事。"那名厨子连声喊冤，朱温对身后一名卫士说："去将这条鱼腹里的剑拿出来，朕要让他死得心服口服。"

卫士应了一声，走上前去，伸手将那条鱼撕开，取出一把短剑。

众人顿时目瞪口呆，厨子吓得身子都软了，朱温一挥手，卫士拖着厨子出了门，不一会，呈上来一颗人头。

朱温大叫：“李府里竟然有人效法公子光，莫非想抢朕的皇位？”

他话音刚落，门外拥进一队官兵，将李家大小人等全部控制起来，刚才还好好的府宅，此时喊冤声和哭嚎声响成了一片。

李勇铁青着脸，一言不发。他早看出来了，刚才卫士去撕鱼腹时，那剑是卫士先塞进鱼腹，然后再抽出来的，其目的就是找一个杀人的理由。

李府的人全都捆着拉到院子里，朱温扫视一圈，目光落在一名女子身上，命人将这名女子拉出来，冷笑着说：“除她以外，其余全部斩首！”

这名被拉出来的女子是李勇的小儿媳，名叫夏侯珠，她本来也在哭泣，听了朱温的话，知道自己有了活路，于是看了李勇一眼，停止了哭声。

朱温哈哈大笑，在他的笑声中，官兵们挥起屠刀，李家人一个个身首异处，鲜血淹没了院子的地面。

最后轮到的是李勇，久经战阵的李勇昂首挺立，朝朱温骂道：“你这个老混蛋，我做鬼也不会放过你，一定会让你死在鱼肠剑下……”

随着刀光一闪，李勇倒了下去。

心中无剑

难怪朱温会把夏侯珠从死人堆里拉出来，这夏侯珠长得实在太漂亮了，朱温带着她离开李府，直接将她带入皇宫。这夏侯珠不光人漂亮，而且颇能知人冷暖，把朱温服侍得舒舒服服的，朱温越来越喜欢她了。

喜欢归喜欢，朱温身边的女人可不只夏侯珠一个，这家伙天生好色，虽然后宫中美女无数，仍不满足，连自己的几个儿媳都不放过，常常召她们进宫入侍，几乎和后妃一样常住宫里，几个儿子都敢怒不敢言。

这些儿媳中，朱温最喜欢的是二儿媳王氏，王氏仗着朱温的宠爱，常常对夏侯珠冷嘲热讽，但夏侯珠脾气特好，总是逆来顺受。这天，两人又在皇宫的花园里碰了面，王氏用非常刻薄的话挖苦夏侯珠，夏侯珠忍不住还了一句嘴，王氏大怒，一巴掌就朝夏侯珠扇过来，夏侯珠被打了一掌，身子连退两步，一脚踩空，跌进了旁边的水池里。

夏侯珠在池中不断挣扎，大喊救命，王氏在一旁也吓傻了，这时，朱温听到声音从花园另一头赶过来，将夏侯珠从水池里拉了上来，他铁青着脸，怒斥王氏：“你们都是朕喜爱之人，为何相互争斗？”

王氏吓得立即跪了下来，夏侯珠顾不得身上湿淋淋的，跟着也跪在地上，说：“皇上，刚才是我自己失足掉下去的，与姐姐无关。”

朱温听了一怔，说：“你不用怕她，有朕给你做主！我明明看见是她扬手打了你，你才掉下去。”

王氏吓出了一身冷汗，谁知这时夏侯珠又说：“刚才姐姐夸我长得漂亮，还摸我的脸，问我是如何调养的，她没有打我。”

朱温见夏侯珠这样说，只好带着夏侯珠离开。回到寝宫，朱温又问夏侯珠：“我明明看见她打了你，你是不是当着她的面不敢说？她虽然是我儿媳，你也不用怕她。”

夏侯珠笑道：“真是我自己掉下去的，大家都是一家人，何必相互猜疑呢？”

朱温明白了，这夏侯珠顾忌的不是王氏，而是他和二儿子的关系，真是深明大义！从此，他更加宠爱夏侯珠了。

打这之后，王氏也对夏侯珠感激不尽，这天，她对夏侯珠说：“谢谢你那天给我解了围，没让皇上责罚我。”

夏侯珠一笑，说“其实我并不是想帮你，只是想给自己留一条后路。”

王氏好生奇怪，问：“留啥后路？”

夏侯珠笑道：“如果有一天姐姐变成娘娘，能给我一条生路，我就感激不尽了。”

王氏脸色一变，问：“你是说，皇上有意了？”

夏侯珠望了四周一眼，慌慌张张地说“我刚才什么都没说，姐姐你就当什么都没听到。”然后就急匆匆地走了。

其实王氏在宫里向朱温邀宠，除了为自己，更是为她的丈夫，她丈夫是朱温的二儿子，朱温的大儿子早死，二儿子朱友文只是义子，但颇受朱温喜爱，他也很想继承皇位，而朱温一直在义子和亲生儿子之间摇摆不定，没有明确将来由谁继承皇位。刚才夏侯珠一番话，似乎在暗示朱友文可能会在今后即位，王氏心中大喜，为了多得到自己想要的消息，从此主

动讨好夏侯珠，没多久，两人就好得和一个人似的。

穿肠之剑

王氏高兴，但另一个人却越来越心烦，这人不是别人，就是朱温三儿子朱友珪的老婆张氏，她早听说朱温想传位于二儿子，现在看到二嫂脸上得意的样子，又与夏侯珠好得像一个人，已经隐约猜出了几分。

这天，朱友珪进宫禀报事情，话语中无意犯了朱温的忌讳，被朱温打了一顿板子。看着朱友珪一瘸一拐地走了，夏侯珠说："皇上，三皇子毕竟是您的亲生儿子，我和三姐去安慰安慰他，您看可好？"

朱温点点头，让她马上和张氏一起去看看朱友珪，张氏正想找机会讨好夏侯珠，夫妻俩热情地请夏侯珠留下用餐。

夏侯珠推辞不过，顺势答应，她从随身带着的小包里拿出一瓶酒，说："我出宫前，皇上特地赐给三皇子一瓶酒，让三皇子喝了解乏。"说罢，打开酒瓶，给朱友珪夫妻俩每人倒了一杯。没想到，夏侯珠倒酒时手有些发抖，一不小心，洒了一些酒在地上，随即，地上冒起一股轻烟。

朱友珪吓了一跳，抓起面前的杯子往地上一泼，地上又是轻烟冒起，他大惊失色，一把将夏侯珠推倒在地，问："是谁让你对我下手的？"

夏侯珠大声叫道"不能复命，唯死而已！"拿起酒瓶，往嘴里直灌，随即在地上一阵抽搐，不一会就死了。

朱友珪看得目瞪口呆，他一直希望朱温有一天良心发现，将皇位传给自己，万万没想到，朱温非但没有传位的打算，还对自己下如此毒手！

当天晚上，朱友珪跑到禁卫军中，拜见一位与自己相好的统军，接着，两人率领数百名禁卫军潜入禁宫，半夜时分，众人随着一声大喊，杀到朱温的寝殿。

朱温被这阵潮水般的杀声惊醒了，急忙喝问："谁在造反？"

朱友珪冲了过来，大声喊道："不是外人！"

一名兵丁冲过来，一刀捅入朱温的腹中，将朱温捅了个对穿，鲜血狂涌。朱温大声叫道："就算白天我责罚了你，你也不能这样置我于死地，我是你的父亲啊！"

朱友珪怒道："我是你的亲生儿子又怎么样？你还是派夏侯珠带毒酒去害我，有你这样当父亲的吗？"

这时，朱温突然想起李勇临死前的诅咒，他记得夏侯珠止住哭泣时，看过李勇一眼。李勇一定是从夏侯珠的目光中，看到了她的决心，从那时开始，李勇已经将一把复仇之剑，扎进了朱温的身体……

（**题图、插图**：黄全昌）

打赌

有一位男爵，一次，他搭船旅行，随身带了一条猎犬，这猎犬最善于捕获松鸡，而且对主人十分忠诚，从来没有骗过男爵。

那一天，男爵乘坐的船正在大海上航行，突然，男爵的猎犬连连狂叫起来，瞪大了眼睛，竖起了耳朵，一副警觉的样子。男爵十分惊讶，太奇怪了，要知道，这里离陆地至少有三百公里光景，眼前是一片茫茫大海，能有什么猎物？难道还会有松鸡不成？

男爵对着这猎犬看了又看，而猎犬对着男爵叫了又叫，想到这猎犬的忠诚，男爵最终还是把这情况告诉了船长。

男爵的话才落音，船长忍不住大笑起来："什么？你是说你的狗闻到了野味？而且有可能是松鸡？哦，有可能，说不定待一会从海里会跳出一头狮子，或者一头大象，哈哈……"周围的船员也都捧腹大笑，有几个笑得捂着肚子蹲在地上直不起腰来。

船上没有一个人相信男爵，可男爵还是坚信他的猎狗是忠诚的，它的鼻子是可靠的，要不了半个小时，肯定会碰到野味的。男爵说："如果你们不相信的话，我愿意跟你们打赌，赌金是我随身带的全部的钱！"

男爵这么一说，船上立刻鸦雀无声，大家都惊呆了：男爵身上带的钱可不是小数，那是很大的一笔财富，他……他该不是疯了？船长把手一挥，让人请来了船上的医生，给男爵搭搭脉搏，船长说："他的神志可能不正常，我跟他打赌可要光明磊落！"

船医搭过了脉，报告船长，说男爵的身体是完全健康的。

说话间，男爵的猎犬一直呆在原来那个地方，不停地叫着，这就更加增强了男爵的信心，他再次提出了打赌的要求，船长乐呵呵地接受了。就

在双方信誓旦旦地表示“一言为定”、“绝不反悔”的时候，情况已经出现了：在这条大船的尾部，有一艘长长的小艇，那是大船上放下来的，里面坐着几个水手，正在捕鱼，就在这个时候，他们拉起网来，意外地看到网里有一条很大的鲨鱼，正在活蹦乱跳。水手们二话不说，就把鲨鱼拖上甲板，立即开膛剖腹，一看，呆了，鲨鱼的胃里竟然有着十多只活松鸡！

这些可怜的小家伙，肯定在这儿待了很久，其中有一只是母的，胯下正孵着五个蛋，那鲨鱼被剖开的刹那间，恰巧有一只小松鸡破壳而出。在其余的松鸡当中，有四只是母的，它们三天两头生男育女，使旅途中有源源不断的野味，男爵和船长的餐桌上，时时有用松鸡烹制的美味佳肴。

男爵十分感激那只忠诚的猎犬，

由于它，才使男爵打赢了赌，弄到了一大笔意外收获。为了表示感谢，男爵每天都给猎犬几根骨头啃啃，偶尔还赏它一整只松鸡尝尝，美死它了。

（供稿：顾　诗）

“银手指”点评：真正的讲故事的高手们都精通一项本领，那就是：激起读者的好奇心。

在茫茫大海中央，猎狗却闻到了野兽的气味，这怎么可能呢？男爵为了打赌押上了所有的钱，他对猎狗的信任会得到回报吗？

一旦被激发起了好奇心，读者就从被动接受的状态进入了主动参与的状态：他们追寻问题的答案，他们关心人物的命运；他们一边期待，一边不断假设各种可能的结局……

讲故事的高手们还精通一项本领，那就是：真正的结局总是和读者猜想的不一样。

也许大多数读者料到男爵会赢，爱幻想的读者会猜海里有水怪，理性的读者则猜测船上是不是养着鹦鹉……如果故事的结局和读者事先想的一样，他们反而会很失望，因为读者期待的是一个出人意料的结局，这样的结局带来的不仅仅是惊讶，有时候，是一种全新的看世界的方式。

这个故事的结局，你猜到了吗？

（**题图、插图**：包丰一）

差点吃哑巴亏

□吴　迪

张三在一家粮站找到了工作，专门负责装卸，工作很累。这天，他在中午工间休息的时候，累得不行了，就想找个舒服点的地方好好午休一下。他四下里看看，发现几个粮垛上都铺着厚厚的稻草，睡在上面一定很舒适，于是手脚并用，爬上一个四米多高的粮垛，躺下打起了盹。

张三很快进入了梦乡，他梦见自己有钱了，给家里盖起了大房子，正开心着呢，一个翻身，就从四米多高的粮垛上摔了下去！

这一跤摔得不轻，张三右手骨折，住进了医院，花掉不少钱。看着张三整天唉声叹气的，有个工友提醒他，这次事故如果能算工伤的话，就可以叫单位赔偿一些钱。张三像抓住了一根救命的稻草，等单位领导来看望时，小心翼翼地提出工伤要求。领导一听，好像是看外星人一样地盯着张三，好半天才匀过气来，说"张三，谁让你爬到那么高的地方去睡觉啦？你是成年人，不知道从上面摔下来会有危险吗？你也真敢说，认定工伤？笑话！"张三一向老实，想想此事也确实是自己的责任，单位不追究已经烧高香了，于是赶紧闭嘴，独自东拼西凑去筹措医疗费。

就在张三准备出院的前一天，他一瘸一拐地在医院的花园里散步，这时看见一个老头子在前面扶着墙壁，走得很辛苦，于是就走上去帮助他。别看张三一只手还吊着，他硬是用另一只好手把老人扶回病房。老人很感激，他请张三坐下来闲聊，一聊就聊

到了张三的伤情上，老人听张三叙述，听着听着就皱起了眉头："不对啊！小兄弟。"张三好生奇怪，问："大叔，什么不对？"老人说："根据你介绍的情况，你应该享受工伤待遇！"

张三闻言大喜，但还是半信半疑，说："可是人家领导都说了，我这是违反规定自己伤的，怎么能算工伤呢？"老人说："由于你所从事的装卸工作具有工作量集中、劳动强度大的特点，所以尽管工作时间睡觉，有违规章制度，但毕竟情有可原，而且是在工作时间和场所内、因工作原因受到的事故伤害，符合《工伤保险条例》的规定，理应认定为工伤。"

张三心里很激动，但又有点担忧，问："那我擅自爬到粮垛上去，违反规定怎么算？"老人很明确地告诉他："你违反规章制度，是可以给予内部处分的，但这与工伤认定是两码事。"见张三还在犹犹豫豫，老人索性明说："我是律师，你要信得过我，这事我来帮你办！"

就这样，在律师的斡旋下，粮站领导终于让张三享受工伤待遇。张三喜滋滋地说："法律知识很重要啊！"

律师点评：

故事《差点吃哑巴亏》主要体现了我国民事损害赔偿的"无过错责任"基本原则，即在工作场所和工作时间，不论用人单位或劳动者是否存在过错，不论责任在哪一方，除职工本人蓄意造成事故等法定情节外，一般来说，受到事故伤害的劳动者都可以按照规定的工伤保险待遇标准得到赔偿。也就是说，尽管张三在工作时确有过错，但用人单位仍应依法对他的伤负责。

（题图：谭海彦）

·本刊信息传真·

法律知识故事征文启事

本刊在与司法部连续举办三届法制故事征文的基础上，推出新栏目"法律知识故事"，通过发生在我们身边的、短小而具体的个案，生动、形象地宣传法律知识。这些知识注重现实性、实用性，真正起到解剖一个案例、明白一个道理的作用。

为鼓励作者深入生活，写出高质量的法律知识故事，我刊决定面向全国征文，优秀作品除在《故事会》发表并参加评奖外，还将结集出书。

本次征文也欢迎读者和法律界人士提供相关素材、案例，一经录用，即付稿酬。

来稿方法：1. 从邮局寄发，请在信封上注明"法律知识故事"字样，本刊地址：上海市绍兴路74号《故事会》杂志社，邮编：200020。2. 从网上传递，可寄以下信箱：wulun@vip.sohu.net，请在主题上注明"法律知识故事"字样。凡已和我刊编辑有联系的作者，稿件可继续投给联系的编辑。

他们算不上好人，却一样有血浓于水的亲情，只是，他们的亲情在金钱权欲的裹挟中，成为惨绝人寰的悲情……

乱世父子情

□邱海强

1．瞒天过海

南汉有个大宝皇帝，他的用人方法别出心裁：他认为受过阉割的人没有家室之累，无牵无挂，才会对皇帝忠诚，不会打他皇位的主意，所以，谁要想在朝廷当官，就得先受那断根一刀……

京城大富豪杨环就是将自己阉割后才入朝当官的，眼看着他平步青云，官越当越大，哪知这天，仆人钟五急匆匆地跑进来，说：“老爷，不好了！少爷、少爷他又活过来了！”

杨环吓了一跳“胡说，少爷两年前就死了，哪能又活过来？”

钟五惊慌失措，说：“少爷的确活过来了，挂在京城东门的城墙上！”

杨环连忙跟着钟五赶到东门，城墙上果然挂着一个五花大绑的人，不是别人，正是自己死了两年的儿子杨宝，杨环连忙命人救下杨宝，杨宝见了父亲，当场放声大哭，杨环也是泪流满面，说：“孩儿，咱先回家，有什么事到家再说……”

到了家中，杨环亲自安排给杨宝沐浴更衣，一番忙碌后，杨宝终于缓过劲来，又恢复了少爷的样子，杨环亲手端给杨宝一杯热茶，问：“孩儿，你这死去活来的，到底是咋回事？”杨宝喝了口水，把茶杯往桌子上猛地一顿，气冲冲地说：“谁死了？两年前

我根本就没死！”杨宝接着说，那天他在翠香楼狎妓，喝了妓院老鸨送来的一杯酒，便不省人事，被老爹糊里糊涂当作死人入了土，幸好当晚来了个盗墓的，发现杨宝活着，就把杨宝从棺材里扒出来，将他装进布袋，运回家，丢到一间臭气熏天的猪舍。从那以后，杨宝一直被关在那间猪圈里，吃猪食，睡在猪草堆里，叫天不应，叫地不灵，直到前几天，那个人才把他放出来，给他洗刷干净，然后五花大绑，用马车运到京城，将他挂在东门城墙上……

听了儿子的哭诉，杨环立即明白：这是一个阴谋！原来，杨环富可敌国，钱多得根本用不完，却突然犯了当官的瘾，一门心思想当个大官，给大宝皇帝进贡了无数的奇珍异宝，但大宝皇帝收下这些珠宝就没有下文，后来杨环才明白，不是珠宝不好，千错万错，错就错在他有个宝贝儿子杨宝，即使阉割净身也没用。就在他绝望的当口，儿子杨宝在翠香楼狎妓时离奇暴毙，这下，杨环没有家室之累，又是老迈之年，就毫不犹豫地给自己净了身，进入朝廷，从此在官场上一飞冲天，一年不到，就做到了中书令，但现在儿子又活过来了，杨环又重新变成个有家室的人了，大宝皇帝必然会对他有所猜忌，别说当官，弄不好给安上一个欺君之罪，那就得脑袋搬家。

杨环连忙进宫，一把鼻涕一把泪地向大宝皇帝诉说了儿子死而复生的经过，大宝皇帝听了杨宝的怪异经历，笑得合不拢嘴，说“杨爱卿，朕相信你是忠臣，不过，以你现在的职位，是不允许有家室的，你还是尽快把儿子送进宫里阉了吧，千万别坏了朝纲。”

杨环听了，在心里急得不行，儿子是他的心肝尖儿，又正值盛年，他怎么能狠得下心来给儿子净身？回到家一说，杨宝也是横竖不同意。大宝皇帝倒也不急，只是十天工夫不到，就将杨环由中书令贬为侍郎，继而贬作中书舍人，杨环知道，自己如果再不行动，等着自己的将是一场血光之灾。他一面源源不断向大宝皇帝进贡奇珍异宝，指望大宝皇帝网开一面，一面指使杨宝一次次将家里的金银偷偷运回老家潘州藏匿，指望大难临头之际，能留下儿子和一些财宝。奴仆钟五既精明又忠心，所以在转移家产的行动中，杨环都指派他协助儿子。

这天深夜，杨环正心事重重地坐在书房里长吁短叹，这时钟五从潘州回来了，一脸喜气，说：“老爷，奴才报喜来了。”

这句话让杨环紧绷着的脸有了些活气，连忙问：“什么喜事？”钟五凑近主人，开心地说：“少爷此次出门，捡了个天大的宝贝。”

一听又有宝贝，杨环一张老脸有

了些光彩。他年近古稀，现在唯一的乐趣就是升官发财，敛聚天下的珠宝珍玩，每天晚上都得抱着一堆翡翠玛瑙才能入睡。不过，他的脸色很快又黯淡下去，叹道：“我现在命在旦夕，你就是捡了个聚宝盆回来，我也无福消受了。”

钟五却嘻嘻笑着说：“奴才保证你老人家看了这个宝贝后，吃得饱，睡得香，所有烦恼一扫而光。”

杨环听他说得神奇，又来了劲儿：“那是什么宝贝？你快给我拿出来！”

钟五说：“宝贝在地牢里。”

杨环扬起巴掌，啪的一声，把钟五的脑瓜打成歪茄子，骂道：“狗奴才！到了这个时候，你还寻我开心！”

钟五一个劲地点头哈腰：“老爷息怒，你跟奴才到地牢看看，自会明白。”

杨环半信半疑地跟着钟五出了书房，来到西院，走进一间密室，走下台阶，便是钟五所说的地牢，钟五把手里的灯笼举高，指着蜷缩在地上的一男一女，说：“老爷，这就是我带回的宝贝。”

杨环勃然大怒“大胆奴才，你还敢拿老夫消遣？”

这时，地上被捆得像粽子的男子慢慢抬起头来，杨环一看，竟是他的宝贝儿子杨宝，不禁大怒，转身瞪着钟五骂道：“狗奴才，你不要命了？快给少爷松绑！”

钟五笑嘻嘻地说“老爷，你再看仔细点，他是不是少爷？”

杨环惊疑不定，又细细打量那人一番，摇了摇头。

钟五走近男子身边，朝他踢了一脚，说：“快快向老爷禀明，你是什么人！”

男子痛得龇牙咧嘴，说“小人名叫刘忠福，家在春州，穷得叮当响，求你们放过小人和娘子。”

杨环听了男子口音，这才确信他不是杨宝，顿时放了心，明白了钟五的用意……

原来，这次杨宝和钟五主仆两人携带金银赶往潘州，在路过云雾山时，发现当地有个叫刘忠福的人与杨

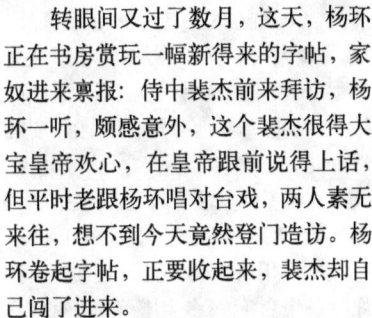

宝长得非常相像，钟五就跟少爷商议，让刘忠福替代少爷进皇宫阉割，事后再杀了他灭口，杨宝一听就乐坏了，两人立即扮作土匪，把刘忠福夫妇劫上马车，由钟五秘密带回京城，杨宝则藏在潘州静候消息。

杨环听完钟五的叙述，一时沉吟不决，他担心刘忠福到了皇宫胡言乱语，如果全说出来，那可是欺君大罪，得诛九族啊！可是，除此之外，又别无良策，到头来，也是死路一条，如果真能瞒天过海，倒是一条两全其美的生路，于是，杨环一咬牙：赌了！

第二天，杨环叫人在地牢里架起一个大铁锅，往里面倒满油，堆上干柴，把油烧得直翻滚，又叫钟五抬来一箱黄灿灿的金子，摆在刘忠福眼皮下，对刘忠福说："只要你按我的话去做，事成后，这箱金子就是你的了，如果你不管好你的嘴，坏了我的大事，你老婆就得到油锅里炸个稀巴烂！"

这一番话让刘忠福吓得尿了裤子，他乖乖地答应了。

2.舍财消灾

几天后的一天下午，一顶大轿被抬到杨府门前，阉割后的刘忠福颤巍巍地被人扶下轿来。随行的还有宣旨钦差，大宝皇帝准允杨环官复原职，并录用杨宝为内谒者监。

当天晚上，杨府里灯火辉煌，大摆筵席，以谢皇恩。次日一早，一只信鸽就从杨府飞出，往潘州方向飞去……

转眼间又过了数月，这天，杨环正在书房赏玩一幅新得来的字帖，家奴进来禀报：侍中裴杰前来拜访，杨环一听，颇感意外，这个裴杰很得大宝皇帝欢心，在皇帝跟前说得上话，但平时老跟杨环唱对台戏，两人素无来往，想不到今天竟然登门造访。杨环卷起字帖，正要收起来，裴杰却自己闯了进来。

杨环连忙施礼，淡淡说道："裴大人光临寒舍，不知有何贵干？"裴杰盯着杨环手中的字帖，哈哈一笑："杨府收藏冠天下，今天一睹，果然名不虚传！杨大人手中可是颜清臣的《多宝塔碑》？何不展开来让下官一饱眼福？"杨环心中一惊，很不情愿地展开手中的字帖，裴杰走上前，手抚字帖，双眼放出贪婪之光，口中啧啧称赞："颜清臣的书法，绝不输于二王，真是气势恢宏，骨力遒劲，有如金刚瞋目，凛然逼人，绝世珍品啊！"杨环心里暗自得意，表面上却不露声色，说道："谈不上珍品，更不敢与裴大人家中收藏相比。"裴杰长叹一声，说道："下官家中书画虽多，但像杨大人收藏的《张翰帖》、《裴将军帖》、《簪花仕女图》这些珍品，下官一幅也没有。不知杨大人愿不愿拿出来，让下官观摩一番。"

杨环心里一震，好不奇怪：就连

他最知心的朋友都不知道他藏有这些字画，裴杰是怎么知道的？他一时心烦意乱，说："裴大人说笑了，这些字画，老夫今生今世，也不敢奢望得到。"裴杰微微一笑，也不与他争辩，只是说："既然如此，下官有个不情之请，想借杨大人这幅《多宝塔碑》，带回家把玩一年半载，到时完璧归还，不知可否？"

杨环用奇怪的目光盯着裴杰，就像盯一个白痴《多宝塔碑》是他足足花了五千两黄金，四分抢，三分吓，三分哄，才弄到手的，岂能轻易转借。

裴杰似笑非笑望着杨环，道："杨大人这样看着下官，莫不是认为下官这个太监是冒牌的？下官如果真是个冒牌太监，那可是杀头大罪，下官胆子小得很，可不敢跟贵府的人相比！"

杨环一听，猛地跳起来，看着裴杰，就像看到了鬼魅，一张脸涨成了酱紫色。裴杰冷笑一声，接着说："杨大人是个明白人，今日怎么犯起糊涂来了？下官念在杨大人是谦谦君子，忠厚慷慨，不忍看到大人遭遇不测之祸，特地赶来提醒。看来，是我自作多情，告辞！"

杨环一听，越发心虚，急忙拦住裴杰，赔着笑脸说："裴大人息怒，是我的不是，请多多包涵。区区一幅字画，何足挂齿，你拿回家细细赏玩就是。"裴杰也不客气，抓起字帖，说声"承让"，扬长而去。

杨环等裴杰走远，顿时软瘫在椅子上，半天也不哼一声。他感到自己就像一只偷吃的老鼠，原以为神不知鬼不觉，没想到却钻进了一个精心设计的圈套里，裴杰就是一只闻风而来的猫，不仅幸灾乐祸，还要趁火打劫……

究竟是谁向裴杰泄露了秘密？难道是钟五？不可能，但不是他又会是谁呢？杨环正在纳闷，这时，杨宝跌跌撞撞跑进来，跪在杨环面前，哭道："爹，我闯大祸了！"

原来，当初杨宝从潘州赶来，杨环就让他赶紧把刘忠福夫妇灭掉，以绝后患，谁知杨宝杀死刘忠福后，看到刘忠福老婆生得花容月

貌，顿起色心，偷偷把她关在一间厢房里，谁知当天晚上，刘忠福的老婆就神奇失踪了。杨宝不敢告知父亲，私下派遣家奴四下追寻，谁知毫无踪迹，现在看来，她多半是逃到裴杰府中，把一切都告知了裴杰。

杨环气得直跺脚，问：“姓裴的对我的收藏弄得这么清楚，是不是你向外人吹嘘过？”杨宝一脸慌张，紧张得手足无措，连父亲的问话都像是没听见一样，杨环心一软，叹了口气，抬手示意他出去。

第二天一大早，杨环刚起床，就听到外面一片喧哗。杨环出去一看，看到两匹骏马拖着辆大马车，正往院子里闯，杨府的家奴拼命阻挡，哪里还挡得住？杨环暴喝一声：“何方狂徒，敢到这里撒野？”吼声刚落，车上跳下一个人，捧着一封信，恭恭敬敬上前，递给杨环。杨环打开一看，信是裴杰送来的，后面列了个清单，密密麻麻写满了物品，杨环最珍爱的几件收藏《张翰帖》、《裴将军帖》、《簪花仕女图》，都赫然在列。

杨宝站在父亲身边，吆喝家奴将裴杰派来的人轰出去，一群杨府家奴拿着棍棒拥出来，杨环大喝一声：“都给我住手！”他沉着脸，拿着清单走进密室，对着清单将一件一件宝物清点出来，装上裴府的马车。

杨环看着马车一溜烟地走了，想到自己苦心搜刮得来的宝贝从此全都是裴杰的了，只觉得心肝尖都让人给摘走了，难受得拿头直往书桌上撞。杨宝看到父亲这么伤心，也跟着潸然泪下。

此后，裴杰的马车，就像勤劳的蜜蜂，隔不了几天就跑到杨家来采蜜。

杨宝气坏了，说：“爹，你看姓裴的都嚣张到什么程度了？到我家拿珠宝比到他家柴房抱柴火还随便。你得出手了！”杨环叹口气，道：“你根本不了解姓裴的为人，他贪婪，狡诈，又狠毒，如果他一开始就向皇上告密，让皇帝抄了咱家，他姓裴的能捞到多大油水？他是想先把咱家榨干，再让皇帝收拾我们。”

杨宝攥紧拳头，说：“可恶！我现在就派人去取他狗命。”杨环狠狠瞪了儿子一眼，说：“你以为他的脑袋是那么好砍的吗？弄不好就是逼着他向皇上告密。”

杨宝问：“那怎么办？”

杨环道：“对付他的办法倒有两个，一个稳妥的，一个冒险的。”

杨宝忙说：“爹，有稳妥的办法，还考虑那冒险的干啥？”

杨环看看宝贝儿子，说“稳妥的办法，就是现在立即把你阉了，让姓裴的没有把柄可抓。”

杨宝大惊，说：“万万不可！我们还是再冒险一回吧！”

杨环点点头，缓缓说道：“既然如

此，咱们又得赌一局了……”

3. 笑佛呈珠

裴杰继续用马车从杨环府中运珠宝，杨家财物折损无数。这天入夜时分，杨环带上珠宝，进宫晋见大宝皇帝。大宝皇帝是个财迷，只要是献宝，他不分昼夜，来者不拒。杨环这次进贡的是一尊玉佛，是他让钟五找京城最好的珠宝匠人雕琢而成的，佛肚里塞满珍珠，按动机关，珍珠便从佛口跳出，落在伸出的佛手上，再由手心的通道，流回佛肚，实在是巧夺天工。

大宝皇帝在泰慈殿召见了杨环。所谓泰慈殿，其实是大宝皇帝新建的

一座刑室，以黄金镶顶，白银铺地，珠贝缀壁，真是金碧辉煌，而室内陈设的种种刑具却阴森恐怖。他常在这间刑室里办公，接见大臣。

杨环一进来，看到光孝寺住持澄远法师也在大宝皇帝身旁，原来大宝皇帝笃信佛法，常将一些和尚阉割后，召到宫里谈禅论道，澄远法师就是大宝皇帝的座前常客。

大宝皇帝见了杨环，笑吟吟问：“你这次给朕送来什么宝贝？”杨环呈上玉佛，说：“微臣这宝贝有个名字，叫笑佛呈珠。”

大宝皇帝一听，哈哈大笑，道：“真是巧了，澄远法师给朕设计了一个游戏，也叫笑佛呈珠，澄远法师，你给朕说说，究竟是你的游戏有趣，还是杨爱卿的宝物有趣。”

澄远法师微微一笑，把两人领到一只大铁笼前，这铁笼高约六尺，宽长各十尺有余，旁边还有二三十个小铁笼，关着上百只凶猛的山鹰，正在笼里上下扑腾。

原来，大宝皇帝对一般的杀人方法已经厌倦，澄远法师知道后，想出一个杀人的法子来：先用钢针刺入受罚人脸上穴位，使其表情保持一种乐呵呵的样子，再在其口中塞一颗鸡蛋大小的南海宝珠，然后剥光受罚人的衣衫，将其塞入大铁笼中，仅留头部露在笼外，再把饿了几天的山鹰放进笼中，不消一个时辰，受罚人就被饿

鹰啄得只剩一具白骨，而笼外的脑袋还能保持一种傻瓜般的笑容，从此人口里取出宝珠，那口还能上下翕动，仿佛非常受用，故取名“笑佛呈珠”。

澄远法师解说得十分精彩，大宝皇帝听得心痒难耐，眼珠骨碌碌一转，看到了身边的杨环，大喝一声：“杨环，你对朕大大不忠，朕今儿就让你尝尝‘笑佛呈珠’的滋味！”

杨环吓了一大跳，急忙匍匐在地，说：“奴才对皇上的忠心天地可鉴，对皇上大大不忠的另有其人。”

大宝皇帝正在找人试“笑佛呈珠”，急忙问道：“谁敢对朕不忠？快说！”

杨环缓缓说道：“臣经过明察暗访，查实门下省侍中裴杰，私通南唐，企图坏我大汉社稷。”

大宝皇帝听了，大为高兴，一拍大腿，喝道：“妙极！这可是抄家灭门的大罪！”马上传来骠骑将军龚洪，命令他领兵和杨环一起去抄了裴家，速将裴杰带来问罪。

这天晚上，本来从不贪杯的裴杰却喝了个酩酊大醉，直到龚洪带着官兵将他披枷戴锁，他还在呼呼大睡。裴府家丁被官兵从四面八方驱赶出来，聚在院子里，一片哭嚎之声，混乱之中，有个家伙竟然大喊“哭有什么用，不如拚个鱼死网破！”龚洪一听，有人要拒捕谋反，这还了得？当即下令，大开杀戒，一时间血肉横飞，鬼哭狼嚎，杀得裴府除裴杰外，再无一个活口。

杨环心里暗喜，对龚洪说：“龚将军，皇上还在等咱们的消息呢，你快去搜查一番，找出裴杰谋反的证据。”龚洪最爱的就是抄家，能够把别人的金银财宝抄到自己口袋的机会，他从不放过。他马上吩咐杨环看好裴杰，自己带着手下翻箱倒柜去了。

龚洪喜气洋洋回来时，却见裴杰满嘴血污，双眼睁得圆圆的，正在地上打滚。杨环说：“你走后不久，他就醒了过来，竟然想咬断舌根，畏罪自残。”

龚洪这回捞了个盆满钵满，只盼裴杰死得越快越好，就把杨环拉到一边，说：“杨大人，你来看看我搜出的物事中可有证据。”

杨环在一大堆书籍字画中翻找片刻，拣出一幅字画，展开一看，面露喜色，对龚洪说：“铁证如山，我们带他见皇上吧。”

裴杰被押到泰慈殿时，大宝皇帝见他披头散发，连鞋子也丢了一只，形态十分滑稽，忍不住扑哧一声笑了，故作惊讶地问：“裴爱卿，你怎么弄成这副模样？”

裴杰嘴里呜呜叫着，谁也听不清他说的是什么，龚洪把杨环找到的那幅字画呈给大宝皇帝，大宝皇帝一看，上面画着四个人，围坐在一堵大屏风前下棋，一时不明所以。

杨环说：“画上这四人不是别人，就是南唐李氏四兄弟，我大汉的大对头！”大宝皇帝“哦”的一声，细加端详，发现画面正中那人果然有点像南唐皇帝李暻，杨环又指着站在四人旁边的一个小厮，说：“皇上，证据就在这小厮身上，请皇上恕臣下无罪，臣下才敢解说。”

大宝皇帝点点头，杨环端起一根蜡烛，放在字画背后一照，皇帝凑近一看，小厮旁边隐隐约约现出个“刘”字，这不是说南汉刘氏是服侍南唐李氏的奴仆吗？这还了得？他指着裴杰，骂道：“可恶的奴才，该死！给我剥了他的衣服，放鹰！”

4.乞丐英雄

杨环直到凌晨才从皇宫出来，一进自家大门，就问门口的家奴：“钟五在哪里？”家奴说，钟五半夜时分外出喝酒，到现在还没回来。杨环带了几个家奴，扛着铁锹，来到钟五的住处，在地面挖掘了一会儿，挖出了刘忠福老婆的尸体，杨环上前看了看，露出一丝冷笑，说：“找遍京城，也要把钟五给我抓回来！”

其实钟五哪儿也没去，正一个人在杏花楼喝酒，他看到杨环领着一干家奴奔过来，就像没看见一样，依旧有滋有味地喝着。杨环指着他大骂：“你这个忘恩负义的东西，你七岁入我杨家，要不是我收留你，你早就饿死街头了，为什么还要背叛我？”

钟五呼出一口长长的酒气，指着酒楼外的一条狗，问：“老爷，你说，在你眼里，我和这条狗有什么区别？”

杨环恨恨地说：“狗从不背叛主人，你连狗也不如！”

钟五一改往日在杨环面前唯唯诺诺的样子，不慌不忙地说：“我本来是个人，你却偏偏把我当一只狗，连狗都不如……”

这句话让杨环浑身一抖。原来，杨环富可敌国的家财，全是他指使手下四处抢夺而来。他表面上是京城富豪，暗地里却是京城最大的强盗头子，豢养了一批死士，钟五是这批死士的领头人，心狠手辣，又工于心计，杨环大部分的金银财宝，都是他带人抢来的。正因为这样，在裴杰开始敲诈后，杨环一直以为是刘忠福老婆告的密，而没怀疑嫌疑最大的钟五。这次他先买通裴家的仆人用迷药把裴杰灌倒，再到大宝皇帝跟前进谗言，抄了裴杰的家，让裴家满门抄斩，又趁龚洪不在，割了裴杰的舌头，让裴杰有口难辩，让大宝皇帝用笑佛呈珠杀了裴杰，但杨环却没在裴府找到刘忠福老婆的尸体。他知道，如果真是刘忠福老婆告的密，裴杰必定会把这个女人留在裴府，到时作为打垮杨家的证人。现在找不到刘忠福老婆的尸体，他这才怀疑钟五，回家后，果然在钟五房间挖出刘忠福老婆尸体，顿时明白钟五是用刘忠福老婆逃亡的假象，来转移杨环对自己的怀疑，由此判定钟五就是向裴杰告密的人。

钟五在半夜时分听说裴府被抄，便知是杨环下的手，以他对杨环的了解，知道马上就会查到自己头上，于是连夜到杏花楼上来喝酒。看了杨环的气势，他心里早已明白了一切，笑着对杨环说："不仅这次是我向裴杰告的密，其实几年前你儿子在妓院假死，然后失踪的事，也是我一手策划操纵的。你一定很奇怪我为何这样做。老爷，我不为别的，就为丝绸商卢家一家满门的性命！那件事，你一定还记得吧？"

杨环的脸抽搐了几下，这件事，他记得清清楚楚。

那是三年前的事了。那一次，杨环将抢劫目标定在长平街丝绸商人卢炳仁家，卢家经营丝绸生意，多年来积攒下好大一笔财富。

这天，杨环指使钟五到卢家踩点，钟五伪装成一个乞丐，来到卢家宅第前，看到大门敞开，没人把门，便走了进去，来到一个花园中，那时正是春暖花开的季节，花园里好一派姹紫嫣红的景象。钟五正在四处张望，忽然听到远处传来一个少女的啜泣声，好不凄婉，钟五循声走过去，看到一个娇美得能令鲜花失色的少女，正在伤心地哭泣，她旁边围着几个丫鬟，正在不停地劝慰她，钟五在一旁听了片刻，听出了一个大概：原来这小姐有个意中人，两人曾在花前月下山盟海誓，今生今世要长相厮守，想不到那个男人为了做官，竟然给自己净了身……

这时，小姐珠泪涟涟地问身旁的丫鬟："豆菊，你说，难道功名利禄对他就那么重要？难道比他的命还重吗？难道我在他心目中，真的就那么无足轻重吗？"那叫豆菊的丫鬟尚未回答，钟五却再也忍不住，他哑着干涩的嗓子，大声说："小姐你错了，他根本就是个瞎了眼的畜生，你犯不着为这种畜生伤心！"

这几个姑娘正在一起劝慰小姐，眼前突然冒出这么个人不人鬼不鬼的莽汉，大惊失色，便要将钟五赶出园子。

这时，小姐朝几个丫鬟叫道：“不得对这位相公无礼。”

钟五站着不动，继续说道：“那畜生放着小姐这样的人置之不理，去追逐什么功名利禄，真是猪狗不如。在我看来，天下所有的珍珠翡翠加起来，跟小姐一比，都是一坨坨狗屎……”他的话说得十分粗鄙，小姐听在耳中，却是句句中听，一双哭得肿成桃子的眼睛，凝视了钟五片刻，忽然对刚才那个丫鬟说：“豆菊，你把这位相公带到我房间里……”她话说得很轻，却把在场所有人都震住了，丫鬟们呆立着，钟五的嘴巴也张得大大的，小姐秀眉微蹙，问：“我说的，你没听到吗？”声音依然那么柔媚，却有一股不可违抗的威严。

于是，那个叫豆菊的丫鬟带着钟五来到一个香得能让人迷糊的闺房，丫鬟悄然退出，小姐缓缓走进来，轻轻扣上门，拔去金钗，黑发如瀑布飘落，身上的罗裙也慢慢滑下，恍恍惚惚的钟五没弄明白是怎么一回事，只觉得一个温软光滑的身子钻进了他的怀里。他自从出娘胎以来，从来没有一个女人这样对他……

也不知过了多久，钟五听见小姐轻轻地说：“我爹，我哥，我家里所有的男人，听说那个人阉割了自己，都一窝蜂跑到他家里巴结他，讨好他，好像他成了一个英雄。”说到这里，她抬起头，秀目凝视着钟五，说：“我爹爹他们每天锦衣玉食，什么都不缺，可他们从不知足，为了得到更多，情愿阉割自己……只有你跟他们不一样，你没吃，没穿，宁肯做乞丐，也不愿为了飞黄腾达阉割自己。你这样的人，才是真正的英雄，我的乞丐英雄！”

钟五突然一把推开小姐，咧开大嘴巴，哭得一塌糊涂。他根本弄不清自己是什么时候离开的，只记得临走时，小姐也在哭，哭得非常伤心，她为什么要哭呢？钟五没问，也没法问，他只是傻乎乎地提醒小姐，叫她小心点，有人要打劫她家，可小姐像没了魂儿似的，也不知她听到没有。

钟五回去后，生平第一次对主人撒了个谎，他说，卢家外表风光，其实就是个空架子，根本就没钱，私底下早就在举债度日。按照他的说法，这样的人家非但不应该去打劫，反而应该去接济一把，他话没说完，杨环就赏了他一记耳光。钟五当即跪在地上，哀求杨环放过卢家。杨环叫人暴揍了他一顿，把他关了起来，当晚，杨环亲自率人，把卢家洗劫一空。

钟五想到这里，厉声说：“你抢了卢家的钱财也就罢了，可你的混账儿子竟然还糟塌了人家的闺女，逼得她

悬梁自尽！你倒是说说，你儿子是个什么东西？自打卢小姐死后，我就再也不是你杨家的人了，我只为卢小姐活着，要为卢小姐报仇！因为，她是唯一把我当人的人！”

钟五说着，眼里冒出两道冷森森的光来，刀子一样直逼杨环，恨恨地说：“你不是贪财吗？我就用最恶毒的法子，让别人把你命一样的钱财一点点硬拿过去！你的那个狗杂种不是好色吗？我要你亲自把他那东西割下来，让他求生不得，求死不能……”

5.斩草除根

杨环听了，一个劲冷笑“就算你机关算尽，还是敌不过老夫棋高一着，你让裴杰来勒索我，你还算定裴杰会告发我，我为了保命，最后不得不阉割自己的儿子，是不是？但裴杰那个老匹夫怎么斗得过我呢？你要不要去看看他，他已经被一群饿鹰啄成一副骨头架子了，裴杰死了，你也完蛋了！我和我儿子还好好地活着，哈哈！”说完，他手一挥，让手下上前捆绑钟五。

钟五猛地站起来，吼道“且慢！你绑我回去，无非就是要我一条贱命，我可不想死在你的狗窝里，这店家的一锅滚汤倒也合适，好过到你家去下油锅！”说完，他起身朝酒楼的厨房走去。刚才杨环带人赶到时，酒楼上的人都跑了个精光，连在厨房做早饭的掌柜和伙计都跑得没了踪影，厨房正中有一只大汤锅，满锅的水早已煮得沸腾，也无人过问。钟五走到汤锅边，杨环带着手下呈半月形围住他，如临大敌。

钟五一阵哈哈大笑，脸上现出一股恶毒的表情，说：“老爷，我说过要你亲自阉割你那狗杂种的玩意儿，可不是说着玩的。你昨天进贡给皇上的‘笑佛呈珠’，皇上一定很满意吧？你可能不知道，那些佛肚里的珍珠，每一粒上面我都刻了字，把你替狗杂种找替身阉割的事儿说了个清楚明白，你怎么能屁颠颠地把它送给皇上看呢？我想，皇上迟早会发现这个秘密，会让你亲手阉了那个狗杂种的！”说罢，他大叫一声，纵身往汤锅里一跳。

杨环没想到钟五说跳就跳，避闪不及，被溅起的汤水淋得哇哇大叫，但他听了钟五最后的几句话，却再也顾不得痛了，他只想飞一般赶回家，带着宝贝儿子逃命去……

杨环还没到自家门口，远远地就看见骠骑大将军龚洪带着人马，将杨府围了个水泄不通，杨环正想逃跑，龚洪已看到他，老远就打着招呼，一路小跑赶过来，说是奉皇上的旨意，前来迎接杨家父子进宫见驾。这龚洪的话说得非常委婉动听，看不出任何恶意，但杨环听起来，却像刀子一样，一下下在剜他的心。他太清楚了，大宝皇帝的礼数越是周到，情势便越是不妙，他苦着脸笑了一下，抖了抖刚才被汤水溅湿的衣服，说：“我这个样子，实在没法去见驾，老兄看在我昨天让你一个人把裴府抄尽搜光的份上，让我先进屋沐浴一番吧！这个家我带不走，满屋子的金银财宝也吃不下，以后全是你的了！”

龚洪听得心里一软，又怕杨环过会在皇帝面前说自己的坏话，便同意他回屋里换一身衣服。

这时，杨宝还在密室里跟一个丫鬟鬼混，根本不知道塌天大祸近在眼前。杨环一脚踢开密室的门，看了眼躲在被窝的丫鬟，递过手上端着的一杯酒，说：“喝下去！”杨宝从没见父亲这样严肃，就笑着说：“爹，你搞的什么名堂？这时候喝的哪门子酒嘛。”杨环不接杨宝的话，仍把酒端在杨宝跟前，大声说：“喝下去！”

杨宝拗不过父亲，勉强接过酒杯，一口就喝光了。哪知酒水落肚不久，他便觉全身酸软，使不出一点力气来，一个踉跄，跌坐在床边的椅子上，一抬头，发现父亲已经泪流满面，手里不知什么时候多了一把刀，正闪着寒光。

杨环哭着说“孩子，你别怪爹狠心，爹走到今天，已经山穷水尽了。皇上已经知道我们瞒天过海的事了，如果现在不割掉你身上那东西，咱们父子都得人头落地……”一边说着，一边靠近床沿，突然举刀往被窝里一戳，只听一声惨叫，躲在被窝里的一个丫鬟顿时毙命。杨宝见势头不对，奋力挣扎，身上却提不上半点劲，只好哭丧着脸哀求：“爹，你就发发慈悲，饶了孩儿吧！没了那东西，孩儿一天也活不下去啊！就算你现在阉了我，皇上一样知道是你刚做的手脚！”

杨环何尝不明白这道理，但现在事态危急，只有死马当作活马医，先阉了儿子，再找个理由跟皇帝打个马虎眼，没准皇上心一软，又会放自己父子两人一条生路。他心一横，用口咬住刀背，腾出手来，用牛筋绳把儿子紧紧绑在椅背上。

杨宝见父亲一副吃了铁心丸不回头的架势，不由得目眦欲裂，破口大骂：“老匹夫，老子跟你一刀两断，不给你当儿子总可以了吧？我就是做乞丐，沿街讨饭，也不做太监！”他骂一会儿，见不奏效，又转为哀求，哀求一会儿，又骂个不休，杨环听得肝肠寸断，眼泪像断线的珠子直往下淌，边哭边说：“儿啊，我何尝不想成全你，可龚洪已带着人马把咱家围了个水泄不通，你不割那东西就是死路一条，命都没了，留着那东西又有什么用呢？好死不如赖活，还是先保命再说……”

杨环说完，不再理杨宝的哀求和

咒骂，哆嗦着双手扒下杨宝的衣裤，那一刀却迟迟落不下去，正在犹豫时，忽然外面的脚步声、呼喝声大作，似有千军万马潮水般朝这边涌过来，他以为是龚洪等得不耐烦，带着手下冲了进来，一咬牙，热血涌上脑袋，顿时手起刀落。刀光闪过，只听杨宝一声惨叫，紧接着一股血雾迸出，溅了杨环满头满脸，杨环顾不得理会，把准备好的一大盆锅灰倒在儿子伤口处，然后打开门，冲外面大声喊："龚将军，下官已沐浴更衣，我们这就起程，一起去见皇上吧。"

可是，外面空荡荡的，一个人影也没有。杨环摸不着头脑，走出家门，发现龚洪不知什么时候早带着人马离开了，街上人嘶马鸣，一片混乱，有人鸣锣欢呼："宋军攻打进来了！"远远望去，皇宫那个方向浓烟滚滚，亮起好大一片火海。

杨环没想到赵匡胤率领的宋军这么快就打了进来，他如遭雷击，恍恍惚惚走回房中，看到奄奄一息的儿子，不由得号啕大哭，没哭两声，突然想到宋军只怕马上就要进府，如果被宋军捉住，肯定也是死路一条，连忙止住哭声，脱下官服，顾不得收拾细软，背着儿子逃到城外的一座破庙安顿下来，日夜不停地细加护理，总算让杨宝捡回了一条命。

这时，外面的局势渐渐平稳下来，可以上街走动，杨环偷偷跑到家附近，远远看了看，见有兵丁守门，知道再也不可能回去了，里面的金银财宝再也跟自己无缘，虽然非常痛心，但想想自己和儿子能够活下来，还是松了一口气。

但杨宝却不一样，他自从被阉割后，整天像只瘟鸡，耷拉着脑袋，一言不发，杨环看着心里也很难受，于是雇了轿夫，抬起杨宝，在大街上散散心。这时正是仲春时节，风光优美，这座刚刚经历改天换地巨变的都城多了一分生气，在大街上行走的人们神情上也轻松很多。杨环跟在轿后，望着面前的一切，一下子明白过来，以前的荣华富贵全是虚假的，只有儿子

才是最重要的，自己亏欠儿子太多了，当下决定，带着儿子回潘州老家去，过平平淡淡的乡下生活，守护他，加倍爱他、疼他……

不知不觉间，轿子被抬到一处集市，忽见前面拥来一群人，行人纷纷躲避，杨环连忙拉住一个正在躲避的行人，问是怎么回事，没想到这个行人拼命挣扎，叫道：“快放手，新官府下了‘杀阉令’，要查出以前干过阉割的人，格杀勿论！”

杨环想到儿子正是自己阉割的，心下大骇，这时，一列官兵呼喝而来，杨环正想带着轿子躲避，谁知一直半死不活的杨宝，这时突然从轿子上滚下来，朝官兵跑过去，然后回头指着杨环，大声嚷道：“官爷，我爹就干过阉割，快抓住他！”官兵见杨宝一副疯疯癫癫的样子，以为真是个疯子，没加理会。

杨环急得只差没哭出来，他顾不得危险，奔过去拉住杨宝，想把杨宝拽回来，杨宝猛地一口咬住杨环拉自己的手，杨环痛得大喊一声，急忙松了手，一看，手上已是鲜血淋漓。

杨宝见官兵不信自己的话，突然当着众人的面脱下裤子，指着自己空空的下身，哈哈大笑着说：“你们快看呀！这就是我爹的杰作！”

那些官兵低头一瞅，杨宝下面果真空空荡荡的，全都哈哈大笑起来，狂笑一阵后，一个当官的指着杨宝骂道：“你这家伙真是疯得可以！普天之下，哪有当爹的阉割儿子的？一定是你官迷心窍，一门心思想往上爬，这才挥刀自宫，结果自宫了也没捞上个官当，这才后悔得发疯，反倒怪在自己父亲头上。你这个疯子，留在世上只会害人！”说话间，手里的长矛刺了过来，把杨宝刺了个透心凉，只见杨宝惨叫一声，横尸街头。

杨环眼睁睁看着儿子毙命，顿时肝胆俱碎，仰天悲鸣。

不久，京城街头多了一个疯老头，经常在路上拦住行人，不停地问：“你阉割了没有？快阉了吧，不阉割，没活路啊！”

（**题图、插图**：杨宏富）

故事看过瘾了吗？轮到您出手了，给我们投稿吧！今年我们又开设了三个新栏目：“新新聊斋”、“银手指·金点子”和“手机版故事”，尤其是“手机版故事”，这是一种新的尝试，我们热忱欢迎您的来稿：1.篇幅在300字左右；2.题材各异，风格不限，但叙述清晰、完整，要有详有略，有张有弛；3.要有一个精彩的核心情节或细节。来稿可从邮局寄发，邮寄地址：上海绍兴路74号《故事会》杂志社，邮编：200020；也可从网上投稿，本期责任编辑邮箱：zjw002@vip.163.com。

光明与火把

有个商人遇到一个劫匪，被劫匪追进了一个山洞，商人在洞里跑了很久，还是被劫匪抓住了，劫匪抢走了商人身上所有的钱财，也抢走了商人唯一的一支火把。劫匪把商人绑在洞里，点燃从商人手里抢来的火把，借着火把的光亮，想走出这个山洞，谁知这山洞非常复杂，他走来走去，最终没能走出这个山洞，精疲力竭而死。

商人挣脱了捆绑的绳索，在黑暗中摸索前行，他走得十分艰辛，跌得鼻青脸肿，费尽心血，终于发现了从洞口透进的一丝微光，最终走出了山洞。

商人在离洞口不远处发现了劫匪的尸体，还有身边熄灭的火把，他想，如果劫匪没有火把，他也能和自己一样，发现洞口透过来的微光，活着走出洞口……

（推荐者：聂　勇）

把玩具卖给老人

一家玩具工厂倒闭了，只给工人发了些玩具，作为工资补偿。

一个工人从工厂领回几十箱玩具，和工友们一起每天去街上摆地摊，摆了几天，也没卖出一件。这天，他带着玩具去了老人社区，却很受欢迎，不断有老人要买他的玩具，半月不到，就销售一空，接着，他又低价从其他工友手里买来玩具，继续到老人社区卖，收入比在工厂高出很多。

朋友问他：“卖给儿童的玩具，你怎么卖给老人呢？”他说，现在老人都疼爱孙辈，给孩子买个玩具，小孩大人都高兴；再说，老人喜欢串门，有点事就相互传，一传十十传百，卖动一只，就等于卖出一批。

看似复杂的推销，其实如此简单。　（作者：谢国渊）

善良与残酷

家里人都不吃馒头，她却每天在食堂买几个又白又大的馒头回家，傍晚出门散步前，她把馒头热一热，带到滨江广场，把这些馒头送给那些小乞丐吃。

有人说：“你这是何苦？真同情那些小乞丐，给他们几个钱就可以了。”

她摇着头，说：“不能给他们钱，那些小乞丐后面都有人控制，钱落不到他们手里，还是看着他们把馒头吃下去踏实。”

这天，女儿把吃剩的零食交给她，让她把这些零食送给那些广场上的小乞丐，想不到她却把零食拿回自己房间。

女儿说：“你要是喜欢吃，咱可以再去买，吃剩下的给那些小乞丐嘛！”

她坚决地摇摇头，说“我每次给那些小乞丐馒头，他们吃得很香，就像吃着人间的美味，如果我再给他们零食，他们会觉得零食比馒头更好吃，甚至还会惦念我送他们更好吃的东西，这样，他们再也不会有吃馒头的快乐了。”

女儿明白了，妈妈不给小乞丐零食看似是一种残酷，其实是另外一种善良。

（**作者**：湛鹤霞）

想我就含上一粒糖

母亲得了绝症，放不下年幼的女儿，对她说“妈妈要去糖果山上采糖果，很久才能回来，你要是想我，就在嘴里含一粒糖果，这样，我就知道你想妈妈了。”母亲去世后，女儿在她的床头、兜里、文具盒里，都放上几粒糖果，想念妈妈的时候，她就含上一粒糖，渐渐地，她养成了吃糖的习惯。

后来，女孩结婚了，她和丈夫到一座海滨城市度蜜月，他们吃遍了当地的各色小吃，在绝美的风光中流连忘返，没想到，女孩这天突然昏倒在沙滩上，经过紧急抢救，女孩活了过来。

经检查，女孩是名低血糖患者。沉浸在幸福中的女孩这几天没有想念妈妈，也就没有吃糖，想不到诱发了低血糖症。

原来母亲临走时留给女儿的不只是一个习惯，而是深如大海的关爱……

（**作者**：李丹崖；**推荐者**：蓝昌科）

（**本栏插图**：安玉民　梁　丽）

学写作文，从读故事开始

渴望成功

□冯琼普

斯宾塞是一位见解独到的经济学家，每个周末，他都会在电视台讲解理财之道，很受观众欢迎。

这天晚上，斯宾塞正在公司加班，妻子蔓莉突然打来电话，说是家里出了急事，让他马上回家。斯宾塞匆匆忙忙关了电脑，来到地下车库，打开车门，谁知这辆老爷车只是哼哼直响，却怎么也发动不起来，看来又是哪个部件出了问题，还好，家离这里不算远，他决定步行回家。

斯宾塞急着赶回家，紧走慢走，不一会就到了家门口，正要踏上台阶，身后突然响起一个粗犷的声音："斯宾塞先生，是你吗？想见你一面可真不容易啊！"

斯宾塞被这声音吓了一大跳，回头一看，吓得差点没瘫在地上：站在他跟前的是一个五大三粗的家伙，不是别人，正是臭名昭著的劫匪莫克尔，报纸上有他刑满释放的消息。斯宾塞在身上掏了一阵，两手一摊，故作潇洒地说："伙计，非常抱歉，刚才我走得太急，忘了带钱包……"

这话让莫克尔大吃一惊，说："嗨！你以为我来干什么？我是你的崇拜者，在监狱里，我天天看你的节目，觉得你本事真大，这不，一出来就想见你。"

斯宾塞这才松了一口气，说"伙计，想见我预约一下就可以的，深更半夜的，你想吓死我啊？"

莫克尔抱歉地笑了笑，说"我知道自己的分量，我这样的人跟你预约见面，那是痴心妄想，弄不好还会招来警察好一通盘问。我历尽千辛万苦，总算打听到了你的住处，就在这里等你了。"

斯宾塞又笑笑，说"现在你见到

我了，如愿了吧？”

莫克尔摇摇头，说“我好不容易见到你，你总不能让我白跑一趟吧？我现在想做个正常人，不，是正常人中的成功人士！我现在非常渴望成功，懂吗？所以，我要来找你，请你教给我成功的秘诀！”

原来是这么一回事。斯宾塞哭笑不得，抬腕看了看手表，说：“这不是一句两句能说清楚的，今天不早了，明天早上七点，你在这里等我，到时我告诉你成功的秘诀，行吗？”

莫克尔一听，满意地说：“明天一早，我来！”朝斯宾塞挥挥手，走了。

斯宾塞回到家里，连忙问妻子蔓莉：“家里到底发生了什么事？”

蔓莉难过地说：“沙拉又不见了！”

沙拉是蔓莉养的宠物狗，看得比儿子还宝贝。这段时间沙拉可能到了发情期，经常独自跑到外面去，每次蔓莉都要斯宾塞到报上刊登寻狗启事，今天她把斯宾塞叫回来，也是让他赶紧登寻狗启事，因为斯宾塞在报社有熟人，可以用最短的时间得到广告版面。

斯宾塞按照妻子的要求，跟报社的朋友通了电话，发去了广告内容和沙拉的照片，又安慰了蔓莉一番，便上床睡觉了。

第二天一早，斯宾塞起床洗漱完毕，打开家门，从门口的邮箱取报纸，刚打开邮箱取出报纸，便听到远处传来一声大喊：“斯宾塞先生！”接着，莫克尔一阵风似的跑到斯宾塞跟前。

斯宾塞这才想起昨天晚上的事，连忙笑着跟莫克尔打招呼，说：“早上好，莫克尔，你可真准时！”

莫克尔非常认真地说：“斯宾塞先生，我不想多占用你的时间，只是迫不及待地想知道迅速成功的方法，因为我现在非常渴望成功！”

斯宾塞哭笑不得，不知从何说起，但答应别人的事，特别是对莫克尔这种人，就应该做到，他无奈地扫了眼手中的报纸，突然眼睛一亮，说：“其实，有时成功是非常简单的，简单到你只需要伸出手，就能拿到……”

莫克尔大吃一惊，说“世上有这

么容易的成功吗？我怎么不知道呢？”

斯宾塞把手上的报纸递给莫克尔，继续说：“比方说，这份报纸里就藏着财富，你只要留心，这财富就是你的……”

“真的吗？”莫克尔激动地接过报纸，翻来覆去地看了好几遍，上面除了些老套的新闻，就是一版接一版的烦人广告，根本没有财富。正在发呆，忽然感到脚上一阵异样，低头一看，原来是一只小狗在咬自己的裤子，他一脚踢开小狗，对斯宾塞说：“这上面没有财富啊！”

斯宾塞笑了，意味深长地说：“有的，你再仔细看看。”

莫克尔半信半疑，又把报纸翻来覆去看了几遍，毫不迟疑地说：“没有!上面真的没有财富。”

斯宾塞接过报纸，指了指头版广告栏里的一则寻狗启事，说：“你看，只要你找到这只狗，交还狗的主人，就能得到6000美元的酬金，这难道不是财富吗？”

莫克尔连忙看那则广告，连连摇头：这样的寻狗启事每天少说有七八则，城市这么大，天知道在哪里能寻到这些离家出走的狗!

斯宾塞苦笑一声，指了指广告上的狗照片，问：“硬是看不出来吗？”莫克尔再一细看，顿时明白：广告上的狗，正是自己刚才一脚踢开的小狗啊!

这时，斯宾塞已经把那只小狗抱在怀里了，他一边用手轻抚着小狗，一边对莫克尔说：“大千世界，无奇不有，只要留心，处处有财富！你看看这报纸，每天光寻物寻人启事就一则接一则的，只要帮别人完成一则，就能拿到酬金，时间一长，自然就成功了！这就是成功的秘诀！”

莫克尔恍然大悟，对斯宾塞佩服得五体投地，说“原来成功真的很简单，我明白了，找到你，我已经迈出了走向成功的第一步！”说完，朝斯宾塞挥挥手，大步流星地走了……

斯宾塞看着莫克尔走远，抱着小狗回了家，蔓莉一见，上前一把抢过小狗，紧紧抱在胸前，说：“沙拉，我的宝贝，你总算回来了！”

原来，这只狗正是昨天走失的宠物狗沙拉，刚才斯宾塞想着怎么打发莫克尔，看到沙拉自己走了回来，想起昨天已通过朋友在报上登了寻狗启事，便拿手上的报纸做文章，总算把莫克尔打发走了。不过，他还是有点担心，下次莫克尔如果再来问成功的秘诀，应该怎么回答他呢？

斯宾塞的担心显然是多余的，因为从这以后，凶狠蛮横的莫克尔变成了另外一个人，他总是拿着一份报纸，在大街上走来走去，像是在寻找着什么……

（题图、插图：安玉民　梁　丽）

万物皆有性别

◆ 苹果是女性：最好的总在树的最上面，大多数男人都不敢上去摘它们，因为担心摔得很惨。

◆ 红酒是男性：它最初只是葡萄，经过一段时间的酝酿，才能上得了台面。

◆ 海绵是女性：它们很柔软，饱含水分，要不怎么说女人是水做的呢？

◆ 轮胎是男性：它会变秃，而且经常过度膨胀。

◆ 网页是女性：你必须主动出击。

◆ 保鲜袋是男性：它们装着许多东西，但是你可以一眼看穿它们。

◆ 水龙头是女性：一眨眼的工夫，就能从热变冷或者从冷变热。

◆ 安全别针是男性：紧急关头总派得上用场。

◆ 外国电影是女性：总不能完全弄明白。

◆ 热气球是男性：一发火，就会蹿得老高。

◆ 遥控器是女性：要是没有它，男人准会手足无措。

◆ 计算机是女性：即使你犯的错误非常小，它也会记录下来。

◆ 沙漏是女性：时间长了，重量就向下转移。

◆ 锤子是男性：5000年来几乎没什么变化，不过有它在身边，还挺管用。

（**推荐者**：焦淳朴）

你有什么

◆ 满桌佳肴，你得有好牙。
◆ 腰缠万贯，你得有命花。
◆ 赏一路风景，你得走得动。
◆ 拣一座金山，你得能够拿。
◆ 垄沟里刨食的是条好汉。
◆ 病床上数钱的是个傻瓜。
◆ 千里纵横，你总得有个家。
◆ 万众首领，你也得有个妈。
◆ 委屈烦恼，你非得有人听。
◆ 出色得意，你还得有人夸。
◆ 酷毙了靓绝了，你得有人爱。
◆ 摔倒了失足了，你得有人拉。
◆ 结怨不如结缘，栽刺不如栽花。
◆ 富贵不如福态，健康才有人夸。

（**推荐者**：范国清）

上司就是上司

- 做一件事，如果你用了太多的时间，是因为你太迟钝；如果你的上司用了太多的时间，那是因为他工作很认真。
- 如果你没有做完一件工作，一定是因为你太懒惰；你的上司没有完成，那是因为他太忙。
- 如果你做了件错事，证明你是个白痴；你的上司如果做错了，那证明他也是一个人，是人就会犯错。
- 如果你做了额外的工作，你是在越权；如果你的上司做了额外的工作，那叫主动。
- 如果你坚持己见，那叫固执；如果你的上司能坚持己见，那叫意志坚定。
- 如果你漠视了规章制度，你就是粗鲁；如果你的上司漠视规章制度，那是在创新。
- 如果你在设法取悦你的上司，你是在拍马屁；如果你的上司在取悦他的上司，那是在搞好人际关系。
- 如果你离开了办公室，你一定是去闲逛；如果你的上司离开办公室，他是去开阔视野。
- 如果你请了一天的病假，你是在请假；如果你的上司请了一天的病假，那他一定是实在坚持不下去了。
- 如果你想请事假，那一定是为了私事；如果你的上司想请事假，那是因为他太累了呀！

（**推荐者**：史志鹏）

夫妻短信

有对年轻夫妻，分居两地，相互间经常用手机发短信。

中秋前夕，妻子早早发来短信：十五的月亮十四圆，夫君不妨猜猜看？

丈夫一看，傻了眼：十四哪有什么圆月？突然间灵光一闪，赶紧回复：十五的月亮是我妻，美得让我睡不安，十四夜里已思念，想得月亮提前圆。

妻子读后，甜蜜无比，兴致大发：夫君好有才，有本事再猜一条：十五的月亮十六圆，你说这是为哪般？

丈夫有了上次的经验，这次回起来信手拈来：十五的月亮是我妻，美得让我睡不安，十六夜里仍在想，想得月儿不忍散。

妻子好不高兴，当即回道：夫君聪明，周末回来，好好奖赏你。

（**推荐者**：周　毅）

（**本栏插图**：安玉民　梁　丽）

测人品

□张维超

这天，周老太太拿着本杂志，问老伴："下面有三件事儿同时发生了，第一，门铃响了；第二，雨飘进阳台，要淋湿衣服了；第三，水龙头没关。老头子，你先做哪一件？"

老伴没有多想，张嘴就说："当然是先去拿衣服了。"

周老太太一把揪住老伴的耳朵，骂道："你个死老头子，都这么一把年纪了，心里还想着老情人！"

老伴痛得叫起来，说："死老婆子，这都哪跟哪呀？"

周老太太这才告诉老伴，这是杂志上的一道心理测试题，衣服代表情人，水龙头代表金钱，门铃响代表配偶。老伴最先想到的是衣服，所以周老太太很生气。

老伴听后，说："我先去拿衣服是有原因的，那套挂在阳台的休闲服要六百多块钱，如果淋湿了，那多心疼呀！"

周老太太听了老伴的解释，心里好受了一点。不过，她记性不好，转眼工夫就把这件事给忘了，过了几天，又在一张报纸上看到这道考题，二话没说，拿着报纸来到老伴面前，说："老头子，我来考考你。"

老伴一听，还是上次那道题，这次心里有了底，老伴刚把题目说完，他张嘴就说："先去开门。"

周老太太听了心里很高兴，故意说："老头子，你再好好想想——"

老伴一挥手，说："先去开门！"

周老太太高兴得拍了老伴一把，这一拍不要紧，她发现老伴穿的是旧衣服，就说："老头子，你好长时间没穿那套休闲服了，怎么尽穿旧衣服？"

老伴哭丧着脸，说："那套休闲服不能穿了，穿脏了要洗，洗了还要晒，万一再遇上下雨，又正好赶上你敲门，那我就惨了……"

上过大学的神童

□冯美欣

朱七七生下来就很聪明，上幼儿园没几天，就被老师“劝退”了。为啥？老师说：“这孩子背诗数数跳舞唱歌样样都精，上幼儿园太浪费了，直接上小学吧！”

于是，父母直接把朱七七送进了小学。想不到朱七七人没课桌高，每次考试都是年级第一名。这下，大家都知道朱七七是神童，经常有人问她：“朱七七，你怎么这么聪明啊？”

朱七七得意地回答说：“因为我上过大学啊！”

朱七七的成绩越来越好，电视台听说后，准备做一场家庭专访秀，现场采访朱七七父母培养神童的经验，不料朱七七父母横竖不同意，经过多方动员，电视台又许诺给丰厚的报酬，这才勉强同意参加。

这天晚上，电视台演播室灯火通明，座无虚席，朱七七和父母坐在台上，好不开心。主持人问起朱七七的教育，夫妻俩便嘻嘻哈哈地讲朱七七有趣的生活细节，逗得台下的观众哈哈大笑。

最后轮到观众提问，有个观众问：“我听朱七七说过，她说她聪明是因为上过大学，这是怎么回事？”

朱七七的父母一下愣了，这个问题太难回答了，如果说没上过大学，那就说明孩子小小年纪已经学会了撒谎；如果说上过，别人会觉得不可思议。只见朱七七父母在台上发愣，台下的观众一片安静，等着一个满意的回答。又过了好一会，朱七七的妈妈终于开了口，说：“不错，她的确上过大学。”

这话一出口，台下观众一片哗然，主持人马上问：“朱七七只有八九岁，她是什么时候上的大学？”

朱七七妈妈脸一红，说：“她是在我肚子里上的大学，那时候，我们两口子在念大四……”

谁最喜欢喝酒

□陶百军

从前，有两个喜欢喝酒的人，一个叫夏茂伟，一个叫莫东风，这天，两人又吹开了。

夏茂伟说："我年轻时家穷，没钱供我喝酒，便趁着知府骑马出巡，故意投石惊马，然后冲上去救知府，让马踩断了一条腿，知府把我收留在府中，让我在他家喝了20年……"

莫东风听了直乐，说："你这算啥？20岁那年，我已经把家里喝得一贫如洗了，于是主动上门，过继给莫员外做了儿子……"

两个人谁也不服气，这时，过来一位年轻书生，说："我从京城来，请问贵地可有位叫陈素贞的女子？"

这书生一表人才，莫东风说："是有个叫陈素贞的，但她今年已经60岁了，是个罗锅，至今未嫁……"

书生一听就兴奋起来，说"我找的正是此人！"说完，他朝夏茂伟和莫东风作了个罗圈揖，说："在下尚未婚配，专程前来求婚，想娶陈素贞为妻，请二位做做媒人！"

两人吓了一跳："娶她为妻？"

书生哈哈大笑，说："不瞒二位，在下也是嗜酒之人，但我只品佳酿，这些年可以说喝遍了天下名酒，唯独贵地的极品女儿红，不曾尝到……"

夏茂伟顿时明白，问："你娶陈素贞，就是为了喝到女儿红？"

书生点点头，说"听说贵地有一风俗，谁家生了女孩，在她出生时必埋一坛女儿红于地下，待女孩出嫁时再取出饮用，我娶素贞为妻，就是想饮她家那坛埋了60年的女儿红……"

夏茂伟和莫东风对望一眼，一齐站起来朝书生鞠了一躬，说："年轻人，你才是最喜欢喝酒的人！"

461
2010
SEMIMONTHLY
下半月刊
4月
STORIES
欢迎登录本刊主办“故事中国网”（www.storychina.cn）

故事会
—STORIES—
2010年4月
下半月刊·绿版

社长、主编：何承伟
常务副主编：吴 伦
副主编：姚自豪（上半月·红版）
副主编：夏一鸣（下半月·绿版）
本期责任编辑：朱 虹
电子邮箱：zhong98305@sina.com
绿版发稿编辑：
夏一鸣 邢 悦 杭 帆
刘迎曦（见习） 颜轶超（见习）
美术编辑：李宝强
电脑制作：郭瑾玮
通 联：归依玲
本社办公室电话：021-64375030
上半月刊编辑部电话：021-64332325
下半月刊编辑部电话：021-64336469
（上海市绍兴路74号 邮编：200020）
主管、主办：上海文艺出版（集团）有限公司
出版单位：《故事会》杂志社

制作、发行总监：张 凯
电话：021-64313938
广告业务：上海故事会文化传媒有限公司
广告总监：张 淮
广告业务：021-34010383
广告投诉：021-64333738
广告经营许可证
沪工商广字3100320050022号
发行：中国图书进出口上海公司

·笑话·

把它还给我

儿子测验得了满分，妈妈上班前答应他，下班带烤鸭回来。儿子高兴地说："谢谢!"

不料，妈妈晚上回到家，却是两手空空，她抱歉地对儿子说："儿子，我下班晚了，烤鸭店关门了，对不起。"

儿子失望地撅着嘴说："别说对不起，说'谢谢'。"

妈妈不解地问："为什么？"

儿子咽了咽口水，说"香喷喷的烤鸭没有了，我早晨白说了'谢谢'，现在你要把这两个字还给我。"

（梁　斌）

（本栏插图：李　加）

嫁给我吧

月亮对太阳说："嫁给我吧。""60后"太阳看了它一眼，说："咱俩不是同一个世界的！"

月亮不死心，又去问星星："嫁给我吧。""70后"星星瞥了它一看，说："你时圆时缺，我没有安全感。"

月亮还是不死心，厚着脸皮又去问流星："嫁给我吧。""80后"流星头也不回地说："小样儿，你追得上我吗？"

（胡　平）

借道具

小周下班回到家，看到老公正在给孩子喂奶，孩子太调皮了，正上蹿下跳地跟老公抢奶瓶呢。老公又是哄，又是抱，直累得满头大汗。

小周忍不住笑道："老公啊，看来这奶瓶还真吃香，明天单位同事要表演节目《回娘家》，也要问我借奶瓶。"

老公一边哄孩子，一边气喘吁吁地说："好啊，你明天再问一下，她要不要借孩子，如果要借，也借她一天吧。"

（子　园）

天时地利人和

大刘是个烟鬼，这天，同事笑嘻嘻地对他说：“大刘，你赶紧趁天时地利人和的机会，戒烟吧。”

大刘不解地问：“怎么个天时地利人和法？”

同事解释说：“天时是现在外面太冷了，地利是办公区不让吸烟，人和是我们可以监督你，这样你不挨冻，还能把烟戒了。”

大刘一听，摆摆手说：“不行，我在单位不抽烟了，回家还得加倍抽。”

这时，一旁的经理插话道：“我来帮你解决这个问题。”

大刘好奇地问：“怎么解决？”

经理冲大刘诡异地一笑，说：“我多给你安排加班，让你不能回家抽烟。”

（小　梁）

喜欢的原因

儿子告诉母亲，他新交了个女朋友。母亲想了想，问道：“你知道，她为什么喜欢你吗？”

儿子骄傲地说：“那很简单，她认为我英俊、能干、聪明、风趣……”

母亲满意地点点头，又问道：“那你为什么喜欢她呢？”

儿子挠了挠头，不好意思地说：“我就是喜欢她认为我英俊、能干、聪明、风趣……”

（阿　健）

这是什么

小偷潜入一户人家偷东西，得手后正准备离开，主人突然回来了。情急之下，小偷慌忙抓起旁边的一个麻袋套在身上，蹲在客厅的角落里，大气也不敢出。

不料，主人喝醉了酒，迷迷糊糊间看见客厅角落多了个东西，就走过去蹲下身，对着麻袋摸了半天，还不停地唠叨：“这……这是个啥东西呢？嗯？”

小偷被摸得浑身痒兮兮的，忍不住骂道：“这是南瓜！笨蛋！”

主人一听，立马抱怨道：“你……你怎么不早说？害老……老子猜了半天！”

（旭日升）

·笑话·

同病相怜

虎王和狮王在酒吧喝酒，喝到后来，竟抱头痛哭起来。这时狐狸侍者走过来问道：“两位大哥为何如此伤心？”

狮王拍拍狐狸，指着虎王说“他家有个母老虎，俺家有个河东狮。兄弟，你说这日子还怎么过呀？”

听到这儿，狐狸立刻饱含眼泪，委屈地说：“两位大哥，俺家那个狐狸精也不省心呀！”　（宗道军）

一问三不知

爸爸正在给儿子辅导功课，他问了儿子几道题，儿子支支吾吾都答不出，爸爸火冒三丈地骂道：“你怎么一问三不知？”

儿子不解地问道：“爸爸，三不知是哪三不知呀？”

爸爸一下也被问住了，小明只好问妈妈，妈妈也摇摇头。这时，爸爸猛然醒悟过来，指着妈妈对儿子说：“三不知就是你不知，我不知，她不知。”　（谢小英）

老婆指令

小李家住在五楼，这天早晨，他把阳台上种的盆花陆续搬到楼下的路边，上上下下跑了好几趟，直累得气喘吁吁。

住在一楼的邻居见状，不禁疑惑地问他：“小李啊，你这是在干吗？”

小李一边捶着腰，一边喘着气面露难色地说：“唉，我这是……”

还没等他说完，邻居笑着叫起来：“哦，我明白了，你这是美化城市环境，好样的！”

突然，楼上传来小李老婆的喊声：“老公，别偷懒，抓紧点，阳台上还有两盆花呢，再不搬下去，来不及浇水啦！”这时，远处一辆洒水车伴着悦耳的音乐声开了过来。

（翟振祥）

大器晚成

作文课上，老师为激发学生的创作火花，启发性地问道：“谁能给大家举几个大器晚成的例子？”

同学们面面相觑，纷纷低下了头。

老师正要发火，这时，一个男生站起来，怯怯地说：“老师，我知道几个例子……”

老师一听，立刻转怒为喜，笑眯眯地鼓励道：“很好，你大胆点，给同学们做个示范！”

男生清了清嗓子，说“我知道黄忠六十跟刘备，姜子牙八十为丞相，佘太君百岁挂帅，孙悟空五百多岁西天取经，白素贞一千多岁下山谈恋爱！”

（杨鑫芳）

报　复

一只自大的蚂蚁去看电影，它刚坐下，就来了只大象，正好坐在它前面，把它的视线完全挡住了。

蚂蚁生气地对大象说“哼，居然敢挡我看电影，你等着瞧！”说完，蚂蚁走到大象前面的位置上坐了下来。

大象奇怪地看着蚂蚁，很是不解。过了一会儿，只见蚂蚁回过头来，得意地对大象说：“被我挡住了银幕，很不爽吧！”

（黄仁兴）

五个面包

小张每天都要到集市上去买五个面包。面包店店主好奇地问他“请问，你为什么总是每天买五个面包？”

小张不假思索地回答道：“一个我自己吃，两个借贷，两个还债。”

面包店店主一听，更是一头雾水：“这是什么意思？”

小张撇撇嘴，解释道：“瞧你，还不明白？一个我自己吃，两个给孩子吃，两个给爸妈吃。”

（李　健）

（本栏目欢迎原创作品、翻译作品。来稿可从邮局寄发，也可从网上传递。如为电子邮件，请发以下信箱 zhong98305@sina.com）

不发芽的种子

□杨汉光

如今，很多城里人渴望返璞归真，在闲暇之余开始尝试种菜。父亲瞅准商机，在街边摆了个摊，专卖各种蔬菜种子，生意还不错。我也常常去父亲的摊上帮忙。

这天是周末，我和父亲刚把摊摆好，就有位农民大叔来买萝卜籽。我见摊板下面有半袋萝卜籽，就拿出来，准备卖给农民大叔，父亲却碰碰我，轻声说："卖摊板上面的。"

农民大叔走后，我不解地问："爸，为什么不能卖摊板下面的？"父亲掩着嘴，悄悄地告诉我"下面那半袋萝卜籽是去年卖剩下的，不一定能发芽。"

过了一会儿，走过来一位戴眼镜的先生，还拉着个小女孩，也来买萝卜籽，父亲却不假思索地把陈年萝卜籽卖给了他。眼镜先生一走，我纳闷地问父亲为什么这样做，难道隔了几分钟，陈年萝卜籽就能发芽了？

父亲意味深长地说："农民种萝卜是为了过日子，不能害他们；干部种萝卜也就图个好玩，发不发芽都无所谓。"

转眼又到了双休日，我依旧去帮父亲卖菜种。那位眼镜先生又带着小女孩来了，他皱着眉问："师傅啊，上周我在你这里买了萝卜籽，可回去种了一个星期都不见发芽，挖开泥一看，有些萝卜籽都霉烂了，这是怎么回事啊？"

我一听，心想这肯定是陈年萝卜籽在作怪，可父亲却仔细询问眼镜先生是怎么种萝卜的，然后断定是水浇得太多了。眼镜先生听完点点头，丝毫没有怀疑萝卜籽有问题，还当场叮嘱小女孩："婷婷，记住了，以后不能天天给萝卜浇水。”说完，还要再买些萝卜籽，可父亲仍然把不能发芽的陈年种子卖给了他。

又过了一个星期，父亲生病了，我只好一个人去摆摊。刚摆好菜种，就见眼镜先生又带着女儿过来了。我突然觉得怪不好意思的，决定这回一定要把最好的菜种卖给他们。

我亲热地跟他们打了声招呼，谁知，眼镜先生一声不吭，目不斜视地从摊边走了过去，小女孩扭头骂了一句：“骗子。”

我脸上热辣辣的，心里很难受。傍晚回到家，我不顾父亲的反对，把所有卖剩的陈年菜种都扔掉了。

就在第二天，我得知了一个天大的喜讯：县里要公开招聘一批公务员。我读过大学，各方面符合报考条件。我当即报了名，并抓紧时间复习功课。工夫不负有心人，我在笔试中顺利过关，如果再闯过面试关，就能成为梦寐以求的国家干部了。

怎样才能闯过面试关呢？我骑车走路都在琢磨这事儿，结果一不留神被汽车撞了一下。我只受了点皮外伤，坐在后面的女儿却伤到了脊椎。

女儿这个伤，要花的医药费可不是一点点，这让我更想谋到这份好工作，可面试的不确定性太大了，主考官一张嘴就能决定我的命运。许多人在面试前都会找主考官疏通关节，我也决定去走一走。

我打听到，负责面试的主考官是人事局的一位副局长，姓张。打听清楚张副局长的住处后，我就登门拜访。刚进门，我就惊呆了，张副局长正是那位买陈年萝卜籽的眼镜先生，真是冤家路窄。

张副局长问我有什么事，我吓得话都说不顺溜了：“我……我是参加公务员考试的，笔试第五名，请……请您面试时多多关照。”

张副局长沉下脸说：“我们先说萝卜籽的事吧，你们拿不发芽的种子，骗得我好苦，这笔账怎么算？”

我吓坏了，赶紧说：“我赔偿您的损失。”张副局长说：“好啊，那就先去我的菜地看看吧。”

张家的菜地在他家的院子里，有半个客厅那么大。张副局长让我算算，这块地能产多少斤萝卜。我想了想，实话实说：“您这块地顶多能产80斤萝卜，我赔您100斤行不行？”

张副局长摇摇头，说“不用那么多，赔50斤就足够了。”

看来这位主考官是个好心人，我有了点信心，正想问他该赔萝卜，还是赔现金，张副局长又说道“50斤萝卜是我的第一项损失。”

我的心一下子又提了起来，不明白除了萝卜，还能有什么别的损失。

张副局长动情地说：“我和女儿亲手种了这块地，在上面种菜、浇水、施肥、捉虫，看菜叶绿、菜花黄。我女儿把自己种的青菜分给左邻右舍，邻居们都夸她能干。我女儿还写过一篇种菜的作文，在小学生作文比赛中得了奖呢。这块地，给我们带来了多少快乐啊！后来，我和女儿到你的摊子上买菜种。我们满怀希望地把萝卜籽种下去，精心打理，收获的却是失望和烦恼。你夺走了我和女儿种菜的快乐，这是第二项损失，你打算怎么赔？”

快乐可不是萝卜，怎么赔啊？我只能真诚地道歉“对不起，张局长，我没想到给你们家带来这么大的损失。”

张副局长摇摇头，接着说“这还不是最大的损失，第三项损失才让我揪心。”

怎么还没完？我的心又一次悬了起来。张副局长突然问道“兰兰是你的女儿吧？”

说到女儿，我一下子就控制不住自己了，眼睛都红了。我点点头，哽咽道“我女儿前两天被车撞了，现在还躺在医院里。”

张副局长叹了口气，说“兰兰和我女儿婷婷是同班同学，兰兰被车撞后，听说你家为医药费发愁，全班同学都捐了钱，只有我女儿婷婷分文不掏。婷婷说，当初是兰兰介绍她去买你家的菜种的，可你们用不发芽的种子骗她，她才不捐钱给骗子呢。婷婷原来是班里最热心助人的孩子，是你那不发芽的萝卜籽，让她的心变得冷漠了，这才是我们家最大的损失！”

听完这一段，我被深深地震撼了，愣了好久才愧疚地说：“张局长，我不知道该怎么赔偿你们家的损失，您干脆让我面试不过关，算是惩罚吧。以后有机会我再考。”

张副局长却摇摇头，郑重地说：“不，做人要有诚信，不能弄虚作假，我会对所有面试的人一视同仁，在每个人心里种下公平、公正的种子，你回去好好准备吧。”

我长舒了一口气，临出门，我忽然想到了什么，真诚地说：“张局长，等我女儿伤好了，让她带上新鲜的种子，来您家和婷婷一起种菜吧。”

（**题图、插图**：安玉民　梁　丽）

人人都想拥有一套属于自己的房子，无奈房价飞涨，有些人只买得起这样的房子，不料里面别有洞天……

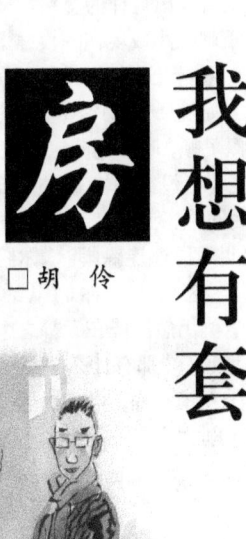

我想有套房

□胡　伶

大明一家三口，住在一间狭小的房子里，两口子晚上睡觉，只能侧着身子贴着墙，真是苦不堪言。

这天，大明一家去看完房展回来，个个显得垂头丧气。房价又涨了不少，三天前他们的钱还够买一个卫生间，现在只能买一个马桶的位置了。

没买成房子，他们走进了一家商场。逛着逛着，儿子蹲在玩具堆前不肯走了，他看中了一个房子模型。这假房子做得可真够精致逼真的，门前有草坪，有游泳池，屋内家具电器样样不落。大明两口子也不禁好奇地把头伸到房子的窗户前，往里面张望。

老婆咂着嘴，感叹道："唉，我要是能住在这么漂亮的房子里，不吃不喝，肚子也饱了。"

大明鼻子一酸，心说：也好，没本事让老婆儿子住大房子，那就让他们整天看大房子，过过眼瘾吧。于是，就把房子模型买了下来。

房子抱回了家，老婆和儿子趴在地上，怎么也看不够，一边看，一边还喃喃自语，又是观音，又是上帝的。

这天半夜，大明在睡梦中醒了过来，隐隐约约听见有人喊他的名字。他迷迷糊糊地爬起来一看，那套房子居然正发着亮光。

这时，大明听到老婆在喊他，不禁吓了一跳，他感觉声音来自那套房子，疑惑地凑过去一瞧，只见二楼的一间屋子内，灯火辉煌，两个只有指头大小的小人正在屋子里欢呼雀跃。

再仔细一看，大明不由得大吃一惊，这两个小人正是老婆和儿子。他揉了揉眼，惊骇极了："老婆，你们怎么变得这么小了？"

老婆和儿子走到窗子前，满脸兴奋，冲他连连招手："大明，快进来，快进来！"

大明问："怎么才能进去？"老婆说很简单，只要心里想着，住在里面多好啊，身子就会立刻变小了。原来老婆半夜睡不着觉，起来一看见那房

子，心里就冒出这样的念头，没想到身子一下就缩小成现在的模样。跑进大房子一看，儿子都已经在里面了。

大明心想：我才不愿变成小人呢。他顿了顿，吃惊地问："那怎么恢复？"老婆说没办法恢复，她试过了，只能缩小不能变大。

大明气得连连跺脚："你们真是太傻了！这么小，你们以后怎么办？"老婆仍然沉浸在幸福之中，毫不在乎地说："那有什么关系！这房子跟真的一模一样，电视机能开，冰箱能用，刚才我还洗了个热水澡呢。"儿子也说："是啊，爸爸，我和妈妈这么小，以后只要吃一点东西就饱了。"

大明哭笑不得，摇摇头说"我看你们明天怎么出去见人！"老婆恨恨地一咬牙："我受够了！能在这么大的房子里住上几天，就算死我也愿意！"说罢，她爬上一张宽大漂亮的床，拉上被子，美美地睡下了。

第二天一早，大明无奈地把老婆和儿子从大房子里拿出来，装进口袋。他先送儿子去学校，老师见了他，问："你儿子呢？"

大明把儿子从口袋里掏出来，苦笑着说："昨天晚上发生了一件奇怪的事，他变成这么小了。"老师先是很惊讶，接着转惊为喜，笑着点点头说"也好，反正教室够拥挤的了。"他让大明的儿子坐到讲台上听课。

从学校出来，大明又把老婆送去

车站上班。单位的领导一看，犯难了，这么小，能干什么呢？连张钞票都扛不动。考虑来考虑去，安排大明老婆去广播室当播音员。

大明如释重负，长出了一口气。下班后，他又把老婆儿子装进口袋带回家。一进门，老婆和儿子就高高兴兴地跑回他们的大房子去了。

儿子在门前的草坪上快乐地打着滚。老婆呢，开着高级音响，嘴里哼着歌，正用吸尘器愉快地打扫着房间。

大明呆呆地看了一会儿，感觉这一切对他太不公平了，心中拼命压抑的那个念头差点儿就要跳出来了。

就在这危急关头，老婆突然想起了什么，冲他喊："大明，你千万不要想着进来啊！你再进来了，谁送我上班？"大明一想也是，一家都变成小人了，那还怎么生活？他赶紧走开，不敢再看大房子。

这之后，大明天天都得接送老婆儿子，辛苦自是不用说了，而回到家，依然住在这间拥挤狭小的房子里，老婆儿子却住进了豪华别墅，真是差了十万八千里。他心里越来越不平衡。

一个星期天，大明有事出门。等他回来时，大吃一惊，只见自己家的门被撬开了。跑进去一看，大明只觉脑袋嗡的一下，别的都没丢，就老婆的豪华别墅不见了。看来这房子的秘密已经被人知道了，这贼就是冲着这房子来的。他急忙报了警。

这之后，大明在家里抓耳挠腮，坐立不安，老婆儿子变得那么小，要是贼发现了他们，来个杀人灭口，只需两根手指头轻轻一捏……

惴惴不安地过了两天，大明突然接到派出所电话，说他的房子找到了，但没有抓到小偷。大明赶到派出所一看，果然看见了老婆的别墅。他大声喊着老婆和儿子的名字，趴在房子上往里张望，却没有看见老婆儿子。

大明急得一下子哭了出来，他们肯定遇害了。没办法，他只好抱着房子回了家。

回到家，大明把房子放在地上，两眼直勾勾地瞪着，心想：老婆儿子就是被这鬼房子给害的，我还把它抱回家干什么？

大明抱起房子想扔下楼去，想想又舍不得，放下来左看右看，喃喃道："老婆呀，你和儿子好歹在里面过了几天舒服日子，我呢？真是羡慕你们呀！"话刚说完，他发觉自己站在了一幢豪华的大别墅前。他猛地一个激灵，意识到自己已变成了一个手指大小的迷你人。

大明又惊又怕，明白自己刚才不知不觉冒出了那个可怕的念头，使自己中了魔咒。过了一会儿，他定下心来，看着面前的别墅，忍不住跑了进去。一进去，大明就惊讶地张大了嘴巴，多么宽敞明亮的房子啊！怪不得老婆儿子一进去就不想出来。

大明一时忘了烦恼，在房子里面奔跑喊叫，跳到床上打滚。然后，他挨个把房间看了个遍。

当大明打开最后一个卫生间的门时，吓了一大跳。原来里面竟藏着一个年轻男人，正吓得瑟瑟发抖，缩在一个角落里惊恐地望着他。

大明大喝一声："你是谁？怎么在我家里？"

男人吓得一哆嗦，结结巴巴地求饶道："求求你，别报警，我知道我错了……"原来，他就是偷大明房子的人，他的女友怀孕了，可房子还没着落，丈母娘因此不批准结婚。当他听说大明家有这样一套魔法房子后，一时动了歪念。他把房子偷回家，还没来得及通知女友过来住，警察就找上门来了。

大明忙问："那我老婆儿子呢？是不是被你杀了？"

男人赌咒发誓说："没有啊，房子里没有人，我偷回家后，一下子就进来了，找了好几遍，一个人也没有。"

大明心想：怎么会呢？老婆儿子明明住在里面呀。难道在路上掉出去了？正想着，男人突然一闪不见了。大明愣了愣，跑到大门口一看，男人已经变成了一个山一样的巨人，原来他又恢复了。

男人站在房子前，沮丧地说"我怎么又变回来了？让我进去啊！"可不管他怎么努力，身子还是那么大。他失望透顶，蔫头蔫脑地走了。

大明愣了半天，渐渐明白了：原来一有陌生人进来，里面住的人就恢复原来的大小了，而且一个人只能进一次。

就在这时，忽然有人从外面走了进来，接着就听见老婆的声音："你爸爸呢？"大明仰头一看，进来的正是老婆儿子，而且已经恢复了原来的大小。老婆看见站在别墅门口的他，惊叫起来："你怎么进去了？"

大明洋洋得意地说"老婆，以后就轮到你送我上班了，我也让你尝尝看别人住大房子的滋味。"

（题图、插图：安玉民　梁　丽）

有人要炸桥

□陈　铭

捂着颗火星

小刘从警校毕业后，到派出所谋了份差事。这天，他刚到派出所报到，就被领导安排去医院和一位老民警办交接。

小刘纳闷地来到医院，病床上的老民警热情地介绍说，他叫老胡，当了一辈子的民警，本想做到退休，却在最后关口病倒了。

老胡还详细地给小刘介绍了管辖区内居民的情况，并叮嘱他要特别留意一个叫王贵的人："这小子爱喝点小酒，喝了酒还爱发点小酒疯，什么时候你听见他嚷嚷炸青河桥，你就得当心了。"

小刘怔了怔，说："炸青河桥？这可是我们县里的交通要道桥，他没这个胆子吧？"

老胡笑道："这家伙人小胆子也小，平常三棍打不出一个闷屁来。但喝了酒，就胆大包天了。反正你一听他嚷炸桥，你就得留心，这家伙是咱们那片区里最活跃的一颗火星，我捂了他十几年，以后就得靠你捂了……"

小刘听他说了半天婆婆妈妈的事，有些不耐烦了，刚好这会儿来了个电话，他就借机跟老胡告辞了。

过了几天，小刘就认识了被老胡重点提名的王贵。这人长得又瘦又小，看人低眉顺眼的，一看就是个老实人。碰面时，王贵正光着膀子，使出吃奶的劲推着一车煤气罐子，小刘还帮了一把手哩。后来两人聊了聊，王贵一脸憨笑，话也不太会说。小刘怎么也想象不出来，这样的老实人也会嚷嚷炸青河桥？他觉得老胡是言过其实了。

可没过几天，小刘刚下班，就见一位大妈飞奔过来，一把拽住他："老胡呢？快快快，王贵又要炸桥了！"

小刘吓了一跳，跟着跑去一瞧，只见王贵光着膀子，脸红脖子粗地站在自家门前指手画脚，骂得正欢："……他妈的，不过了……把老子惹毛了，炸了青河桥去……"一边骂，一边噼里啪啦拍打自己瘦骨嶙峋的胸膛，嘴里喷出浓浓的酒气。

小刘目瞪口呆地盯着王贵，实在没想到，平时那么老实的一个人，现在居然变成了这副模样。小刘问大妈："他经常这样发酒疯吗？"大妈说："说不准，得看情况，一年得有好几回吧。"

小刘沉吟了一会儿，觉得王贵不会真的去炸桥，就决定不报告所里了，自己盯着他就行。他上前劝了几句，没想到王贵酒醉不认人，根本没把他放在眼里，照样大骂不止。

小刘不由大皱眉头，耐着性子等他把酒疯发完。那王贵在院里骂骂咧咧了好一阵，终于累了，一头钻进屋里，倒在床上呼呼大睡。小刘抹了把汗，一场危机算是解决了。

第二天，小刘又撞上了王贵。令他啼笑皆非的是，此时的王贵跟昨天相比，简直判若两人，又是一脸的憨态傻笑，吭吭哧哧说不完整一句话。

小刘心想：老胡说得没错，这小子就是爱发点酒疯，大概是生活压力太大了，夫妻俩都没有正式工作，还有个八十岁的老娘和一个读小学的女儿要养，有时喝点小酒，发泄发泄也是可以理解的。老胡太当真了，难道还真怕他去炸桥？

过了半个多月，有一天王贵又在嚷嚷炸桥了，小刘赶到了现场，像上

次那样守着他，让他把酒疯发完，也就好了。

醉言要成真

又过了半个月，这天小刘正在街上巡逻，突然后面追来一位大妈，惊慌失措地嚷道："完了，王贵真炸桥去了！"

小刘一听，眉头就皱了起来："他又喝多了？在哪儿呢？"

大妈说："这回是动真格的啦！他现在就在青河大桥，人都已经爬上桥顶了！"

小刘大吃一惊，立马骑上摩托车，向青河桥赶去。到了那儿一看，大桥已经被围得水泄不通。此时，王贵已经处在高高的桥顶上了。他站在一根窄窄的横梁上，光着胸膛，拿着个瓶子，正指着下面的人破口大骂，还不时地拿出一个打火机，往瓶口上比画。桥上已经来了好多警察，拉起了警戒线，也吹起了气垫。

小刘一看，心一下子提了起来，这王贵手中瓶子里装的八成是汽油，万一他把汽油点着了，后果不堪设想啊！小刘拼了命冲王贵大喊，可王贵根本听不到。小刘急得束手无策。就在这时，他旁边的一位邻居一拍大腿，说："快找老胡！除了老胡，谁也摆不平这疯子！"

小刘一想也对，这事得找老胡。老胡说得准呀，王贵果然是一颗火星，现在要冒出头了。老胡捂了他十几年，应该最有经验。于是，小刘立刻调转车头，飞快地往医院赶去。见了老胡，把情况一说，老胡也是大吃一惊，低头一想，问道："他这一段嚷过炸桥吗？"小刘说嚷过两回了，一个月前，嚷了一回，后来过了半个月，又嚷一回。

"这就怪不得了。"老胡点点头，朝小刘看了一眼，说，"我早交代过，一听他嚷要炸桥，你就得当心了……"

这下小刘有些委屈了："我还怎么当心呀？每次我都一直守着他，让他发完酒疯。第二天一看，又变成好端端的一个人，啥事也没有。总不能他一说炸桥，我就在桥上守着吧？"

老胡摇摇头，叹气道："这家伙，平时有话不说，烂在肚子里，唉！"说罢，他换好衣服，让小刘带他去看看。

问题在哪儿

小刘载上老胡，正要往大桥赶，老胡却说："不，咱们先到他家看看。"

小刘一怔，心里十分不解：人都跑桥顶上去了，去他家干什么？可他也没问，径直把老胡带到了王贵家门口。进屋一看，只有王贵的老娘躺在床上。老胡问道："大娘，不舒服吗？"

老人咳嗽着说没事，老毛病了。老胡又慢悠悠地问："打针抓药了吗？"

老人点点头。老胡又拿起几个药瓶子看了看，接着说："想吃什么，叫王贵给你买去。"

老人说买了，有鱼有肉。小刘站在一旁，听老胡还在问些婆婆妈妈的事，一副不温不火的样子，心里可急了：人家儿子正在那边要炸桥呢，你倒好，跑来问人家吃什么菜。他正要催促，老胡忽然刹住话头，起身告辞了。

小刘火烧眉毛地说："咱们快去大桥吧！"

"别急！"老胡却胸有成竹地说，"王贵还没傻到那地步，至少，他也得见到我。"

两人又上了车，老胡说："走，到东城路去，王贵老婆在那儿扫街，快点！还有，别跟她说王贵的事。"

小刘心里又是一阵嘀咕，但也只能照他说的办。到了东城路，一下就找到了王贵的老婆。她大概还不知道王贵已经出了大事，还在低头扫垃圾。

老胡下车跟她打了个招呼，她一看是老胡，惊喜地问："老胡，您病好出院了？"

老胡说是呀，接着就笑眯眯地跟她聊了几句，也尽是些不痛不痒的话，然后又坐上了摩托车。

小刘心想，这回总该去大桥了吧？可老胡却一指前面："到建设路找那个送水站，我住院前，王贵就在那儿干。"

小刘实在忍不住了："王贵现在的工作是拉煤气罐。去那儿干啥？"

老胡解释说："你看见了吧？问题并不是出在他家里，不是他老娘，也不是他老婆女儿，就出在王贵自己身上。"

小刘愣了愣，不太理解老胡的话，只好又带着老胡往送水站驶去。

到了送水站，老胡跟几个送水工打着招呼，问道："王贵最近有啥事没有？他现在在青河大桥呢。"

送水工吓了一跳"哎呀，怎么搞的，这家伙真去了！"

老胡沉吟道："大概就在一个月前吧，王贵遇上啥事没有？"话音刚落，一个送水工就抢着说："准是这事！他被老板开除了，可老板还欠他三百块工资没给。后来他来讨过几回，老板就是赖着不给。"

另一个送水工叹道："三百块啊！累死累活一个月就挣六七百，谁不指望着这点钱过日子，老板一下扣了人家三百块，还让不让人活？"

老胡点点头，看看他们老板不在，就一拉小刘，说："走，咱们明天再来。"

上了车，老胡催他赶快往大桥开。快到青河桥时，老胡突然问道："你带钱没有？借我三百。"

小刘一听，就知道他借钱干什么了，连忙摸出钱来给他。来到桥下，一眼就看见王贵正在梁上来回走动，身子左摇右晃，随时都有可能掉下来，惹得下面的人一阵阵惊呼。他嘴里还在喋喋不休地嚷着："不活了……没意思……老子先把桥炸了……"

老胡快步上前，拼命挤了进去，仰头冲王贵喊："王贵，我是老胡啊，你下来，我有事告诉你。"

王贵一看是老胡，情绪立刻有些好转："老胡，你病好了吗？我还以为见不到你了呢。"

老胡说："好啦，我知道你在等我，你下来，我有事找你。"王贵犹豫着问："什么事？"

老胡大声说："我刚从送水站回来，找他们老板去了。"

王贵一下没了声音，一声不吭地在上面呆了半晌，然后慢慢地爬了下来。老胡拿出三百块钱晃了晃，说："钱我给你要回来了，不过，你还是先跟警察走吧，钱我给你老婆就行了。"

王贵把手中的汽油瓶子和打火机都交到老胡手中，借着酒劲，两腿一软，抱着老胡的双脚，"哇"的一声大哭起来。

老胡一把将他扯起来，责怪道："你哭什么啊！我就住了几天医院，你说你就不能等我回来吗？"

王贵不说话，只是哭。接着，几个警察把他带上了警车。

小刘愣愣地看着这一幕，突然间恍然大悟，老胡为什么能把王贵这颗火星捂了十几年，原来他是这样捂的。而自己呢，才接管一个多月就捂不住了。

小刘把老胡送回了医院，老胡拉着他的手，说："小伙子，像王贵这样的火星子，咱们要捂着他，就只有两个字：关心。你看，现在捂不住了，这家伙估计得在看守所呆半个月，他那个家，他老娘和老婆女儿……"

小刘心下既惭愧，又感动，一挺胸说："老胡，你就放心吧，我知道该怎么捂着他们。"

（题图、插图：魏忠善）

·中国新传说·

俗话说，一夜夫妻百日恩，可要是真的只能做“一夜夫妻”，又会有多少恩情呢？

合法夫妻

□杨金凤

一夜夫妻

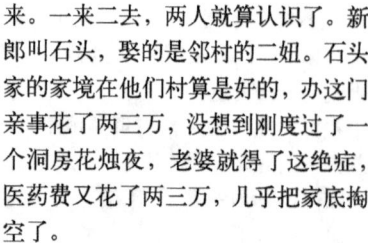

老何是个律师，刚刚在街上挂出自己的牌子，正是要大干一番的时候，妻子却在这当口病倒了。没办法，老何只能一边忙案子，一边抽空到医院照顾。

来了几天医院，隔壁病房的一对乡下小夫妻引起了老何的关注。听护士说，他们是刚成婚的小两口，头天晚上进的洞房，第二天新娘就病倒了。一查，新娘患的竟是一种不治之症，医生说最多只能活六个月。也就是说，这对小夫妻注定只能做一晚上的夫妻了。

这天，老何照顾完妻子出来，刚好看见隔壁那位倒霉的新郎坐在走廊上，他长得挺憨厚，双手捂着脸，头发乱蓬蓬的，一副沮丧透顶的模样。

老何在他旁边坐下，跟他套起话来。一来二去，两人就算认识了。新郎叫石头，娶的是邻村的二妞。石头家的家境在他们村算是好的，办这门亲事花了两三万，没想到刚度过了一个洞房花烛夜，老婆就得了这绝症，医药费又花了两三万，几乎把家底掏空了。

老何安慰了石头几句后，习惯性地用法律思维沉思了片刻，心中一动，问道：“你们登记了吗？”

“登记？”石头摇摇头说，“还没有，我们那里都是先拜堂，登记以后再说。”

“有解救！”老何眼睛一亮，一拍大腿，“你们还没登记，在法律上仍不是合法夫妻。也就是说，在法律上，你完全可以不承担这个责任和义务！”

石头听着，也是眼睛一亮：“真的？”接着眼神又黯淡下来，叹息道，“可我们到底拜过堂了呀。在乡下，拜了祖宗，入了洞房，那就是两口子了，生是你的人，死是你的鬼！”

老何微微一笑：“小伙子，你还是不理解呀！你那是习俗，咱讲的是法律。”接着，他耐心地给石头上了一堂普法课。石头听了半晌，脸色变得犹豫起来。

老何又想了想，突然灵光一闪，问道：“小伙子，你有没有想过，你老婆知道自己有病，所以才跟你结婚的？”

这话一说，石头立刻惊呆了，茫然地摇摇头。老何就给他分析：石头家家境在当地算不错的，石头人好老实，而他老婆家属于贫困家庭，而且他们只见了一次面，女方就一直催着他赶快选日子成亲，这足以证明女方家是有预谋的。

石头听着听着，脸色变得铁青。他猛地站起来，大步走进病房，气愤难平地责问妻子：“你老实告诉我，咱们成亲前，你是不是已经知道自己得病了？你们家是不是故意来坑我的？”

妻子二妞的脸顿时惨白如纸，她惊恐地望着石头，说不出话来。石头狠狠地一跺脚：“你说呀！到底是不是？有你们这么坑人的吗？”

二妞移开眼光，望着别处，眼泪一下子涌了出来，好半天才哽咽着说：“石头，我对不起你……这是媒婆出的主意……我和我爹本来也觉得不能害人，但我爹实在没钱给我治病，我也不知道，我这病原来治不好的。要是晓得治不好，说什么我也不能害你啊！”

石头听罢，愤怒地吼了一句：“我打死这个老媒婆！”

二妞擦了擦泪水，平静下来，说“石头，你回去吧，别管我了，就当咱们没成过亲。我不会怨你，真的！我

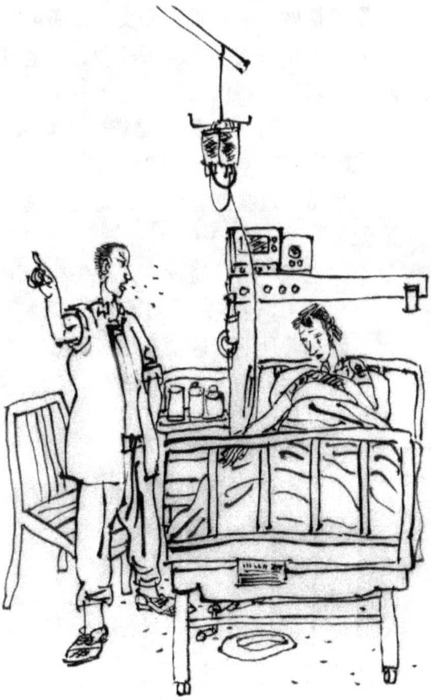

欠你的，下辈子再还你吧……”

石头没有说话，只是胸脯激烈地一起一伏，他咬了咬牙，扭头走了出去。

两人失踪

老何拉着石头，重新在椅子上坐下，说：“你瞧，我猜得一点儿没错吧？”接着，他给石头出主意：他这桩婚事，在法律上有诈骗的嫌疑，幸好对石头最有利的一点是，他们还没有登记，不是合法夫妻，石头非但不用承担做丈夫的责任和义务，还可以向女方家追回彩礼和医药费，甚至可以要求他们赔偿自己的精神损失。

石头听罢，抱着脑袋想了半天，喃喃道：“这样不太好吧？怎么说，我们也是拜过堂的，而且、而且，也真做了一晚夫妻……”

老何一听，简直感到石头有些不可理喻了，他不禁提高了声音：“你怎么老想着拜堂？这根本是两码事！我可以用脑袋担保，你这个官司百分之百可以打赢！”说罢，摸出一张名片递过去。

石头接过一瞧，惊讶地说：“原来你是律师？”

老何点点头，拍拍他的肩膀说：“记住，千万不能意气用事，要一步一步按照法律程序走。如果有需要，随时找我。”说完就走了。

回到律师事务所，老何显得很兴奋。他是个半道出家的律师，自己的律师事务所刚开张，正是迫切需要在这个城市打响名头的时候。石头这桩案子太特殊了，他只要接下来，然后请几家媒体，炒上一炒，他也就算成名了。

第二天一早，老何来到医院时，却发现石头不见了。老何忍不住问床上的二妞：“请问，你爱人呢？”

一问，二妞立时泪如雨下，扭过脸轻轻说了句：“他回去了……”

老何不禁皱起了眉，他担心石头跑回去找女方兴师问罪，万一他们双方悄悄地私了，那还用他这个律师干什么？

到了傍晚，老何再去医院时，却听见护士那里炸开了锅，原来二妞也不见了。

老何的心提到了嗓子眼，二妞这身子骨，一个人跑去外面，能活几天？二妞一死，这个案子的轰动性恐怕就大打折扣了。

正在这时，只见石头急匆匆地回来了。老何忙一把拉住他：“你老婆跑到外面去了，快把她找回来！”

石头大吃一惊，飞快地冲进病房一看，果然见床上空空的。他急坏了，转身就跑了出去。

过了一晚，老何又来到医院，发现二妞被找回来了，看上去面无血色、奄奄一息的样子。石头正手忙脚乱地给她梳洗，一边忙乎，一边喋喋不休地骂她：“你跑什么呀？我又没说不管你，你以为我就这样扔下你吗？”二妞怔怔地听着，只知道流泪。

老何在外面等了一会儿，等石头出来了，就拉他坐下，责备道：“你跑回家是不是找媒婆算账去了？哎呀，我告诉过你，一步步都得按法律程序走，你这样于事无补！”

石头疲惫不堪地叹了口气，说：“我哪有时间去找媒婆算账？我这趟回家是去拿钱的。”

老何一听，感到很意外，接着问他准备怎么解决这件事。

石头烦闷地挠着头皮，说“我现在脑子乱得很，真的不知道该怎么做。何律师，你让我好好想想吧。”

老何提醒道：“你要抓紧，因为你老婆的病说不准，随时都有可能……人一走，事情就麻烦得多。”石头默默地点点头。

法律背后

又过了几天，老何看见石头仍旧像过去那样，跑前跑后地细心照顾着二妞。他天天提醒石头，要趁早拿定主意。可石头依然犹豫不决，除了唉声叹气，什么话也不说。

这天，老何又来到医院，发现二妞的病床空空的，两人都不知去向。老何大吃一惊，跑去一问护士，原来他们昨天下午出院了。

老何又喜又忧，心想：石头应该是想通了，他让老婆出院，估计是要送回娘家去。但不知道这个石头会不会照他说的话做，会不会记得找他。事情到了这步，老何只能耐心地盼着石头打电话给他了。

过了两天，石头还没有打电话来，老何不禁着急起来。想来想去，他往医院打了个电话，试着问问医院有没有石头的地址。

结果让老何很意外，院方说，早

上石头把二妞送回医院了。于是，老何立刻风风火火地赶到医院，找到二妞的病房一看，果然见她好好地躺在床上。才两天不见，二妞的病仿佛一下好了许多，她穿着红艳艳的衣服裤子，头发梳得很漂亮，原本没有一丝血色的脸，竟然也有了些红晕，眼睛里闪着活泼动人的光泽。

老何怔了怔，没看见石头，就笑着问二妞：“你看起来好多了，你爱人呢？”二妞一听，有些嗔怪地说：“他呀，出去买东西了，我不让他买，用旧的就行了，他非要买……”她脸上带着笑，眼里却默默地流下幸福的泪水来。

老何暗暗称奇，坐在走廊里等石头。过了一会儿，只见石头提着个大袋子，从外面大步走了进来。

老何喊住他，迫切地问：“小伙子，你是不是找过女方家了？谈得怎么样？”石头笑了笑，说是陪老婆回了趟娘家，但什么也没谈，因为乡下有个习俗，新娘子婚后两天要回娘家住，他们已经迟了。

“是这样呀，”老何沉吟一下，问，“你……你们怎么又回来了？”

石头淡淡地说：“我知道，花再多的钱也是治不好的，但总不能丢在家里等死吧？怎么说，我们也是拜了堂的，到底做过一夜夫妻，钱花了就花了吧，以后再挣。”

老何不敢相信地瞪大了眼，心里失望透了。他苦苦等待着这个机会，想不到这傻小子竟死钻牛角尖转不过来，看样子，注定要当这冤大头了。这么一想，他气愤地说：“小伙子，你这样做的确有情有义，但我作为一个法律工作者，并不支持你这样做，这样对你很不公平，在今天这个社会，每个人都应该根据法律得到自己应得的权利……”

石头低着头，听老何滔滔不绝地说了一阵，忽然生气地打断他的话：“法律法律，什么都讲法律！法律重要，难道良心就不重要吗？”说着，回头一指病房，眼睛立刻湿了，“她也就几个月的命了，还有什么值得跟一个快死的人计较的？何况她还是我老婆，我就想让她高高兴兴过完剩下的日子，也不枉我们做过一夜的夫妻！”说完，从怀里摸出两本红彤彤的本子。

老何接过来一看，一下子愣住了，这两个红本子竟是他们的结婚证！

石头把结婚证拿回去，“啪嗒”，结婚证上滴上了一滴眼泪。他小心翼翼地抹了抹，塞回怀里，抬头说道：“何律师，说起来也要感谢你，谢谢你提醒了我，我们现在是合法夫妻了！”说罢，头也不回地迈进了妻子的病房。

（题图、插图：魏忠善）

·中国新传说·

一条走失的狗

□黄　强

阿亮最近在城里找了个活儿，就是给有钱人当保安。他的老板叫杨富贵，听说以前也是穷光蛋一个，这些年发达了，光是他家养的那条进口名狗乐乐，价格就不菲。

这天，杨富贵忽然把阿亮叫到他家去，说自己临时有事，让阿亮帮他遛狗。阿亮见老板对自己这么信任，简直有点受宠若惊了。他小心翼翼地拉着乐乐来到街上，变着法子让乐乐玩得高兴。可没想到才一会儿工夫，就出了意外。

乐乐碰上了一个蓬头垢面的流浪汉，这家伙不知在哪儿捡到半块烧饼，正津津有味地啃着呢。也不知咋回事，乐乐平常在家吃香的喝辣的，见了那半块烧饼，居然眼馋起来，扑上去要抢，任阿亮怎么拉也拉不住。

那流浪汉自然不干，一边躲闪，一边抡起石头，照着乐乐就是一通猛砸。阿亮一看吓坏了，忙上前挡住石头:“别打别打，要打打我!”

乐乐显然也被惹火了，张开大嘴没头没脑地乱咬。流浪汉哪晓得抢他烧饼的是条名贵的狗，他毫无畏惧地与乐乐展开了对攻。阿亮虽然冒着危险拼命拉架，却一点儿不管用。一人一狗还是撕扯成了一团，一眨眼工夫，人和狗身上都挂了彩。

大战几个回合后，流浪汉不愿恋战，于是且战且退。乐乐却步步紧逼，那流浪汉分明狂怒了，猛地一声怪叫，狠命抱着乐乐一咬。乐乐痛叫一声，掉头落荒而逃，并留下了一路血迹。流浪汉身上也血肉模糊的，他用袖子抹了抹脸，也是掉头撒腿狂奔。

阿亮两手空空地站在原地，有点蒙了，等回过神来，乐乐已经跑没了影。他大喊一声，向着乐乐逃跑的方向拼命追去。

可阿亮一直追过了三条街，连乐乐的影子也没见着，地上也没了乐乐留下的血迹。阿亮只觉得脑袋嗡嗡作响，完了完了，自己这回死定了！他跌跌撞撞地跑回老板家，脸色惨白地说了句："乐乐跑了……我真该死！"然后结结巴巴地把经过说了一遍。

杨富贵大吃一惊，挥挥手说："你竟然还跑回来，还不快去给我找！"说罢，风风火火地跑了出去。

阿亮此时已是六神无主，晕头转向。不用说他也知道，这条狗在老板的心目中有多么重的分量，听说已经跟了老板很长时间了。如果乐乐找不回来，卖了自己也赔不起。一走了之吧，又舍不得这份工作。思来想去，自己的前途命运紧紧地系在乐乐身上，只有找到乐乐这一条路可走。

想明白之后，阿亮发疯般地跑了出去，像无头苍蝇般在街上四处寻找乐乐。他不吃不喝地在街上走了整整一天，直至夜幕降临，还是没有发现乐乐的一点蛛丝马迹。

阿亮不敢再回公司宿舍里，这时候，全公司肯定炸开了锅，他不想看见同事们可怜他的目光。在街上胡乱对付了一晚，天一亮，他就接着找乐乐了。

半天过去了，阿亮依然一无所获。忽然，他在一根电线杆上发现了一张寻狗启事，仔细一看，果然是老板贴出来的。后来，他又在报纸上和电视里看到了寻找乐乐的消息。

阿亮只感到压力越来越大了，找到乐乐的心情也更加迫切。他想，自己不单要找到乐乐，而且还得抢在所有人的前面，那样才会对老板有个交代。

可是，阿亮差不多把这座城市跑遍了，仍然没有找到乐乐。看看天色已经暗了，阿亮感到一阵绝望。他决定放弃了，三十六计，走为上计。

考虑了半天，阿亮给老板杨富贵打了最后一个电话："我找不到乐乐……对不起，老板，我欠你的，只有下辈子还你了……"

杨富贵不等他说完，就大喝一声："阿亮，你这两天到底死哪儿去了？"阿亮一哆嗦："我、我找乐乐……"

"你还找什么乐乐？"杨富贵命令道，"你现在马上到医院来！"

放下电话，阿亮又喜又忧。喜的是估计乐乐已经被人找到了，忧的是乐乐可能受了重伤。

阿亮忐忑不安地来到医院，在急救室外面，见到了老板。杨富贵见他来了，就把手中一个鼓鼓的纸袋塞到他怀里，匆匆叮嘱道："你在这里守着，里面有五万块钱，医生叫你交钱就交钱。这是给你一个赎罪的机会，你要再乱跑，我饶不了你！"说罢，跑出去开车走了。

阿亮呆了半晌，不禁又惊又喜。看起来，老板似乎并没有怪罪他的意思，相反，还是一如既往地信任他。

阿亮紧紧搂着钱袋，焦急万分地盯着急救室的门，上面显示手术正在进行中。忽然，有个护士走了出来，阿亮凑上去，颤抖着打听："怎、怎么样？还、还有救吗？"

护士说："命是保住了，不过，由于送来的时间晚了点，伤口已经烂了，有一条腿肯定保不住了。"

阿亮的心顿时一沉。乐乐性命无忧，可失去了一条腿，老板会怎么样？他一边想着，一边不由自主地盯着自己的两条腿，脑子里蹦出个荒唐的念头来，真愿意把自己的一条腿给乐乐接上去。

等了好久，杨富贵又急急忙忙地赶回来了，一见就问他，怎么样了？阿亮不敢看老板的脸色，低着头说："还、还没出来……护士说，命可以保住，但、但要截掉一条腿。"

杨富贵重重地叹口气，转而恼怒地盯着他，说道："阿亮，这事你得承担全部责任。做完手术，你得好好照顾他，得当爹当妈一样侍候着，将功赎罪！"

阿亮一听，松了一大口气，听老板的话，分明已经原谅他了。他一时间感动得说不出话来，突然扑通跪在老板脚下，感激涕零地说："老板，我对不住你，是我害了乐乐。这辈子我就是做牛做马，也会把它侍候好的，我、我……"说着，又是悔恨，又是感动，热泪滚滚而下。

杨富贵把他扶起，瞧瞧他，没说话，在一张椅子上坐下来，沉吟半晌，这才问道："阿亮，你真的把自己看得这么贱吗？竟然连一条狗都不如？"

阿亮怔了怔，羞愧无比地说："老板，我算什么啊，就是把我卖了，也不值乐乐一个脚指头。我知道，我欠你的一辈子都还不清了……"

"行了行了。"杨富贵有点不耐烦地挥挥手，看着他意味深长地说道，"我当年要是像你这样，把自己看得连狗都不如，也就不会有今天了。"

阿亮张着嘴巴，听不懂老板说这些话是什么意思。杨富贵想了想，吩咐道："你等会儿出去，把我车后厢的

狗先送回我家，找个地方埋了。”

“狗？”阿亮吃了一惊，“什么狗？”杨富贵瞪了他一眼：“乐乐！”

阿亮脸色发白，失声叫道：“什么？乐乐死了？那急救室里面……”

杨富贵淡淡地说：“这不关你的事，我刚才买了点老鼠药拌在狗粮里……不结果它，还不知道要给我闯多少祸。我到处发寻狗启事，也是怕这狗再咬人。再说，你也不想想，这大医院怎么可能救一条狗？”

阿亮瞠目结舌，仿佛不认识一样傻看着老板，忽然扑通又跪了下来：“老板，这都怪我，这都怪我啊，你怎么处罚我，我也愿意！”

杨富贵摇摇头，把阿亮拉了起来，说：“乐乐的死，我不怪你。可要是人死了，我不怪你，天也会怪你！出了事，你为什么不马上找那个受伤的乞丐？整整两天，你不找人，居然拼命去找一条狗，要不是我在一辆垃圾车里发现了他，现在恐怕已经没命了。这条人命，就得算在你头上！”

阿亮只觉得头脑一片空白，茫然不知所措地盯着急救室的大门。杨富贵叹息着说道：“你要是及时把他送来医院，人家这条腿能废吗？人命关天，你竟然把狗看得比人命还重，你这辈子也就这样了。”

阿亮失魂落魄地走出医院，打开老板小车的后备厢，看见了乐乐的尸体。突然间，他百感交集，再也控制不住自己的眼泪，把乐乐紧紧抱在怀里，无声地哭了起来。

（**题图**、**插图**：谢　颖）

· 本刊信息传真 ·

2010年《故事会》增刊征稿

2010年，故事中国网将继续编辑《故事会》增刊——故事中国网专辑，预计第一期将在7月与读者见面。

增刊在稿件要求上与《故事会》正刊有所不同，除了坚持故事性和“可传”的基本特点保持不变外，在作品的题材选择、语言风格、表现形式、创作来源上均力求突破，融入更多新颖的时尚元素、都市元素和网络元素，内容更贴近现实生活，符合现今读者的阅读喜好和心理需求。增刊稿件不必拘泥传统故事在结构和语言上的要求，抛弃程式化的规则，按自己喜欢的方式讲故事，充分体现娱乐性、情感性、热点性，可以讲生活中的真实故事，可以天马行空虚构故事，也可以把道听途说的有趣事、新鲜事转述出来。希望增刊能给人这样的感觉：故事存在于生活的各个角落，故事有各种不同的表现方式。增刊入选作品稿费标准和《故事会》期刊相同，并可参加年底《故事会》优秀作品评奖，挑战千字千元的奖金！

征稿时间：即日起到5月15日，投稿信箱：storychina@gmail.com

详细征稿要求请见故事中国网(www.storychina.cn)。

在各大新闻媒体上，曾经报道过这样一种新奇的盗窃方式：藏身行李箱，偷你没商量……

遭遇高手

□张运国

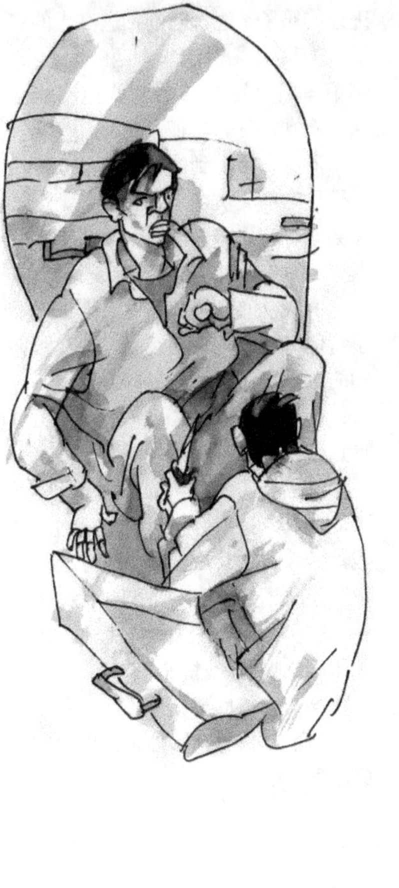

有个小偷名叫高大，可长得一点也不高大，又瘦又矮，身高只有一米五。他就利用这个“优势”，和两个同伙专门在长途客车上盗窃。

这天上午，高大和同伙又出发了。高大事先钻进一个旅行箱里，两个同伙拖着箱子，来到汽车站里的一辆红色大客车前排队候车。一个留着络腮胡的司机站在车门前，让他们把箱子放进行李仓里，然后就发车了。

这时，藏在旅行箱里的高大，收到了车上同伙的短信提醒，他拉开旅行箱拉链，嘴里叼着微型手电筒，慢慢爬出箱子，开始“工作”起来。

这趟车里，有钱人还真不少，高大刚翻了几个箱包，就翻出了几万块钱，怀里抱了一大摞。高大乐坏了，他随手又打开一个旅行箱，顿时吓得直冒冷汗，只见从里面钻出一个人来，脸上有块刀疤，两眼狠狠地瞪着他，手里攥着一把刀子。高大哆嗦着问：“你、你、你是谁？”

那人用手电筒照了照高大，说：“刚才我听到外面有声音，一直没敢出来，没想到在这里遇到了同行，幸会幸会。”

高大愣了一下，在一辆车里遇上同行，这还是头一回，他本能地护着手里的钱。那个贼从旅行箱里爬了出来，收起刀子，自我介绍说：“别慌别慌，我们也算有缘，不如先交个朋友，

我外号叫‘刀疤脸’，你叫什么？”

高大迷迷糊糊地应道：“我叫高大。”“刀疤脸”嘿嘿一笑，说：“就你那样还叫高大？你要是高大，我他妈就叫伟大了！别人还不是看中了我们特殊的身材，才让干这吃亏活的，我俩啊，是受罪的命，这又窄又闷的鬼地方哪是人呆的。”

“刀疤脸”的几句话，真是说到高大心坎儿里去了，他绷紧的神经立刻松弛下来。这时，“刀疤脸”看到高大怀里的钱，不由得两眼放光，忍不住伸手摸了摸，高大下意识地往后退了一步。“刀疤脸”见状，讥笑着说：“你呀，真是个大傻瓜，这么多钱，现在对你我来说，简直就他妈一堆废纸，没有车上那些兄弟配合，看着钱也没办法。”

高大想了想，叹了口气说：“是啊，这些钱是不少，可要是跟车上我那两个兄弟一分，就没几张了。”

“刀疤脸”接口纠正说：“错，车上是四个人，还有我两个兄弟。”

高大点点头，沮丧地说：“唉，要是只有我俩来分这钱，那该多好。”

“刀疤脸”拍拍高大的肩膀，说：“算你心眼活。其实，看到你的那一刻起，我就在琢磨这事儿。我们来想想办法，让这钱只归我俩。”

高大连连摇头，说：“不好办啊，下车时没人接应，我们就出不了行李仓，没戏。”

“刀疤脸”抱着脑袋想了一阵，突然诡异地笑起来：“我想到一个主意，只要你听我的，这钱就能归我俩。”

高大看“刀疤脸”这么机灵，点头同意跟他干。于是，“刀疤脸”跟高大详细交代了对付同伙的办法，还约定了之后见面的地点，然后两个人就开始行动了。“刀疤脸”先把偷到的钱放在行李仓的隐秘处，然后让高大钻进他的箱子，他自己则钻进高大的箱子。“刀疤脸”是想来个两人大替换，等下车后，让各自的同伙摸不着头脑，而且搜身时也搜不到钱。

不久，客车到达了终点站，躲在箱子里的高大被两个人带走了，过了一会儿，有人打开箱子，大叫起来：“怎么不是‘刀疤脸’？你是谁？”

高大从箱子里爬出来，惊讶地看了看他们，着急地说：“糟糕，我跟你们的人钻错箱子了！”

两个人连忙仔细察看箱子，厉声喝斥：“说，钱在哪里？”

高大装出一副委屈的样子，说：“你们的人厉害，手里还拿着刀子，把钱都抢了过去，一点也没给我留下，我还担心不好向我的哥们交代呢。”

两个人一听，火冒三丈地踢了高大几脚，喝道：“快滚！”

高大连忙撒腿就跑。到了事先和“刀疤脸”约好的地方，“刀疤脸”已经以同样的方式摆脱高大的同伙，早一步等在那儿了。他拉着高大跑到车站里那辆红色大客车前，只见车门口正站着那个络腮胡司机。

“刀疤脸”给络腮胡司机递了支烟，笑着问：“师傅，你的车什么时候发车啊？”络腮胡司机看了看两人，说：“半小时后。”

“刀疤脸”说：“是这样，我们进了点货，东西很重，想赶你这趟车，可是怕买车票耽误时间，等会我们就在路边等你的车，上车再买票，行吗？”

络腮胡司机点了点头。“刀疤脸”和高大连忙出站，买了一个大旅行箱，让高大钻进箱子。然后，“刀疤脸”拖着箱子，在大客车必经的路边等着。

过了一会儿，大客车来了，“刀疤脸”挥挥手，车子停了下来。络腮胡司机看了一下，说：“这里不让停车，你箱子不要放行李仓里了，搬到车上来吧。”

“刀疤脸”一怔，箱子不放在行李仓里，高大就取不出藏的钱啊，他连忙恳求道：“师傅，我这箱子重啊，还是让我放在行李仓吧。”

络腮胡司机瞪着眼睛，说：“不行，开行李仓耽误时间，你快点把箱子搬上来。”

“刀疤脸”还是磨磨蹭蹭地不上车，络腮胡司机一看，火也上来了：“你到底走不走啊？你不走我可要走了。”说着准备发动车子。

“刀疤脸”这才灰溜溜地把箱子搬上车，心里盘算着下一步计划。客车到了终点站，“刀疤脸”连忙带着箱子找到一个厕所，把高大放出来，并把刚才发生的事说了一遍。高大叹了口气，说：“没想到，想弄回那笔钱这么难。”

“刀疤脸”眼珠子转了转，说“再难也要弄回来，我们明天一早再来。”

第二天一早，两人又来到车站，

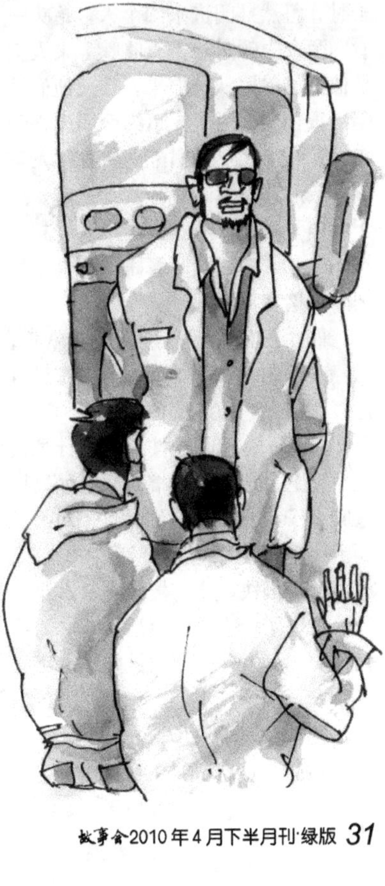

找到络腮胡司机，亲热地说“师傅啊，你这人服务态度好，车开得好，我们都离不开你了，今天我们还要去进货，你什么时候发车？”

络腮胡司机看了看他们，笑着说：“谢谢你俩的关照，记着八点钟准时发车。”

“刀疤脸”和高大赶忙买好票，然后找到一个厕所，高大正准备钻进箱子时，忽然推门进来四个人，抬头一看，两个人顿时吓得直哆嗦。来人正是他们俩的同伙。原来，昨天他们被骗后很郁闷，两伙人不约而同地来到车站旁的一个小酒馆，喝酒骂人解闷，最后骂着骂着竟扯到了一起，终于明白了真相。两伙人决定联合起来找高大和“刀疤脸”算账，结果正好把两人堵在厕所里。

四个同伙二话没说，上前就打，“刀疤脸”和高大本来就瘦小，哪经得住打，不一会儿就招了。同伙听了，喜形于色，命令道：“还按你们的计划去做，马上去把藏的钱搞回来，如果再敢骗老子，非剥了你们的皮不可。”

事已至此，“刀疤脸”和高大哪还敢说不。很快，他们把高大塞进箱子里，放进了行李仓，然后押着“刀疤脸”上了车。络腮胡司机扫了一眼乘客，吸了根烟打了个电话后，就跳上车，发动了车子。

然而，大客车刚开到高速公路入口处，就被几个警察拦下了。这时，络腮胡司机跳下车，领着几个警察打开行李仓，指着其中一个旅行箱，说：“打开它，里面有人。”

警察打开箱子，高大从里面钻了出来，一看到周围的警察，顿时吓傻了。络腮胡司机又跳上车，指着“刀疤脸”和四个同伙说：“这几个是同伙。”

警察立即掏出手铐，把他们都铐了起来，狡猾的“刀疤脸”直到此时还在大呼冤枉：“我不是坏人，你们抓错了。”

络腮胡司机哼了一声，得意地说：“一点都没错。昨天，有旅客反映放在行李仓箱子里的钱不见了，幸好我在行李仓里找到了那些钱。当时我就在犯嘀咕，小偷既然偷了钱，为什么不带走？恰好这时，这两个矮小的家伙，特别是这个脸上带刀疤的又来问车次，结果上车时，只有‘刀疤脸’一个人，还带着个大箱子。我当时就怀疑，你们可能是来取钱的贼，所以才故意不让你把箱子放在行李仓里，就想憋憋你们。看你一脸着急的样子，我心里更有底了。果然，今天你们又来了，而且一下子来了这么多人，‘刀疤脸’的脸上还有被打的痕迹……”

“刀疤脸”一听，耷拉着脑袋，自言自语道：“没想到，机关算尽，最后还是栽倒在高手手里。”

（题图、插图：谭海彦）

有一座神奇的旧楼，不合时宜地挺立在马路中央，任凭风吹雨打都屹立不倒，终于有一天……

□张洪瑜

倒不掉的楼

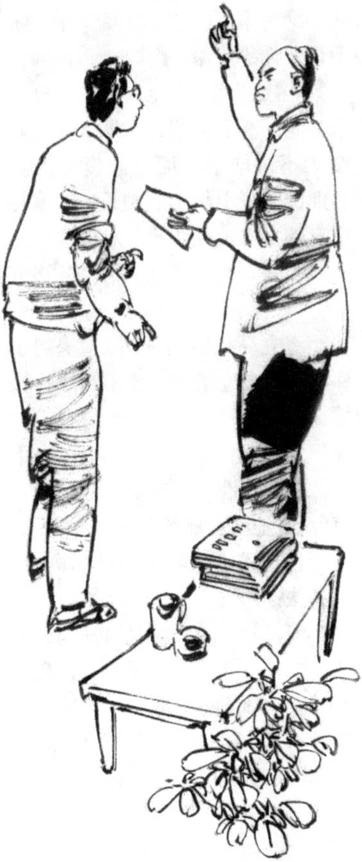

拆不了

小海大学毕业几年后，来到一个镇上工作，镇长封了个城建站站长给他。小海第一次在自己姓名后面挂个“长”字，不禁暗下决心，一定要把工作干好。

来了几天，小海头一回到市场买菜。他走到刚落成不久的新市场大门前，一下子怔住了。只见宽敞的市场入口处中间，莫名其妙地矗立着一座旧楼，硬生生地把好端端的大路隔成了两边，行人和车辆只好小心翼翼地从两边通过。

那座楼看上去很破，四面墙壁只剩下了三面，而且千疮百孔，四根柱子也只剩下两根勉强支撑着，整座楼摇摇欲坠，不时发出吱呀吱呀的声音，仿佛随时都有可能倒下来。再看出入市场的居民，经过旧楼时，无不绕得远远的，一边惊恐地盯着旧楼，一边加快速度跑过去。小海纳闷透了，弄不明白为啥要留着这座旧楼。

趁买菜时，小海好奇地向菜农打听。菜农一听他问起这个，似乎就来气了，瓮声瓮气地说：“这是我们镇的‘楼坚强’，十年前就该拆了。你别看它一口气就能吹倒似的，它可是硬挺了十几年而不倒，邪门透顶了！”

小海不禁咋舌，接着问道：“怎么就不拆了它呢？多危险哪！”

菜农瞪起眼：“谁拆呀？政府都

不敢拆，谁敢动？这鬼楼的主人狮子大开口，要政府给他五百万拆迁补偿费！换了三任书记镇长，就是拆不了这鬼楼！镇里的人，全都是吃干饭的！”

小海不由得脸一红，匆匆走了。回去愤愤地一想，这事儿正是自己该管的，新官上任三把火，我就拿它当第一把火吧！

小海向人打听清楚了“楼坚强”的主人，就一个人去了。这主人是个算命先生，大名老仙。一听小海说明来意，老仙呵呵一笑，什么也不说，冲

他亮起五根手指一晃。他儿子在一旁作旁白：“拿五百万来，我们自己动手拆。少一分，免谈！镇长书记来了，也是这句话。”

小海急了，说道：“大叔，您那楼实在太危险了呀，说不定哪天倒下来，砸着人，那就麻烦了……”

“住嘴！”老仙突然脸色一变，勃然大怒，一指门口喝道，“你们不动，我的楼绝对不可能自个儿倒下来，你信不信？你给我滚！”

第一次交锋，小海灰溜溜地败下阵来。他气得头顶都冒了烟，这家人实在太不讲理了，而且态度嚣张至极，别说他一个小小的站长，连镇长书记竟然也不放在眼里。对付这样的人，除了强制执行，没有第二条路可走。

小海立马找到镇长，跟他提到了这件事，并态度坚决地要求强制拆除旧楼。

镇长听完他的慷慨陈辞，一言不发，脸色铁青地抽了支烟，清了清嗓子道：“这是前三任留下的老问题了，前三任都拆不了，我又不是孙悟空，没有办法呀！”

小海没料到镇长会是这样消极的态度，愣住了。镇长叹了口气，意味深长地说：“你还嫩着呢，三任镇长书记都拆不了的楼，你不想想为什么？”

“为什么？”小海还真是不太明白，愣愣地望着镇长。

镇长似乎有点不耐烦了，指了指天花板："人家上面有人哪！"

镇长把话说到这份上，小海就是再傻也明白了。怪不得，那老头那么不可一世。他呆了半晌，怔怔地问："那……这楼……实在太让人担心了呀。"

镇长吐了一口气："等着吧，让它自个儿倒。"

倒不掉

和镇长这一席谈话后，小海的满腔热情顿时化作一片冰凉。这之后，每当他去市场，看见那风烛残年的旧楼，心里就不是滋味。每次从旁边走过去时，他嘴里都会下意识地吹口气，恨不得把楼吹倒。

渐渐地，镇上很多人都知道他这个新来的干部是管城建的，有些人就冷嘲热讽地故意在他面前说起旧楼，把气都撒到小海身上。小海有苦说不出，感觉自己真是两头受气。他也渐渐明白了，镇长让他当这个城建站长，原来是让他当镇里的挡箭牌。

这么一来，小海更是恨死那座"楼坚强"了，天天晚上睡觉，他都梦见一早起来，发现"楼坚强"已经倒了。可那楼实在邪门，就好像人明明已经死了，却还站得稳稳的一样。

这天，有一股强台风刮到了镇上。小海兴奋极了，他特意冒着大风跑到市场，一看那楼在狂风暴雨中不住地颤抖着，好像竹子一般在半空扭来扭去。小海心中大喝一声：吹得好！嘴也不知不觉鼓了起来，拼命向楼吹去，仿佛能助狂风一臂之力似的。

可小海吹得腮帮子都疼了，"楼坚强"依旧在大风大雨中屹立不倒。有好几次都被风吹歪了一半，可它却像个武林高手一样，硬是又挺了过来。小海简直不敢相信这一幕，心里直叫见鬼，真怀疑这楼是不是被老仙施了法术。

强台风很快过去了，"楼坚强"又英姿焕发地挺立在市场入口正中央，除了吹落几块瓦片，它居然又躲过了一劫。

过了几天，小海在办公室里忽然听到一个消息，说是市场那儿发生了车祸，一辆越野车撞到了"楼坚强"。小海一听，喜不自禁地连连叫道："老天爷开眼啊！"拔腿就向市场跑去。

到了那儿一瞧，小海不禁大失所望，"楼坚强"还站着呢。车子就撞塌了楼的一面墙和一根柱子，司机却被砸得头破血流。

市场里的人都目瞪口呆地盯着"楼坚强"。它现在就像一个独腿的老人，而且受了重伤，还失去了一根支撑的拐杖。可它依旧岿然不动，竟然只靠一根柱子和两面墙挺了过来。真是太不可思议了，难道被某种神灵附体了？

镇长也到现场看了，处理完交通事故之后，为了防止发生意外，命人在“楼坚强”周围拉起了警戒线，不让人靠近它。

人倒了

这事才过了两天，小海去市场买菜时，在入口处碰见了那个算命老仙的儿子小仙。他马上把脸别开，没想到小仙存心要戏弄他，阴阳怪气地问：“站长，那天我爸让你拿五百万来，怎么没见你来呀？”

小海年轻，血气方刚，闻言大怒道：“你们别得意，你最好叫你老爸尽早拆了，要不然，它自个倒了，你们一分钱也拿不到。”

“放屁！”小仙怒气冲冲地嚷道，“就是你死了，我家的楼也不会倒！”

小海讽刺道：“你别吹牛皮，说不定哪天，我就是打个喷嚏，也能把它打塌了！”话音刚落，他忽然觉得鼻子痒痒的，忍不住“阿嚏”一声，打了个大大的喷嚏。

这时，奇迹出现了。随着小海的一声喷嚏，面前的“楼坚强”轰的一声，凭空倒了下来，而且倒得干净彻底，原来的地方只剩一堆碎砖烂瓦。

小海和小仙都是大吃一惊。呆了半晌，小仙一把揪住小海的衣服：“五百万！你得赔我！”

小海又惊又喜，辩解道：“不关我的事，我只是打了个喷嚏。”小仙哪里肯饶过他，抓住他直嚷赔偿。

不一会儿，“楼坚强”周围就围了个水泄不通，大家纷纷拍手叫好，有人甚至还放起了鞭炮。

小仙赶紧打了个电话报告老爸。几分钟后，老仙赶来了，他拨开人群，两眼直直地瞪着地上的一堆碎砖，脸色煞白，两手颤抖，像被人点了穴一般，久久不动。

小仙指着小海说：“爸，就是他打喷嚏震倒楼的。”

老仙像没听见一样，瞧也不瞧他

们一眼，突然两腿一阵激烈的颤抖，不由自主地跪在烂泥上，捧起一堆碎砖，眼泪刷地流了下来。

小仙疑惑不已地问："爸，你咋啦？你倒是说话呀！楼倒了，补偿费还是一分不能少！"

老仙不理不睬，嘴中喃喃自语："完了，完了……我早知道会出事，果然……"

这时，镇长率领着镇干部们到了现场，看了看"楼坚强"的"尸体"，脸上露出了微笑。

老仙猛地回过神来，爬起来向镇长走去，摸出一包烟，毕恭毕敬地给镇长递上。镇长摇摇头，说了句不会。

老仙脸上堆着笑，尴尬地说道："镇长，您看，楼倒了也好，倒少了一笔工钱，那个拆迁款……五百万，那是我们说笑的，怎么可能呢？有个几十万，我看就很合情合理了。"

镇长沉吟不答。老仙一看有些发慌"当初定的是十万，照这个数其实也不错了。"

镇长淡淡地说："这个以后你到镇里再说。"老仙连连点头："是，是。"

小仙在旁边一听，不干了，冲上去喝道："爸，你是不是老糊涂了？当初十万，现在还要十万，你疯了呀？你是不是怕他们这些人了？一个镇长有什么了不起的！爸，五百万，一分也不能少！"

"你给老子闭嘴！"老仙愤怒地扭头冲儿子吼道，"你懂个屁！"

镇长嘿嘿一笑，神色自若，指了指那堆碎砖烂瓦，命令老仙："你们负责把这堆东西清理掉，拆迁款的事，才好说话。"

老仙怔了怔，接着"啪"的一个立正："是，请镇长放心，我们一家保证完成任务！"转头对儿子命令道，"快去叫你妈和你老婆来搬砖头。"

小仙气得直咬牙，不顾一切地嚷道："爸，你是不是睡昏头了？咱们没理由怕他们的啊！"

老仙怒不可遏，回身"啪"地抽了儿子一个耳光："你才睡昏头不知天光！你姐夫倒了，知道吗？你打个电话问问你大姐……"说着，他老泪纵横，如哭似泣，"人在楼在，人倒楼倒啊！"

小仙闻言大惊失色，飞快地掏出手机打电话，刚说了两句，身子一软，瘫倒在地上。

小海看到这儿，惊讶极了。他不禁向镇长看过去，镇长得意地冲他眨了一下眼，说："你以为真的是你一个喷嚏，把楼打塌的啊？我刚接到上面的消息，说这楼真正的主人倒了，没想到很快就听说，连这楼也倒了……"

小海恍然大悟，怪不得镇长今天像变了个人似的，这么有底气哩。

（**题图、插图**：刘斌昆）

喝药也上瘾

□宋光咛

从前，柳州有个寡妇叫杨氏，带着儿子改嫁给一个叫王二的酒鬼。这王二在当地是臭名远扬，家穷人丑，一日三顿酒雷打不动。没有酒钱，哪怕脱光了衣服拿去当，他也肯干。家里一天到晚，酒气冲天。

有一回，王二实在找不到钱买酒了，正在屋内急得团团转，忽然看见妻子纺下的一捆纱，马上抱出去贱价出手，换得几个钱买回酒肉，就美滋滋地喝开了。

杨氏回来一看不见了纱，一屁股跌在地上，号啕大哭起来。这些纱，她原本打算卖得了钱，给儿子抓药的。杨氏哭了一阵，爬起来奔到河边要跳河，幸亏被人发觉拉住了。有人飞奔回来告诉王二，谁知他正喝到兴头上，任凭那人又说又骂，又拉又扯，他就是屁股不离凳子，还不耐烦地说："她不是没跳成吗？"

杨氏的儿子叫水生，跟母亲过来时才七岁。长到十七岁后，他决意要离开家，自寻出路。他恨透了这个酒鬼继父，痛心母亲吃苦受气，离开家时，发誓要闯出一番名堂来，然后把母亲救出苦海。

水生在外面闯荡了十多年，终于干出一番事业来了，在梧州城里娶妻生子，买地造房，开店办厂，成了个大富豪。水生时刻惦记着家里的母亲，等房子一造好，马上动身回去接母亲来住。

杨氏见儿子衣锦还乡，自然是喜笑颜开。但听儿子说只接她一人走，却又十分犹豫。水生在家连劝了三天，杨氏这才勉强同意。临走，水生冷冷地扔给继父几十两银子，算是付清他在家十年的饭钱。这些银子，足够王二喝酒喝到死了。

把母亲接来后，水生恨不得把母亲这二十多年所受的苦全补回来。他请了两个丫环专门服侍母亲，吩咐厨房每天变着花样给母亲弄好吃的。

然而过了一段时间后，水生却发觉，母亲居然比来的时候瘦了，精神也不比当初时候好，整日有点病恹恹的，脸带菜色，像个饥民一般。

水生十分心急，细细一问，才知道母亲自打来到这里后，胃口就不怎么好，每餐只吃一点点，无论做什么菜，吃过一两筷，便不想再动了。

水生以为母亲还想着老家的继父，就愤愤地劝道："娘，那老酒鬼害您吃的苦还不够吗？您还挂念着他干什么？"

杨氏却笑道："想是有点想，但我也不会因此吃不下饭呀。他在家有酒有肉，不知有多快活，我记挂他干什么？"

水生半信半疑："那您每餐怎么吃这么少？是做的菜不合胃口吗？"

杨氏想了想，说："确实不合胃口，这里做的很多菜，我都没有吃过，可就是不觉得香。"她用手摸着自己的胸口，又说道，"水生啊，也不知怎么回事，自打我来到这里，吃了几天这里的饭菜，就整日感觉心里少了些什么似的，浑身不得劲，有时像有只猫在心里挠一样，两只手也会没来由地一阵阵乱抖。"

水生一想，母亲或许是有些水土不服。既然胃口不开，请个郎中看看就是了。于是，他请了梧州城里有名的郎中给母亲看病。郎中开了一些开胃药，杨氏喝下去，却始终没见什么效果。

一天，水生又特意请来一位郎中，然后抓来药，亲自熬好。这副药方需要一杯高度米酒作药引，水生差人买来，和汤药一起给母亲端去。

杨氏一看，面露苦色，连连摇头："我这辈子最讨厌的就是这水酒，一闻头就晕，更别说喝了，你居然要我喝，我被这鬼东西害了二十多年了！"

水生赔着笑劝道："娘，这是治病呀。您就皱皱眉头，喝了吧！"

杨氏架不住儿子左磨右劝，只得端起酒杯，皱着眉头啜了一小口。酒一入口，杨氏马上激烈地咳嗽起来。磨磨蹭蹭喝了半个时辰，这才把一杯米酒喝完。水生待母亲咳嗽停了，趁机把汤药送到嘴边，让母亲喝了。

没想到，这一杯米酒让杨氏酩酊大醉，昏昏沉沉睡了一个下午。水生又是心疼，又是心焦，一直守在母亲床前。

待母亲醒来时，水生一看，母亲

一改往日的病容，脸色红润，眼睛也有了光彩。水生十分高兴，说再喝两副药，母亲肯定能胃口大开，吃啥都香。

可杨氏一个劲地摇头："我宁愿不吃不喝，也不愿受这种罪。"

水生深感为难，只好跑去向郎中求救。郎中教他在汤药快煎好的时候，把米酒倒进去混煮一会儿，这样，药的苦味就盖住了酒味，杨氏就喝不出来了。

第二副药，水生照着郎中教的法子，把米酒混在汤药里。杨氏喝汤药时，果然没喝出药里掺了酒。

水生一连让母亲喝了几副药，杨氏渐渐恢复了往日的精神，说话响亮，走路有力，手脚也不再发抖。可每天吃饭，杨氏仍然没什么食欲，随随便便吃一点就放下筷子。

一天，水生忙完生意，去看母亲。杨氏闷闷地坐在房内，两只手又在发抖，见了他，就喊道："不知怎的，我这心忽然一下就觉得慌慌的，没个着落，总好像有什么事没做。你上次煎的汤药呢？快去给我抓一副来！"

水生一怔，也不多问，赶快叫人去抓药，像上次那样熬好送去。杨氏在房内坐立不安，见了汤药，眼睛却是一亮，也不怕汤药滚烫，抢过来就咕嘟咕嘟喝了下去，喝完了，长吁一口气，手在胸口摸了几下，叹息道："哎呀，这颗心总算是定了。"

水生暗暗称奇：难道母亲喝药也喝上了瘾吗？

这之后，杨氏每天都要喝这副汤药。一天不喝，就浑身不自在。喝了药，便精神焕发，有说有笑。水生见状，不禁又好笑又郁闷，母亲居然喝

上瘾了！这可怎么办？虽然这汤药无害，但总不能长年累月地喝下去吧。

这天晚上，水生回到自己房中，想着母亲的烦恼事，便和夫人聊起来。聊着聊着，夫人突然灵光一闪，轻拍双手笑道："我知道了！"

水生问她知道什么，夫人笑而不答，只说："你别管，明天我下厨房做菜，保管婆婆爱吃，而且，还能戒掉喝汤药的瘾！"

第二日，夫人果然亲自下厨房烧菜。烧好摆出来一瞧，也就是几样平常人家的家常菜。谁知，杨氏吃了几筷，竟赞不绝口："今天这些菜烧得合口味。"看样子，胃口似乎开了，比过去多吃了一些。水生心中暗喜，看看夫人，夫人却掩嘴偷笑。

后来，夫人天天下厨房烧菜，杨氏也越来越爱吃，不但食欲大增，而且渐渐不再要喝那汤药了。

水生又高兴又疑惑，不由得对夫人另眼相看。一天晚上，水生缠着夫人，非要她把原因讲出来。

夫人笑着跑去厨房，端来一杯水酒，叫水生喝下去。

水生皱眉道："你知道我跟母亲一样，平生最厌恶这东西，从来没喝过半滴，怎么叫我喝酒？"

夫人调皮地一笑："你喝了这杯酒，便晓得原因了。"

水生苦笑一下，捏着鼻子，一闭眼睛，把酒灌了下去，顿时只觉肚子里像着了火一般，鼻子耳朵都往外通气。过了半天，他才缓过劲来，咂嘴摇头说："天底下最难喝的东西，恐怕就是酒了，简直比药还难喝！"

夫人扑哧一笑："可你这些天也喝了不少酒，怎么从没说过难喝呢？你不知道，这些天我烧的菜和汤，都加了水酒呢。其实婆婆并不是喝汤药上瘾，而是她酒瘾发作，要喝汤药中的酒……"

水生一听，诧异地瞪大了眼："母亲怎么会有酒瘾？真是笑话！"

夫人却道，这事看似荒唐，实际上并不奇怪。因为水生的继父是个酒鬼，无论烧什么菜，都不忘加点水酒进去。杨氏跟着酒鬼吃了二十多年掺酒的菜，再加上家里整天酒味熏天，不知不觉，也有了酒瘾。而水生因为厌恶酒，家里从来没有半滴酒，杨氏来到这里后，一下子便吃不惯了。几日吃不到掺酒的菜，酒瘾就发作，食欲跟着大减，接着就会害病。

水生听罢，沉吟半晌，觉得夫人说得有道理。这一夜，他靠着枕头想了一宿，天快亮时，突然一拍脑袋，豁然开朗。母亲到底和继父过了二十多年，尽管她厌恶继父是个酒鬼，却已习惯了和酒鬼一起过日子。

第二日，水生收拾一番，护送母亲回了老家。

（题图、插图：黄全昌）

·海外故事·

魔鬼的儿子

□邢　东

失踪的儿子

离圣诞节只有三天了，在美国西部一个小镇上，艾维尔先生一家四口正忙着准备过节。

这天早晨，艾维尔夫人来到三岁的小儿子尼克的卧室门口，一边叫儿子起床，一边打开房门。突然，艾维尔夫人尖叫了起来，艾维尔先生闻声赶来一看，只见屋子里的东西摆得整整齐齐，连床铺都叠好了，但尼克却不见了，在卧室地板中央，赫然放着一只被截去了翅膀和腿脚的火鸡！艾维尔先生惊呆了，他喃喃自语道："魔鬼，是魔鬼又带走了尼克！"

警长罗格听到消息，很快赶到了艾维尔家，一看现场，罗格也惊出了一身冷汗：四年前，艾维尔夫妇十二岁的大儿子杰克失踪了，时间也是在圣诞前三天的早上，失踪地点就是这间屋子，地上也放着这样一只没有翅膀和腿脚的火鸡！为了寻找杰克，罗格警长动员了全城的力量，但始终没有杰克一丝的踪迹。

这件事在镇上引起了巨大的恐慌，有人传说：艾维尔家的那所房子有问题，原址是一个乱葬岗，肯定是魔鬼带走了杰克。艾维尔夫妇一度想搬家，但是家里一贫如洗，根本拿不出钱来买新房，旧房子又卖不掉，只好凑合着住下去。谁知过了四年，小儿子尼克又丢了！

罗格仔细勘查了现场，在二楼窗户边的墙壁上，他发现了一道轻轻的划痕。罗格跑到楼下，发现对应着划痕的地方，有一个浅浅的小坑。罗格点了点头，对艾维尔夫妇说："不用害

怕，带走尼克的不是魔鬼，而是一个人，如果我没估计错的话，他应该是顺着一根长杆爬进窗户，然后又带着尼克从窗户逃走了。

艾维尔先生迷惑地看着罗格：“您说的这个人，跟四年前抢走杰克的是同一个人吗？”

罗格摇了摇头：“不是的，四年前，杰克的失踪更为蹊跷，我当时根本就没找到任何使用工具的痕迹。”

艾维尔先生一脸的失望：“您不觉得奇怪吗？两个不一样的贼，却都要来偷我的儿子，而且还设置了几乎相同的现场！正常的贼会这样做吗？只有魔鬼才有这样的怪癖！”

对于艾维尔先生的质疑，罗格也想不出头绪来，现场也找不出其他的蛛丝马迹。

发疯的女儿

第二天，罗格正对着桌子上的案卷发愣，电话突然响了起来，罗格接起电话，话筒里传来了艾维尔先生惊恐的声音：“罗格警长，请您快来，我的女儿凯瑟琳像被魔鬼附身了一样！”

罗格吃了一惊，立刻赶到了艾维尔家，只见凯瑟琳正坐在尼克房间的窗台上，眼睛呆呆地看着远方，嘴里一遍又一遍地念叨：“杰克，尼克，他们都是魔鬼的儿子，他们都是魔鬼的儿子！”

艾维尔夫人的嗓子都要哭哑了，她站在窗户下面，伸着双手，哀求着：“凯瑟琳，求求你，不要这样，不要这样啊……”

罗格仔细观察着凯瑟琳，突然，他拍了一下脑袋，让手下赶紧请个心理医生过来。艾维尔先生疑惑地问道：“警长，我女儿是被魔鬼迷惑住了，心理医生怎么能治得了？”

罗格摇了摇头，告诉艾维尔：凯瑟琳的眼神发直，说话动作非常僵硬，应该是被人催眠了，只有心理医生才能解除这种状态。

很快，心理医生赶来了，在对凯瑟琳实施了一些治疗措施后，她告诉罗格：凯瑟琳已经摆脱了催眠状态，在唤醒凯瑟琳的过程中，她回忆起昨天晚上，她半夜突然醒了，看见杰克和尼克站在床头，杰克大概有半英尺高，尼克只有一个巴掌大，兄弟俩告诉凯瑟琳，他们都是魔鬼的儿子，让她天亮后把这个消息告诉大家。

艾维尔先生一听，觉得太荒唐了，杰克失踪时已经十二岁了，四年之后，怎么会变得只有半英尺高？至于尼克，那就更不可能了，谁见过巴掌大小的三岁孩子？这不是魔鬼作怪，还能有什么解释？还有，连他们都自称是魔鬼的孩子，这足以证明他们就是被魔鬼抢走了！

罗格却笑了笑，拍了拍艾维尔先生的肩膀，说：“四年前，我没能找回您的大儿子杰克，这次，我不会再失手了，请您相信我，这件事跟魔鬼没有任何关系。”

还原的真相

很快到了平安夜傍晚，整个小镇都沉浸在流光溢彩中。这时，在通往镇外的公路上，一辆马戏团的大篷车缓缓驶来，到了镇口，突然停住了，原来罗格带着十几个荷枪实弹的警察，正站在马路中间，冲着车上微笑。

马戏团老板下了车，赔着笑脸来到罗格跟前，点头哈腰地请罗格让开，他们要赶往下一个小镇演出。

罗格笑着说“可以啊，今天我特意去看了你们的表演，太精彩了！尤其是你们的小丑先生，给我们带来了太多的欢笑，我想请他给我签个名，可以吗？”

马戏团老板答应了，他朝车上喊道:“小丑先生，罗格警官想要你一个签名，麻烦你出来一下。”

车上有人应了一声，不一会儿，一个还没卸装的小丑跳了下来，他掏出一支笔，在纸上草草签了一个名，递给了罗格。罗格伸手接过签名，手腕顺势一翻，一下抓住了小丑的手腕。

小丑吃了一惊，使劲往后抽手腕，却没有抽出去。罗格哈哈一笑，说:“小丑先生，如果我没有猜错，尼克就在你们车上，对不对？”

马戏团老板惊呆了:“警官先生，您错怪他了，别看他打扮得很苍老，他其实只是个大孩子，拐卖人口的事他是不会干的！”

罗格摇摇头，说:“这个作案的人本事很大，他会顺着细长的杆子爬上窗台，会简单的催眠术，而且还会制作提线木偶，我猜这很有可能是你们马戏团里的人。今天我看了你们的演出，发现在你们团里，什么都会，却又什么也不算精通的角色，只有一个，那就是小丑！老板，你去翻翻小丑先生的东西，应该能找到尼克。”

马戏团老板一听，连忙让人到车上去找，不一会儿，有人搬着小丑放服装的竹筐走了过来，掀开上面的几件衣服，下面是睡得正香的尼克！

马戏团老板慌了神，他正要冲小丑发火，小丑却先说话了："我承认，尼克是我拐走的，这件事跟马戏团没关系，我认罪，法庭怎么处罚我都行，请放了我的伙计们！"

罗格哈哈一笑："拐卖儿童的罪可不轻啊，不过，好在你带走的是你的弟弟，对不对，杰克？"现场的人一听，都呆住了，小丑更是身子一颤，一句话也说不出来了。

罗格告诉大家：四年前，谁也没想过杰克是离家出走的。这次尼克失踪，相似的现场让他猛然醒悟：能对艾维尔家里如此熟悉的人，应该就是杰克！至于那两只血淋淋的火鸡，是杰克想告诉艾维尔夫妇，自己不想当火鸡，也不希望自己的弟弟当火鸡！而凯瑟琳被催眠后说的话更让罗格坚信，拐走尼克的是杰克，因为那个魔鬼，指的是艾维尔夫妇！

听到这里，小丑点了点头，咬牙切齿地说："你们知道吗？我出生的原因是因为爸爸妈妈要用我的鲜血，来救患有白血病的姐姐凯瑟琳！对他们来说，我就是一只任人宰割的火鸡，不断地抽血也就算了，四年前，他们居然要我的骨髓和一只肾脏，这太过分了！所以我就逃走了，跟着马戏团四处流浪。这次回家乡演出，我发现他们居然又生了一个小弟弟，我不忍心看他像我一样被他们折磨，所以才会带他走。"

罗格听了小丑的话，叹了口气，告诉他，自打他失踪以后，艾维尔夫妇悔恨交加，在想方设法都找不到他之后，就从孤儿院里收养了尼克，用来寄托对他的思念。所以尼克并不是他的亲弟弟，也没有被艾维尔夫妇当成"火鸡"。

杰克还是不相信："如果没有新鲜血液的补充和成功的骨髓肾脏移植，姐姐根本就活不到今天！"

罗格笑了，从怀里掏出一本证书，递给杰克，杰克打开一看，是一本捐献证书，上面写着：罗格为凯瑟琳捐出了一只肾脏和200毫升造血干细胞！

杰克呆住了，罗格摸摸他的头，说："杰克，我理解你当初出走时的心情，但你这次带走尼克，是个彻头彻尾的错误，你伤害了一直思念你、寻找你的父母和姐姐，也伤害了你这个无辜的小弟弟！"

听到这儿，杰克已经泣不成声了，他跪在罗格跟前，伸出双手，让罗格逮捕自己。

罗格长出了一口气，他轻轻擦去杰克脸上厚厚的油彩，然后变戏法似的掏出一打小红帽，给马戏团的成员一人一顶，顿时，现场出现了一大群圣诞老人。罗格搀起杰克，马戏团老板抱起尼克，一群人调转车头，朝艾维尔家方向驶去。

（**题图**、**插图**：佐　夫）

良心的扩充

有一位老人，为了让三个儿子多一些人生历练，便对他们说：“你们现在出门，三个月后回来，把旅途中所做的最得意的一件好事告诉我。”三个儿子听完，就动身出发了。

三个月后，三个儿子都回来了。长子说：“有个人把一袋珠宝存放在我这里，他并不知道里面有多少颗宝石，等到后来他向我要时，我原封不动地还给了他。”老人听了之后说：“这是你应该做的事，若是你暗中拿他几颗，你想你会变成什么样的人？”

次子接着说：“有一天我看见一个小孩落入水里，我救他上来，他的家人要送我厚礼，我没有接受。”老人说：“这也是你应该做的事，如果你见死不救，你心里过得去吗？”

最小的儿子说：“有一天我看见一个人昏倒在危险的山路上，一个翻身就可能摔死。我走近一看，竟然是我的仇敌，过去我几次想报复，都没有机会，这回我要弄死他，可以说是不费吹灰之力，但我不愿意暗地里害他，所以我把他叫醒，并且送他回家……”老人没等他说完，就十分赞赏地说道：“你的两个哥哥做的也是符合良心的事，不过你所做的是以德报怨，那就更难得了。”

做该做的事，是不昧良心；但做到原来不易做到的事，更能彰显良心的扩充。

（**作者**：思　侬；**推荐者**：孑孓子）

温暖的雪人

这天，伦敦下了一场大雪。玛丽来到街区公园，兴奋地堆了一个雪人。这时，一个八九岁的男孩走到雪人旁，埋头在地上收集起雪来，然后把那些雪堆在雪人旁边。

玛丽觉得奇怪，便问孩子要做什么。孩子低着头说，想再堆两个雪人。玛丽也帮起忙来。很快，两个新的雪人堆好了。玛丽一看，眼前的三个雪人，俨然是个三口之家啊！男孩脸上露出满意的笑容。

第二天早上，玛丽去电视台上班，发现同事在门口堆了个雪人。傍晚，玛丽走到电视台门口，意外地发现昨天傍晚和她一起堆雪人的那个男孩，又正忙着四处集雪，把雪堆到门口的雪人旁边。

玛丽更好奇了，她又走过去帮忙。很快，一个雪人堆好了，玛丽见那男孩还在忙碌，准备堆第二个，她忍不住问道"为什么你总是喜欢在堆好的雪人旁边，再堆两个雪人呢？"男孩反问道："难道你不觉得让一个雪娃娃孤零零地度过黑夜，很残忍吗？"

玛丽赞许地说："你真是一个心地善良的孩子。"男孩羞涩地顿了顿说"阿姨，我妈妈在我七岁时就去世了，我爸爸经常要上夜班，晚上总是我一个人在家。冬天看到孤孤单单的雪人，我就觉得它们跟我一样可怜，所以我就想帮它们堆爸爸和妈妈。"听到这里，玛丽的眼睛湿润了。

第二天，伦敦市民看电视时，听到美丽的新闻主播玛丽，讲述了一个没有妈妈的男孩，为每一个雪娃娃堆爸爸妈妈的故事。玛丽恳请大家，今后堆雪人，一定要堆个三口之家。

这个故事一传十，十传百，此后的雪天，伦敦的各个角落凡是有人堆了雪人，真的都是三口之家。

（**作者**：赵功强；**推荐者**：张有军）

清水如药

这天，社区里来了一群小志愿者，为社区居民服务。突然，有几个孩子向一间低矮潮湿的房子走去，工作人员忙上前阻止。原来，这间房子里住着一位邋遢的精神有问题的老太太，动不动就大发脾气。

可孩子们一听，还是争先恐后地要进去。带队老师被感动了，他带着孩子们走进了那间房子。

很快，那间房子的门被打开了，只见让大家避之不及的老太太被孩子们簇拥着走出来，老太太全身洁净，一脸灿烂的笑容，犹如孩童般天真。

众人大惑不解。带队老师说，孩子们一进屋，就为老太太端上了一盆清水，仔细地为其清洗面部，就像孙子侍候奶奶一样……

众人恍然大悟，以前的志愿者们，不是捂着鼻子为老太太送来食物，就是倒水让她吃药。

有时一盆清水，甚至一滴清水，就是包治百病的"神药"！

（**作者**：朱胜喜）

（**本栏插图**：安玉民　梁　丽）

·传闻逸事·

鲶鱼哈

□翟德军

民国年间，东北双龙山上有一伙土匪，大当家叫二虎。这伙土匪专门打劫贪官污吏，劫富济贫。

不久，日本侵略军打进了东北，二虎带领弟兄们和日军展开了激战。日军带着大队人马，堵住了双龙山的下山要道。而双龙山后是深山老林，进去后很难走出来。因此双方相持了两个多月。

此时已是深冬，天寒地冻，大雪茫茫，就在这节骨眼上，双龙山上断粮了。这天，二虎再也撑不下去了，他招呼弟兄们，打算冲下山去，和日军决一死战。就在这时，只听后面有人喊了一声："且慢！"

二虎回头一看，说话的是人称"药王"的老根叔，这个老根叔出身医药世家，在山上，弟兄们有点头疼脑热跌打损伤什么的，都找他医。他随手弄点草药，就能药到病除。

这会儿，药王一听他们要下山，忙拦住二虎"弟兄们下山拼命，怎么能空着肚子走呢？那不是白白送死吗？"二虎叹了口气，说："药王，我也实在是没法子了！"药王想了想，说："给我一个晚上的时间，明天我一定会让大伙吃上一顿饱饭。"二虎似信非信，派人偷偷跟着药王。

到了晚上，手下突然来报，说是药王下山去了。二虎顿时起了疑心，难道是给山下通风报信去了？大伙都说不可能，要不是日本兵杀了药王全家，他还是个为人治病的医生。

二虎可不这么想，这个时候，保不准有人贪生怕死做傻事，他领了几个人，顺着药王的脚印追下了山。

看样子，药王是沿着后山脚下的双龙河冰面走的，二虎一直追出五里多地，还是没有见到药王的影子，可

是前面的脚印没有了。脚印消失的地方，有一个冰窟窿，难道药王跳河了？二虎大叫一声："药王，你怎么想不开，你不敢下山拼命，我可以放你回家，犯不着这样啊！"

这时，只听岸边有人大声笑了起来："哈哈，二虎，你把我药王看扁了。"只见药王从岸边走过来说，"大当家，我给大伙找吃的，可吃的东西太重了，我一个人拿不回去。"

二虎朝四周看了看，好奇地问："这冰天雪地的，有啥吃的？"

药王一笑，指了指冰窟窿，说："大当家，你往这里瞧。"然后拉着二虎凑到冰窟窿边上。二虎觉得很奇怪，这双龙河一到冬天，冰面硬得像铁，他诧异地问："你空手刨出个冰窟窿？"药王笑着说："这是鱼自己弄的。"

药王让二虎蹲下仔细看，这一看，把二虎惊得直咂舌，只见那个洞口里的水面上，一上一下露着几条鲶鱼的头，那些鲶鱼见了人也不怕，仍然不断地钻出来透气。

药王一伸手，捉出一条三尺长的大鲶鱼，足有五十多斤。药王告诉他们，双龙河这种大鲶鱼，一到冰封的时候，水里缺氧活不了，于是这些鲶鱼就一起用嘴含了水，向冰面上的一个地方不停地哈水，水面就冻不了了，这就是老人们说的"鲶鱼哈"。

二虎和弟兄们一听，不由得兴奋异常，一边帮忙抓鱼一边问："药王，守着这个粮仓，咱们就能坚持到开春了？"药王苦笑一声，说："整个双龙河，能养多少条这么大的鱼？全都在这里了，只够我们吃一两顿的，不到万不得已，我是不会说出这个秘密的。"

第二天一早，二虎一觉醒来，就闻到一股扑鼻的香味。他冲进厨房一看，药王正用铲子搅动着大锅，锅里漂着一块块雪白的鱼肉。药王问二虎："今日一仗，咱们有几成胜算？"二虎想了想，无奈地摇了摇头。

药王正色道："大当家，昨天我拦住大伙，一来是想让大伙吃顿鲶鱼，打起仗来有力气；二来是想告诉大伙，兵书上说，上下同欲者胜，大伙抱着一条心，才能有胜的希望，昨晚你也看到了，这些鲶鱼，一条鱼一口水，竟可以保持着冰面不冻，我们难道还比不上鲶鱼吗？"

药王这几句话，说得二虎和弟兄们心服口服，摩拳擦掌，纷纷嚷着吃完鱼就下山。药王挥了挥手，叫上弟兄们一起进了里屋。转眼工夫，从里面抬出一个大木桶来，药王把桶盖打开，顿时一股浓烈的酒香飘了出来，山寨顿时沸腾起来，是酒！

药王慷慨激昂地说："这酒叫状元红，是我夏天修工事时，偶然从地底下挖出来的，今天我们一人一碗，吃饱喝足，一起下山杀鬼子。"

药王先给自己倒了一碗，第一个

喝了下去，然后挨个为每个人倒了一碗，可倒到最后，还剩一碗。药王把这碗酒端到二虎面前说：“二虎兄弟，大敌当前，你有胆量领着大伙干大事，我佩服你，这最后一碗酒，我们一起敬天地吧。”

二虎看着这碗酒，接过来说：“这酒是你发现的，这鱼也是你弄来的，出战之前，大伙能吃饱喝足，多亏了你！二虎我一不信天地，二不信鬼神，药王，这碗酒就敬你吧。”

药王听了，正想推辞，可大伙都说敬药王，他只好硬着头皮喝了下去，这才给大伙盛鲶鱼肉。

大伙吃得正香，突然听到“啊”的一声大叫，药王倒在了地上，痛苦地打了几个滚，断断续续地说：“酒里……有……毒！”大伙一听就炸开了锅，二虎抱起药王着急地问：“谁下的毒？”

“是我，我下的。”药王用尽最后的力气说，“这种药服下后能激发人的潜能，但是两个时辰后就会毒发而亡，因为我喝了两碗，所以提前发作了，现在你们每个人只有两个时辰的拼命时间，快点下山去吧……”说完，药王七窍流血而死。

二虎抱着药王哭道：“药王，都怪我劝你多喝了一碗，你没能手刃仇敌，这国仇家恨，二虎会为你报的。药王，你先走一步，二虎和弟兄们随后就到。”说着放下药王，催大伙快点吃饱，然后操起家伙下山。

到了山下，大伙视死如归，见了鬼子跟疯了一样，杀红了眼，只要还有一口气在，就一个劲地向前冲杀。日军损失惨重，丢下上千尸体逃走了。

这一仗打得痛快，二虎让活着的弟兄们围成一圈，大伙胳膊挽着胳膊，相互搀扶着等死，二虎慷慨激昂地说：“我们是这场战斗的胜利者，就算是死，也得站着死！”可眼看快三个时辰了，他们也没有等来死神，伤痛难忍之下，纷纷跌坐在地上。

直到此时，二虎才猛然想到：他们喝的酒里根本没有毒药，药王这是在用自己的死来激励他们哪！

（题图、插图：谢　颖）

魔镜

□竹　韵

刘丽是个高中女生，性格有些内向。她的同桌叫妍妍，长得挺漂亮，但说话尖酸刻薄。

这天，校文艺队要招新队员，刘丽满怀信心想去报名，妍妍撇撇嘴说："就你还想参加文艺队？"边说边拿出小镜子让刘丽看，"你看，你鼻子又塌，嘴唇又厚，皮肤又黑，还长着小雀斑，要是我长成这样，连门都不敢出！"

看着镜子里的自己，刘丽又吃惊又生气，她从来没发现自己长得这么丑。

回到家，刘丽照照镜子，忍不住向妈妈抱怨道："都怪你把我生得这么难看！让我在同学面前都抬不起头来！如果你长得好看些，我爸也不会和你离婚！"

妈妈一下呆住了，刘丽的爸爸确实是被另一个漂亮女人勾走的。

第二天，妈妈突发心脏病，永远闭上了眼睛。刘丽哭得肝肠寸断，伤心之下，她把家里所有的镜子都摔碎了，自己长得这么难看，又气死了妈妈，还有什么脸照镜子？

从此，孤苦伶仃的刘丽借住在了阿姨家的小阁楼里，她变得更加沉默了。

这天放学时，一个卖镜子的老婆婆拉住她："小姑娘，买面镜子吧。"刘丽不耐烦地挣脱道："不要！"

不料，老婆婆硬把一面小镜子塞给她："小姑娘，拿着吧，这面镜子能照出真正的你。"

刘丽听得莫名其妙，她瞥了一眼镜子里的自己，好像不那么丑了。她又试着笑了一下，这一笑，她忽然发现，自己的牙齿长得挺好看的。于是她买下了这面镜子。

第二天课间时，刘丽偷偷拿出小镜子照，被妍妍看见了，她哼了一下说：“我觉得古时候的青铜镜比较适合你，至少不会照得这么清楚。”

刘丽想起镜中自己漂亮的牙齿，突然有了自信，回答道：“是吗？我倒更愿意用一本历史书来做镜子。”

妍妍没听懂这话是什么意思，愣愣地说不出话来。前排的男生王轩也听到了，回过头来赞赏地看了刘丽一眼，说：“说得好！以史为镜可以知兴替。有气魄！”

刘丽的脸一下子红了，王轩是个帅气的男生，很多女同学都愿意和他接近，他还是校文艺队的副队长呢。

晚上临睡时，刘丽还在想着王轩回头看自己的样子，她低下头看看镜子，发现自己的眼睛其实很亮，像星星一样。

很快，校文艺队又要招收新队员了，王轩找到刘丽，鼓励道：“明天来试试吧。”

刘丽又紧张又激动。晚上，她情不自禁对着镜子自言自语：“我长得这么难看，能考上吗？”

镜子看着她，仿佛是妈妈的眼睛在望着自己，说：“别怕，你要有勇气！”想起妈妈，刘丽的心一下子就疼起来，她扑在桌上，一边流泪一边写了一封给天国里妈妈的信。

面试那天，刘丽声情并茂地朗诵了这封信。老师含着泪为她鼓掌，当场宣布让她加入文艺队。回过头，刘丽看到王轩正微笑着看着自己。在文艺队里，刘丽和同学们一起唱歌跳舞，她变得越来越快乐，越来越漂亮。

快到校庆了，文艺队抓紧时间排练节目，王轩找到刘丽：“我们决定让你表演诗朗诵。”刘丽的脸又红了：“我能行吗？”王轩肯定地说：“当然行！我已经帮你选好了要朗诵的诗歌，还帮你挑了演出服。”

正式表演的前一天晚上，刘丽趁阿姨不在家，穿上演出服跑到阿姨房间的大穿衣镜前。这一照可把她吓了一跳：自己怎么这么难看啊？脸黑黑的，还有好多雀斑和小痘痘！

刘丽含着泪回到小阁楼：明天，这么丑的自己站在台上，可怎么见人？忽然，她又看见桌上的那面镜子，那面镜子里的自己好像变了个人，脸颊红红的，像个苹果，眼睛亮亮的，像沾了露珠……

刘丽觉得奇怪极了，为什么这两面镜子会照出不同的效果？她对着镜子想了半天，忽然想起，以前在一本书里看到过，如何分辨镜子的好坏。书上说，用一根燃着的火柴放在镜子前，质量差的镜子，里面只能看到一根火柴的火焰；而质量好的镜子，里面出现的火焰影像会排成一列，数也数不清。

刘丽从抽屉里摸出火柴点着，放在自己的镜子前。那镜子忽然像被施了魔法一般，镜面中映出无数火柴的光，星星点点，一直排列到镜面的深处。刘丽看得呆了，差点被烧着手。她又跑到楼下，在大穿衣镜前点着一根火柴，里面干巴巴地就映出一朵火焰，一看质量就不好！

刘丽开心地笑了，原来是这面镜子有问题！这时，她忽然想起卖镜子的老婆婆说的话：这面镜子能照出真正的自己。想到这儿，刘丽松了口气，这里面的姑娘才是真正的自己！

果然，校庆表演上，刘丽的诗朗诵获得了极大的成功，她看到台下，王轩热烈地鼓着掌，心里不禁甜甜的。从此以后，她成了学校里的名人。

然而，有一天，老师突然找她谈话："刘丽，你年纪还小，要以学业为重，不要想乱七八糟的事。"刘丽莫名其妙地问："怎么了？"

老师生气地说："你自己心里明白！早恋是要影响学习的！对你，对王轩，都没好处！"

回到家，刘丽扑在床上抽泣，她想不明白，自己明明什么也没有做，为什么会有人说她早恋？她呆呆地看着镜子，恍惚间，她好像从镜子里看到了妍妍。妍妍正对着镜子咬牙切齿："她哪点比得上我？凭什么王轩会喜欢她？我一定要分开他们！"刘丽眨眨眼，确定自己不是在做梦。镜子里，妍妍煞有介事地向同学传播小道消息："她长得那么难看，王轩哪能看上她？还不是她主动……"

刘丽擦擦眼泪，发现自己还是站在桌前。原来刚才的一切只是发生在镜子里！可是，难道就任凭妍妍造谣，让自己受这种冤枉？

镜子轻轻地闪了一下，又出现了另一幅画面：刘丽仍旧像往常一样看书学习，丝毫没受影响。高考结束了，她顺利考上大学，王轩跑来向她祝贺，两个人手拉着手迎着阳光走去。而妍妍却落榜了，只能又是羡慕又是

嫉妒地看着他们走远。

这一刻，刘丽心里充满了胜利的骄傲！她轻轻拍了一下桌子：对，这种办法最好！

时间过得很快，转眼就到了高考前夕。这天是刘丽的生日，王轩悄悄塞给她一个小纸条。刘丽紧张得心里直跳，回到家，她跑进小阁楼，打开字条一看，上面是王轩清秀的字迹："让我们在大学里相约，共同创造美好未来！祝你生日快乐！"顿时，她的心像被春风拂过，猛然间舒展开来。

刘丽抬起头，又看见了那面镜子。看着看着，突然镜子中现出了妈妈的身影。这些日子，她和妈妈吵架的那一幕始终像根刺扎在她心里，她多想跟妈妈道歉啊，可妈妈已经不在了。

刘丽一下扑向妈妈的怀抱，哭着说："妈妈，对不起！请你原谅我！"

妈妈紧紧搂着女儿，说："好孩子，不哭。妈妈都知道。其实，这些日子妈妈一直在你身边呀。"

刘丽惊讶地问道："在哪里？"

妈妈指着镜子，说："就在这里。我死了，可还是放心不下你，你总说自己长得难看，所以，我就跟阴间要求，把自己的魂魄附在这面镜子上。这里面有我的一片怜子心，你什么时候照，都会觉得自己是美丽的！在妈妈的眼里，怎么会有丑孩子呢？其实，并不是你的容貌真的有了变化，而是当你建立起自信的时候，你就会变得美丽了。"

刘丽呆呆地听着，眼里全是泪花。妈妈再次搂紧了女儿，亲了亲她的脸，说："现在你已经长大了，可以自己思考问题、解决问题了。这次妈妈真的要离开你了，你要好好的，不要再让妈妈牵挂。"说完，妈妈的脸渐渐开始模糊，然后消失了。

刘丽猛地睁开眼，这才发现，自己是在做梦，天已经大亮了。她一把拿起身边的镜子，发现自己的容貌并没有什么改变，可是有了另一种变化：额头饱满而光滑，眼睛乌黑而闪亮，嘴唇从容而坚定。她终于明白，其实自己的长相并没有变，只是神态变了，心态变了，这些日子的经历，这么久以来读过的书、学到的知识让她变得充实、坚强而自信。

看着镜子，刘丽含着泪笑了，轻声说："妈妈，你放心吧，我再也不会觉得自己不漂亮了，我同样可以很优秀！"

（**题图、插图**：张恩卫）

绿版编辑部各编辑邮箱：

夏一鸣：gshxym@163.com
邢　悦：simyyue@126.com
朱　虹：zhong98305@sina.com
杭　帆：hangfan1102@126.com
刘迎曦：liuyingxi1203@163.com
颜铁超：yanyichao1004@sina.com

铁刀浮水

□曲凡杰

清朝年间，江南小镇上有个叫吕大钟的人，家财万贯，只是财旺人不旺，代代单传。吕大钟焦急万分，抱孙心切，于是，当他的独生子吕人旺刚满十八岁时，他就给儿子娶了一妻二妾，期望未来的吕家能子孙满堂、人丁兴旺！

这天，吕人旺和镇上的几个秀才相约去县学拜会老师。不料，一直到了四更天，吕人旺还没有回来，吕大钟着急地起身去找儿子。

吕大钟一直找到了镇外。这镇外有一口大池塘，池塘的后面有一座关帝庙，庙门的缝隙里透出一丝灯光。细听，庙里有人声嚷嚷；再细听，那嚷嚷声里还夹着儿子的声音！吕大钟快步走过去，推开虚掩的庙门。只见里面杯盘狼藉，酒气冲天，几个秀才正热烈地谈论着什么。

吕大钟听了一阵，终于明白了：这几年全国发生了几十起骇人听闻的文字狱，弄得读书人人人自危。今天他们去县学拜会老师，又听到了新的噩耗：有个叫徐骏的江南文士，只因诗集中有“清风不识字，何故乱翻书”两句，朝廷便认定其心存诽谤，被判了斩立决。从县城回来已是傍晚，他们买了酒菜来到关帝庙，先是趁着夜色焚香烧纸，遥祭冤死的文人，接着借酒浇愁。喝着喝着，有人提议：既然清廷如此残暴，我们何不反了它！也是酒壮人胆，大家群起响应。因起事需要财力支撑，而吕家是镇上的首富，所以就公推吕人旺为首领。

听到这里，吕大钟吓坏了，大喝一声：“住口！”秀才们吃了一惊，待看清是吕大钟，又都松了一口气。

吕大钟叹了一声，以自己的人生

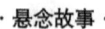

阅历和见识劝告他们：“刚刚灭亡的明朝，以一个国家的兵力、财力，尚且难以抵挡大清的虎狼之师。你们这几个小文人想起事，那不是拿着鸡蛋碰石头吗？别让几杯烧酒烧昏了头！”

秀才们才不听他的，吕大钟只好伸手拉儿子：“咱们不要瞎掺和。钱财咱已经有了，等到儿孙绕膝，那才是天伦之乐呢！”

儿子推开他，吐出满嘴的酒气和豪言壮语：“别管我，与其屈辱地活着，不如壮烈地死去！”

吕大钟知道，这些文人一旦犯了犟脾气，那是十八头牛也拉不回来的。既然用强不行，那就智取吧。他眼珠子一转有了主意：“我说起事必败，你们说起事必成，无凭无据，争不出个结果来。既然这样，我们何不请教一下关老爷，看看他是什么态度。”

秀才们认定起事是正义之举，正义之举就一定会成功，也一定会得到神灵的庇护支持，所以就说：“你就说怎样请教吧。”

吕大钟说：“周仓手里的大刀是铁制的，总有五六十斤吧？现在把它扔进池塘里，如果能在水面上漂浮一会儿，那就预示着起事成功，你们就放手去干；如果铁刀落水即沉，说明起事必败，你们就不要再提这事了！”

铁刀浮水，这不是骗三岁小孩的把戏吗？可这些秀才们竟然异口同声地说好。他们饱读史书，知道历史上的多次起事都是有些异兆的，比如陈胜吴广起事，就碰到了鱼肚藏书的异兆。既然鱼肚里可以藏书，铁刀怎么就不会浮水呢？

吕大钟暗自笑了，这群秀才是喝醉了酒，才弱智到相信铁刀可以浮水。他就是要利用他们醉酒这段时间，尽早让他们打消起事计划。

那时天已大亮，很多人来到了镇外。他们看见几个秀才把周仓的大刀抬到了塘边，纷纷围上来，伸长了脖子瞧稀奇。

两个秀才抬起铁刀，同时撒手，铁刀就落进了水里，溅起一片水花。果不其然，铁刀入水即沉。吕大钟得意地笑着去拉儿子。

吕人旺又一次推开他：“拉我干什么？好好盯着水面！”

水面有什么好盯的？吕大钟刚想说，却再也张不开嘴了：也就是一眨眼的工夫，奇迹出现了，那把铁刀竟然浮了上来，漂在了水面上！

围观的人们也都瞪大了眼睛。秀才们忍不住欢呼雀跃。他们把吕人旺抬起来抛得老高，大声喊道：“铁刀浮水，关老爷显灵，我们起事一定成功！”

那把铁刀就那样浮在水面上，足足有一袋烟的工夫，才又缓缓地沉下去。

吕大钟瘫坐在地上，喃喃道：“铁刀真能浮水，这是怎么回事啊！”

吕人旺却兴奋异常，把老爹拉了起来，说：“快给我们准备一笔银子，我们明天就要分头行动！”

不料，官府的动作比秀才们更快，当天下午县老爷就带人把吕人旺几个秀才给抓了起来。清朝当时对谋反二字最为敏感，鹰犬遍布各地，时刻监视着可疑动向。铁刀浮水那样大的动静，自然很快就被人报到了官府。

眼见儿子被押上囚车，吕大钟跌跌撞撞地奔过来，“扑通”跪在县老爷的面前，双手抓挠着自己的胸口说：“县老爷，这事不能怪我儿子，铁刀浮水，全怪我呀！”

县老爷饶有兴致地问：“你能让铁刀浮水？”吕大钟连连点头：“不是我能让铁刀浮水，而是铁刀浮水与我有关！”然后不管不顾地说出了其中的惊天秘密。

吕大钟年轻时家里很穷，他一直幻想有一天能发家致富，儿孙满堂。到了四十岁时，机会终于来了：吕大钟结识了一个富商，他假意邀商人到家里作客，却在酒里下了药，然后将昏睡的商人绑了石头，沉进关帝庙前的这口池塘里。商人留下的钱财，被他拿来买田地开店铺，渐渐就成了小镇的富户。富起来的吕大钟也想娶上三妻四妾，繁衍一群儿子，可惜谋杀商人那次被吓破了胆，就此失去了生育能力，因此只能把希望寄托在儿子身上……

昨天晚上，为断了儿子起事的念头，吕大钟才想了这么个馊主意。按照常理，铁刀是不会浮水的。可他那会儿忘了，水下有一个冤魂，有一个屈死鬼！那屈死鬼使尽全力，双手托举，铁刀能不浮水吗？

听到这里，正巧有一阵北风吹

编读往来：你的问题我来答

北京读者陈晨： 如今想在大城市买套房子太不容易了，可再贵也得买啊，就这样，我变成了“房奴”。我想问问，“房奴”是不是今天才有的呢？此外，建议贵刊多刊登一些此类反映民生疾苦的故事，大家都爱看呢。

绿版编辑部： 首先谢谢你的建议。巧的是，这期《故事会》中，我们刚好安排了一篇有关买房的故事，叫《我想有套房》。作者以幽默风趣的笔触，描写了一家三口买了一套特殊的“房子”，酸甜苦辣，五味俱全，但愿你能喜欢。至于“房奴”，可是古代就有的哦。中国历史上第一个“房奴”，当属江南第一才子唐伯虎。说起来，这里面还有个小故事呢。传说，唐伯虎当年在苏州买房，看上了一处“别墅”级的大宅院儿。此时正逢他的人生低点，尽管凑不齐购房款，但唐伯虎还是买了下来，并为之起名为“桃花别业”，且花费了大量装修费用，把它建成了苏州城有名的私家园林。这笔钱是唐伯虎用自己一部分藏书“抵押贷款”而来。后来，又经过两年多的努力作画、卖画，他才筹足了购房款。这不正类似于如今的“按揭”吗？

（本栏目欢迎读者提供新鲜活泼、有代表性的问题，一经采用，即致薄酬。）

过，县老爷也觉得毛骨悚然，问：“你说的都是真的吗？”

吕大钟说“都是真的，我对那商人谋财害命，那屈死鬼要我断子绝孙！这事情瞒得了人，却瞒不过神，关老爷看得清清楚楚。事到如今，我心里堵得难受，再不敢隐瞒，原原本本全部坦白，该打该杀全凭县老爷做主，只求你放了我儿子。”

县老爷却说：“空口无凭，不好定罪。等找到证据再说。”说罢就调来一些官兵挖沟放水，池塘里的水越来越少，最后在塘底的西南角，果然露出了一具骸骨。

围观的人们一齐惊呼，关老爷果然灵验，铁刀浮水，原来是要为这屈死鬼报仇！县老爷这才吩咐手下拿下吕大钟，签字画押。

然而，池塘里的水被放尽以后，又一个奇迹出现在大家的眼皮子底下：早晨扔下的铁刀，原来不偏不倚地落在一只乌龟的脊背上！

看到这些，县老爷突然放声大笑起来，指着那只乌龟说：“大家都看到了吧，这磨盘大的乌龟，足可以驮起百斤重物。也就是说，所谓的铁刀浮水，并不是冤魂托举，更不是关老爷显灵，而是这只乌龟所为！吕大钟之所以坦白交代，一是他做贼心虚，二是救子心切罢了！因此本官奉劝大家，不做亏心事，不怕鬼敲门！至于吕人旺这帮秀才，既然有了反叛朝廷的举动，那是谁也救不了的。”

吕家父子被先后正法，他这一门单传的香火算是彻底熄灭了。

（**题图、插图：** 黄全昌）

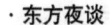

不沾水的脸

□张淑霞

大千世界，无奇不有。这天早晨，有个叫孙波的人起床后，来到卫生间洗脸，突然发现，他的脸上像盖了一层厚厚的油脂，根本就没办法用水打湿他的脸。

孙波使劲往脸上泼着水，用湿毛巾狠命地搓，可就是不管用，他的脸还是干干的，一滴水珠也看不见！他只好恹恹地从卫生间走了出来。

老婆看见孙波的模样，关心地问道：“你脸色这么差，是不是病了？”说完，伸手摸了摸他的额头，谁知老婆突然惊叫起来，“你这脸怎么这么凉，跟个死人似的？”

孙波怒气冲冲地看着一脸惊恐的老婆，说：“你怎么说话的？有你这么咒老公的吗？”说完，气呼呼地出了门。

出门后，孙波还是想找个地方洗脸。于是，他来到一间洗头房，掏出二百块钱扔在了桌上，对一个负责洗头的女孩说：“给我把脸洗干净，这钱就是你的了！”

女孩打来温水，轻轻地把水泼到孙波的脸上，谁知，孙波的脸上就像戴着一个无形的面具，那些水珠还没接触到孙波的脸上，就全滑到了地上。

女孩惊讶地叫了起来，孙波哼了一声，又掏出二百块扔到了桌上，说“快想想办法帮我洗啊！”女孩看了看孙波，咬了咬牙，把双手浸湿，使劲朝孙波脸上按去，可当她的手一接触到孙波的脸，女孩的脸一下变得惨白：“这么凉！鬼啊！”女孩惊叫着跑了出去。

孙波只好离开了洗头房。可他还

是不相信，自己竟然连脸也洗不了。于是，他走进一家浴池，脱了衣服跳进了大池子里。池子里的水热气腾腾的，他把头浸到水里，谁知靠近他脸附近的水却自动让开了，他的脸就是湿不了！

孙波正纳闷着呢，池子里的水突然变得冰凉冰凉，大家都惊叫着跑了出去。孙波站起身来，大家都惊呆了，只见孙波的头上凝着一层白霜，脸色也变得惨白惨白。不知谁大叫了一声“闹鬼了”，眨眼的工夫，整个浴池的人都跑光了。

孙波手忙脚乱地穿好衣服，也跑了出去。看到外面灿烂的阳光，他总算松了口气。他决定到江边自己的船上去溜达，最起码那里都是自己的手下，不会有人相信自己是个鬼。

孙波刚到江边，就看见一群人围在那里，人群中间，一个胖胖的妇女哭得死去活来：“我的宝贝啊！就这么没了！大家行行好，帮我捞上来，我求求大家了！”

孙波的眼睛一亮，他挤到人群中间，问：“你的宝贝掉进水里了？”

胖妇女点了点头：“大兄弟，你有没有办法，帮我捞上来？我一定好好谢你！”

孙波思忖了一下，说：“估计现在捞，也只能捞上尸体来了。”

胖妇女连连点头：“尸体也要，尸体也要！”

孙波故作为难地说：“大嫂，不瞒你说，干这活儿，你得有这个。”说完，他用右手食指和拇指搓了搓。

胖妇女赶紧从包里往外掏钱：“钱好说，您说多少？”

孙波伸出两个手指头：“最少两万，少了免谈！”

胖妇女把三叠厚厚的钱摆在了孙波面前，说：“四万够不够，我先给三万，只要你把我的宝贝捞上来，我再给你添一万！”

孙波心里乐开了花，这买卖太划算了！他把三万块钱塞进腰包，走到自己的船边，高声喊道：“王七、王九，买卖来了，干活了！”

喊了半天，船上也没人出来，孙波登上船一看，船上一个人也没有，孙波这个气呀，到了关键时刻，王七和王九这兄弟俩咋都跑没影了？眼瞅着到手的钱能不挣吗？他一咬牙，自己撑起船，朝江中划去。

不一会儿，孙波就划到了胖妇女说的宝贝沉下去的地方，他拿起一个拴着铁钩的绳子，甩了下去，使劲一抖绳子，还真准，钩子果然钩住了东西，他心里一喜，朝岸上高声喊道：“钩住了！”然后赶紧往上拽，谁知拽了几下，居然没有拽动。他朝手心吐了口唾沫，站在船舷上又往上拽，正叫劲儿的时候，突然船一晃荡，孙波扑通一声掉了下去，沉进了水里。

孙波虽然掉进了水里，可他心里

不慌不忙，自己的水性自己心里有底，再说这片水域，自己闭着眼睛也能游上岸去。更奇妙的是，他那张不沾水的脸，这次居然给他帮了大忙，他可以在水下睁大眼睛，看清周围的一切！

孙波刚想往岸上游，突然发现自己的脚被一个漩涡紧紧缠住了，他正要摆脱，只见一只白色的京巴狗从漩涡里转了出来，升上了水面，刨着水朝岸上游去了。孙波这个气啊，原来胖妇女出四万块钱，让自己救的居然是一只宠物狗！

这时，孙波的耳边突然传来一个男人低沉的声音："孙经理，你走不了了，这个漩涡，是来接你去地狱的。"

孙波吓了一跳，问："你是谁？"

那个声音继续说道"我是这江里的水神，这些年，你在这里昧着良心，高价捞尸挣钱，坑了多少老百姓？你不下地狱，谁下地狱？"

孙波嘿嘿一笑："你吓唬谁？我在这里混了这么多年，从来没听说过有水神！"

那个声音也笑了："中国有句古话，'抬头三尺有神灵'，我告诉你，水下三尺也有神灵，即便没有，那人世间还有良心，良心就是人世间的神灵！"

孙波再也笑不出来了："这么说，我这张脸，还有那条狗，都是你设的局？"

那个声音又响了起来："你那张脸，和你的心一样冷，留着还有什么用？至于那条狗，本来就不该它进地狱，我正愁没办法解救它呢，没想到你来了，正好，用你的命把它的命换出来！"

孙波真的害怕了："别，神仙爷爷，我再也不敢了，您就饶了我这条命吧！"

那个声音叹了口气"唉，你现在后悔，晚了！不过，我可以给你个机会，要是一个时辰之内，岸上有人来救你的话，你还能脱离这个漩涡，要是不能的话，那就只好……"

声音消失了，孙波呆在水底，急

切地看着水面上，还好，王七和王九两个人摇着一条新船过来了，孙波朝着船上大喊："王七、王九，你们快来救我，快来救我！"

可王七和王九似乎根本没听见孙波的喊声，两个人站在船上，朝岸上喊："这里有没有被淹死的人的家属？要捞尸，赶紧拿钱来，我们哥俩是第一次单干，算个开张价，一万二！"

孙波一听，气坏了：没想到这俩小子翅膀硬了，居然撇开自己单干了！等自己上去了，一定饶不了他们，可关键问题是现在怎么办？

孙波正为难着，突然，他老婆从人群里跑了出来，站在岸上高声喊道："王七、王九兄弟，沉在水里的是你们孙大哥，赶紧捞啊！"

王七、王九吃了一惊，王九拿出带铁钩的绳子，朝水下扔了下来，孙波看得高兴，伸直了双手，努力去抓绳子，谁知绳子在距离自己手掌还有一公分的地方，竟然停住了。孙波抬头一看，拽住王九手里绳子的居然是王七，只听王七朝着岸上大声喊道："嫂子，孙大哥掉下去一个多钟头了，早玩完了，咱们亲是亲，财是财，一万二您拿来放在我哥俩的船上，我们给你捞上来，不见现金不捞人，不见兔子不撒鹰，这是孙大哥给定的规矩。咱也不好破坏，是不是？"

孙波心里这个骂啊：这两个混蛋，全掉进钱眼里去了。

岸上，孙波的老婆在掏钱，旁边围观的人们也帮着凑钱，过了一会儿，孙波的老婆朝船上喊道："王七、王九兄弟，我只凑了一万块，我把首饰、手机都押给你们，你们先把你孙大哥救上来，行不？"

王七嘿嘿一笑："对不起，嫂子，差一分钱也不救！"

孙波的老婆急了："王七、王九，你们两个王八蛋，你们还有没有良心？你们忘了孙大哥是怎么照顾你们的？"

王七摆了摆手，说："嫂子，你少跟我们提良心，孙大哥要是有良心，他能靠这个发财？你赶紧准备钱吧！"说完，王七和王九居然停下手来，坐在了船舷上。

孙波彻底绝望了，他咬牙切齿地喊道："水神，你要我的命不要紧，能不能先放我出去，让我好好教训教训那俩小子？"

那个声音又响了起来："放你出去，那是不可能的。不过，你要教训他们，倒有的是机会，看他俩这副样子，用不了几天，他们就会来找你的。"

那个声音消失了，孙波只觉得脚下的漩涡越转越快，他的身子不停地向下沉去，他的手离那个拴在绳子上的铁钩，越来越远……

（**题图、插图**：张恩卫）

一瓶『果汁』的代价

□马丽霞

李梅的母亲退休了，闲着没事，就在屋子后面的空地里种了点蔬菜，没想到菜没吃到，却惹来不少毛毛虫，长出来的菜叶子快被虫子吃光了。于是，李梅的母亲让李梅下班回来时买点农药。

这天，李梅利用午休时间去了趟农药店。药店的售货员拿出几种杀虫的农药，李梅一看都是大瓶的，就对售货员说："我妈就在屋子后面种了点菜，哪用得完啊，能不能少买点？"售货员很热心，一边说"好的，好的，我帮你调点出来。"一边帮着稀释农药，调好后，四下一瞧，见桌上有个空果汁瓶，就把农药装进去，交到李梅手里时还不忘嘱咐一句："当心，别让孩子拿去！"

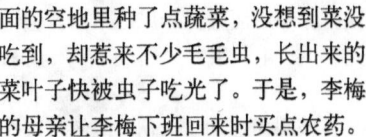

李梅刚回到单位，就接到领导的电话，让她过去一趟。李梅顺手把果汁瓶放在自己的办公桌上，匆匆赶过去了。事情也就巧了，办公室的同事小王，从外面办完事回来，走得大汗淋漓，一进办公室，就拿起水杯，走到饮水机旁，发现饮水机上的水桶是空的。小王一转身，见李梅桌上有一瓶果汁，她平时和李梅关系好得跟姐妹似的，也没啥客气的，拿过来就喝，喝着喝着就觉得不对劲了，想低头细看，已经来不及了……

再说李梅办完事回到办公室，猛地发现小王口吐白沫，四肢抽搐地倒在地上，再看看装农药的果汁瓶里已经少了一半，马上就猜到发生了什么事。李梅只觉得两腿发软，脖子后面直冒冷风，不由自主地大声喊叫起来：“不好了，救命啊……”

喊叫声惊动了大伙，他们赶快拨打了120，把小王送进了医院。

因为抢救及时，小王没有生命危险，但洗肠、灌肠对她的肠胃造成很大的伤害。出院后，她只要一看到果汁就会呕吐，再后来一看到空果汁瓶也会呕吐，医生诊断，小王得的是一种精神性强迫呕吐症。

事情经过调查，很快就搞清楚了，肇事者就是李梅买的那瓶农药！为此，李梅很内疚，特意登门去看过小王两次，但小王家人不肯就这样算了，他们提出了经济赔偿的要求。李梅觉得很冤枉，毕竟买农药是我自己的事，农药放在桌上也是我自己的事，我又没有让小王喝农药，出了事怎么要我赔偿呢？难道买把剪刀放在桌上，有人拿去杀人也要我负责吗？

李梅想到了当律师的舅舅，星期天，她特地登门求教。舅舅仔细听了整个案情，摇摇头，说了句：“你逃脱不了干系呀。”李梅的心一下子就凉了。

舅舅说得很肯定：“因为你把装有农药的果汁瓶放在桌上，并且没有妥善保管，致使小王造成了严重的后果。所以这事你要负主要责任！”

后来单位领导出面调解，李梅对小王做了经济补偿，双方化干戈为玉帛。

律师点评：

根据《民法通则》有关规定，公民、法人由于过错，侵害他人人身安全的，应当承担民事责任。参照上述法律条文，我们首先要看李梅是否有“过错”。农药有毒是常理，李梅应当知晓；而将有毒农药放在果汁瓶里，可能让人误解，李梅也应当有所预见。在此前提下，李梅没有尽到将危险品妥善保管的义务，从而导致了小王误喝中毒的事故。由此认定李梅的过错行为与小王的中毒客观上存在因果关系，那么，李梅就应当对小王受到的损害负责任。

（**题图、插图**：张恩卫）

（**题图、插图**：张恩卫）

亲爱的，我不认识你

这年头，情侣们都爱打打闹闹，玩点小情趣，更有甚者还喜欢在他人面前装作互不认识……

@小小开心果 一天，男友骑摩托车到地铁口来接我，我故意问："师傅，到花园小区多少钱啊？"男友说："不要钱，只要亲我一下就好了。"于是我亲了他一下，上了他的车。旁边一个"摩的"师傅傻了眼，好心地提醒我："小姑娘，不要上当啊！"

@雪莲花 结婚那天，我先到理发店做头发，后来看到老公来了，故意对他说"啊，你也来弄头发啊？好久不见了哦。"老公很配合地说："是啊，今天我结婚。"我说："哎呀，好巧啊，我也是今天结婚。"一旁的发型师惊讶地说："你们两个认识啊！"

@哈皮小马甲 一天晚上，男友和我玩赛跑，很快我就被落下了，于是我冲着他大声喊："抢劫啊，抢劫！"路人纷纷看着我们，男友只好放慢了脚步，我一下超过了他，他只好跟着我跑，我一看甩不掉他，又开始喊："色狼啊，色狼！"

@爱笑的眼睛 一次，老公开车送我到公司楼下，我突发奇想地把脸贴在车窗上，五官扭曲地大叫道："救命啊，救命！"老公很配合地把手按在我脑袋上，拼命往外推。正在这时，大楼的保安大叔猛地把车门打开了，还说了句"我救你来了"。

@变形银刚 老公给我买了部手机，在回家的公交车上，我突发奇想地问他："这让你老婆知道了，你可要吃不了兜着走了吧？"谁知老公接过我的话头说："谁叫你不做大房，非要做二房？"这时旁边的人斜着眼看着我们。我不甘示弱地说："你不知道做小的受宠啊？"

@美人鱼 某天，男友在前面走得很快，我在后面喊"前面的大哥给我一块零钱吧。我要坐车回家。"这一喊，旁边的一位大叔用很奇怪的眼神看着我。男友很有腔调地转过身，掏出两枚硬币放在我手里，说了句："爷赏的。"旁边的大叔彻底蒙了，一直目送我上车。

@兔兔乖乖 有一次上公交车时，我和男友故意站得比较远。过了一站，我悄悄走到他身后，手做V字状，轻轻地把他的钱包从口袋里掏出来，他居然毫无反应。此时，我发现车上所有人都看着我，无一例外地都把包抱紧了，还有一个mm居然拿出手机，不会要报警吧。

@公主不是我 一天，我跟男友约好在公园门口碰头，我到时，看见他已经在等我了。我故作意外地说："咦，你老婆呢？出差了啊？刚好今天我老公也不在，走，今天晚上到我那里！"这时，旁边一个老太太皱着眉死盯着我俩……

（**推荐者**：小　优）

·中篇故事·

传说猎狼山是黄狼的天下，每到夜里，漫山遍野都有成群的野狼出没。更为瘆人的是，在狼群中还有一只会直立行走的老狼精……

传说黄狼神

□吴军辉

1.惊见“猎狼阵”

明朝永乐年间，在距离隘口关三百里处，有座大山，名曰猎狼山。猎狼山周围的山脉，大多高大险峻，森林密布。在那杂草丛生的山间，有一条隐蔽的小路，蜿蜒盘旋，直通山顶。山顶有几排用木板搭建的木屋。而这条小路是周围几百里范围内，避开官道通往蒙古的唯一途径。每年都有许多贩卖私盐等违禁物品的马帮商贩，绕过官道，通过翻越猎狼山到蒙古牟取暴利，而山顶的木屋便成了他们歇脚的客栈。

这天，一行二三十人的马队，悄悄来到猎狼山下。看样子他们是要翻山去同蒙古人做盐巴、皮货交易的。走在最前面的是个面目清秀的白面书生，大家都叫他白公子。在最后压阵的是个肩背长刀的黑脸大汉，大家都喊他七哥。马队一行人都不怎么说话，而且一路边走边警惕地注意着周围的风吹草动。

到了傍晚时分，马队终于来到了位于山顶的木屋客栈。

客栈的掌柜是个姓刘的中年男人，此人生得豹头环眼、虎背熊腰，人称铁塔刘。这家客栈看上去虽不起眼，里面却经营着价格昂贵的陈酿老酒和山珍野味。

铁塔刘见来了客人也不上前招呼，而是恶狠狠地盯着白公子和他的随从。审视片刻后，铁塔刘才拱手冷冷地对白公子说：“关口大道你不走，狼山无路你偏行！”白公子连忙拱手还礼道：“官家大道路不通，虎胆商客上狼山！”

黑话暗语都对上了，但铁塔刘仍用怀疑的口气问道：“公子看着眼生啊，是第一次来猎狼山吧？”白公子忙赔着笑脸说：“我家是做皮货生意的，现在做皮货生意的人太多，赚不到什么钱，这才特意投奔黄狼头领和铁塔掌柜，希望能借道一走。”说完，从怀中掏出一个精致的小木盒，双手捧着递给铁塔刘。

铁塔刘接过小木盒，打开一看，里面放着两个金光闪闪的元宝。铁塔刘脸上这才有了一丝笑意，抬手说道：“来的若是朋友，老木屋里酒肉招待。若是另有所图，猎狼山头开膛破肚。请！”白公子赶忙再次拱手道谢。随后，马队便在白公子的指挥下进入客栈。

酒足饭饱过后，马队一帮人进入木屋，倒在炕上呼呼大睡。七哥悄悄凑到白公子耳边小声说道：“娘子，我看这铁塔刘不过是贪图小利之徒，咱们没必要如此谨慎吧？”原来这位白公子竟然是个女人！“白公子”闭着眼睛，面无表情地说：“我们这次就是借道一走，不许有私心杂念！”

此时，在客栈的另一间屋子里，铁塔刘一个人一声不吭地坐在桌子前大口喝酒。过了一会儿，只见一个店小二推门进来，凑到铁塔刘耳边小声道：“掌柜的，都查看过了，他们这次带的都是盐巴。另外，‘猎狼阵’小的也已经安排妥当。”铁塔刘点了点头，从桌子下面抽出一把寒光闪闪的鬼头刀，吩咐道：“这帮人来路不明，你们今晚给我盯紧点。”

再说那“白公子”睡到半夜，悄悄从炕上爬起来，推开木窗向外看去。这一看，“白公子”忍不住倒吸一口凉气，只见十几丈开外的山坡上密密麻麻闪动着一大片绿幽幽的荧光。

第二天一大早，“白公子”谢过铁塔刘，便带着人马向山的另一边走去。他们翻过了猎狼山，又走出二三十里路程后，七哥确定后面没有人跟踪，忽然大声嚷道：“妈的，这一路上

连个屁都不敢放，可憋死老子了。”随后，他又大大咧咧地在“白公子”脸上摸了一把，说道，“娘子你也太小心了，昨晚我已经查看过了，连同铁塔刘在内，他们总共只有六个人。不用兄弟们动手，老子我一个人就让他们脑袋通通搬家。”

“白公子”一听，杏目圆瞪，斥道“你懂个屁！我真正怕的不是那个铁塔刘，而是那个从不露面的黄狼头领。昨天夜里，在客栈后面的山坡上足足蹲着上百头狼。那些狼训练有素，排列整齐。如果昨晚我们贸然动手，今天怕已变成那群狼的粪便了！”七哥惊呼道：“这么说，这猎狼山上真的暗藏有一群训练有素的大黄狼？”

这位“白公子”大名叫白阿娇，那七哥叫张七，他们夫妻俩本是盘踞在离这儿几百里远的一座山上的绿林草寇。因为朝廷要在那里修筑长城，派兵端掉了他们的老巢，他们只得带着一伙手下四处流浪。当他们听说猎狼山山高险峻，易守难攻，又是马帮商客避开官道、去蒙古走私的唯一途径，于是，便想来个鸠占鹊巢，占山为王。这次他们来猎狼山借道贩卖盐巴是假，查看虚实是真。

张七问道：“娘子，那这猎狼山咱们是打，还是不打？”白阿娇双腿一蹬马刺，斥道：“回去再想办法！”说罢，策马飞驰而去。张七虽是个杀人不眨眼的匪首，但在老婆白阿娇面前，却历来是逆来顺受，服服帖帖。

2. 再见老狼精

两个多月后，扮作商人的白阿娇和张七再次带队登上猎狼山。因为已是熟人，这次铁塔刘对他们显然要比上次热情得多。一见面，铁塔刘便主动拱手道：“白公子好久不见，这次带的是什么货啊？”白阿娇也拱手说道：“还是些盐巴。另外，我还捎来了几张皮货。”说着，从包囊里抽出一大张皮货，双手递给铁塔刘，说，“这次我带过去的是几张东北虎皮，蒙古的有钱人是很喜欢的。这张是我特意留给铁塔掌柜的，另外我还备了一份薄礼，想当面交给黄狼头领。”

铁塔刘接过虎皮，客气了几句，说：“白公子有所不知，我家黄狼头领从不出面会客。公子有什么礼物，由在下转交就是了。”白阿娇取出一个包裹，说：“这是东北老林里的人参和鹿茸，烦劳铁塔掌柜转交给黄狼头领。”

到了吃晚饭时，铁塔刘特意将白阿娇请到自己的房间里，取出自己珍藏的美酒跟白阿娇共饮。突然，店小二紧张地推开屋门将铁塔刘叫了出去。原来，在客栈的另一间屋子里，张七也带着手下吆五喝六，大吃大喝。喝到最后，张七耍起了酒疯，将他们带来的几瓶酒摔向客栈后面的山坡上。白阿娇闻讯也急忙赶过来，冲上前去，当着铁塔刘的面抽了张七一个大嘴巴，又转身冲着手下骂道："喝多了酒，就给我睡觉去。谁再敢酒后闹事，看我不割下他的舌头！"

随后，白阿娇又向铁塔刘表示歉意："真是不好意思，还请铁塔掌柜多多担待。时候也不早了，下次咱们再尽兴畅饮。"铁塔刘说了几句客气话，带着店小二回到自己屋里。

半夜时分，张七从炕上一骨碌爬了起来，蹑手蹑脚来到窗户旁，用手推开木窗向山后看去。突然，一个黑影从屋子外面"忽"地冒了出来。这个杀人不眨眼的张七一见那黑影，竟被吓得差点惊叫出声，他连忙关上窗户，一屁股坐在了地上。

白阿娇闻声忙从炕上坐起来，问道："怎么啦？"张七结结巴巴地说道："狼……狼，一只直立身子行走的大、大黄狼……"白阿娇一听也大吃一惊，她抽出靠在炕头的长剑，冲到窗户边，猛地一把推开窗户！伴着星光，只见几丈开外，一个脑袋大、身子小、满身黄毛的怪物正在蹒跚而行。那个怪物似乎听到背后的声音，慢悠悠地转过头来。白阿娇一看，也惊呆了。只见那怪物长着一头黄毛，瞪着一双绿幽幽的大眼睛，张着血盆大口，分明就是一只用两条腿直立行走的老狼精。

别看这白阿娇是个女的，胆略却远在一般男人之上。此时，她稳了稳心神，大声说道："我们只是路过贵地，如有得罪之处还请高人海涵！"片刻之后，那老狼精竟然慢悠悠地拱起两只毛茸茸的前爪，发出苍老沙哑的声音："老身黄狼这厢有礼了！"接着又转身向前走了几步，便如地遁般消失了。此时，白阿娇手下的兄弟们也都闻声从炕上翻身起来，大家纷纷抽出兵器，等着白阿娇下令。

白阿娇关上窗户，转过身来，挥了挥手示意大家收起兵器。张七从地上爬起来，嘴里嘟嘟囔囔地骂道："还真他妈的遇到老狼精了。"白阿娇瞪了他一眼，正要说什么，门外突然传来几声马匹的嘶鸣。张七大喊一声：

"不好！有人偷马！"说罢，提起长刀，往门外冲去。

白阿娇和一帮手下也紧随张七冲出了屋门。等他们奔到马厩一看，顿时惊得目瞪口呆，只见他们那三十多匹马全部倒地身亡，而且无一例外全被狼撕咬得肚皮破烂，肚子里的心肝肠胃被掏食一空，马厩内外一片狼藉，周边草丛中也散落着一些零碎的内脏。白阿娇心中纳闷：从他们听到马的嘶鸣，到他们冲到马厩不过片刻工夫，那些狼怎么可能在这么短的时间里咬死所有的马，而且弄成如此惨状？

正在此时，白阿娇突然听到背后有人喊她，回头一看，只见铁塔刘正站在木屋的窗户前，焦急地呼喊"白公子你们快回屋里来，那群狼就藏在你们旁边！"白阿娇他们忙往左右前后一看，果然看到距离他们十几丈远的草丛里，密密麻麻地闪动着大片绿幽幽的荧光，看样子足有上百只狼。白阿娇连忙喊道："大家快回木屋里，没有我的命令，谁也不得擅自离开木屋。"喊罢，她又小声对张七说，"你随我到铁塔刘的房间里去一趟。"

铁塔刘披着衣服，点亮桌子上的油灯，一副刚从床上起来的样子。但细心的白阿娇却发现铁塔刘的靴子上粘有新鲜的泥土和草叶，很显然他也是刚从外面回来不久。白阿娇不动声色地在桌子前坐下，倒是张七，叫嚷道："铁塔掌柜，我们住的可是你家的客栈。我家的马匹都被狼群咬死了，你得赔我们的马！"铁塔掌柜苦笑了一下说："我与黄狼头领一向相处甚好，我也纳闷得很，它怎么会派狼群来袭击你们的马呢？"白阿娇这才插话问道："铁塔掌柜的意思是说，这猎狼山上的狼群都是受黄狼头领管治的？"铁塔刘叹了口气，说："你们随我来。"

3. 难辨人与狼

铁塔刘站起身，端起油灯，推开旁边的一扇木门走了进去。白阿娇悄悄碰了张七一下，两人紧握手中的刀剑，随同铁塔刘一起进入那间屋子。

那是一间专门用来祭拜祖宗牌位的屋子。让白阿娇奇怪的是，那牌位上供奉的既不是财神、观音、土地爷，也不是铁塔刘的父母祖先，牌位上书写着很大的字："黄狼神位"。铁塔刘点燃牌位前的蜡烛，又点燃几根檀香，然后毕恭毕敬地跪倒在牌位前，口中还念念有词。

祭拜过"黄狼神"后，铁塔刘站起身，对白阿娇和张七说道："十几年前，我们刘家是为了躲避边关战火才来到这猎狼山的。只因我们太过贪心，惹怒了黄狼神，差点遭到灭门之灾。"说着说着，铁塔刘竟然落下几滴伤心的眼泪来。白阿娇目不转睛地注视着铁塔刘的表情，发现铁塔刘伤心

的眼泪不像是装出来的。白阿娇心中不禁疑问重重。

三人从祭拜“黄狼神”的房间里走出来，又在桌子前坐下，铁塔刘沏上一壶浓茶，开始给白阿娇和张七讲起他和这猎狼山的往事来。

猎狼山上盛产大黄狼，那黄狼肉味道鲜美、黄狼皮蓬松柔软，周边的猎人们都到这座山上来捕杀黄狼。铁塔刘家本是山下一大户人家，十几年前为了躲避边关战乱，举家逃到这猎狼山上安家落户。为了生存，他们也开始捕杀黄狼，猎狼山上的黄狼也越来越少。一天早上，铁塔刘的父亲在陷阱中意外地捕捉到一只个头巨大的成年公狼。铁塔刘的母亲是个蒙古人，她比汉人更了解狼的习性，她见大公狼已奄奄一息，便劝丈夫放掉它:“看样子，它应该是猎狼山上的狼王。凭着狼王的智慧，是不可能轻易掉进人类布下的陷阱里的。而且从这狼王的神情来看，好像是来自投罗网的。”铁塔刘的父亲却说:“已经多日没有捕捉到黄狼了，这张狼皮巨大，能卖不少银子呢！”说罢，他举起长矛刺死了大公狼，剥下黄狼皮，炖了一大锅黄狼肉让一家人美美地吃了一顿。当时，铁塔刘因为急着赶到山下购粮，没等狼肉煮熟，便匆匆下山去了。

两天后，铁塔刘拉着粮食回到山上，只见全家二十余口全部惨死于房间里，而且皮肤溃烂，生满绿疮，死相惨不忍睹。就在铁塔刘不知所措时，突然有人从背后拍了他一下。铁塔刘转过身来，顿时被吓得魂飞魄散，只见站在他背后的竟是一只用两条腿直立行走的老狼。那老狼开口道：“我本是这猎狼山上的黄狼神，只因你们滥杀我黄狼子孙，这山上的黄狼已经被你们斩尽杀绝。我是忍无可忍，才让黄狼王大量吞服下狼毒草后，跳入陷阱中自投罗网的。你们刘家上下因为吃了中毒的狼王肉，才个个皮肤溃烂，中毒身亡。本神念你是刘家唯一的后代，不忍断了你刘家的香火，就放你一条生路，你好自为之吧！”黄狼神说罢，身子一晃，便不见了踪影。

铁塔刘只得含泪掩埋了家人的尸体，然后在这山中靠采摘野果和捕捉山鸡野兔为生，再也不敢猎捕黄狼了。后来，铁塔刘从山下招来几个伙计，利用家里的几排老木屋开了这家客栈，作为商贩的歇脚地。因为惧怕黄狼神给过路的客商们捣乱，也为了向黄狼神赎罪，铁塔刘每次收了客商的财物后，都会从中拿出一份去孝敬黄狼神。铁塔刘担心客商们知道黄狼神的事后，不敢再从这里走，便一直严守秘密。说穿了，明里自己是客栈的掌柜，其实猎狼山上真正的主人，是黄狼神。

铁塔刘一席话，听得白阿娇和张七都傻了眼。这么说来，那黄狼头领和黄狼神便是刚才他们在窗外看到的那只满身黄毛、直立走路的老狼精了。

铁塔刘喝了几口茶水，又说：“那黄狼神生性仁慈，自从我开了这家客栈，从来没发生过黄狼群伤害客人和马匹的事。如此一次便杀死商客几十匹马的事，我也是第一次遇到。”

张七忍不住问道：“铁塔掌柜，你倒是说说，那黄狼群为什么要杀死我家的马？”铁塔刘冷笑道：“这件事我正要问你呢，你昨天醉酒后向山坡上摔的是什么酒？”张七一听愣怔着说不出话来。

铁塔刘“啪”地狠狠拍了一下桌子，怒吼道：“还用我来告诉你吗？后来我去山坡上查看，你摔在山坡上的是几瓶虎骨酒。老虎是狼的天敌，就因为虎骨酒的味道惹怒了黄狼群，它们才群起咬死了你们的马！”

听铁塔刘这么说，白阿娇和张七愣住了。原本，这是他们的一个计谋。他们想用老虎的味道驱赶狼群。如果那群狼因惧怕老虎的气味而不敢靠近客栈，他们便可以放心大胆地杀了铁塔刘和他的几个伙计，从此占领这家客栈。他们担心狼群会赶来保护铁塔刘，白阿娇还假意送给铁塔刘一张东北虎皮。

白阿娇和张七见诡计被铁塔刘识破了，不禁恼羞成怒，正要发作时，突然门被悄悄地推开了，只见进来的正是满身黄毛、直立走路的黄狼神。

黄狼神冷冷地盯着白阿娇和张七看，直看得两人毛骨悚然，冷汗直流。白阿娇一拉张七，两人“咕咚”跪倒在地，求黄狼神开恩饶恕。机灵的白阿娇嘴上求饶，双眼却死死盯着黄狼神的脚看，她想知道眼前这黄狼神是不是人假扮的。

黄狼神用沙哑的声音开口说道：“这猎狼山不是你等久留之地，天亮之后你们就赶快离开吧！”说完，转身要走。白阿娇突然扑过去抱住了黄狼神的腿，嘴里说道：“谢谢黄狼神不杀之恩。”她的手却在黄狼神的腿上摸来摸去，她想看看这黄狼神究竟是由披着狼皮的人假扮的，还是真狼

神。黄狼神见状，呵呵笑道："白公子不要自作聪明了，老身的狼皮是长在肉身上的。"白阿娇慌忙放开了手。

送走了黄狼神后，天已经放亮了。白阿娇和张七疲惫地回到屋里，一头倒在了炕上。白阿娇一觉醒来已近中午，店小二过来对她说，铁塔刘下山采购去了，有什么需要请尽管吩咐。等店小二走后，白阿娇吩咐下去，盐巴先放在这里，过段时间再来取回，现在收拾一下，准备下山。

吩咐完后，白阿娇又独自来到马厩，查看马匹的伤口，接着又来到昨晚狼群出现的草丛间。她见草丛里确有大片被踩踏过的痕迹。无意间，她在草丛中发现两枚圆形的小石头，她见这小石头像是被人刻意打磨过的，便随手将石头捡起来，揣进怀里。此时，张七他们已经收拾妥当。白阿娇望了一眼大山，叹了口气，便招呼手下的人下山而去。

4.绑架铁塔刘

白阿娇和张七沮丧地回到山下县城里租住的大宅院，他们原本是想鸠占鹊巢的，结果赔了夫人又折兵，还被那个似人非人、似狼非狼的黄狼神闹腾得心烦意乱。白阿娇为了鼓舞士气，让张七买来酒肉，大伙在大宅院里吆五喝六地吃喝起来。

一伙人一直吃喝到晚上，张七又分发了些碎银让他们去街上找乐子，他自己则钻进白阿娇的房里，连灯都顾不上点，便一把搂住了白阿娇。手忙脚乱间，白阿娇怀中的两枚小圆石头，滚落到了地上，发出绿幽幽的光。白阿娇见状，一把推开张七，惊讶地盯着两枚发着绿光的石头看，猛地恍然大悟道："我明白了，那些在夜间发着绿光的根本不是狼的眼睛，而是这些小石头。怪不得我查看死马的伤口时，发现那些伤口根本不像是被狼撕咬的，这其中一定有诈。"张七猴急地抱着白阿娇，说："先不要管什么狼眼睛、绿石头了，等我明天带着兄弟们一把火烧了那猎狼山便是……"

半夜，白阿娇和张七正在床上呼呼大睡，房外传来一阵杂乱的敲门声。张七不耐烦地喝问："谁啊？不想活了？"门外回答道："七哥、夫人，快开门。我们几个兄弟把铁塔刘给活捉啦！"白阿娇和张七一听，急忙翻身起床，打开房门。

月光下，只见七八个手下喷着酒气站在门外，两个被五花大绑的人倒在院子中央。白阿娇上前一看，正是铁塔刘和他的一个店小二。

原来，白阿娇的那些手下去逛戏园子，凑巧遇到了铁塔刘和店小二也在那里听戏。这些人仗着人多势众，一拥而上，将铁塔刘和店小二给绑了起来。

白阿娇让手下将铁塔刘押进房

间，拔出塞在铁塔刘嘴里的破布，然后笑眯眯地说道：“铁塔掌柜受苦了。”铁塔刘看见一身女装的白阿娇，气呼呼地说：“老子早就看出来你们不是商人，若不是我那黄狼母亲苦苦相求，你们早就随你们的马一起去见阎王了。”白阿娇听了暗暗称奇：那黄狼神怎么又成了铁塔刘的母亲？

白阿娇眼珠一转，装出一脸苦相说：“铁塔掌柜果然好眼力，我们夫妻的确出身绿林。好不容易攒下一些积蓄，买下几十匹马，本想金盆洗手做点生意谋生，不想我的马全部死于铁塔掌柜之手啊。”

铁塔刘冷笑道：“无凭无据，白夫人怎么就断定你家的马是被我所害？”白阿娇冷笑道：“铁塔掌柜未免也太小看我白阿娇了。我查看过那些马的嘴巴和伤口，你们先毒死了马，然后开膛破肚，掏出内脏，再让你家马厩里的马发出嘶鸣，引诱我们出去，然后嫁祸到黄狼身上。你一再用黄狼群吓唬我们，使我们不敢再对你家的客栈轻举妄动。但这也解开了我心中两大疑团：一，为什么我们刚听到马的嘶鸣便冲出房门，却发现几十匹马已经全部倒地身亡，而且连内脏都被掏走了；二，为什么狼群只袭击我们的马，却没有伤害你们的马，难道狼群能分辨得出马是谁家的吗？”

铁塔刘听完白阿娇的话，不禁大笑道：“白夫人也太会想象了吧，你不应该做土匪，你应该去给衙门县太爷做师爷才对。”白阿娇起身拿起桌子上的那两枚小圆石头，递到铁塔刘面前，说道：“这便是你家黄狼神的那些狼子狼孙吧？如果我没有猜错，猎狼山上的黄狼早已被你们刘家滥捕滥杀而绝种了！”

铁塔刘看着白阿娇手中的小圆石，叹了口气，说：“败在你一个女人手里，老子不甘心啊！”站在一旁的张七一听，冲上前一脚便将铁塔刘踢倒在地，大骂道：“你个不知死活的东西。我家娘子聪慧过人，智勇双全，你竟敢小瞧我家娘子，老子这就送你上路。”

白阿娇一把拦住张七，笑道：“正所谓不打不相识，我愿用那些死去的马交下铁塔掌柜这个朋友。不知铁塔掌柜意下如何？”铁塔刘哈哈大笑道：“只怕

白夫人和我交朋友是假，想灭掉我刘家，占领我猎狼山福地是真。白夫人就不要做美梦了，那猎狼山福地是我刘家用二十多口人的性命换来的，怎么能轻易送给你！”

白阿娇冷笑道：“莫非铁塔掌柜又要跟我们讲那个黄狼神的故事，来骗我们？”铁塔刘说：“凭借白夫人的聪慧，昨天夜里你跪在地上，抱住我黄狼母亲的腿摸来摸去，如果我黄狼母亲是披着狼皮的人，恐怕我铁塔刘也活不到今天！哈哈哈……”铁塔刘一阵狂笑之后，再也不肯开口说话了。

白阿娇见从铁塔刘嘴里再也问不出什么，便对手下说“铁塔掌柜是咱们的朋友，你们要给我好好地招待。”说完，便挥手让手下将铁塔刘押到另一间房里。

铁塔刘被押走后，张七问道“娘子，下一步我们该怎么办？”白阿娇捏着手中那两枚小圆石一咬牙说：“明天你我带队再上猎狼山。我倒要看看那个人不人鬼不鬼的老黄狼会施什么法术！”

第二天一大早，白阿娇便让张七去租些马匹来，她要借去山上拉盐巴，再探猎狼山。不想，张七直到中午才垂头丧气地回来说，附近的马帮一听说是去猎狼山，个个把头摇成了拨浪鼓，都说那猎狼山上的黄狼神法力无边，无人敢惹。他们宁可少赚钱也要走官道，坚决不肯绕道猎狼山。

白阿娇听了，不禁也犯起了愁，那个被传得神乎其神的老狼精，一会儿成了黄狼头领，一会儿变成了黄狼神，一会儿又变成铁塔刘的黄狼母亲，究竟是何方神圣？性急的张七在一旁说道“依我之见，咱们索性把铁塔刘押上山，那老黄狼如果真敢耍什么诡计，老子就一刀剁了铁塔刘。”白阿娇瞪了张七一眼，突然想到了什么，说：“我怎么把那个店小二给忘了。你快去审审他，看能从他嘴里问出点什么。”

过了个把时辰，张七乐呵呵地推门进来，说“娘子，那店小二是个软蛋，没打几下便全都招供了。他所说的跟娘子推断的一模一样，咱家的马是被他们先毒死后再开膛破肚，伪装成被黄狼咬死的样子。”

白阿娇一听大喜道：“店小二有没有说老狼精的事？”张七点点头说“据他所讲，那老狼精就住在客栈后面的一个地洞里。老狼精从不轻易露面，每天都是由铁塔刘亲自将饭菜送到老狼精的洞里，别的就一概不知了。”白阿娇沉思道：“怪不得那天晚上老狼精如同地遁般转眼就消失了，原来是钻进地洞里了。”

白阿娇在屋里踱来踱去，突然对张七说“你派两个兄弟留在家里，看好铁塔刘和店小二，然后让剩余的弟兄们把刀剑兵器擦亮磨快了，咱们今晚睡个好觉，明天就上猎狼山。”

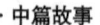

5.会见黄狼神

第二天，天刚放亮，白阿娇和张七就带领手下，杀气腾腾地直奔猎狼山而去。

此时，猎狼山的客栈里，只有几个店小二在守家。白阿娇大喝一声，她的手下一拥而上，将店小二们绑了个结结实实。

白阿娇开门见山地问道：“你们掌柜的不在家这两天，都是谁去给黄狼神送饭啊？”一个瘦脸店小二怯怯地回答：“是小人。”白阿娇又问：“你是把饭送进洞里，还是放在洞外？”瘦脸店小二说：“那洞里光线很暗。按照掌柜的要求，我只是把做好的饭菜放在洞口的桌子上。然后，敲打两下桌上的一个铁耙子就离开了。”

白阿娇抬头看了看天色，还没到吃饭的时间。她从马背上取下一包酱牛肉，对那店小二说：“你现在把这块牛肉给黄狼神送去。你要把她从洞中喊出来，就说牛肉是铁塔掌柜从山下带来的。”一旁的张七挥了挥手中的长刀，恶狠狠地说：“你敢说错半句话，我就剁了你！”

瘦脸店小二吓得脸色蜡黄，战战兢兢地往客栈后面的地洞走去。地洞是从地面向下挖的一个斜坡，下面铺有青石板台阶。瘦脸店小二走下台阶后，整个人便从地面上消失了。白阿娇一边命手下手持刀剑，把住洞口，一边又命人抱来柴草，然后对张七说：“如果半个时辰后那老狼精还不出来，你就放火烧了这个地洞！”

片刻工夫，地洞里便传出店小二敲打铁耙子的声音。随后，他脸色苍白地从地洞里走了出来。白阿娇怒骂道：“我让你把黄狼神喊出来，你怎么一个人出来了？”店小二结结巴巴地说：“夫……夫人，那洞里阴森森的……小的不敢往里面走啊！”张七一步上前，将长刀抵在店小二的胸前喝道：“你再进去喊，如果喊不出来，就把你跟那老狼精一起烧死在洞里！”

就在此时，洞中突然传出一个苍老沙哑的声音：“谁都不用喊，老身自己出来了。”接着，一个土黄色的身影缓慢地从洞穴中走了出来，正是那一身黄毛、直立走路的黄狼神。黄狼神走到洞口，对洞外的白阿娇、张七他们说：“我儿知道我不吃肉，怎么会给我送酱牛肉？你们直说吧，我儿现在在哪里？”

白阿娇眼珠一转，忙赔笑道：“铁塔掌柜在山下看上了一个漂亮姑娘，他担心黄狼母亲不同意他的婚事，特意托我来为他保媒的。”黄狼神听罢哈哈大笑起来：“白公子就不要跟老身兜圈子了，我儿杀了白公子的那些马，的确是他不对。但那天，若不是老身苦苦相劝，白公子你们早已变成这猎狼山上的孤魂野鬼了。老身见不得阳光，白公子若不嫌弃，请到老身的洞府中一叙吧。”

白阿娇想了想，觉得这黄狼神说的也不无道理，如果她想让自己死，自己也活不到今天。想到这里，她心一横，对张七说：“我去会会那黄狼神，如果我一个时辰后还没有出来，你就下令烧了这个洞，连这家客栈一起烧掉！”张七忙点头答应。

此时，白阿娇紧握着手中的短剑，慢慢靠近洞穴里的黄狼神。黄狼神见状，便慢慢转过身在前面引路。白阿娇紧跟其后，一步一步向着洞穴深处走去。

不一会儿，前面出现了一扇小木门。黄狼神推开门，说了声：“白公子请！”白阿娇走了进去。这是一间丈把见方的小屋，屋内的木桌上有一盏小油灯，发出昏黄的光。屋内有木床、木椅，床上铺有被褥，桌上还放有盛水的陶罐和陶碗。

此时，白阿娇发现，黄狼神的额头上竟然有两颗会发绿光的小圆石，在昏暗的房间里如同狼的眼睛。黄狼神请白阿娇在木桌前坐下，然后问道：“老身想知道，你把我儿怎么样了？”白阿娇回答道：“铁塔掌柜和那个店小二就在山下我的家中，黄狼神只管放心，我这次来只想给我那些死去的马讨个公道，毕竟我们马队是靠马吃饭的。如今马没了，我们今后的日子没法过啊！”说完，白阿娇装作伤心的样子，还挤出几滴眼泪来。

不想，黄狼神叹了一口气，说道：“我那儿太像他死去的爹了，做事从不考虑后果。只因你们往山后扔了虎骨酒，又送他虎皮，他就固执地推断你们是来抢他的客栈。我劝他，他也不听，还毒杀了你们的马。”白阿娇听黄狼神也口口声声将铁塔刘称作儿子，忍不住问道：“那铁塔掌柜真的是你的儿子？”

黄狼神长叹了一口气，开始讲述起来：“我本是铁塔刘的亲生母亲，十

年前的一场突变，让我变成了这副模样……”她说，当时大伙在吃大锅的狼肉时，她因为心里不痛快，只喝了口肉汤，并没有吃狼肉。而其他二十多口人，都因吃了黄狼肉而中毒身亡。她虽然躲过一死，但也因为喝了毒肉汤，开始全身溃烂、生满绿疮，不能坐，不能睡，不能穿衣，生不如死。

这天，她看着挂在墙上的那张黄狼皮，想到自己反正是一死，不如披上黄狼皮，向死去的黄狼们请罪吧！不料，她披上黄狼皮后，身上的烂疮竟然不治而愈，只是烂疮好后，那张黄狼皮却牢牢长在了她的身上，再也脱不下来了。而且，她的眼睛也逐渐看不得日光。铁塔刘只得给母亲在客栈后面挖了这个洞穴。从此，她只能在夜间从洞穴里出来溜达溜达，呼吸点新鲜空气。

再后来，为了向死去的黄狼们赎罪，她又让儿子设了专门用来祭祀黄狼的“黄狼神位”。而为了生存和自身的安全，铁塔刘就将母亲说成是老狼精、黄狼头领和黄狼神，还把这山中特产的荧光石打磨成小圆石，布下“猎狼阵”，借以迷惑、吓唬过往的马帮商贩。

刘母向白阿娇讲述完真相之后，长叹一声说：“做人啊，切记要与人为善！不管是对人，还是对动物，都不能见利忘义，做下断子绝孙的事情来啊！否则会遭到报应的。”她顿了顿又说，“我常常告诫我儿，切记这个教训。我儿是个孝子，十年来，他对我尽心尽力。我已是个难见天日的墓中人。我求你们杀了我，放我儿一条生路！”

白阿娇听完刘母的诉说，呆呆地坐在那里，好久没有说话。这时，洞穴外传来张七焦急的声音：“娘子，你快出来！我要放火烧了这老狼洞！”白阿娇起身拉开小木门，又转身对刘母说：“我六岁那年，我母亲因不幸患上麻风病而被赶出家门，最后惨死在荒郊野外……铁塔掌柜是个孝子，你尽管放心，他很快就能回家了。”

张七见白阿娇从洞中出来了，长舒了一口气，围着白阿娇问个不停。白阿娇不耐烦地推开张七，说道：“下山，放人。”

后来，白阿娇、张七和铁塔刘成了好友。再后来，张七还跟铁塔刘结拜成把兄弟，拜刘母为干娘。颇有头脑的白阿娇又找来能工巧匠，开始打起山上特有的荧光石的主意……

(**题图、插图**：杨宏富)

本期游戏难度指数：★★★★☆

福尔摩伍的问题

谁是新娘

一个丹麦商人新婚不久便到美国洽谈生意，不料遇到车祸不幸身亡。商人的美国朋友立即发了份电报，请新娘来美国料理后事。

可让美国朋友没想到的是，过了几天，竟然一下子来了两个自称新娘的人，其中一个长着金色的长发，而另一个头发则是栗色的。美国朋友非常为难，因为他也没见过商人的新娘，只知道新娘是丹麦人，是个钢琴师。最后，他只能请福尔摩伍来帮助辨别真假。

福尔摩伍了解到，商人留下了一大笔遗产，两位新娘中的一个一定是来骗取财产的。他沉思了片刻，然后说道："两位女士能为我弹一首曲子吗？"栗色头发的女士马上坐到钢琴边，熟练地弹起了一首世界名曲，她的双手在琴键上灵巧地舞动，福尔摩伍发现，她的左手戴着一枚宝石戒指和一枚钻石婚戒。接着，金发的女士也弹了一曲，琴声同样悦耳动听，福尔摩伍注意到，她只有右手上戴了一枚钻石婚戒。

福尔摩伍听完演奏，走到栗色头发的女士身边说："你不要再冒充新娘了，快回去吧。"这位女士听了，辩解道："你凭什么说我是冒充的？难道我弹得没她好吗？"

福尔摩伍笑了笑，说了一番理由，栗色头发的女士听完，只能没趣地溜走了。

你知道福尔摩伍说了什么理由吗？

（推荐者：木　木）

世界500强面试题

三用瓶塞

小李收集了三个瓶子，这三个瓶子的瓶口一个是正方形的，边长是3厘米；一个是圆形的，直径也是3厘米；一个是三角形的，高和底也都是3厘米（如图）。一天，小李突发奇想：能不能设计一个在三个瓶子上都能用的塞子呢？冥思苦想后，他终于设计出来了。你能设计出这样的三用瓶塞吗？试试看！

（供　稿：丁学明）

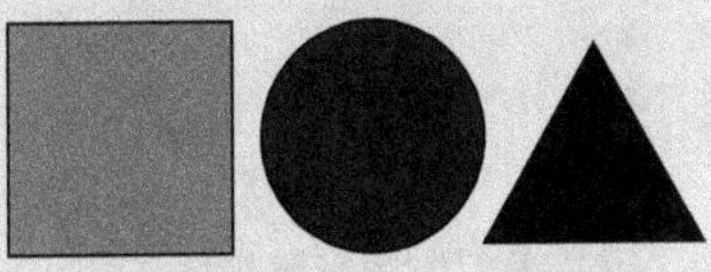

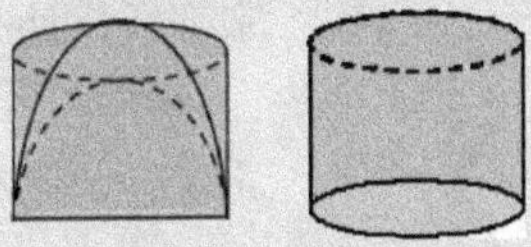

（图1）　（图2）

答案

福尔摩伍的问题

结婚戒指戴在左手是美国的风俗，而丹麦的风俗是将结婚戒指戴在右手。福尔摩伍让她俩弹钢琴，一是看她俩的琴技，二是为了看清她俩是如何戴婚戒的。

500强面试题

先设计一个圆柱体，使它的底面圆直径为3厘米，高为3厘米（图1），再沿上面圆的直径向底面圆的边沿斜削，便制成了所需要的塞子（图2）。

如图2所示，从正面看，这个塞子的截面为正方形；从上往下看，塞子的截面为圆形；从左往右或从右往左看，塞子的截面为三角形。这正好满足了三个瓶子的需要。

·阿P系列幽默故事·

阿P吃"馅饼"

□刘　丹

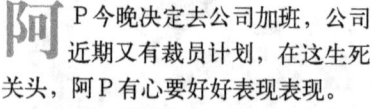

阿P今晚决定去公司加班，公司近期又有裁员计划，在这生死关头，阿P有心要好好表现表现。

此时正是数九寒天，住在七楼的阿P一开门，只觉一股寒气扑面而来。阿P戴上帽子口罩，又用棉大衣把自己裹得严严实实，一步一步走下楼。

阿P快走到四楼时，突然听到一阵沉重的脚步声从下面传来，可过了一会儿，又感觉那人的脚步放慢放轻了。阿P猛地想起前几天有人藏在楼道内进行抢劫，心里便一阵紧张。他朝下望望，楼道里的灯坏了，隐隐约约看见下面有个人，怀里好像有个东西。

过了一会儿，两个人终于走近了，突然那人猛地朝前一冲，阿P本能地伸出双手一扶。就在这时，戏剧性的事情发生了，只见那人从怀里掏出一叠东西，对阿P说了句："给你钱！"就飞快地上了楼。

一切发生得太突然，阿P愣了足足半分钟，才像受惊的兔子，连蹦带跳地跑下楼。到了楼下，阿P借着月光看了看手里的东西，天哪，竟然真的是一叠人民币！有百元的、五十的，还有零钞，阿P数了一下，一共是一千二百六十元。

阿P回想起那个声音是个女的，嗓子哑哑的，还微微带些颤抖。怪事呀，那女的为什么要给自己钱？阿P把脑壳想破了，也没想明白。

到了公司，阿P稳了稳神，这才算起了良心账：虽说这钱自己不是偷的、抢的，但就这么揣兜里，是不是有点取之不义？可转念一想，是那个女人主动给的，不要的话，不成傻子了？这真是天上掉馅饼，不吃白不吃！

第二天上午，阿P在"思想斗争"

中下了班，刚走到自家大楼门口，就见一群人围在一起议论着什么，阿P凑过去一听，大冷天竟然吓出一身汗。只听有个大妈绘声绘色地说:“昨晚咱大楼又有人碰到强盗了，被抢了一千多块钱哪，作孽呀，给孩子看病的钱……”

原来，昨天晚上阿P在楼梯上遇到的女人是住六楼的，姓沈，刚带着孩子来这儿租房。昨晚，沈阿姨抱着女儿去医院看病，直到晚上十点才回来。谁知才走到两楼，就听见有人轻手轻脚地下楼，她顿时想起楼道抢劫案，心里就慌了。当她和黑影一照面，只见那人全身裹得严严实实，她不知怎的腿一软，人就朝前跌去，也就在这时，那黑影伸出了手。后来，沈阿姨为了不让怀里的女儿受到伤害，就把兜里的钱全掏了出来……

阿P弄明白事情的来龙去脉，不由倒抽了一口凉气，他挤进去试探着问:“这事报案了吗，或许是有什么误会吧？”

“误会？”旁边有人白了阿P一眼，“人家警察说了，即使误会也不可能拿了钱不还，联系到前面的案子，警察说要并案处理呢……”

阿P听了差点没晕过去，这下麻烦大了！可如果现在把钱送回去，警察肯定要进行一系列的调查，一上单位调查，好了，公司正好裁员，这不撞枪口上吗？不行，还不还，还得好好想想。

就这样，阿P又在“思想斗争”中过了一天。早上，阿P准备下楼上班，楼下传来了一声关门声。阿P忙下了几级台阶伸长脖子看过去，正是六楼的沈阿姨下了楼。看着她家紧闭的房门，阿P灵光一闪，突然有了主意。

阿P重新回到屋里，找来一个信封，把那烫手的一千二百六十元装了进去：他想趁沈阿姨不在家，把这个信封从她家门缝里塞进去。

准备妥当，阿P揣着信封下了楼，他像个小偷似的上下左右望了一遍，这才从兜里掏出信封蹲下来，把信封朝门缝里使劲塞。突然，身后传来一个疑惑的声音:“你在干什么？”

阿P一回头，只觉眼前一黑——沈阿姨又回来了。阿P一下站了起来，

手里拿着信封，递也不是，藏也不是，一时尴尬得不知如何是好。

好在沈阿姨先反应过来：“这不是阿P吗？”阿P脑子一片空白，他晃了晃手里的信封，不知该如何表达：“我，我，那什么，这里面有钱，我想……”

没想到，沈阿姨竟激动起来，她一把抓过信封，直接塞进阿P的外衣兜里，嘴里不住地说“你的好意我心领了，可这钱我不能要。昨天晚上，好几个大叔大妈来我家，每个人给我捐了五十元，今天你又……我太感动了！”

阿P愣住了，半天才反应过来：哈哈，老天帮我呀！一见沈阿姨误会了，阿P腰板直了，主意也来了，他从信封里掏出三百元钱，豪气万丈地说：“一方有难，八方支援，我阿P心灵美，回报社会，这钱拿着！”

沈阿姨和阿P推来推去推了一会儿，阿P冒火了：“你拿不拿，不拿我跟你拼了！”沈阿姨吓一跳，这是募捐还是打架呀？最后她只好接过了钱。

阿P美滋滋地去上班了，就好像真做了件好事一样。没过多久，阿P发现还有个大问题：自己手里还有沈阿姨的九百多元呢！这钱怎么送回去呢？

下班路上，阿P经过邮局，突然眼前一亮：将剩余的钱通过邮局汇给沈阿姨！从邮局出来，阿P感到一身的轻松。

几天后的周末，阿P在家休息，突然听到有人敲门。打开门，只见沈阿姨站在门口。阿P以为还是上次给钱的事，所以很大度地说：“互相帮助嘛，应该的，应该的……”沈阿姨犹豫了片刻，才缓慢地说：“阿P大哥，我想来想去，觉得你本质上还是个好人，所以我决定还是帮你一把，你……还是自首吧！”

“自首？”阿P如遭雷劈，失声叫道，“我为啥要去自首啊？”沈阿姨从兜里拿出一张纸：“这是昨天邮局送来的汇款单，是你汇给我的吧？”阿P一听就慌了：“你凭啥说这是我汇给你的？”

沈阿姨叹了口气，说“我开始也纳闷呢，汇钱的人怎么这么巧，汇来

九百六十元呢？后来我才想起来，那天你给了我三百，这加一起，正好是我丢的一千二百六十元！”

一听这话，阿P恨不得扇自己一个耳刮子，阴沟里翻船，怎么能犯这么低级的错误呢？镇静镇静！阿P缓了一口气，说：“沈阿姨，这是个巧合吧，我阿P从不做偷鸡摸狗的事！”

沈阿姨看了一眼阿P，又从兜里掏出三张一百元钱，说：“我也怕弄错了，就把你上次给我的这三百元钱找了出来。你不知道，上回看病的钱，有几张是连着号的新钞，我家里还有几张，和这三张一比，尾号竟然差不了几个数，这就证明这三百元钱本来就是我的。嗨，好好的干吗要当抢劫犯啊？”

阿P一听，只觉浑身冰凉，这下跳到黄河也洗不清啦。就在这时，邻居老赵出现在他们面前。他一把搂住阿P，对沈阿姨说：“小沈，你刚来咱们这儿住，不了解阿P，我和他可是快十年的老邻居了，我可以用人格来担保，阿P绝不会是抢劫犯，这里面一定有误会！”

阿P一听这话，眼泪顿时就出来了：“老赵，谢谢你相信我！”老赵点了点头，说：“我相信你。虽然你平时爱占点小便宜，可你是不会做犯法的事的。你把事情好好和小沈讲清楚，她会明白的。”

阿P脸又红了，可转念一想，在关键时刻有人相信自己，支持自己，这是多么幸福的事啊！他脖子一挺头一抬，理直气壮地对沈阿姨说：“沈阿姨，你听我说……”

后来，老婆小兰也知道了这件事，把阿P那个骂呀，但阿P照吃照睡，他心里高兴，与抢劫犯的罪名比起来，这算啥？阿P又哼着小调出了门。

（**题图、插图**：顾子易）

·本刊信息传真·

法律知识故事征文启事

本刊在与司法部连续举办三届法制故事征文的基础上，推出新栏目“法律知识故事”，通过发生在我们身边的、短小而具体的个案，生动、形象地宣传法律知识。这些知识注重现实性、实用性，真正起到解剖一个案例、明白一个道理的作用。

为鼓励作者深入生活，写出高质量的法律知识故事，我刊决定面向全国征文，优秀作品除在《故事会》发表并参加评奖外，还将结集出书。

本次征文也欢迎读者和法律界人士提供相关素材、案例，一经录用，即付稿酬。

来稿方法：1. 从邮局寄发，请在信封上注明“法律知识故事”字样，本刊地址：上海市绍兴路74号《故事会》杂志社，邮编：200020。2. 从网上传递，可寄以下信箱：wulun@vip.sohu.net，请在主题上注明“法律知识故事”字样。凡已和我刊编辑有联系的作者，稿件可继续投给联系的编辑。

爱干净的乞丐

□邓祖薪

这天，大牛去大城市出差，走上一座天桥时，他顺手把手里脏兮兮的纸巾，往地上一扔。

旁边有个乞丐正坐在一个破沙发垫子上晒太阳呢，忽然腾地跳了起来，一个箭步冲上前去，捡起了大牛刚扔掉的纸巾。大牛一看，乐了，难道这乞丐眼花了，把纸巾看成了钞票？谁知那乞丐把纸巾扔进了垃圾筒。

大牛不禁瞪大了眼，心道：不愧是大城市，连乞丐都这么讲卫生。

走了几步，大牛烟瘾上来了，摸出烟盒一瞧，还剩一支。他“啪”地点着火，又习惯性地把空烟盒往地上一扔，刚好扔在一张破被子旁。

怪事来了，那乞丐又快步上前，捡起空烟盒，扔进了垃圾筒。

大牛更惊讶了，一不留神，脚下咣当一声，踢到个东西。低头一瞧，原来是个破盆子，旁边还有双筷子。大牛心想，这乞丐真有意思，忍不住哈哈一笑，没想到却呛着了，咳了几下，咳出一口痰来。他想都不想，又习惯性地往地上一吐。吐完了正要走，突然身后响起一声怒喝：“站住！”

回头一看，正是那个乞丐。只见乞丐满脸怒气，一字一顿地说道：“先生，请你不要乱扔垃圾乱吐痰！”

大牛有点傻了：“你说什么？”乞丐愤怒地一指前面：“离你不到一米远的地方，就有一个垃圾筒，你还要把垃圾扔到地上，你什么素质？”

大牛脸一红，把脖子一挺说：“我就爱扔地上，关你屁事啊！”乞丐冷冷一笑：“你爱扔地上我管不着，但请你不要扔在我家。”

大牛愣了愣：“什么……你家？”

乞丐激动地指着天桥说：“我天天住在这儿！你一进门，就往我客厅扔纸巾，往我卧室扔烟盒，这些也就算了，可你怎么能往我厨房吐痰？”

戒赌记

□熊　萍

有个年轻人叫大勇，不幸迷上了赌博，赌啊赌，最后成了“百万负翁”，连老婆都带着孩子跑了。

大勇决心脱胎换骨，重新做人！于是，他跑到东城寺出了家。为了磨炼意志，他主动向方丈慧海要求，餐餐粗茶淡饭，干最脏最累的活。

一天晚上，西城寺主持来到东城寺交流学习，他捧着一盆兰花，见大勇挥汗如雨，又是洗碗又是扫地，连说了几个“好”。

第二天一早，慧海对大勇说：“徒弟呀，西城寺主持佛学高深渊博，和你有缘，你到他那儿去吧。”有道是师命难违，大勇只好收拾包袱，去了西城寺。

不料，大勇从此就没消停过，多则一个月，少则八九天，就要在两个寺之间换来换去。

也不知是第几次被换到西城寺了，这天，大勇把全寺清扫了一遍，半夜仍在灯下敲木鱼诵经。突然，外面狂风大作，暴雨倾盆，大勇想起主持还在东城寺交流学习呢，他得把主持接回来。

大勇举着雨伞，在风雨中穿街过巷，好不容易来到了东城寺。进去一看，方丈室内灯火通明，大勇轻轻推开门，两位师父正在专心下棋呢。大勇打了招呼，替他们续了茶水，就提醒主持：“师父，时间不早了，咱们回去吧。”

主持头也没抬，说：“徒弟，你既然来了，就不用回去了，留在这里吧。”大勇终于忍不住了，问道：“两位师父，弟子每天勤勤恳恳的，为何总被你们推来推去？”

慧海抬起头，笑眯眯地说：“阿弥陀佛！像你这样的人才哪个不爱？不过呢，我们以前斗棋就赌点花草，自从你来了之后，就改赌你了……”

这时，主持放下棋子，抢过话头，沮丧地对大勇说：“唉，都怪为师棋艺不精，这回，慧海又把你赢回去了！”

人逢喜事

□ 垦荒源

这天早上，李三开车去镇上办事，刚上马路，就碰到了一支气派的迎亲队伍。嗬，清一色的奔驰轿车，不下十七八辆，把路堵得满满当当。一前一后还有两个摄像，边走边拍。

李三想超过去，可马路太窄。看着前面慢腾腾的婚车，他焦急万分地摁了几下车喇叭。

很快婚车队伍停下了，伴郎跑过来，递给李三两包喜糖，说："朋友，帮帮忙啊。"李三道谢着接过喜糖，刚想装进口袋，却发现走得太急，穿错了上衣，答应捎给丈人的两包好烟和给丈母娘买衣服的二百块钱，全放在那件衣服里，现在是身无分文，李三好不懊恼。

拿了人家的手短，李三只好忍气吞声地跟在队伍后面。可没开几米远，迎亲队伍又停下了，伴郎又跑了过来，递给李三两包中华香烟，说："这回够了吧。"

这下李三乐了：有钱人出手就是阔绰，丈人两包烟的问题都解决了。

李三如影随形地又跟了一会儿，婚车第三次停了下来，只见新郎走了过来，和气地问李三："给你喜糖了吧？"李三点点头。

新郎接着问："也给你喜烟了吧？"李三又点点头。

新郎皱着眉问："既然都给你了，那你为什么还跟在我们后面？"

李三解释说："我也有急事……"新郎还没等李三说完，就掏出两张百元大钞，塞在李三手中，说："大哥，拜托你，不要再跟在我们后面了。"

这下，可把李三乐坏了，心说这有钱人真是好啊，连给丈母娘买衣服的钱都解决了，但嘴上还是纳闷地问道："这是为什么？"

新郎指着李三的车，怒不可遏地说："你看看我们的迎亲队伍，全是上百万的大奔，后面跟着你这辆直冒黑烟的农用三轮，拍出来的录像能不掉价吗？"

我也做车模

□燕　子

阿飞的女友是个小胖妞，为了让女友把体重减下来，阿飞可花了不少心思。

一天，阿飞带女友去参观车展，他指着站在车旁的模特赞叹道："你看，多漂亮啊！"

女友顿时醋意大发，瞪眼说："这有什么，我也能当车模。"阿飞心中大喜，提醒道："你要想做车模，可得先减减肥。"

回去后，女友果然开始减肥了。一个月下来，居然也减了六七斤。阿飞十分满意，鼓励她再接再厉，将减肥进行到底。

谁知，阿飞的表扬才过了几天，女友却坚持不下去了。一天，两人在街上吃饭，女友气鼓鼓地瞅着面前的蔬菜，怎么也不愿动筷子，忽然大叫一声："我受不了了，让车模见鬼去吧！"然后把服务员喊过来，一口气把鸡鸭鱼肉点了个遍。

阿飞气得干瞪眼，但也只能摇头苦笑，看来想让女友主动减肥，是绝对不可能的了。两个月一过，女友的体重又飙到了一百五十斤。

这天，阿飞正在为女友的体重而烦恼，一个同事问他："阿飞，你咋不去看车展？我在那里看见你女朋友了。"阿飞心里一动：难道女友又想减肥了，想让那些车模刺激她一下？

同事接着说："你女朋友在那里当车模呢，当车模又赚钱又风光，你小子有福了！"阿飞一听，愣住了：女友当车模？打死他也不相信！

可阿飞还是禁不住好奇，一下班就跑去了车展。逛了一遍，怎么也看不见女友。正当他想离开时，突然听见女友在叫他。

阿飞顺着声音，仰起脖子一瞧，顿时被震住了。一辆重型卡车上站着一排胖嘟嘟的女孩，披红挂彩，女友就站在最前面，正笑着冲他挥手哩。

谁没有个背景

□金　兰

清晨，老果在菜市场找了个位置，准备卖鸡鸭。旁边是个熟食摊，老板是个猴子一样瘦的年轻人。

老果刚想做生意，旁边的瘦猴哇啦哇啦嚷开了：“瞧你这群臭鸡臭鸭，味道大得能熏死人，把我的顾客都熏到别处去了。你给我马上搬走！”

老果不服气，和瘦猴吵了起来。

最后，瘦猴怒气冲冲地威胁老果：“你个糟老头，也不去打听打听我是谁，居然敢惹我！你等着，我保证会让你后悔的！”说罢，冷笑一声走了。

老果心中突地一跳，当下就有些后悔了：我一个乡下人，在这里人生地不熟的，犯不着为一点小事和人家吵架。这时，旁边卖辣椒的女人压低声音对他说：“你怎么能跟他吵架呢？你知道他是谁吗？”

老果一听，只感到脑袋轰的一下，心里一阵乱跳。他把价格压了压，想快点把鸡鸭卖完就走。

过了大半天，老果的买卖做得很顺利，鸡鸭都卖完了，并没有人来找他的麻烦，老果的心渐渐放了下来，看来自己的担心是多余的，一个卖熟菜的能有什么来头？

收拾好东西，老果突然感到一阵尿急。找了好久，才找到一个小公厕，门口坐着一个收费的老头。老果放了五毛钱在桌上，就想冲进去方便。

“等等！”老头突然拉住他，冷冷地问，“你就是那个卖鸡鸭的？今天早上你在市场里和人吵过架？”老果大吃一惊，点点头。

老头斩钉截铁地说：“你不能进！”老果倒抽一口凉气“为什么？”

老头威风凛凛地一拍桌子：“你知道自己跟谁吵架吗？那可是我亲外甥！哼，这个厕所我说了算，不让进就是不让进，我憋死你！”

谁说我中奖

□海　涟

迈克买彩票中了一千万美金。领奖那天，他穿上了一件黑色的长袍，还戴上了一个黑色的面罩，把头和脸都裹得严严实实的，只露出眼睛、鼻子和嘴巴。

尽管这样，迈克仍然感觉不太保险。于是，他又用墨水把自己的眼圈描黑，还在鼻子上贴了一块胶布，最后他给嘴巴化了个花妆，使嘴巴看起来像被烧焦了一样，惨不忍睹。

就这样，迈克顺利地领到了奖金。第二天，迈克领奖金时的模样被登到了报纸上，身边的人都认不出来那就是迈克。

过了三个月，迈克一看还没有人怀疑他，就打算放心地挥霍奖金了。他从纽约飞到了旧金山度假。

这天晚上，迈克来到一家酒吧，喝了些酒，他显得很兴奋。他看到不远处坐着个愁眉苦脸的男人，于是对那个男人喊道:“嘿，伙计，过来坐吧，我请你喝一杯。”

男人来到他的桌子前坐下，迈克很豪爽地为他叫了一瓶昂贵的酒。男人激动得一连喝了三杯，然后恭维地说:“谢谢您，先生，我从来没有见过像您这样豪爽的有钱人。如果这是在纽约，我会认为您就是那个神秘的中奖人。”

迈克发出一阵得意的大笑，兴致勃勃地和男人聊了起来:“我就是从纽约来的，我也注意到了那个家伙。不过说真的，我十分理解他那样做。因为如果他让人知道他是谁，那么接下来，他就会麻烦不断:他所有的亲戚和朋友都会找上门来向他借钱，他会成为小偷关注的重点，甚至他去一下洗手间，里面的侍者也会要求他多付一倍小费……”

“您说得太对了，先生！”男人感慨地附和道，“您知道吗？我以前也住在纽约。”

“真的吗？”迈克情不自禁地和男人握了握手，两个人变得更加亲近了。

男人接着说：“我在纽约一直过得很好，直到发生了一件事，改变了我的人生。”

迈克饶有兴趣地问：“哦，能否说给我听听？”

男人苦笑着说：“我在纽约认识了两个女人，和她们同时保持着来往。有一天夜里，当我在一个女人家里睡觉的时候，她丈夫突然回来了……”

“哦！”迈克露出了会心的微笑。

男人接着说：“你知道吗？女人的丈夫是个拳击教练，他把我从床上像抓小鸡一样拎起来，连续打了两拳，然后把我从窗口扔了出去。”

迈克同情地叹着气说：“是吗？真倒霉。”

“还有更倒霉的事在等着我呢。”男人懊恼地说，“当我爬起来逃跑的时候，一不小心撞到了一根电线杆，痛得几乎要死过去。”

迈克发出了同情的笑声：“呵呵，太倒霉了！”

男人摇摇头说：“谁说不是呢？这还没完呢，我光着身子跑到了第二个女人的家里。她当时正在给我熨一件西服，看见了我的模样，还没等我解释，就拿着熨斗向我打来……”

迈克忍不住大笑起来：“朋友，倒霉的一天！”

“不，倒霉的并不是这一天！”男人痛苦地说道，“您不知道第二天发生了什么事情。当我黑着两个眼圈，鼻子上贴着胶布，以及带着被熨斗烫伤的嘴巴来到公司时，老板和全体同事立刻把我包围了，他们祝贺我中了一千万美元大奖……”

迈克不敢相信地瞪大了眼睛，接着捧着肚子笑到了桌子底下。

“您笑吧，豪爽的朋友。”男人可怜巴巴地说，“接下去，正如您猜想的那样，我虽然没有中奖，却麻烦不断，以致我再也无法在纽约生活下去了。我真不明白，那个该死的家伙为什么要扮成那副德性去领奖！”

（**本栏题图、插图**：顾子易 包丰一）

www.ingramcontent.com/pod-product-compliance
Lightning Source LLC
Chambersburg PA
CBHW051934220626
47052CB00004B/669
* 9 7 8 7 5 4 5 2 0 5 7 4 9 *